JN031804

炒飯狙撃手

張 國立
玉田 誠 訳

THE SNIPER
BY CHANG KUO-LI
TRANSLATION BY MAKOTO TAMADA

ハーパー
BOOKS

THE SNIPER
(炒飯狙撃手)
BY CHANG KUO-LI (張 國立)
COPYRIGHT © 2019 BY CHANG KUO-LI (張 國立)

Published by agreement with Chang Kuo-Li
c/o Marco Polo Press, a division of Cite Publishing Ltd.,
in association with The Grayhawk Agency Ltd. and Tai-tai books.

All characters in this book are fictitious.
Any resemblance to actual persons, living or dead,
is purely coincidental.

Published by K.K. HarperCollins Japan, 2024

謝辞

本作のインスピレーションを与えてくれ、
専門技術を指導してくれた、
海の近くの頑固おやじ、侯《こう》二《に》戈《か》に篤く感謝申し上げる

スナイパー

「スナイパーは、三種類に分けられる。戦場におけるスナイパーは、連隊あるいは小隊に所属し、戦闘中に移動している敵の歩兵、戦車隊長、あるいは戦闘車輌《しやりよう》そのものを攻撃することによって抑止効果を生み出し、敵の行動を遅滞させる。戦術スナイパーは、旅団あるいは師団に所属し、敵のスナイパーや軍官、その他重要な標的と交戦する。そしてもう一種類は」

彼は、そこでふと話を止めた。口髭《くちひげ》にまで火が届きそうなほど短くなった葉巻を珈琲《コーヒー》カップに投げ入れた。

「平時においては出動しないが、敵陣の背後に身を潜め、自らの腕を磨き、必要とあらば、定められた敵を一撃で仕留めるものだ。我々は、彼らを戦略的スナイパーと呼んでいる……」

炒飯狙撃手

おもな登場人物

小艾（がい）――台湾の潜伏工作員。狙撃手。炒飯店の料理人
パオリ、タイ、ツァーリ――小艾のフランス外人部隊時代の友人
鉄頭（てっとう）教官――小艾の狙撃兵訓練隊時代の教官
大胖（はん）――小艾の狙撃兵訓練隊の同期。本名・陳立志
娃娃（あいあい）――小艾の狙撃兵訓練隊の同期。国防部勤務。本名・洛紛英
老伍（ご）――台湾刑事局反黒科の刑事
蛋頭（たんとう）――老伍の上司。台湾刑事局反黒科科長
老楊（よう）――法医
茱麗（ジュリー）――喫茶店の店主
黒叔（こくしゅく）――茱麗の父親。黒道の元親分
郭為忠（かく・いちゅう）――基隆海軍一等士官長。故人
邱清池（きゅう・せいち）――陸軍司令部武獲室執行長。故人
黄華生（こう・かせい）――狙撃兵訓練隊の元教官。退役軍人
周協和（しゅう・きょうわ）――総統府戦略顧問
ピーター・シャン――武器商人
霍伯玉（かく・はくぎょく）――ある幫派の長老。老爺子
畢祖蔭（ひつ・そいん）――小艾の養父
陳洛（ちんらく）――大胖の養父
霍丹（かくたん）――娃娃の養父

第一部

1 イタリア、ローマ

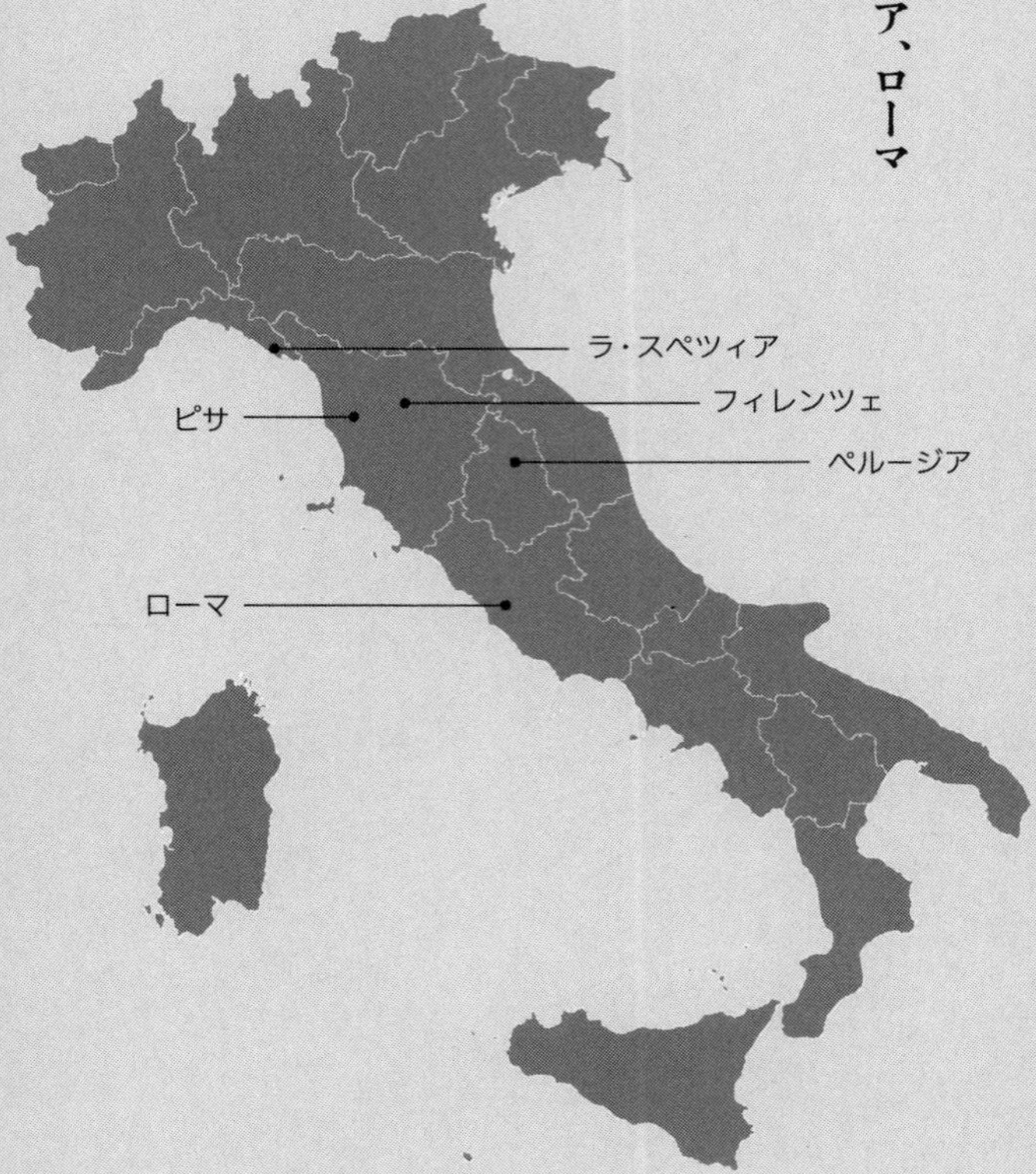
ラ・スペツィア
ピサ
フィレンツェ
ペルージア
ローマ

五時十二分。イタリア北西部に位置するラ・スペツィアで、バスに乗り込んだ。パーカーのフードを引き上げて、顔の半分を隠す。

そっと眼を閉じてまどろんでいるうち、六時二十分にはピサ中央駅に到着していた。ピサの斜塔を見ようと思っていたが、ドゥオモ広場行きの循環バスはない。仕方なく、十六世紀末に、ガリレオが、重さの異なる二つの鉛玉を落とす実験によって、自由落下の法則を発見したとされる鐘楼のイメージや、ピサの斜塔を手で支えてみせる構図の写真を、頭の中に思い描いてみる。

バスを降りると、トイレに行った。派手な黄色のパーカーを脱いで、ゴミ箱に捨てると、赤い襟なしのスポーツジャケットに着替える。足早にホームへと急ぎ、六時二十九分発の三一〇〇列車に飛び乗ると、座席を見つけてまた一眠りした。

早朝の始発列車が遅れることはめったにない。七時二十九分には、フィレンツェのサンタ・マリア・ノヴェッラ駅に到着していた。

眼を開けると、いつの間にか車内は混み合っている。列車を降りたほとんどの乗客は、駅を出ると、南東の方角に歩き出した。ブルネレスキの手がけたサンタ・マリア・デル・フィオーレ大聖堂へドームを見に行くのだろう。彼らは息を切らしながら、四百六十三段の狭い階段を上っていき、凍えるような強風に頰をなぶられながら、満足げな面持ちで、眼前に拡《ひろ》がる古都の風景を眺めている。

ローマ行き八時八分発の九五〇三列車に乗るためには、ホームを移動するだけでいい。予定ではそのつもりだったが、ふいに気が変わった。

駅のトイレに入ると、彼は赤いスポーツジャケットをまた脱いで、黒いショートコートに着替えた。脱いだジャケットは、トイレの天井裏にでも詰め込んでおけばいい――そんなことを考えていると、トイレの外にうずくまっている老人にふと、眼がとまった。

あるいは、それほど歳《とし》はとっていないのかもしれない。髪の薄いその男は、入り口の左隅に背をもたせかけ、膝に乗せた二の腕の隙間に顔を埋めている。

彼は捨てるつもりだった赤いジャケットを、そっと男の肩にかけてやった。

駅を出て、バスターミナルに向かう。ペルージャ行き八時二分のバスは、いくつかの小さな町を通過するものの、まだ時間は十分にある。

ただ、フードつきのパーカーを捨ててしまったことだけは、失敗だったかもしれない。観光地を走る路線バスの乗客にしては、いま着ているジャケットは、いささか窮屈に過ぎるのではないか。

深く考えるのはやめにした。スーツケースからバックパックを取り出すと、用済みになった空のスーツケースを新聞売り場の前に捨て置いた。

バスは定刻に出発し、途中アレッツォに立ち寄る。

客が乗り降りしている間に、彼は珈琲とチョコレート・クロワッサンを買った。

イタリア人は甘いものが好きだ。まるで蟻《あり》のように。

十時五十四分、ペルージャに到着した。

この地方の名物料理であるウサギ肉の煮込みを味わっている暇もない。そのまま駅に入り、十一時五分発の二四八三列車に乗る。

今回は、着替えずに、ヤンキースの野球帽だけ追加した。列車の中で三時間ほど眠れば、寝不足も解消するだろう。

車内に乗客はそれほど多くなかった。スコットランド訛《なま》りのバックパッカーが四人、急いでノートパソコンの電源を入れようとしているビジネスマンが三人。それに、台湾か香港からやってきたと思《おぼ》しき一人旅らしい女性が一人。

彼は最後列の席を選び、眠ることにした。もう一晩まともに寝ていないのだ。それに、これから先は眠っている暇もない。

五分ほど遅れて、二四八三列車は、二時一分にローマのテルミニ駅に停車した。

列車を降りると、彼は、あっという間に忙《せわ》しない人の群れに紛れこんだ。

彼は、共和国広場方面へと向かう大多数の旅行者の後を追うのではなく、駅を出て南へ曲がった。カフェの隣にあるロッカーまで辿《たど》り着くと、鍵を取り出して、そのうちの一つを開ける。よし。ビニールバッグが二つ、入っていた。

バッグを手にして大通りを渡る。対向車線側の裏路地に入ると、そのままアルジェリア人が経営する小さな店に身を滑り込ませた。

両肘に革パッチのついた珈琲色のハンティングジャケットと一緒に購入した、熊のイラストが描かれたスーツケースを受け取ると、早々に店を出た。

駅の裏側は、ホームレスと難民で溢《あふ》れかえっている。住所を確かめながら少しばかり歩くと、車の排気ガスで煤《すす》けてくすんだ黄灰色の建物の前で、立ち止まった。

五階の呼び鈴を鳴らすと、ガラスのドアが勢いよく開く。

ビルの中には三件のホテルがあった。ホテル香港に、ホテル上海。そして、彼が宿泊するホテル・トーキョーは五階にあった。フロントにいた腹のせり出した中年男は、三十ユーロを請求すると、あとは何を訊《き》くこともなく、黙って鍵を渡してくれた。

部屋はこぢんまりとしたものだった。ベッドと椅子。そして画面に顔を近づけて、じっくりと眼を凝らさないと見えないほど小さなテレビが、一台置かれているだけである。

二時四十分。小さな机の上に据え置かれた電話のベルが、けたたましく鳴り響いた。出ると、不安げな女性の声が受話器の底に響いた。彼女だろうか?

「ホテル・ルレ・フォンターナ・ディ・トレヴィ」

「鉄頭《てつとう》教官ですか?」

相手は抑揚のない低い声で、

「部屋は予約してある。二号パスポートを使うこと」

質問を遮るように、それだけを言うと、すでに電話は切れていた。

先ほど手に入れた熊のイラストのスーツケースを開ける。中には、長さのあるスポーツバッグと下着が入っていた。彼はハンティングジャケットとジーンズを脱いでその中に放り込み、スーツケースはベッドの下に押し込んだ。黒いスラックスと黒いジャケットに着替えると、黒いニット帽を被《かぶ》り、黒いヘッドフォンをつける。黒ずくめの出で立《いた》ちになると、彼はスポーツバッグを手にして部屋を出た。

フロントには誰もいない。さきほどの中年男は、フロントの奥でサッカー中継をぼんやりと眺めている。彼はドアを開け、雑多なものが積まれた階段を降りていった。

道路脇には数台の自転車が停《と》まっている。フェンスに繫《つな》がれた一台の自転車に目星をつけると、ポケットに忍ばせていたマルチファンクションツールを取り出した。チェーンを切ると、そのまま自転車を前に押し出し、右足でサドルを跨《また》ぐ。

そのまま路地を西に向かった。地下鉄のバルベリーニ駅のそばで自転車を乗り捨て、旗を掲げた日本人のツアーグループの後についていくと、そのまま観光客でごった返すトレヴィの泉に辿り着いていた。十数人の日本人団体客たちから離れて、そこからゆっくりとトレヴィの泉の南側に建つホテルに入った。

にこやかな表情で歓迎の意を示すハンサムな男性にパスポートを見せると、何も訊かれることなく、カードキーを渡された。

「一晩だけですか？」

口許《くちもと》に笑みを浮かべて、軽くうなずく。

「韓国からですか？　私の彼女は少しだけ韓国語が話せるんですよ」

その言葉に、再び軽く微笑した。

ホテル・トーキョーのフロントにいた中年男にとって、自分はありふれたアジア人に、そして先ほどの男には、英語の苦手なシャイな韓国人に見えるらしい。

彼は、ゆったりとした足取りでエレベーターに乗ると、三一三号室に到着した。

百五十ユーロの客室である。内装はいたって素っ気ない。窓の外からは観光客の賑《にぎ》やかな声が聞こえてくる。

ロッカーから回収した、ひとつめのビニール袋を取り出して、両手で引っ張ると、中から書類封筒が床に落ちた。

大ぶりの封筒には二枚の写真が収められていた。一枚は、東洋人である中年男性の横顔を写したもので、もう一枚はカフェを写したと思しきものだ。テラス席の丸テーブルに「X」と印がされている。

二つめのビニール袋には、旧式の携帯電話が入っていた。ノキア７６１０。彼はそれを手に取ると、ポケットに押し込んだ。

アディダスのスポーツバッグを開け、二着の下着にくるまれていたスコープを取り出した。窓からスコープを通して、トレヴィの泉の周りをゆっくりと見回してみる。凍えるような季節とはいえ、まだ人が多すぎて、往き来《ゆき》する人影が、ときおりスコープの視界を遮ってしまう。

世界で最も人気のある観光スポットで、果たしてこの任務を遂行する必要があるのだろうか？

毎日約三千ユーロのコインが泉に投げ込まれ、ポセイドンをバックに撮影された記念写真が、五万から七万枚ほどネット上にアップされていく。

彼はサングラスをかけ直し、タートルネックのセーターに着替えると、カメラを胸にぶら下げた。

ふと、鉄頭教官の言葉を思い出す。

――環境は変えられない。だったらそこに入り込んでしまえ。

観光客の群れに交じって、彼は、泉のそばに立ち並ぶ土産物屋《みやげ》やカフェをのんびりと見て廻《まわ》った。カフェでマキアートを注文する。イタリア人を真似《まね》て、小さなスプーンで二杯の砂糖を注ぎ、シチリア名物のカンノーロを頬張る。

ドナート・カッリージの小説を開くと、ページの真ん中に写真が挟んである。よし。カフェの窓際にあるテラス席に置かれた丸テーブルの場所と、写真に「X」印が記された場所が一致する。

ホテルの部屋からであれば、カフェの外にあるこの丸テーブルには、正確に照準を合わせることができる。距離にして、おおよそ百二十五メートル。トレヴィの泉を取り囲むように建物が並んでいるため、風速の影響も限られる。障害物もない。問題はやはり人だろう。

すべての問題は設定された時点で、解決案も存在する。

一般人の衝撃に対する平均的な反応時間は四秒。ある程度の余裕を持って、ここは三秒としておこう。ターゲットの障害物となる通行人を、三秒以内に排除する。そして通行人が倒れるまでの間に、二発目を発射すれば、ターゲットを仕留めることができる。

一発目の弾薬のコストを除けば、大きな問題はないはずだ。彼は、携帯でほとんど裸のポセイドンの写真を撮った。カフェのオーナーには、モノクロのデジタル迷彩のごとく、アジア人観光客に紛れた一人と見えるように。

カンノーロは一口かじるだけで、たやすく崩れてしまうのが厄介だった。これでは本のページにパンくずが落ち、油で汚れてしまう。彼は、孤児院の少年ビリーが死ぬシーンを読んでいるところだった。首を吊った両親の死体を発見したビリーは、取り乱す様子もなくロープをほどき、死体を降ろしにかかる。彼は施設にいた十六人の子どもたちの中では、最も幸せそうだった。いつも口許に笑みを絶やさなかったビリー――しかし、彼は死んだ。死因は髄膜炎とされたが、警察は、埋葬された棺を開け、改めて解剖を行った。検死の結果、彼の骨は無残にも一本一本折られていた。まさに虐殺である。

果たしてビリーは、死の間際も、笑顔だったのだろうか？

彼は小説をテーブルに置き、ポケットにしまおうとする。だが、続きが気になって仕方がない。喉に痰《たん》が絡んでいるようなもどかしさを、彼は感じていた。それでも帰りの列車の中で、誰がビリーを殺したのかわかるだろう。ひとまず読み終えるまで、カンノーロはおあずけだ。

2 台湾、台北

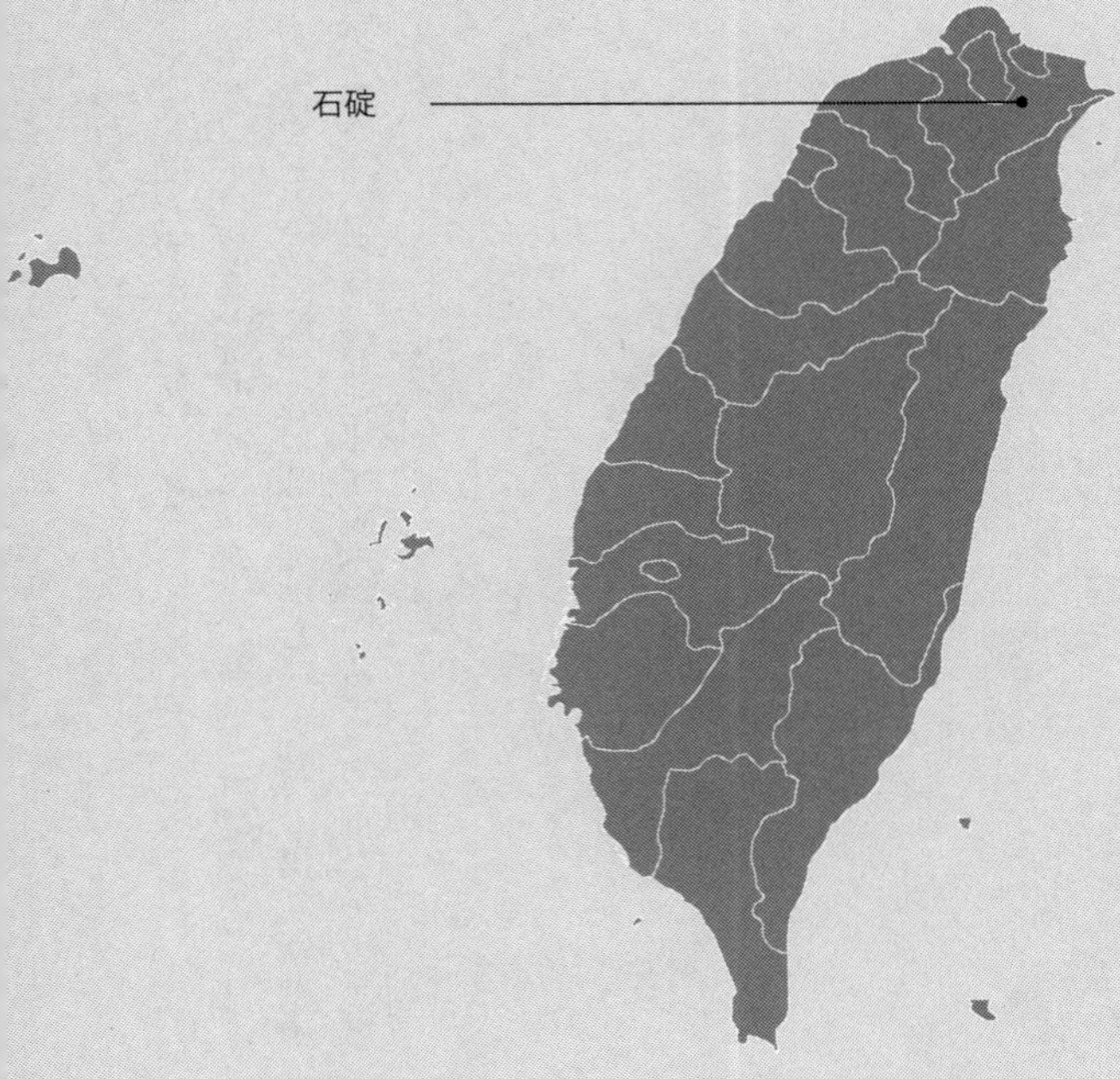

箸を置いて勘定をすませると、老伍《ご》は刑事局に戻ることなく、タクシーで北二高速公路を通って、深坑《しんこう》から石碇《せきてい》の駐在所に向かった。そこで陳里長《ちんりちょう》と落ち合うことになっているのである。

陳里長は七十歳がらみの、ほとんど歯のない男だった。

彼は、くだくだしく十分以上も延々と話を続け、老伍の顔に唾を吐きかけてくる。

話を聞くと、どうやら八十七歳になる王魯生《おうろせい》の行方が知れないということらしい。

王家の二人の息子に尋ねてみたものの、父は入院していると繰り返すばかりで、埒《らち》が明かない。入院しているとしたら、どの病院なのか？　もっとも身内の話である。部外者に話すのは気が引ける、ということだけなのかもしれない。それならば、ということで、里長氏は台北栄民総医院を訪ね、入院患者の名簿を調べてもらうことにした。だが、台北栄民総医院にもあたってみたものの、王魯生の名前はない。これは何かおかしいと思い、警察に通報した――と言うことらしい。

あるいは――と考える。くだんの王は記憶喪失となり、家を出たあと帰り道がわからなくなってしまった、ということはないだろうか？　あるいは外出先で交通事故に遭ったか。それとも突然体調を崩し、人知れずどこかの路地で行き倒れになったのだとしたら？

二人の息子は失踪届を出していない。そのため、里長の再三の訪問を恐れていたのだろうか。

まずは現場を見てからだ。それからまた話を聞けばいい。

現地の駐在所がパトカーを手配してくれ、まだ警察学校を出たばかりという、一線三星（台湾警察の階級、警佐三階を意味する）の制服警官二人が同道してくれた。

烏塗窟《ちょうとくつ》に向かう。やがて省道は県道となり、郷道となった。大通りも産業道路もない、寂れた田舎道である。

山道には、違法すれすれのプレハブ建築が軒を低くして立ち並んでいる。

その中で、かろうじて原形を留《とど》めている煉瓦造《れんがづく》りの家屋が、修繕の予算も配分されなくなった一級史跡のように、荒廃した姿を晒《さら》していた。

瓦が地面に散乱し、建物の隅には、軒先を突き破るほどに高くなった樹木がある。

雨漏りや隙間風もひどいはずだ、これでは人が住めたものではない。

改築などせずとも、建物が倒壊しないよう、鉄柱を数本ばかり立てて支えておけばいい。

それで隣の国有地にはみ出そうとも知ったことか、というつもりらしい。

ぬかるんだ路地の突端で、パトカーを停めた。

三匹の黒い犬がさかんに吠《ほ》え立てている。警官たちが、あからさまに不安そうな顔でいるところへ、老伍は車を降りた。

黒犬たちが足許で吠え立てるのも構わず、彼は、後部座席から食べ残しの弁当を手に取ると、隅にあった容器にそれをぶちまけた。犬たちが餌をむさぼっている間に——彼は犬をリードに繋いだ。

「王家の二人の息子は家の中に？」

「二日前にはたしかに見たんだけれども」

　里長の爺《じい》さんが強《こわ》ばった声で言った。

「二人の名前は？」

「近所の話だと、兄の方は大頭仔《だいとうし》、弟は細漢《さいかん》と呼ばれてるそうで」

　老伍はうなずくと、木板の打ち付けられたドアに歩み寄り、息を吸った。接着剤の濃厚な臭いが、あたりに立ちこめている。

　彼は拳銃の撃鉄を起こすと、白髪交じりの頭を撫《な》でた。

　トレンチコートの袖をまくると、いきなりドアを蹴り開けた。

「大頭仔と細漢のろくでなし野郎、出てこい！」

　建物の中で、激しく物がぶつかり合う音がしたものの、声はしない。老伍は、悠然と建物の中に入っていく。それから一分後――五十がらみの痩せた男が、手錠をかけられた姿でパトカーの後部座席に押し込められた。

「確保。ヤクは建物の中にあるはずだ。このあたりに、あいつらの父親がいないか探してくれ」

　三方を樹々に囲まれ、背後には山が迫っている。そこからすぐ、山裾にほど近い場所にその建物はあった。

中に老人の姿はなかったが、ヘロイン残留物の入ったビニール袋と注射針が見つかった。ヘロインは第一級麻薬として、所持だけでも懲役三年以下の罪となる。だが、前科があり、二度の再犯の場合、さらに罪が重くなる。テーブルの上には強力接着剤の大缶が置かれ、まだ三分の一ほどが残っていた。床には黄ばんだビニール袋が大量にぶちまけられている。ヘロインを買う金がないから、接着剤を吸引する。彼らはそれほどまでに貧しかった。まさに麻薬常用者の悲哀といえよう。

麻薬はどうでもいい。王魯生はどこにいるんだ？

兄の大頭仔は、目脂《めやに》を溜《た》めた眼に戸惑いの色を浮かべ、口からは涎《よだれ》を垂れ流し、パトカーのタイヤのそばにうずくまっている。

弟の細漢はまだましで、自分の足で立つことができていた。とはいえ、片足は靴も靴下も履かずに裸足《はだし》のまま泥に汚れ、もう一方の足には、青白ツートンのビーチサンダルをつっかけてはいるものの、こちらも泥だらけだった。

「細漢。今回はさすがに更正所行きはなしだな。ムショに入ってもらうことになるが、還暦祝いには出所できるだろうさ。さあ、教えてくれ、おまえの親父《おやじ》はどこにいる？」

細漢はうつむいたまま、泥にまみれた足許をじっと見つめている。

「おまえの親父だ」

老伍は携帯の捜査資料を見ながら、言った。

「王魯生、八十七歳。退役陸軍上士。わかるな？」

細漢は何も言わない。

「もう一度訊く」

老伍は眼を見開いて、銅鑼《どら》のような大声を張りあげた。

「おまえたち、王魯生をどこに埋めた？」

彼は一歩前に歩み出て、細漢のコートの襟を摑《つか》むと、さらに言いつのった。

「王魯生が死んでからどのくらい経《た》つ？　おまえたちが、彼の年金をせしめるようになってから、何年経ってるんだ？」

里長の爺さんの話を聞いて、老伍はようやく合点がいった。

何も不思議なことはない。二人の息子は、十七、八のころシンナーに手を染めてから薬物に溺れ、窃盗から何から、あらゆる犯罪を繰り返して糊口《ここう》をしのいでいたのだ。定職にも就かず、毎月の生活費のすべては、老いた父親の年金でまかなっていたのである。

王魯生の姿を誰も見かけなくなったのが数年前という。おそらく、すでに死亡した父親の年金を受給するため、息子たちはひそかに父を葬り、市に死亡届を出さないままでいたのだろう、と老伍は考えた。

そうしている間にも、刑事局や新店分局（署にあたる）の警官が続々とやってきた。

老伍は、薬物依存の発作を起こして鼻水を垂れ流している細漢を、山中にある竹やぶまで引っ張っていくと、言った。

「親父さんは、おまえら二人の馬鹿息子を養うために何十年も生きてきたってのに、死んじまったら、スコップで少しばかり地面を掘って、人里離れたところに埋めたってか？獣だって、そんなことはしないぜ。さあ、言え。どこに埋めたんだ？」

細漢は身じろぎもしない。大頭仔は、警官に肩を支えられながら、竹林のさらに奥へと進んでいく。あるところで立ち止まると、涙を流しながら、五つの石が積まれた空き地を指さし、

「お、お、おれたちが、ここに埋めたんだ」

ひきつった声でそれだけをいうと、いきなり慟哭《どうこく》した。

「くず野郎が」

警察官にあるまじき口ぶりだった。老伍は我慢できず、大頭仔を平手打ちすると、彼は泥の中に転がった。

皆がマスクをし、黙々とシャベルを地面に突き立てていくにつれ、鼻をつまみたくなるような悪臭があたりに拡がっていく。

石碇は湿地帯である。遺体は泥まみれだった。棺桶《かんおけ》も布もない。ただ無造作に、裸のまま泥の中に埋められていた。

　これが、世間知らずな不良息子たちのやり口か。

　王魯生が亡くなったのは四、五年前のはずだが、大頭仔と細漢の二人とも、それが四年なのか五年なのかよくわからないと言う。結局、王魯生の死因も不明であった。

　ある日、細漢が家に帰ると、ベッドに横になったまま、息をしていない父を見つけたらしい。

　王魯生は亡くなった後、押収されたマットの上でどれくらい放置されていたのか。

　それもよくわからない。大頭仔の話だと、当時、彼は宜蘭《ぎらん》の建設現場で働いていて、一方の細漢はというと、漁船に乗ったきり、少なくとも数カ月は帰ってきていなかったのである。

　石碇でも人気《ひとけ》のない山中だ。王魯生の死臭に気がつく者もいなかったということか。

　細漢は、帰宅してから救急車を呼ぶことなく、十日以上も父の死体の傍らに寝ていたという。大頭仔が帰宅すると、死体をひそかに埋め、父親の印鑑と通帳を使って、年金をせしめることを二人で話し合った――

　里長が出てこなければ、王魯生は戸籍上、九十何歳までも生き続け、不老不死の仙人となっていたかもしれない。

　検事は鼻を覆って竹やぶから逃げ出してくると、大頭仔と細漢兄弟に対する身柄拘束の書類に署名するなり、早々に立ち去っていった。

刑事局の警官は、ひどい臭いの王兄弟をパトカーに乗せるのを頑《かたく》なに拒んだが、新店分局の警官が気を利かせてホースを引っ張り出し、その場で彼らの身体をシャワーで洗い流した。

この寒空のなか、冷たい山水で被疑者の身体を洗うことは違法な拷問であり、人権侵害となるだろうか。

もっとも老伍には関係のないことだ。

掘っ立て小屋の周りを歩いてみる。外にあったプロパンガスボンベはすっかり錆《さ》びついていた。屋内の電気もすでに止められている。冷蔵庫は空っぽだった。ゴキブリの這い廻る丼鉢を除けば、食べ物らしいものは見当たらない。

大頭仔の兄弟はこんなところでいったい、どうやって暮らしていたのだろう?

請求書の山を見つけた。電気代は、一年三カ月の間支払われていない。停電の通知は六カ月前に送られてきたものだった。

家の外に捨て置かれたドラム缶で薪《まき》を燃やし、その上に鍋を置いて、何かを煮ていたらしい。鍋には、濃緑《こみどり》の黴《かび》が幾層にもこびりついている。

二人の兄弟は、シンナー依存のあげく、骨と皮だけのひどい痩軀《そうく》となり果てている。こんな彼らに、いったい何の料理ができたというのだろうか?

老伍は坂道を上っていく。道はとても狭かった。

背を低くして、両手で藪《やぶ》を薙《な》ぐように進んでいくと、ふいに三枚板の小屋が現れた。一見すると、便所のようでもあるが、それにしてもかなりの臭いである。

彼が歪《ゆが》みきった木の扉を開けなかったのは、その隙間から、踵の低いサンダルを履いた女の足がのぞいていたからである。携帯で連絡をとろうとしたが、どうやら電波が届かないらしい。仕方なく、先ほどのプレハブ小屋まで戻ると、新店分局の警官に声を張り上げた。

「なかに女の死体がある」

パトカーにあったパソコンをネットに繋ぎ、調べてみると、細漢は二度離婚している。相手は同じ女性だった。女は、烏来《うーらい》山の温泉旅館で清掃員として働いていたらしい。それがなぜまたここに戻ってきて、細漢と暮らしていたのかはわからない。

新店分局と刑事局の車は、山間の道を抜ける前に、全員が引き返してきた。

腐乱した女の死体には打撲痕があり、全身に浮腫が認められた。周囲の草叢《くさむら》から発見されたアルミバットには凹凸があり、血痕とともに、細漢の指紋と掌紋が採取された。細漢の身体からは、何日も風呂に入らず、下着も替えていない老人のようなひどい悪臭が漂っている。

電話で何度かやりとりをして、おおよそのことがわかってきた。

細漢と妻の間には一人の子どもがいた。その子どもは、一年前に通信詐欺の罪で中国警察に逮捕され、懲役十年の判決を受けた後、いまは広東《かんとん》にある刑務所に収監されている。つまり、本土の人民たちの税金で喰《く》わせてもらっているというわけだ。

王魯生は、十代のころ山東省《さんとうしょう》で軍に入隊し、大陸の各地で日本軍と歴戦し、その後、徐州《じょしゅう》で国民党軍とともに共産党軍と戦っている。古寧頭《こねいとう》戦役と金門《きんもん》砲戦での功績により、乙種二等干城奨章と忠勇勲章を授与され、台湾本島に家を築いた一族が、三代にしてまさかこのような結末を迎えることになるとは――誰も予想だにしなかったであろう。

細漢が苛立《いらだ》たしそうに身体を洗い流しているそばから、老伍はホースを手に取って、彼の痩せた尻に勢いよく水を浴びせかける。

「まったく、本当におまえら兄弟は犬より厄介だな」

危うく風邪をひきかねない細漢を救ったのは、蛋頭《たんとう》からの電話だった。老伍が出ると、彼のにやけた笑い声が聞こえてくる。

「老伍、基隆《きりゅう》の夜市で栄養三明治《サンドイッチ》でも買っていこうか?」

「私が定年退職するまであと何日だと思ってるんだ?」

「十二日だろ。ホワイトボードの隅にメモしてあるんだ。せっかく休みを取れるようにしてやったのにさ」

「ところで基隆だって? 定年間近の年寄りに休みはいらないってのか?」

「年末だぜ。お互い忙しいから、あまり話もできないだろ? それに新しい局長も来るっていうしさ。彼がどんなやつか知ってるかい？　まあ、心配はいらないって。簡単な自殺事件さ。おまえに現場を見てもらいたいんだよ。死体と銃をざっと調べてもらって、帰ってきてから報告書をざっと仕上げてくれれば、それでいい。あとは法医に任せるから」

「おまえには良心ってものがないのか。くしゃみが出るほど寒いってのに、そんな仕事を私に押しつけるのか？」

老伍が言うと、電話の向こうで、蛋頭は、雌鶏《めんどり》が喉をつまらせたような声で笑いながら、

「三明治を二つ買ってきてくれよ。マヨネーズなし、ケチャップ入りでね。今夜は、家に帰って飯は食えないだろうからな」

老伍は手をあげて、新店分局のもう一台のパトカーを停めると、

「基隆まで行ってくれ」

そう言うと、運転席に座っていた制服警官がおずおずと尋ねてくる。

「基隆ですね？」

「ああ、そうだ」

老伍は、後部座席のシートに身を沈めた。

「反黒科（日本の組織犯罪課）の蛋頭が、皆んなに栄養三明治を振る舞ってくれるそうだ。嬉《うれ》しいじゃないか」

拍手喝采は聞こえなかった。

車は、細かい、霧のような雨の中を走り出す。
この日の気温は、今冬最低の八度まで下がり、雨がやむ気配はいっこうになかった。

3 台湾、基隆

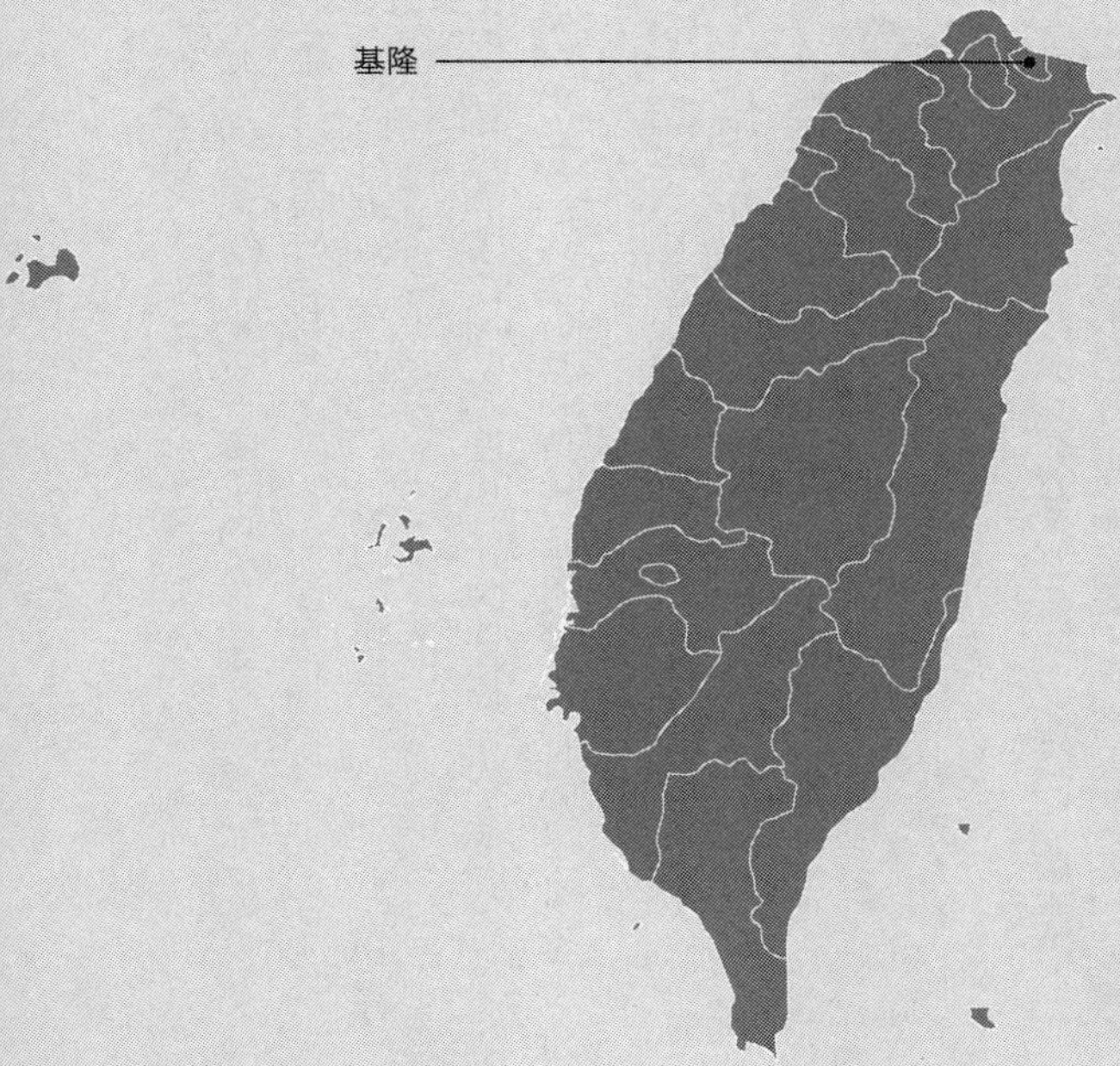

雨はさらに激しくなっていった。

基隆《きりゅう》は雨の多い港である。一年のうち、二百日は陽《ひ》がささない。

老伍は、気分転換に、セブンーイレブンの珈琲を一息に飲み干した。

車は、基隆港の南側にある長栄桂冠酒店《エバーグリーンローレルホテル》に到着した。

エレベーターで上にのぼると、堤防外の海軍埠頭《ふとう》に、二隻の成功級フリゲートが物憂げに係留されている。

九一七号室を警察官が慌ただしく出入りしている。老伍がエレベーターを降りると、廊下には甘だるい、ねばついた臭いが立ちこめていた。彼は、制服警官にN95マスクをくれと声をかけた。

基隆海軍一等士官長である郭為忠《かくいちゅう》が、午前中に銃で自殺したという、ホテルからの通報を受けて、基隆警察局は現場へ急行するとともに、刑事局にも報告した。

郭為忠は、ブルーグレーの海軍服姿で、海に面した窓際に座ったまま、銃を手にして、右側頭部の顳顬《こめかみ》を撃ち抜いていた。

銃弾は頭部の左側を貫通し、皺《しわ》ひとつない純白のベッドシーツには、おびただしい血や脳漿《のうしょう》、骨片が飛び散っている。

凶器は、台湾国防部連合後勤司令部工場が、ベレッタ92Fのクローン銃として製造したT75セミオートマチック銃だった。口径は九ミリで、有効射程は五十メートル。十五連マガジンを搭載している。設計が古く精度は甘いが、右手で構えた銃で自らの右側頭部を撃つのは難しい、とのコメントもネットでは散見される。

基隆警察局は、すでに建物全体を封鎖していたが、三十分前には海軍に通達し、制服を着た海軍兵七名が、部屋のドアの外に待機している。現場では、いまだ警察の臨場が進められており、海軍は規制線の外からその様子を観察することしかできない。

老伍は資料に眼をやった。

郭為忠、三十八歳。海軍の資料によると、一等航海士官長だという。既婚者で、二人の息子がいる。台北《たいほく》市在住。警察は海軍の協力を得て、特別車を手配した。郭夫人を基隆まで連れてきて遺体の身元を確認してもらうためである。

腹の底から絞り出すような野太い「気をつけッ！」という声が聞こえ、老伍が振り向くと、三人の軍官が部屋に入ってきた。

指揮官と思しき男は、大佐の階級だった。

彼は鼻を押さえながら、ひとわたり部屋の中を見渡すと、

「警察の責任者は誰かね？」

そう言った。

老伍は面白くない。ここは殺人事件の現場だ。いったい誰が彼らを入れたんだ？

「伍といいます。刑事局反黒科の」

大佐は無表情のまま、

「話ができる場所を見つけてくれないか」

二人は九一七号室を出ると、エレベーター脇の窓際で足を止めた。

老伍の身長は百七十八センチで、局内では身長が高い方である。しかし大佐は彼よりさらに頭ひとつ高かった。いかにも堅強な身体つきで、若いころから、かなり肉体を鍛え込んでいると見える。

「まさかこんな悲劇が起こるとはね。そろそろ台北栄民総医院の救急車が到着することだろう。遺体は台北に運ぶ」

台北栄民総医院だって？　老伍はマスクを外すと言った。

「現場ではまだ臨場も終わっていない。いまは法医が来るのを待っているところなんですが」

「すると、これは自殺ではないと？」

老伍は自殺だろう、と言うつもりだったが、口にはせず、その問いに答えるように、

「自殺ではないと思います」

「自殺でないとしたら、どうだというのかね？」

老伍は殺人だ、と言おうとしたが、敢《あ》えてそれは口にせず、続けた。

「いろいろと疑わしい点があるので、調べる必要があるかと」

老伍の言葉に、大佐は険しい顔つきになって、

「疑わしい点、とは?」

老伍は説いて聞かせるような口調で続けた。

「彼の膝の前に置かれているテーブルの上を見てください。コースターとマグカップがありますが、カップの持ち手は左を向いています。それに、持ち帰りにした惣菜《そうざい》が二つと箸が二膳。ビール缶は開けられていて、ほとんど飲んでいる」

「それが何か?」

「彼は死ぬ前に、誰かと会う約束をしており――」

「続けてください」

大佐は大きく眼を見開いて言った。

「カップの置かれた位置ですよ。持ち手が左側にあることから、郭為忠は左利きだったということになる」

「わかった。左利きだったと。それで?」

じっと相手の話に耳を傾けるとしても、人には限度がある。

「彼はひとりでビールを飲み、持ち帰りの惣菜を二口ほど食べたものの、相手はやってこない。あるいはその人物は、やってきたものの、飲み食いはしなかった。郭為忠は、そのとき突発的にかっとなって、右手で拳銃を手に取ると、顳顬に当てて、撃った。左手と同

じくらい正確に、右手で撃てるかどうかを試してみたというわけです」

「あなたの名前は？」

「名乗るのはこれで二度目ですが、伍といいます。伍千万元の伍です」

「ふざけないでくれないか」

大佐の挑発を無視して、老伍はさらに続けた。

「箸の置かれた位置からして、彼が使っていた一膳の箸は、封を切って、左手の方にある皿の縁に置かれていました。箸頭には油がついています。だが対面に置かれたもう一膳の箸は開封もされていない。これは、彼が顔見知りの誰かを待っていたことを示しています」

大佐は顔を顰《しか》めると、

「顔見知りの誰か？」

「ゴミ箱の中には、南京板鴨《なんきんダック》の弁当の容器が捨ててあり、その容器に印刷された住所は、台北市信義路《しんぎ》だった。彼は台北で弁当を購入し、バスか電車を使って、ここ基隆にやってきたことになる。ホテル近くのコンビニでビールを買い、コースターとマグカップ、それに箸を置き、その人物がやってくるのを待っていたのでしょう。郭為忠の自宅は台北にあるのだから、なぜこの客を台北の自宅に誘わず、わざわざ基隆港のホテルの部屋を予約して待ち合わせることにしたのか？　これが愛人で、妻に隠れてちょっとしたデートを愉《たの》しむつもりだったというのなら、軍服を着る必要があるでしょうか。バスローブを羽織るだけで十分だと思うのですが」

「伍刑事の意見だと、これは他殺であると？」

「正確には殺人の疑いがあるということですね」

再びエレベーターのドアが開き、そこには白衣をまとった法医の老楊《よう》が立っていた。彼は二人の助手とともに、老伍に軽く挨拶をすると、九一七号室の方へと歩いていく。

「解剖するのかね？　だが彼は軍人だ。生死に関しては、すべて軍が処理することになる」

「それについては上司に聞いてもらえませんかね。私はただの下っ端ですから、規則に従うだけです。遺体を解剖するかどうかは法医が決めることですし」

大佐は挨拶もそこそこに、他の二人の軍官を手招きすると、エレベーターの方へと歩いていく。

老伍も一緒に乗り込むと、大佐は、左の眉を吊りあげて彼を見た。老伍が口早に、

「下で煙草《たばこ》でも吸いませんか」

と声をかけたが、大佐はそれでも吊りあげた眉はそのままだった。どうやら煙草が嫌いらしい。

ホテルの外に出ると、老伍は煙草に火をつけた。

迷彩色に塗られたトヨタの軍用車が走り去るのを眼で追っていると、再び携帯が鳴った。

「国防部から電話があったぜ。故人は海軍士官長で、拳銃自殺らしいが、おまえは自殺じゃないと言ってるんだって——」

蛋頭だった。

「他殺の疑いがあると言っただけさ」

「わかった。他殺の疑いがあるということだな。局長が、今日中に報告をあげろとうるさくてさ」

「老楊たちの現場検証が終わるのを待たずに、ということかね？」

「とにかくおまえは先に帰ってきてくれよ」

「それじゃあ、栄養三明治《サンドイッチ》を買う時間がないぜ」

「おいおい、栄養三明治じゃなくても、コンビニで適当なやつを買ってきてくれればいいさ。いいな？」

通常、刑事局の事件においては、現場の警官と鑑識の報告を待ってから、局長が会議を開くかどうかを決定する。局長が多忙であるかどうかなど誰もが知っていることで、そもそも局長は、何につけこちらに口出しをしてくるのが常である。それが今日は違う。軍人だろうが農家の爺さんだろうが、死人であることに違いはない。そうではないか？

国防部のさらに上の上にいるお偉いさんは、いったい局長にどんな話をしたのだろう。

嫌な感じだった。たとえば、息子が箸をテーブルの下に投げ捨て、茶碗にはまだご飯が半分も残したままになっている――そんな感じだ。あるいは、息子が学校へ行こうと慌てて家を飛び出していったとき、玄関には、彼のスリッパが三メートルほど離れてばらばらに脱ぎ捨てられていた感じ――とでも言えばいいか。あるいは、山登りから帰ってきた妻が、徹夜明けでソファに寝ていた自分に対して「真っ昼間から寝てて、まったく怠け者なんだから」と、がみがみ叱りつけてきたときのような――

あるいは、会議だというのに、局長が突然携帯で話を始めたときのあの感じ。ようやく渋滞を抜けて車が空港に到着したというのに、パスポートが見つからなかったときの、あの感覚。

ホテルをチェックアウトしようとして、車のガソリンがないことに気がついたときのあの感じ。

ガス欠寸前のパトカーで、給油の長い列の最後尾に並んで順番待ちをしているときのあの感覚。

ガソリンスタンドに大きな看板が掲げられていて、そこには、ハイオクは五十元値上がりしました、と大書きされているのを見つけたときの、あの感覚――

定年まであと十二日もあるというのに、たった十二日間ではとうてい解決できそうにない殺人事件に出くわしてしまったような――

「あいつ」の悪口を散々口にした後に、いきなり局長がやってきて、「あのクソ野郎」と言いかけたのを慌てて呑《の》み込もうとして、できなかったときのようなものだった。

4　イタリア、ローマ

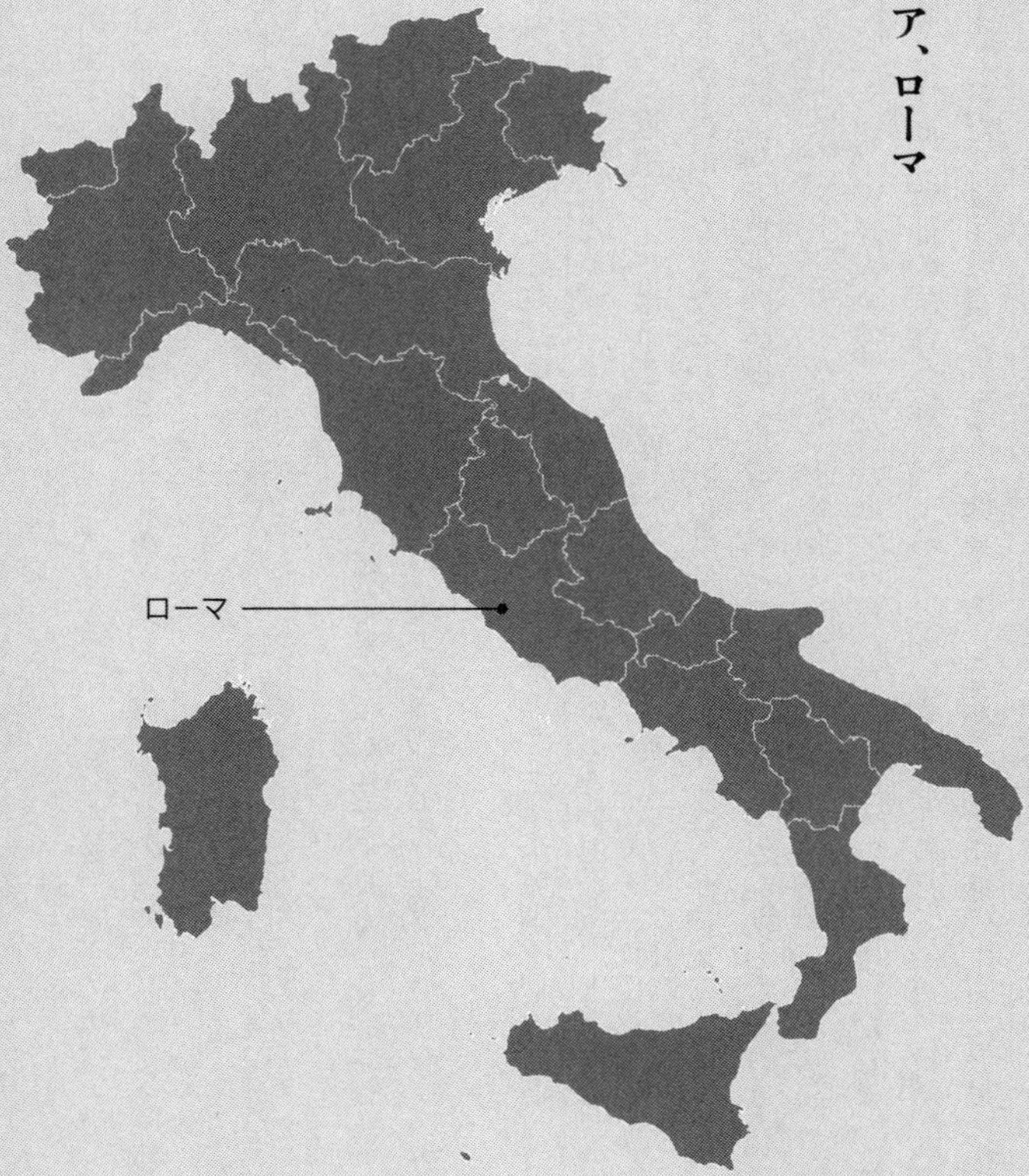

朝六時半に起床した。ボクシングと腕立て伏せを百回こなした後、階下《した》のカフェで、レタスとハムのパニーニとラテで朝食をとりながら、トレヴィの泉の周囲をじっくりと観察する。

どんよりとした曇り空だった。天気予報では早々に、ことしの夏は特別に暑い日が続くので、冬は大変な厳しさになると報じていた。

雪が降ってくれればと思う。大気の流れは、観光客がつくりだす波よりもずっと穏やかなものだ。もしかすると、観光客が雪を嫌がり、現場の環境はより仕事のやりやすい方に転じてくれるかもしれない。

ローマに雪は降らない。これは何かの曲名だったろうか。スマホで調べてみると、ローマに雪が降らないのではなく、南カリフォルニアに雨が降らないということらしい。

調べたところ、撤退ルートはうまく確保できるようだ。観光客が少なければ、そのぶん隠《かく》れ蓑《みの》にできるものは少なくなるが、一方で脅威も減少する。誰もが使えるカメラと携帯によって、十分間に何万枚もの画像が生成される。頭のいいやつが発明したこうしたガジェットのおかげで、「長いスポーツバッグを抱え」て、「わざと顔を隠」し、「急いで」、「人ごみに隠れ」た、「東洋人」の「男性」というキーワードを入力すれば、たちまちこの人物の正面から側面、背面の画像を探り当てることができてしまう。

カモフラージュだ。鉄頭教官、外国人の傭兵《ようへい》、そしてあらゆる組織の上官たちは、偽装をとりわけ重視していた。戦場におけるスナイパーがまず最初にするべきことは、その環境に溶け込むことである。決して目立ってはいけない。

ここローマにあるトレヴィの泉で、ふと窓に眼をやると、もう何日も髭《ひげ》を剃《そ》っていない男の顔がこちらを睨《にら》んでいる。定型的な東洋人らしい風貌といえた。

朝食をすませて、部屋に戻ると、頭からつま先まで欧米人らしい風貌に自分を改造する。ネットで見つけた名も知れぬアメリカ人男性——名前はトムにしよう。

トムは、カフェでイタリア人を気取ってみる。ミルク入りのマキアートを飲むのは、これが胃に優しいからだ。大きな甘いパンを二つ平らげると、満足げに口を拭う。重いジャケットを再び羽織ると、彼は、いまにも雪が降り出しそうな泉の近くを歩いてみる。でっぷりと太った彼は、ウェストが百二十センチもあるパンツを穿《は》いている。食事を終えるとげっぷをして、ベルトを緩める。外の気温は零度近いというのに、彼は、短パンにサンダル履きという休日スタイルで、膝から下の脚の毛と青白い肌を晒している。

トムは、ソニーの一眼レフを首から提げている。大きなバックパックに荷物をめいっぱい詰め込み、その下に寝袋を固定させていた。ホテルに泊まっているから、寝袋が必要ないというわけでもない。寝袋の下にもう一足の靴をぶら下げ、長期のアウトドア・ハイキングに対する準備もぬかりない。これに、ヤンキースかレッズか、ドジャースの帽子を合わせるのだが――手許には、ヤンキースのものしかなかった。そいつを被る。ヤンキースの野球帽のつばからは、カールした赤い髪がのぞいている。

これに加えて、ふくらはぎに、漢字で「禅」のタトゥーを入れる。雑貨屋でも売っているタトゥーシールだ。ふと他人の眼にとまる一方で、簡単に剝《は》がすことができるのは、変装のアイテムにうってつけといえた。

鋭い悲鳴の直後、トムは周りの者たちに合わせて身体を固くし、それからおそるおそる眼をあげて、どこから声がしたのかとあたりを見回すのだ。「誰かが撃たれたぞ！」という叫び声を聞いて、彼はそばにいたスイス人の男と同時に後ろを振り返る。それからすぐに立ち上がると、スイス人の男のあとを追い、そばにいた日本人の女性を押し倒し、韓国人の男が手にしていたカメラを叩き落とす。

トムは全力で走り出し、その場に脱げたサンダルを置き忘れてしまう――だが気にすることはない。アメリカ人は、靴下の上からサンダルを履く。警察も、サンダルから足の皮のDNAは採取できまい。

いくつか角を曲がり、トムは、スペイン広場近くの地下鉄駅に入る。そして二分ほど待って、トラムに乗り込むのだ。テルミニ駅で降りてトイレに入ると、トムは、短パンとサンダル、鬘《かつら》と野球帽を脱ぐ。厚手のジャケットも脱ぎ捨てる。あんこ腹に見せるため、シャツの下に仕込んでいた服を取り出し、バックパックからBOSSのカジュアルジャケットとスラックスを取り出す。アウトドア用の登山靴に履き替え、バックパックを蛍光色グリーンのレインカバーで包み込む。毛糸の帽子を被れば、もう慌てることはない。片手をポケットに突っ込み、もう一方の肩にバックパックを提げた格好で、ホームの売店で珈琲を買うと、フィレンツェ行きの列車に悠然と乗り込んでいく。

イタリア警察は、トレヴィの泉周辺の防犯カメラの映像を確認するに違いない。しかし警察が、アメリカ人のトムなる人物を特定したときにはもう、彼はすでにフィレンツェのシニョリーア広場近くの路地で、牛もつの入ったサンドイッチを頬張っていることだろう。

……

クロワッサンを食べ終えたころには、ホットビーフサンドのことも忘れてしまっていた。彼はホテルに戻り、ライフルの整備を行うことにする。

一般的にスプリングフィールドM21と呼ばれる狙撃銃には、MK14やM25という改良型もあるが、彼はいまだにそれをM14と呼んでいた。

入隊当初は、アメリカのM16のコピーガンであるT65自動小銃を使用し、狙撃隊に入隊して初めて、由緒あるM14に触れることができた。

一九六九年に、アメリカ軍は正式にM１をM14に切り替え、同時にM14は、九倍率スコープを搭載したM21スナイパーライフルに改修された。ただし、これはセミオートマチックライフルだったため、射程と精度に関しては三ツ星半の性能に過ぎない。一九八八年以降、M21は、ボルトアクション式ライフルである四つ星半のM24に取って代わられている。兵役時代に使っていたM14は、素晴らしい銃だった。初期のM1に比べてクーリングもしやすく、軽くて照準精度も高かった。しかし時は変わって、ベトナム戦争時に実戦投入されたM16と比較すれば、M14も不器用でお粗末な銃ということになってしまう。携帯しやすいＳＲＳや、近未来的な外観のヘビースナイパーことバレットＭ１０７にはかなわない。

　あれは訓練初日のことだった。

　長い時間教壇に立っていた鉄頭教官は、分解されたM14のパーツを組み立てると、アクションと銃床《ストック》の間にある木製のくびれを優しく撫でて、こう切り出した。

「これから、おまえたちの一番近くにいるやつは、恋人でも、かみさんでもない。おまえたちの股ぐらについてるペニスでもない。こいつだ。見てくれはいかにも素っ気ないが、こいつは十連マガジンで、弾を装填《そうてん》してなければ重量は四・五キロと、とても軽い。撃つときは、風で銃口が流されないようにすることだな。よし、それじゃあ、こいつをもう少し重くしてみようか」

　鉄頭教官は、角形の十連マガジンを装填し、自動レンジ軌道《ART》スコープを取り付けた。

「これでこいつの重量は五・六キロだ。どうだ？　殺気を感じるだろう？」

鉄頭教官の一言に、言い返すものはいなかった。

「わしらの小さな基地は、陸戦隊からの借り物で、その点は残念だが、訓練期間のスケジュールに、つまらない政治の授業は含まれていない。朝六時に起床すること。とはいえ、新兵訓練センターの五時半よりずっとましだろ。掃除をすませて、一晩ため込んだ真っ黄色の濃い小便をすませた後、六時十五分には、おまえたちの大事なナニをしまって集合だ。その後、五千メートルをがっつり走り込んでもらう。完走できないやつは、やり直しだ。夕方にまた走ることになる。それでも駄目だったら、なあに、寝なきゃいい。そうすれば、夜中じゅう走って走って、朝には、わしに完走したところをしっかり見せてくれるだろうからな」

彼の話に、ちょっとしたざわめきが起こった。

五千メートル走るのは、別に大したことではない。だが、この古い銃を抱えて走るとなると、どうだろう？　両腕がもげてしまうのではないか？

「疑うんじゃない。毎日、こいつを抱えて走るんだ。雨の日も、風の日も。可愛《かわい》い可愛い恋人をベッドに誘ってキスをするようにな。使い終わったら、銃身には、小さな疵《きず》もあってはならない。銃身を撫でてみろ。おまえたちがオンナを可愛がるようにな。優しくすりゃあ、濡《ぬ》れてくる。いいか、わかったか？」

全員が声を揃《そろ》えて、「わかりました」と答えた。

「わかっただと？　わかったか、わかってないかは、走り終えてから言ってくれ」

鉄頭教官は、M14をそっと撫でると、さらに続けた。

「走り込んだ後は、朝飯だ。おまえたちの士気を高めるためにも、朝食の献立を先に話しておこうか。可愛いオンナのパイオツみたいに、白くてふっくら柔らかい饅頭《まんじゆう》に、オンナの涎のような豆乳《とうにゆう》。それにジャムとバター、肉鬆に漬物、ゆで卵だ。このなかで誰かハンバーガーを食いたいやつはいるか？　だったら、厨房《ちゆうぼう》に、中華風のバーガーでも作ってもらおうか。饅頭にでっかい雞排《フライドチキン》をぎゅうぎゅうに挟んでもらってな」

鉄頭教官は、丁寧な手つきでM21を生徒たちに手渡していく。

「M14は朝鮮戦争やベトナム戦争でも使用された銃だ。総生産数は百三十八万挺《ちよう》。数億挺を生産したAKと比べると、より希少で高価なものだ。おまえたちが、いま手にしているM14を改造したもので、M21スナイパーライフルは、こいつはさらに数も少なく、めったにお目にかかれるものじゃない。いま両手で銃を持っているな。左手をフロントスリングの後方に、右手でスピアウェストを軽く摑んでみろ。おれの命令で、走れ——よし、行けッ」

それを合図に、M21を抱えて、五千メートルを延々と走り続けた。一日も休むことなくだ。休日であっても、完走するまで営門を出ることは許されない。三カ月以上も走り込むと、ライフルは身体の一部となり、どんな体勢でも射撃を行うことができるようになっていた。鍛え抜いた両腕は、スチール製の三脚のごとく頑健なものとなり、ライフルを構えても、しっかり固定することができる。

実弾を撃つたびに、彼は、頰に触れる木製ストックの肌触りが好きになっていった。いままで、彼はM21よりはるかに強力なアサルトライフルをいくつも使いこなしてきた。だが、そうした銃には、親しみやすさとでも言うべきだろうか――そうしたものが欠けていた。

彼は、トレヴィの泉に近いホテルの部屋で、M21を何十もの小さなパーツに分解し、オイルクロスで丁寧に拭き取っていく。当時の鉄頭教官がしていたように、彼は、銃身後方の湾曲したくびれを繰り返し撫でてみる。

射撃における精度は、支点をいかに確保できるかに依る。三つの支点を掌握できれば、誰もがスナイパーになることができるのだ。

狙撃隊における訓練は、『1』と、二箇所の『2分の1』の固定支点を基本に行われる。まずストックを肩に当てる。これが『1』点目だ。次に右手でグリップを握り、トリガーに指を添える。強く握る必要はない。これが『2分の1』の一箇所になる。残りの『2分の1』は、銃身の前方を固定する左掌だ。

「あくまで軽く銃に手を添える感じでいい。自分の金玉を握るような感じでな。銃を撃つわけじゃない。強く握ると息ができなくなる」

$1+\frac{1}{2}+\frac{1}{2}$

オイルを塗り込んで、元の状態に組み立てたM21スナイパーライフルの有効射程は、八百メートルだが、かつて同期の何人かが、千メートル先にある標的に向けて射撃を試みたことがある。結果はというと、なかなかのものだった。

だがそのとき、鉄頭教官は、そうした行為を禁じるように厳しい声で言った。

「対砲兵部隊のくせに飛行機でも撃つつもりか？　飛行機を撃墜するにはミサイルがあるんだ。だったら、下手にライフルを担いで、空に向かって撃つ必要などない！　二百から四百メートルだ。いいか、よく聞け。わしがおまえらくそったれに求めるのは、射程距離じゃない。無駄のない、完璧なショットだということを忘れるな」

降りしきる雨が、眼の前の泥を激しく叩いている。

数滴の泥が、顔に跳ね返った。

三百メートル先には、移動可能な半身の迷彩色のシューティングターゲットが置かれている。

「一発で命を奪う。スコープに映るターゲットには命が宿っていると思え。引き金を引くのが、おまえたちの使命なんだ。頭をしゃっきりさせて、とにかく集中しろ」

鉄頭教官は、激しい銃声を響かせているスナイパーライフルの列の前に立つと、訊いた。

「おまえたちがここにいるのは、命令によるものだ。誰が命令した？」

十人が声を揃えて、いっせいに答えた。

「教官です！」

「軍人としてのおまえたちには、命も感情もない。あるのは命令だけだ」

鉄頭教官は百メートル先まで歩いていく。強い雨が、オリーブ色の制服と黒いブーツを叩いている。

彼は両手を腰の後ろに回し、射撃場に向かって大声を張りあげた。

「撃ち方始めッ！」

鉄頭教官は、迷彩色のシューティングターゲットと狙撃手の間を悠然と歩きながら、射線を遮ったり、固定されたターゲットを狙撃手から隠してしまう。

立て続けに銃声が鳴り響いた。

鉄頭教官はふいに立ち止まったり、あるいは突然、歩速をあげたりもする。

弾丸は、二丘に囲まれた狭い射撃場を汽笛のような音をあげて飛び交い、その刹那《せつな》、最も激烈な飛行物体へと変じていた。


以前は、ターゲットを狙うために、十発をマガジンに装塡しておき、十一発目は、あらかじめ薬室に入れておくようにしていた。ターゲットを撃つのに使うのは、一発だけ。残りの十発は、ターゲットを撃った後の護身用に使う。

今回の任務において、自衛の必要はない。

彼は五発を使うつもりだった。一発目は、射線を遮る障害物を取り除くため。二発目は、ターゲットを撃つため。そして残りの三発は、あくまで予備とする。

ベッドの上に置いてある数十発の弾薬から、五個を選ぶ。経験上、こうしたときには、いくつかの弾薬だけが、特別な輝きを放っている。それを選ばないわけにはいかない、とでもいうように。

いま持っているM21はイラクで手に入れたもので、クルド人が戦場に置いていったものを、やっとの思いで自分のものにした戦利品だった。

サイレンサーは、パオリの手になる特注品だ。

以前、パオリが言っていた。サイレンサーのないスナイパーライフルを使うなんて、コンドームなしで女と寝るようなものだ。必ず面倒なことになるだろう、と。

パオリが傭兵を引退した後、誰もが、彼は工廠《こうしょう》か車の修理工場でも働くのだろうと思っていた。だが何を間違えたのか、その後、彼は神に帰依し、麻布を身にまとう修道士となった。以来、銃の改造稼業からも足を洗ってしまったのである。

引き金を引くと、柔らかく歯切れの良い音がした。

ベッドに腰かけ、両脚を広げて座る。この状態では、固定支点は『1』と『2分の1』に過ぎない。肩口と、右手のグリップだ。左手でスコープをピカティニー・レールに取りつけると、銃口を窓の外に向けた。照準の中央を、泉の後方にあるネプチューン像の額に定めてみる。

銃口から放たれた弾丸が、自撮り棒を持った観光客の頭上に弧を描く。そして、水底に小銭を溜めた泉を通過して、ネプチューンの両眉の間を貫通する。後頭部から脳漿が吹き出し、背後に屹立《きつりつ》するギリシャ式の円柱やローマ式の柱頭、さらにはバロック式の丸屋根に、鮮やかな色が飛び散るのを想像してみる。

シミュレーションを終えて、銃を片付ける。銃を手にしたのは、半年以上ぶりだが、その感触はいまも変わらない。

午前十時五分。赤い髪にヤンキースの野球帽を被る。下着の上にジーンズを挟み込んで妊婦のような腹に見せる。短パンにサンダルを履いたトムは、M21スナイパーライフルを持ち上げ、最初の弾《たま》を薬室に、残りの四発をマガジンに装塡する。マガジンを挿すと、カチッという柔らかい音をたてる。

天気予報のとおり、ローマでは珍しい雹《ひょう》が降りはじめた。

雹が水しぶきをあげて、窓の外を叩いている。それでも予想したとおりに、トレヴィの泉の周辺は、自撮り棒や色とりどりの帽子を被った多くの観光客で賑わっていた。

しかし、どうして東洋人の女性たちが傘をさすことに、思い至らなかったのだろう？

いま泉の周りは、多くの傘で覆われているのだ。

なぜ彼女たちは、雨の日も晴れの日も、一日中どこに行くにも、傘をさすのだろう！

場所を変える必要があった。傘が多すぎる。

彼は足音を殺すように階段をのぼると、建物の屋上に出た。煙突のそばに隠れて、M21の銃身を取り出す。風が予想以上に強い。降りしきる雹は、視界にも影響を与える。

だが運には逆らえない。彼はスラックスのベルトを外し、その一端を、銃身前面下に固定された楕円形《だえんけい》のスイベルリングに、もう一端を左前腕に留めた。左手は強く張ったスリングを通して銃身の下に伸ばし、V字形にすぼめた掌で、銃の重さの一部を軽く受けとめる。右手でストックを右肩の肩甲骨に押し当てる。いまは1＋1／2＋1／2の固定点があり、特に左手は釘を刺したようにしっかりと緊張させている。

ターゲットに狙いを定める前に、写真を取り出した。よし。カフェの外の丸テーブルには三人が座っている。左に年配の、白髪頭の東洋人、中央に毛皮のコートを着たヨーロッパ人、右端には艶のある黒髪の東洋人の三人である。

確認するべきは耳朶《じだ》だ。スナイパーが常にターゲットの顔を覚えているわけではない。だがターゲットとなる頭部の特徴は、しっかり頭に叩き込んでいる。


鉄頭教官は言った。耳は皆、違って見える。

「個人の特徴といえば指紋ではないのでしょうか？　なぜ耳なんです？」

鉄頭教官の前では、誰もが「はい」と叫ぶだけで、質問することは許されない。それでも、彼は質問した。

「撃つ前にターゲットの指紋を確認する時間があると思うか？」


安全装置を外し、息を止める。

赤い傘が退いたとき、彼は躊躇《ちゅうちょ》しなかった。

艶のある髪の東洋人に狙いを定める。スコープの中央を通して、男の耳を確かめる。耳朶には、上向きに切れ込みが入っている。まるで下の部分が欠けたクエスチョンマークのように見える。

ターゲットが、女性や髪の長い男性だったらどうするのですか？

「馬鹿野郎。だったら運がなかったと諦めるんだな」

このあと、彼は運動場で百メートルも蛙跳《かえると》びをさせられた。

クエスチョンマークがますます大きくなっていく。スコープを覗くと、それは象よりも巨大に見えた。彼は、左耳の後ろの髪の生え際に狙いを定めて、引き金を引く。

霧のような雹の降りしきるなかでも、かろうじて見えるほどのかすかな白煙が、銃口から立ちのぼった。

銃丸は、飛込競技の選手のように前に向かって飛んでいく。

ターゲットがこちらに向きを変えた瞬間であった。

銃丸が、男の後頭部に緩やかな弧を描いて突き刺さった。

弾痕からわずかな血が噴き出し、その一滴は、彼の背後にいたウェイターの白いエプロンに飛び散り、またいくつかは、つい先ほどまで薄い水たまりのできていた地面に降り注いだ。

一から三まで数える。一。真ん中に座っていたヨーロッパ人が眼を見開く。二。ヨーロッパ人が口を開く。三。ヨーロッパ人が右側に倒れ込む。

ターゲットでないヨーロッパ人が、テーブルの下に身体をもぐり込ませようが、白髪の老人の足許に隠れようとしようが、彼にはどうでもいいことだった。

銃をおろし、分解して、バックパックに詰め込む。彼は、ヤンキースの野球帽を目深《まぶか》に被り直し、サンダルを履くと、軽快な足取りで階段を降りていく。

しまった。ホテルを出ると、凍えるように冷たい風が、脚の毛の一本一本を撫でていく。どうしてヤンキースのトムは、ショートパンツを穿くことにしたんだろう。

ヤンキースの野球帽を被ったトムは、ホテルのドアを押し開けると、路地を右に曲がって北に向かった。誰もが、短パンとサンダル姿の彼など気にも留めず、通行人たちは皆、何事かとトレヴィの泉の方を向いている。

けたたましいパトカーのサイレンが鳴り響いている。トムは、ついうっかりして、プラダのバッグを手にした韓国人の女性にぶつかってしまう。倒れた彼女を抱き起こそうとしている、フランス語を話す男性に、その場で軽く頭を下げて礼を言う。

彼は、ローマのこのあたりの道は知り尽くしている。いくつかの路地を抜け、十分ほどでスペイン広場に到着した。

広場の中央にあるバロック様式の噴水のあたりは、世界中からやってきた観光客で溢れかえっている。彼はその様子を眺めながら、この噴水の名はたしか――「醜い船」だったか、と思い出す。名前のとおり、醜悪に見える。

彼はいかにも無頓着に、空いている場所を見つけて腰をおろした。

野球帽を脱ぐと、頭に手を入れて、赤髪をかきむしる。赤パッケージのマールボロを取り出して火をつけると、悠然と煙を吐き出した。

彼はズボンのポケットに手を突っ込み、満足した様子で、地下鉄駅へ通じる階段をのんびりとした足取りで降りていく。

休日のローマの地下鉄は、人でごった返している。彼は車輌の隅に身体を寄せて、テルミニ駅で降りると、トイレに向かう。

その五分後。赤毛のアメリカ人のトムは姿を消し、彼は、ハンサムな東洋人の男に戻っていた。

荷物の入ったバッグの中身をゴミ箱に捨てると、そのままカフェに行き、カウンターでエスプレッソを注文する。それを一息に飲み干すと、踵《きびす》を返してホームに入った。次の列車の目的地は南のナポリだ。ローカル線で、二時間半はかかる。

彼は周囲に油断なく眼を配ると、列車に飛び乗った。

電話をかける。ノキアの電波はまだ通じていた。はっきりとした声が聞こえてくる。

「飯ができた。卵は一個、フライパンを洗っておいてくれ」

「携帯電話は捨てて。また連絡する」

電話の向こうの彼女に、何か質問する機会は与えられなかった。

ひとつだけ書き忘れたことがある。トイレに行ったとき、ふくらはぎにつけていた「禅」という刺青シールを剝がして、壁に貼りつけておいた。そうしておけば、イタリア警察が赤毛のアメリカ人男性トムに関心を持ったとき、あのトイレが役に立つかはわからないが。


トムがプラダのバッグを提げた韓国人の女性にぶつかったとき、隣のホテルの二階の窓が開いていた。

さっきまでその窓からは、AEスナイパーライフルの細長い銃口が覗いていた。AEの安定性は図抜けている。銃身下の三脚を窓の奥にある化粧台に設《しつら》えると、ちょうどいい高さになる。五百五十メートル圏内の誤差はわずか〇・五一センチに過ぎない。サイレンサーを装着すればソニックブームもほぼ感じない。

シュミット&ベンダーのスコープ越しに、通りにある建物のすべての窓と傘を一つずつ舐《な》めていき、最後にカフェの外にいる三人の男性に固定する。

44マグナムの銃弾を、バレルに装塡する。

ターゲットを血まみれに吹き飛ばす大口径弾薬であった。血なまぐさい恐怖をもたらす効果が期待できる。

スコープをターゲットに向ける。見えるのは、痩せた、白髪頭の東洋人だった。

笑うと口角があがり、口の端に爪楊枝《つまようじ》をくわえた容貌は、チョウ・ユンファのようだ。

スコープをすぐ隣に転じると、毛皮の襟に覆われた、色白の、大ぶりな外国人の顔がある。

右には、くしけずった黒髪の際立つ後頭部が見える。

銃口はもう動かない。親指で安全装置を開き、引き金を引こうとしたそのときであった。

スコープに映っていた黒髪の頭が、突然、テーブルに叩きつけられた。

血飛沫《ちしぶき》が見える。丸テーブルの上で揺れるカップと皿が見える。スコープを、とりどりの色の傘で覆われた小広場に向けたそのとき、電話が鳴った。

「状況は？」

「黄雀が仕留めた」

「すぐに出て」

「了解。家裡人によろしく」

電話を切り、ＡＥを部屋の中に引っ込めた。

5 台湾、新北市金山区

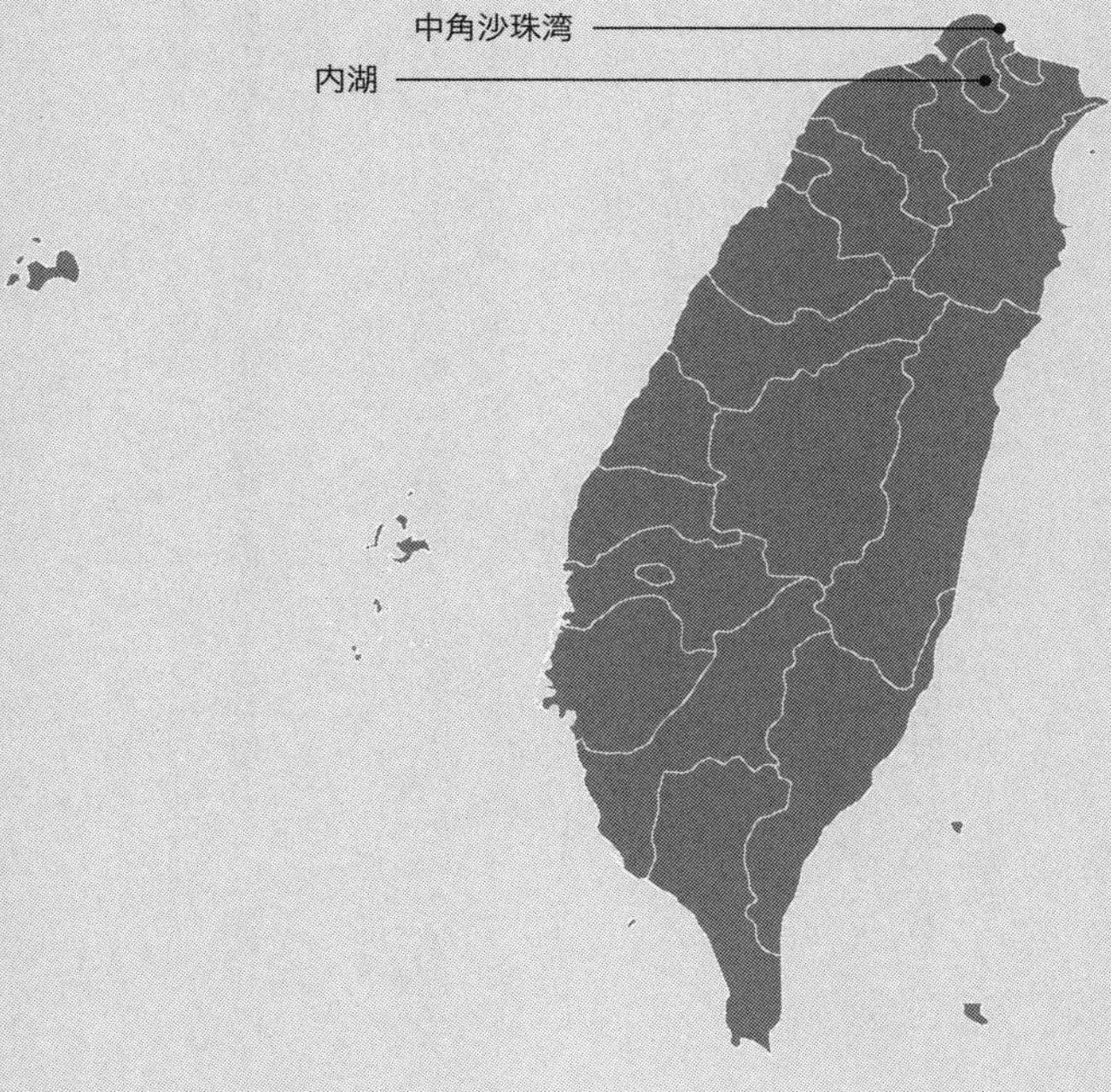

どうして殺人事件ってやつはこう、いつも気持ちよく寝ているときに起きるんだろう?

金山《きんざん》獅頭山《しとうざん》を越えてきた北東風《きたごち》がどよもし、鬼神が猛々《たけだけ》しい雄叫《おたけ》びをあげていた。

海に浮かぶ燭臺雙嶼は、鬼風の剛力によって、鋭利な斧《おの》を振り下ろしたように、真っ二つに割れてしまったと伝えられている。

強風が海沿いに建つ聖安宮を疾《はし》り抜け、長い舌を伸ばして廟門《びょうもん》に立つ黒白《こくびゃく》無常の手の中の鎖をジャラジャラと鳴らしている。彼ら神祇《じんぎ》はこの季節が最も忙しい。陰陽の狭間《はざま》を駆け巡り、さまよえる孤独な魂をとらえるのである。

波の間に見え隠れする亡骸《なきがら》を前にして、その凍りついた死体を目の当たりにした老伍は、喉元にまで込み上げてきた胃酸をぐっと堪《こら》えた。

十二月三十日午後十一時二十七分。老伍は四人の警官とともに、二台のパトカーで、新《しん》北《ほく》市石門《せきもん》区と金山区の境にある中角沙珠湾に向かった。

死体は裸のままで、岩礁に抉られ損傷していた。

海岸線に停められた小型トラックには、四つのサーチライトが取り付けられている。パトカーの上部に設えられた、赤青に回転する警告灯の光が、白い波に反射している。

吹きつける冷たい北風と激しい雨を遮るため、老伍はウインドブレーカーの襟を引き締め、煙草に火をつけた。

一発で仕留められている。

黒道のやり口だ。

鑑識の必要もない。死体のありようが、老伍にそう伝えている。

額の中央にある黒い穴が致命傷であることは、明らかだった。すぐさま老伍たち反黒科が呼び出されたのも納得がいく。

凄まじい風雨の吹き荒れる海辺に佇《たたず》んだまま、老伍は、サーチライトの照らし出す光柱に向かって息を吐いた。そうすれば、少しでも身体が暖まるような気がしたのである。

十一月下旬になると、毎年、北東部からの冷たい季節風がモンゴル高原から南下し、台湾北海の河口や港に容赦なく注ぎ込む。この寒さは、北国の雪や、氷が凍る冷たさと違って、骨にまで沁《し》みわたるような湿気と水気を帯びた震えを伴っている。

鑑識科の藍炮《あいほう》は、麻雀《マージャン》卓を囲んでいるところに呼び出され、一時間前には現場に到着していた。彼は両手をこすり合わせながら、首を傾《かし》げて言った。

「老伍。降りてって水温を測ってこようか？　なかなかの湯加減だったら、一風呂浴びていくのもいいんじゃないかね」

冗談を言ってる場合か、と老伍が声をあげようとしたところへ、そばにいた警官が高《コー》梁《リャン》酒をすすめてくる。彼は喉まで出かかっていた言葉をぐっと呑み込んだ。

藍炮は酒を乾《ほ》すと、言った。

「被害者の口の中に海藻や泥の付着は認められないから、額を撃たれて、そのまま海に落ちたんだろうな。死体の膨張の度合いから、おそらく死後一日も経っていないというところかね。犯人は、身許が割れる証拠を残したくなかったんだろう。鰻《うなぎ》をさばく職人が、眼に釘を刺して、皮と骨、頭から尻尾まで丁寧にさばくように——まっさらの、きれいなホトケさんさ」

通報者は、このあたりの海岸で、サーフィン教室を運営している林永良《りんえいりよう》という男だった。フェンス作りの流木を集めていたところで、くだんの遺体を発見し、警察に通報したという。

海岸に散乱している流木にペットボトル、ビニール袋、発泡スチロール——それらを眺めながら、老伍はため息をついた。

規則では、死体の周辺を捜索して、物証となるべきものがあるかどうかを調べなければならないことになっている。しかし、沙珠湾のゴミを前に、いったいどこから手をつけるべきだろうか、と老伍は考える。

三本の差し歯に、頭皮が透けて見える薄毛。下腹部にある二箇所のヘルニアの手術痕のほか、故人の身許を辿れるものはない。

老伍は、官校時代、空手とレスリングの達人だった。数え切れないくらい多くの人間をファイヤーマンズキャリーで投げ飛ばし、オリンピック代表にも選ばれかけたが、腰を痛めたことで、競技を続けることを断念せざるを得なかったのである。

それから本気で警察官になろうと決心した。当時から健康には自信があったが、いまは身体も心もすっかり疲れ果てている。

寒さをしのごうと、藍炮から酒を受け取った。勤務中の飲酒禁止はしばしば見過ごされる。

一年前には大陸の寒波が南下し、台湾の北岸に凄まじい強風が吹き荒れた。あのときの寒さはひどかった。縮こまった陰茎が、腸の温《ぬく》もりを求めて腹の中にめり込んでしまうほどに――

「定年まであと何日あるんだい？」

老伍は腕時計に眼をやると、

「十一日だな」

「それはおつかれさん。老伍、三十年も修行を続けてれば、仙人にだってなれるんじゃないかい」

鑑識科の男には話し好きが多い。なかでも藍炮はその典型といえた。

あと十一日間で事件を解決して、自分の人生に区切りをつけなければならない。だが厄介なことに、自分は二件の殺人事件をいっぺんに抱え込んでしまったのである。

老伍は両手をこすりつけ、かじかんだ足で地面を踏みしめる。

まずはどうにかして、被害者の身許を明らかにする必要があった。死体の指紋を局に送ると、偵防犯罪指揮中心《センター》に、最近の行方不明者データへの照合を依頼する。

死体には見たところ、刺青は見当たらない。刺傷や銃創も認められないことから、被害者が黒道の関係者とも思えない。単に、地下銀行に何十万もの借金をした輩《やから》が、元金も利息も返済できず、鶏や猿を屠《ほふ》るように殺されたとでも？

これ以上考えてみても仕方がない。

市内に戻ったのは、朝の七時半だった。

内湖《ないこ》の来来《らいらい》豆漿店で一息ついたところに、携帯が鳴った。

当直の警官が局長の指示を伝えてきたが、老伍は何も言わず、電話を切った。

鹹豆漿《豆乳スープ》、牛肉捲餅《ビーフロール》、蘿蔔糕《大根餅》を注文してから、また戻って、鹹豆漿をもう一杯と燒餅油條《揚げパンサンド》を追加した。

彼の横に座っていた四人の警官は、自分のぶんを食べ終えていたが、こんな朝も早い時間から食欲旺盛な老伍のことには触れなかった。

彼が豆漿の最後の一口を飲み干したところで、店の前に、カーキ色のトヨタ車が停車した。

軍服を着た三人の軍官が、雨を避けるように首をすくめながら店内に駆け込んでくる。陸軍大尉が二人と、海軍大佐だった。

老伍はふと顔をあげ、燒餅を食べながらそちらを振り返った。

海軍大佐は、老伍がレッドカーペットを敷いて出迎えなかったことなど気にも留めず、こちらに向かって歩いてくる。彼はテーブルを挟んで向かい合わせに座ると、手袋を脱いだ分厚い掌で老伍の肩を叩いた。

「伍刑事ではないですか？　また会いましたね。国防部の熊秉誠《ゆうへいせい》です」

老伍は爪楊枝をくわえたまま尋ねた。

「詳しく教えてくれませんか」

「詳しく？」

「熊大佐。私が言っているのは、つまり故人の名前と、肩書きと、生年月日、四柱推命に星座です。彼は軍人だった。そしてあなたも軍人だ。この手の資料は、まず私が自分の局長に訊く。それがあなたの上司に廻っていって、その次に、あなたの局長があなたに問い合わせをするはずだが、こうして直に話をできるのなら、あなたが私を探す手間も省ける。公式文書が行き来することもなくなるわけだから、紙を無駄にすることもない。環境にもすこぶるいい、ってもんじゃないですか」

熊秉誠は口許の端をあげると、

「伍刑事はなかなか愉快な人のようだ」

そう言うと、躊躇《ためら》いがちに話を切り出した。

「とにかく、この事件はもう隠蔽することはできませんしね。できたとしても、せいぜい一日程度でしょう。よろしい。貴局が調査した故人の指紋から、死亡したのは邱清池《きゆうせいち》と判明しました。陸軍武獲室の大佐です。すぐさま国防部に問い合わせたところ、宿直の者から二十七分八秒前に、私へ連絡がありましてね」

「で、この嵐の中、わざわざご足労いただいたというわけですか。私と一緒に豆漿でも飲みたい、と」

「寝不足ではありますがね。この青っ白い大尉などは、歯を磨く暇さえなかったようだが」

「それにしては、彼は豆漿も蛋餅《玉子のクレープ巻き》も口にしたくはないようですが」

「伍刑事はどうもご機嫌斜めのようだ。寝不足かな？」

「ちょっと待ってください。先ほどの話ですが、武獲室の何ですって？」

熊秉誠は、瞬《まばた》きもしないまま、大きな眼で老伍を睨んでいる。

二人の大尉が、彼のぶんの豆漿を運んでくると、ようやく眼をそらして、それを飲むと、

「刑事局は予算が削られているそうですから、新聞も読んでないのですかね？　武獲室の正式名称は、武器獲得採購室ですよ。邱清池は、大佐に昇進したばかりだった。陸軍司令部武獲室の執行長にね」

「ああ、あの武獲室ですか。アメリカのM1A1戦車の購入に絡んでいるんでしょう？」

熊秉誠は面をあげないまま、答えた。

「それは軍事機密でしてね」

「妙ですね。どうも武獲室っていう名前のついたものは、すべてが機密らしい」

熊秉誠は、豆漿を飲み干すと立ち上がり、手袋をはめた手を老伍に向けてピストルを撃つ真似をした。

「伍刑事はなかなか賢い人のようだ。私があなたと豆漿を飲むように命じられた理由はただ一つ。貴局には一刻も早く手続きを終えていただき、遺体を台北栄民総医院へ移送してもらいたいのです。そして今後の処理は、すべて我々の方で行えるようお願いしたい」

三十五年にわたる老伍の警察人生においては、最大の事件である。それなのに、なぜあと十一日間しかないのだろう！

「あと一カ月あればな。煮立った鴨、というわけか（煮熟的鴨子飛了——煮立った鴨が飛んでいったという諺より）」

熊秉誠の顔が、老伍の鼻先まで迫ってくる。

「理論的には、煮立った鴨は飛べないんじゃないですか」

「もう飛んでいっちまいましたよ。畜生め！」

熊秉誠は、銀歯と白い歯をむきだしにして笑った。

6 台湾、台北

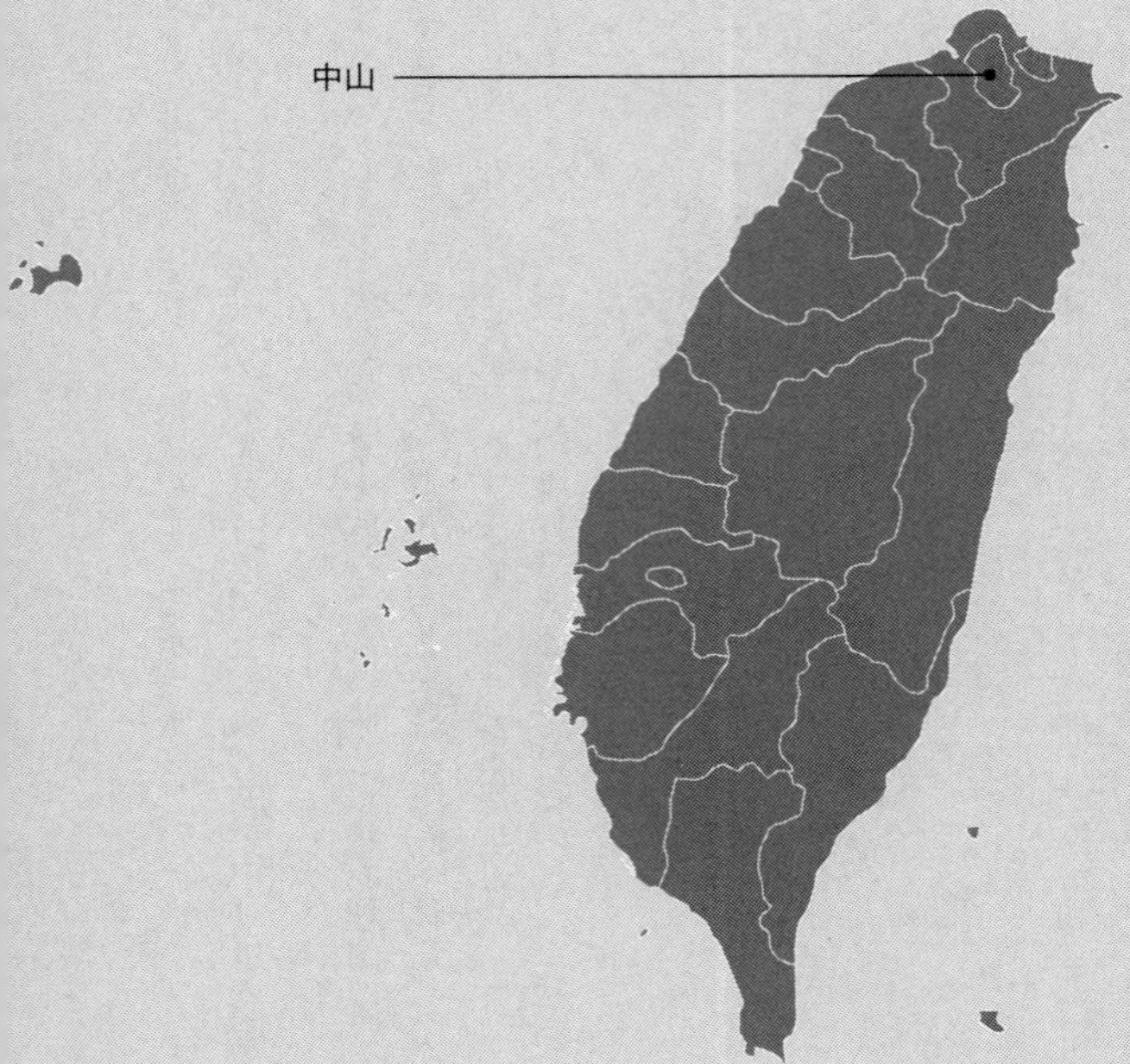

邱清池《きゆうせいち》は一発の銃弾で絶命し、その死体は、冬の北東風《きたごち》に吹かれて、中角沙珠湾の海に転落したものと確定した。GPSのデータから、中角の北方にほど近い跳石《ちようせき》海岸に、軍用ナンバーの車が停車していたことまでは突き止めたものの、残念ながら、その付近に防犯カメラは設置されていなかった。

老伍が現場を捜索してみたが、前の晩の大雨に洗い流されてしまい、邱清池が運転していた車はおろか、他の車のタイヤ痕さえ残されてはいなかった。

それでも局長の指示ははっきりしている。一刻も早く事件を解決することだ。

邱清池と郭為忠《かくいちゆう》の二人には、何かしらの繋がりがあるに違いない。問題は、一方が陸軍で、もう一方は海軍ということである。一方は大佐で、もう一方は士官長だった二人は、お互いに顔見知りだったのだろうか？

老伍は淡水《たんすい》線に乗り、中山《ちゆうざん》駅で降りた。

駅裏にある、若者向けの鬆餅《ワッフル》店に入ると、二階の窓際の席に座る。

ここから見える、公園を挟んで佇む古いアパートの四階が、郭為忠の住居だった。建物は、これといった特徴もない、何の変哲もないつくりである。

そろそろ行くかと思ったところで、ふいに四階の窓が開いた。

窓から顔を覗かせたのは、三十過ぎだろうか、目鼻立ちのはっきりした、ショートヘアの女だった。

左肘を窓枠にもたせかけ、右手の指に煙草《たばこ》を挟んでいる。階下《した》でお喋《しゃべ》りに興じている日本人や香港人の観光客など気にする様子もなく、女はぼんやりとした眸《ひとみ》を空に向けていた。

女の薄い唇は、紫煙を吐き続けている。

部屋に引っ込むと、彼女は灰皿を手にして窓に戻り、別の煙草に火をつけた。

灰色の壁、窓枠、暗い空。

そして女の横顔。

老伍は、今朝の新聞の三面記事を思い浮かべていた。長栄桂冠酒店《エバーグリーンローレルホテル》で愛人と密会中だった郭為忠、現場にやってきた愛人の夫によって殺害される――

マスコミ連中もたいしたものだ。ホテルのシーツには皺ひとつなかったし、郭為忠はきちんとした軍服姿だったのである。これで愛人と密会とは、いったいどういうつもりなのだろう?

女は灰皿に煙草を捻《ひね》って火を消した後も、重く雲の垂れ込めた空をぼんやりと見つめている。

携帯にショートメッセージが入っていた。

老伍は、食べかけの鬆餅を諦めて立ち上がると、地下鉄《MRT》の駅に急いだ。

閉まりかけていたMRTのドアの隙間に、身体を滑り込ませて飛び乗ると、その後二度、電車を乗り換えた。

法医の老楊《よう》が、以前、テレビレポーターからのインタビューを受けたときのことである。彼は、死体の口に指を突っ込み、体液の味見をすれば、それだけで死亡時刻がわかると豪語した。

その発言にレポーターは唖然《あぜん》とし、スタジオの美人アナがおえっ、と嘔吐《えず》く声をマイクがしっかりとらえていた。

もっともその後で、老楊はこともなげに、

――死体の口ン中に挿《い》れたのは右手の人差し指でさ、実際にしゃぶって見せたのは右手の中指だったんだよ。

と、その種を明かしてくれた。

それにしても気持ち悪いにもほどがある！

老楊は解剖室から出てくると、白衣を脱ぎながら言った。

「銃にあった指紋は、たしかに郭為忠のものだったが、あの銃自体は彼の持ち物じゃないな」

「どういうことだ？」

「新品のT75セミオートマチックってのは、一発撃っただけで、銃身の内外に、野菜が炒《いた》められるくらいの油分が付着するもんだよ。海軍士官だったら、定期的に標的射撃の講習がある。郭為忠はベテランだろ。新品の銃を使うはずがない」

「新しい銃に換えたばかりだったのかもしれない」

「海軍は、昔からずっと旧式の銃を使ってるんだよ。買い換えたっていうセンはないな」

「他には？」

「郭為忠を殺したのが誰であれ、そいつはけっこう金持ちなんじゃないかな。一度きりの仕事をこなすのに、前科《まえ》のない新品のピストルを手に入れることができるんだから。使い捨ての割り箸みたいにね。あるいは、犯人はけっこう潔癖症で、同じ銃をもう一度使いたくはなかったのか」

「他には？」

「そうだなあ。郭為忠は左利きだったとか。左腕は右腕よりやや太く、左手の親指と人差し指の先に、油で汚れた痕があった。持ち帰りの惣菜をつまみにして飲んでたときにでも、ついたんだろう。とはいえ」

老楊は、脂ぎった右手の人差し指を、老伍の鼻先に向けると、

「偉大なる老伍刑事のことだ。法医のおれが結論を出す前にもう、郭為忠が左利きであることはわかっていたんだろ」

「じゃあ、自殺ではないと？」

「刑事局の報道官に訊いたって、自殺かどうかはわからないって言うだろうさ」

「犯人は、何か手掛かりを残していったのか？」

「何も。ああ、そうだ。かりにだ、老伍——おれはかりに、と言ったぜ。かりに犯人が郭為忠と面識のある人物か、あるいは旧知の仲だったとしよう。で、犯人は部屋に招かれ、飲み食いもしないまま、郭為忠に背中を伸ばして座るように言う。それから銃を取り出して郭為忠の右の顳顬《こめかみ》を撃った後、彼の指紋を銃に擦りつけたと。これですぐにでも家に帰って寝ることができるじゃないか」

「何だい、そりゃ。それくらい、私だってすぐ思いつくぞ」

「それがね、銃のグリップからは郭為忠の指紋は見つかったんだが、犯人はミスったんだな。引き金の方には、指紋がついてなかったんだよ」

「それはなかなか面白いじゃないか。それで？」

「犯人はおそらく乙女座だな」

「老楊、そいつは潔癖症で、乙女座——って、占い師にでもなるつもりか？」

「いや、もちろんそんなつもりはないさ。でね、犯人は、郭為忠が左利きだと知っていたはずなのに、なぜか右の顳顬を撃っている。これはどういうことだと思う？」

そう訊かれて、老伍は首を傾げて考える。

「わからないね」

「何だい、一緒に考えてくれないっていうなら、これで終わりだぜ」

「わかった。郭為忠の左側には、まっさらのシーツが丁寧に敷かれていて、その上に血が飛び散ったと。それを見て、そいつは、印象派の抽象画みたいじゃないか、と考えたんじゃないか?」

「印象派と抽象画はまったくの別物だぜ。犯人はたいしたきれい好きで、左の顳顬を撃った際、周囲に血が飛び散り、部屋中が血まみれになるのを恐れたんだな」

「くそっ、老楊。結局、あんたの考察で使えそうなのは、犯人がきれい好きだということだけかい」

「あんたのことだから、そう言うと思ってたよ。脳漿に骨片、血痕のほとんどがベッドの上から検出されたわけだから、ホテルは、シーツや枕を新調しなけりゃあならないだろうが、壁紙を新しくする必要はないな」

「乙女座といっても、事件解決には繋がらないぞ」

「よし、もう一つ重要な情報を提供しようじゃないか。郭為忠の左腕には、刺青があった。硬貨ほどの大きさで、はっきりとはわからないんだが、かなり昔に入れたものだと思う。何の刺青だと思う?」

「海軍だから錨《いかり》、とか?」

「錨なら、驚きゃしないさ」

「だったら魚か?」

「テコンドーや空手をやってる連中の脳味噌《のうみそ》ってのは、本当にちっぽけなんだな。刺青は『家』だよ。おまえん家《ち》、私のお家《うち》、初恋の人の家、の『家』さ」

　老伍は写真を受け取った。その刺青は五十元玉ほどの大きさだったが、どう見ても家には見えない。

「これが家だって？」

「あんたの親父さんだったら、『反共復國《反共産主義者》』と彫ったろうさ。あんたの子どもが失恋した後だったら『顆破碎的心《ハートブレイク》』と彫るかね。だが、郭為忠の『家』は違う。その彫り物は、二千年以上も昔の甲骨《こうこつ》文字だったのさ。おれが丸数日かけて調べなけりゃ、誰もそれが『家』だとはわからなかったろうさ」

「甲骨文字の『家』っていうのは、亀の甲羅や獣骨に刻まれた甲骨文字ってことか。それはたしかなのか？」

「信じるも信じないもあんた次第だよ。邱清池については、あんたんとこの警官の見立てどおりさ。額にあった銃創が死因だね。肺に水は溜まっていなかったから、絶命した後、死体は海に捨てられたことになるな」

「他に争った形跡とかは？」

「なかったね」

「見たところプロの殺し屋の仕業に見えるが、しかしいつからなんだ？　台湾でプロの殺し屋が仕事をできるようになったのは？」

老伍は、独り言を言いながら立ち上がったが、老楊に呼び止められた。

「そういえば思い出した。あんた、そろそろ退職だって？」

「十日後にな。あとの十日間はのんびりするはずだったんだが——たとえこの事件を解決できないとしても、せいぜい愉しむことにするさ」

「じゃあ、おれは、体《てい》の良い遊び相手ってことかな？」

「正直に言うと、ここに来て、事件に首を突っ込むのは嬉しくはないね」

立ち去りかけたドアの前で、背中ごしに老楊が声をかけた。

「そうそう、言い忘れてた。邱の奥さんが、遺体の身許確認で来たときに話してたんだが、どうやらこの事件の数日前、脅迫電話があったらしい」

「脅迫だって？」

「邱清池は脅迫されていたんだ。彼が目上の人間と電話で話をしているのを聴いていたらしい」

「そりゃあ、興味ぶかいな」

「そういえば、邱清池に刺青はあったのかね？」

「いや」

刑事局の建物に入ったところで、また携帯が鳴った。

「いま着いた。すぐに行く」

「急いでくれ」

電話の向こうで、蛋頭《たんとう》が声を張りあげた。

「何を急いでるんだ？」

「すぐ空港に向かわなきゃならなくなってね。突然だが、ローマへ行くことになった。おまえはおれの代理として、こっちをよろしく頼む」

「ローマ？　休暇でか」

「まだ新聞を見てないのかい？」

「いったいどうしたっていうんだ？」

「総統府戦略顧問の周《しゆう》協和《きようわ》が、一時間ほど前にローマで殺害されたんだ」

7　イタリア、マナローラ

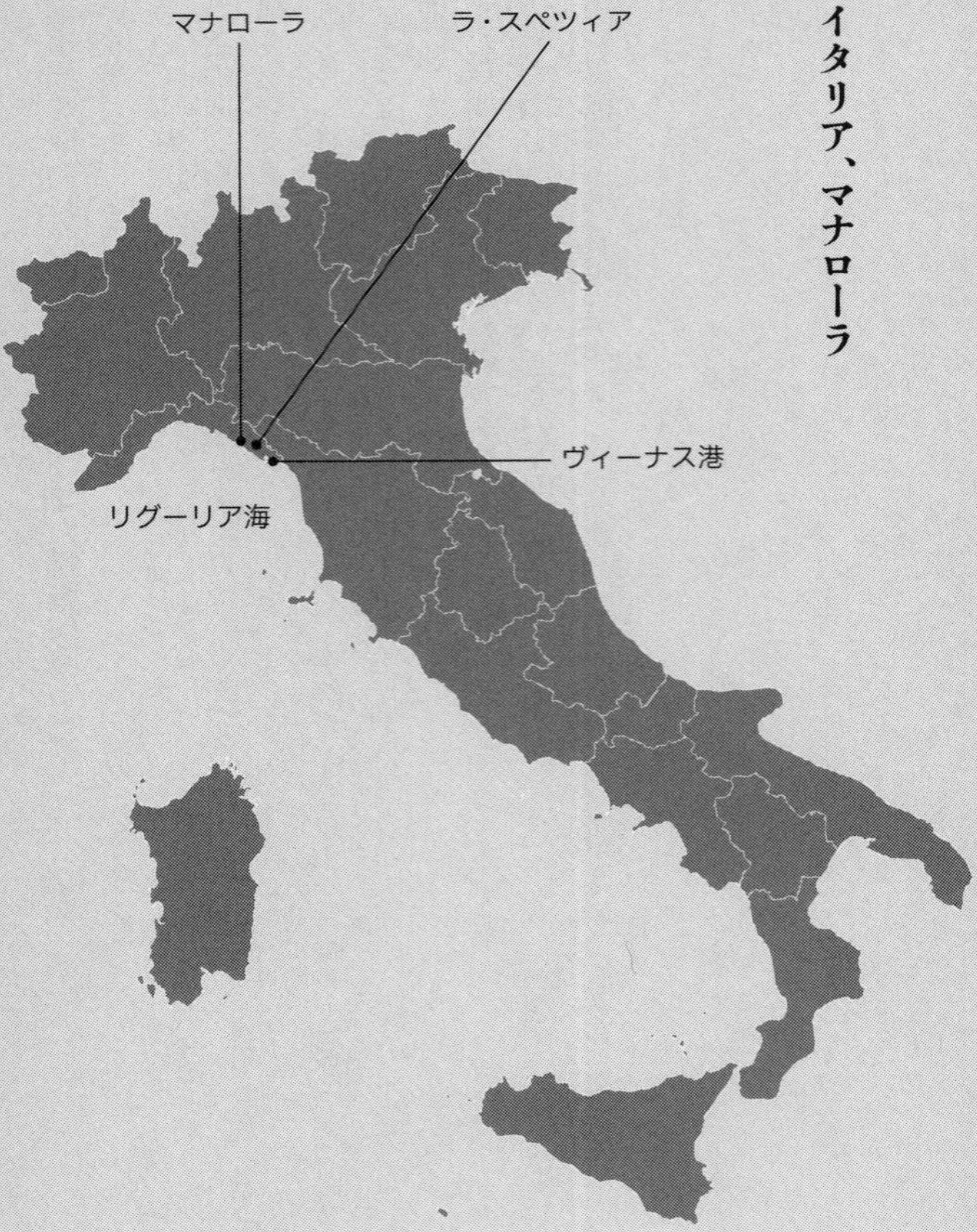
マナローラ
ラ・スペツィア
ヴィーナス港
リグーリア海

少し遠回りをしたものの、夕方には、リグーリア海に面した小さな漁村マナローラに、小艾《がい》は戻ってきた。

ラ・スペツィアから北に向かう、急峻《きゅうしゅん》で曲がりくねった山間《やまあい》の海岸沿いには、五つの小漁港が点在する。

マナローラは、南から数えて二番目に位置する町だ。トンネルを通過する列車を除けば、内陸部との連絡は船だけしかない。

彼は、アディダスのスポーツバッグを抱えて、交通船から飛び降りると、岩礁に刻まれた細い路を通って山間の町へ向かった。

レストランの前のデッキチェアには、腹の出た大男が、盛大な鼾《いびき》をかいて眠りこけている。

小艾は、男の椅子を蹴ると、言った。

「チウチウ。もう月が出てるよ」

チウチウが充血した眸をうっそりと開けて、何事かと考えているうち、小艾はもう石段をのぼっていた。

町の目抜き通りは、この下からまっすぐ、駅の階段まで続いている。左右の両側に小径《こみち》があり、その左は教会に、右は住宅街へと通じていた。

彼の店は、丘の上の教会へと向かう狭隘《きょうあい》な石畳の階段の中程にあった。

そこは漁港の真裏となり、山の中腹にあたる。潮風と塩に浸され、百年以上も煙草の煙を吸い込んでニコチンとタールまみれになったような、古い三階建ての建物だった。

一階は、二十平方メートルほどの広さで、入り口には、彼専用の長い板張りのカウンターが設えてあり、奥にキッチンがある。

店は、看板を掲げていない。ガラス窓には、中華鍋の中を転がる卵の画《え》が描かれている。ある日のことだ。ある物好きがその画に落書きをして、卵を白黒チェック柄のサッカーボールに変えてしまったのである。

しかしこれをきっかけに、店の画が多くの通行人たちの眼にとまるようになった。

実際、小艾の店の最初の客となったのは、中華鍋で炒めているサッカーボールにどんな意味があるのだろう、と興味を示したサッカーファンだった。

店にはテーブルも椅子もない。テイクアウトがメインで、品書きはというと、炒飯だけである。

祖父が教えてくれた炒飯だった。

退役してから、数年間バスの運転手をしていた祖父は、渋滞に巻き込まれて家に帰るのが遅くなることがよくあった。そんなとき、祖父は急いで帰宅すると、まず取り出したビスケットを小艾の口に放り込み、次に中華鍋をコンロの上にのせ、冷蔵庫から取り出した四つの卵で炒飯をつくってくれたものだった。

〝炒飯ほど素晴らしいものはないのではないか。うまいだけじゃない。簡単につくれる。炒め方が上手いか下手かも関係ない。ただひたすら練習あるのみだ〟

この二日、店を閉めている間に、ドアにはメモが挟まれていた。小艾はその一つずつに眼を通していったが、ほとんどは、彼がいつ帰ってくるのかと尋ねている。年寄りの中には、朝昼晩三度の飯をつくるのが面倒だから、小艾の炒飯ですませたいと言う客もいるのだ。

「艾、おかえんなさい」

そう声をかけてきた少年は、二階のバルコニーのフェンスから足を伸ばして、ぶらぶらさせている。

「降りてこいよ。炒飯を食べよう」

小艾はドアを開けると、右手の人差し指を伸ばして少年を引き寄せる。

バン、という音をさせて、少年が地面に飛び降りた。

「冷蔵庫から飯を出してくれないか」

小艾は、荷物をロフトに放り込むと、キッチンに行ってガス栓を開ける。彼もまた腹が空いていた。

「ぼくは海老《えび》のが食べたいな」

少年のジョバンニは、二階で、祖父と祖母の三人で暮らしている。二人ともすでに七十過ぎで、九歳の少年の遊び相手になれるほどの体力はない。

「海老を買ってなかったから、サラミでいいな」

三分もしないうちに、小艾は手にした中華鍋を巧みに操りながら、具材を炒めていく。卵黄と白飯が、熱した鍋の中で勢いよく飛び跳ねる。

二日前からの注文が、コンロの上に洗濯バサミで留められていた。数えてみると、全部で十一枚ある。卵入り炒飯が六枚に、サラミが五枚。小艾が売っている炒飯は、一人前が五ユーロと八ユーロで、手頃だった。決して儲《もう》かっているわけではないが、生活するには十分な稼ぎになっている。

サラミを刻んで卵とご飯と一緒に炒めるというアイディアは、マナローラで思いついた。チャーシューが見つからず、かといってイタリアの生ハムの味は炒飯に合わない。思いつきで、イタリアの老人たちの大好物であるサラミを使ってみたところ、これがあたった。サラミのいいところは、油分となるラードの含有量が多いので香りがよく、塩味もあることだ。だからご飯に塩を足さなくてもいい。

今日は、珍しく観光客の姿も見当たらない。炒飯の皿を手にして、店の前に座ったジョバンニは、見るからに嬉しそうだ。彼は、小艾に会いたかった気持ちを託すように、こんなことを訊いてきた。

「どうして炒飯には卵を入れるの？」

「ダンテ曰《いわ》く、ある朝、彼がドアの前に座っていると、神様がやってきて、こう尋ねたんだ。ダンテ、一番いいものは何だ、とね。そこでダンテはこう答えた。一番いいものは卵だ。それから一年後、またダンテがドアの前に座っていると、神様がまたこう尋ねてきたんだ。ダンテよ、卵を食べるのに最もいいやり方は何だろう、とね。そこでダンテは、塩をまぶして食べるのがいい、と答えた」

「嘘だい。神様がダンテにそんな馬鹿な質問をするわけがないじゃないか」

「まあまあ。こいつは、とにかく卵は美味《おい》しく食べようじゃないか、って話でね」

「小艾が言ってる卵っていうのは炒めたやつで、塩なんかまぶしてないじゃないか」

「いや、塩をまぶして炒めたんだよ」

「やっぱり違うよ。ダンテが食べたのは、小艾のとは違う」

「どっちにしたって卵であることに変わりはないさ！」

　小さな町で炒飯を売るというのは、パオリのアイディアだった。最近はこのあたりにも東洋人の観光客が増え、香港かと見紛《みまが》うほどである。だったら中華の炒飯を売ったら当たるんじゃないか、と考えていたらしい。

　たしかに悪くない。小艾は炒めに炒めて、炒飯をつくった。まさか地元の人たちがこれほど炒飯を好きになってくれるとは驚きだった。それからというもの、毎日何十人前も炒飯を売りさばき、腕力を鍛えることに専念した――

ジョバンニが祖父に呼び戻されると、小艾はようやくひと落ち着きして、そのままベッドに倒れ込むと寝てしまった。

ふと眼が覚めてしまい、水を飲むため下に降りようとしたときだった。

窓の外に、小さな光が点《とも》っている。

それを見て、小艾はサッカーボールの描かれているガラス窓へそっと近づいた。

路地に人影は見当たらない。街灯が、路地をぼんやりと照らしている。

キッチンに腰をおろして二口ほど水を飲むと、意識がはっきりしてきた。

どうもしっくりこない。

彼は暗視ゴーグルを装着すると、腰を落とした。

夜は、さまざまな音に溢れている。

開けっぱなしの水道の蛇口から水がこぼれる音。老人が咳き込む声。誰かが悪夢に眼を覚まして水を飲む音。徹夜でキーボードを叩く音。椅子の脚が床を擦る音。窓を叩く雨の滴――

間違いない。かすかな光点が、視界を通り過ぎた。小さな赤い光点である。

米国製ＡＮ／ＰＥＱ Ⅱのレーザーサイト！

手探りで中華鍋を手に取った。裏返しにした鉄製の鍋の真ん中をほうきで押さえながら、ゆっくりとカウンターの奥へと後退する。

床に置いた鍋を手で揺らして、平らな地面を探る。

スポーツバッグを取り出し、暗闇の中でM21を組み立てた。

部屋の隅にしゃがみ込むと、揺れなくなった鉄鍋に視線を集中させる。

何も起きない。

銃を構えた小艾は、ゆっくりと眸を閉じる。

冷たい風を感じて、一気に眼が覚めていた。

上の階にある換気窓を、閉め忘れてたか。そこから吹き込んでくる風が、再び鉄鍋を揺らす。

鉄鍋に手を伸ばそうとしたその瞬間。

閉め忘れた窓の方角から、凄まじい突風が、鋭い空気の擦過音をあげて、小艾の首筋のあたりを疾《はし》り抜けていった。

鉄鍋が、激しい音とともに地面に叩きつけられる。

彼はその場にうずくまり、ほんの少し足を伸ばして、鍋を止めた。隣人を起こさないように。

銃を背中に背負ったまま、両手でロフトの縁《へり》を摑んで身体を持ち上げると、そのまま転がり込むようにして身を隠す。

パン、という音とともに、もう一発の弾丸が壁を貫通し、石灰があちこちに飛び散った。

この小さな店は、石畳の階段の中程にある。路幅は狭く、二メートルに満たない。道の向かいには、同じように古い煉瓦を凝らした石造りの三階建てがある。だがあそこからだと距離は近いが、いささか角度が悪い。

高い位置から小艾の店を見ることができるのは、一箇所しかない。

再び暗視ゴーグルを装着すると、彼は、ロフトの壁にある小窓をそっと押し開けた。

隣の奥にある鉄階段をのぼると、足音を殺して外に出る。

隣の建物が迫っている後ろの壁と階段の隙間をすり抜けることができるのは、閉所恐怖症じゃない猫だけだ。部外者はここを通れない。

二階には、ジョバンニと祖父母が住んでいて、すでに寝ているはずだ。三階は大家の住居となっていたが、十一月を過ぎると冷たい海風に耐えかねて、彼は内陸部に帰ってしまうから、いまは誰もいない。

三階の屋根には、傾斜をつけた瓦が敷きつめられており、身を隠すことのできる空間があった。

小艾は瓦屋根の軒下にうずくまり、スコープを取り出すと高台を見渡した。

港から右側の階段を上がると、古い建物が連なっている。炒飯の配達で、そのどの建物にも足を運んだことがあった。

その中で、百メートル以上離れた小艾の店が見えるのは、最も西側に位置する、四階建ての建物の屋上だけだ。

銃を構えるが、視界が悪く、ターゲットを見つけることができない。

ふと、ここはもはや自分の家ではなく、敵が作り上げた戦場であることに気づく。

部屋に戻ってバッグに荷物を詰め込み、ゆっくりとドアを開けたそのとき、パン、という音がした。

続いて別の弾丸が壁を突き抜け、ベッドの隅に置かれていた枕に命中する。枕が電気ショックを受けたように跳ね上がった。

路地に転がり出ると、小艾はバッグを持って、高台に全速力で走り出す。その間にも、足許の石畳に二発が着弾した。

反撃できる戦場を探さなければ。

フェンスを乗り越えて、歩き慣れた山中の青い散歩道《センティエロアズーロ》に出ると、ひたすら走り続けた。

港湾一帯には、五つの小さな漁港が点在しており、この道は漁港を繋ぐ稜線《りょうせん》にあたる。マナローラからリオマジョーレまでの区間はわずか一キロしかない。夕方、海に沈む夕陽が最も美しく、観光客からは「愛の小径」と呼ばれている。もっとも冬になると、道はぬかるみ、強風のため通行止めとなることも多い。

反対側の、リオマッジョーレに通じる出口まであと少しというところで立ち止まった。

彼は小山の後方で立ち止まり、息を止めた。

来た道に向けてライフルを構える。

深夜で雨風があるにもかかわらず、かすかな月明かりが周囲を照らしている。追っ手は、彼のスコープから逃れることはできないであろう。

青い散歩道は、その両端から銃を構えれば、誰も逃げることのできない行き止まりになるということに、彼は気がついた。

とんでもない間違いを犯してしまった！

彼はふと、かつて鉄頭教官が話してくれた養由基《ようゆうき》の逸話を思い出していた。

楚の養由基といえば、『柳葉《りようよう》を去ること百歩にして之《これ》を射《い》、百発百中す』と伝えられている。

紀元前六世紀のことだ。

楚王は、軍を率いて謀反を起こした闘越椒《とうえつしよう》の討伐に向かう。

その当時、闘越椒は、弓の名手としてその名を天下に轟《とどろ》かせていたため、楚軍の兵士たちは、誰もが戦う前から彼を恐れていた。そこで楚王は、三軍に対し、闘越椒との勝負に勝った者には出世と富を与えよう、と言った。

だが、闘越椒と戦う勇気のある者はいないのか？　という王の問いかけに、誰も答える者はいない。

長い沈黙があった。

やがて養由基という一兵卒が立ち上がり、名乗りをあげた。

一兵卒と、大将たる闘越椒との勝負では、いかにも不釣り合いといえよう。

だが、闘越椒はこの勝負を受けて立った。

真正面から三本の矢を放つ。

これで勝敗を決することになった。

先手は、闘越椒。

両陣営の誰もが口にはしなかったものの、腹の底では「養由基は、最初の矢で殺されるだろう」と考えていた。

しかし――

闘越椒の放った三本の矢は、すべてが外れたのである。

続いて養由基が射る番となった――

たった一本の矢だ。いいか、よく聞け。たった一本の矢で、養由基は闘越椒を討ち取ったんだ。

それからだ。闘越椒は養一箭《よういっせん》と呼ばれ、天下にその名を轟かせることになった。

さて、ここで考えろ。どうして闘越椒はただの一兵卒に負けたのか？　闘越椒は一の矢を外すと慢心し、二の矢を外すと焦りまくって、三の矢を射るときにはもう慌てふためくばかりだったのだな。そうなるともうどうしようもない。手足だってまともに動かない。養由基に囚《とら》われたあげく、闘越椒はその矢でおっ死んじまった、というわけさ。


このとき、彼はあたかも闘越椒とまったく同じ状況に陥っていた。

急《せ》いては事をし損じる。

そっと地面に耳を当てた。足音が聞こえる。一人だ。

このまま、追っ手がこちらにやってくるのを待つこともできる。だが、もし後ろから援軍が来たらどうする。小径の袋小路に囚われたまま、身動きがとれなくなるかもしれない。

小艾は、銃を取って再び走り出した。

月明かりをいっしんに浴びて、稜線をひた走る彼のシルエットは、月に住む嫦娥《じょうが》の兎《うさぎ》より目立っていたかもしれない。

そのとき、右肩に鋭い痛みが疾った。

敵が迫ってきている。小艾は、ぬかるみに足をとられながらも、銃を構えてあたりを見渡した。追っ手の他に、待ち伏せしているスナイパーの姿はない。

逃げるんだ。とにかく遠くに。動物だって、自分の巣の中に糞《ふん》をしてはいけないことくらいわかっている。

車を見つけ、窓を叩き割る。配線を繋いで、エンジンをかけた。

敵をどこか、できるだけ遠くに誘い出す必要がある。なるべく遠くへだ。

車が動き出すやいなや、弾丸が、薄っぺらいドアを突き破って、音もなく彼の左脚に突き刺さった。

いまは怪我《けが》した箇所を確かめている場合じゃない。ハンドルを切ると、車はタイヤが軋《きし》る激しい音をたてて走り出す。

この道を東に進むと、ラ・スペツィアだ。両足でクラッチとブレーキを操りながら、車は、曲がりくねった山道を全速力で駆け抜けていく。

カーブを曲がったところで、バックミラーに強烈なヘッドライトの光芒《こうぼう》がきらめいた。

山を抜けると、眼の前の道は二手に岐《わか》れていた。

左に行って、大きな港町であるラ・スペツィアに行くか。

それとも右折して、ポルトヴェーネレ港へ行くか。ここは小さな港町だが、彼の命を救ってくれるに違いないサン・ロレンツォ教会がある。

岐《わか》れ道で、小艾はブレーキを強く踏み込むと、右にハンドルを切った。

こんな夜更けに、パオリはどこにいるだろう。教会だろうか？

風雨がますます激しくなってくる。フロントガラスがないため、小艾はほとんどずぶ濡れだった。

ポルトヴェーネレ港は海岸線に沿った一本道にあり、ここから多くの小径が、坂を上った住宅街へと続いている。

港は深閑《しんかん》とし、月明かりが波のうねりの中に溶けている。

車を道路脇に乗り捨てると、すぐに脇道に入った。

周囲の家々にはまだ明かりが灯《とも》っている。小艾は軽快な足取りで坂を上っていく。

決戦地はサン・ロレンツォ教会だ。あそこなら視界も広く、高台にある。さらに風雨は、上から下へと吹きつけてくる。

教会は、狭隘な路《みち》をのぼりきった丘の上にあった。道の両側に続く石壁は、中央の階段を取り囲むように、上に行くほど狭くなっている。

立ち止まって携帯を取り出した。神などいっこうに信じていないものの、このときばかりは、神に感謝せずにはいられなかった。

たしかに神の祝福は、小艾にもたらされたようだ。電話から、パオリの低い声が聞こえてくる。

「どこだ?」

「教会の下」

「何人いる？」

「スナイパーは一人だけ」

「あがってこい。援護する」

小艾は再びノキアの携帯を取り出すと、直通番号を押した。一度きりの呼び出し音で電話は繋がり、前回と同じ女の声が聞こえてくる。

「この携帯は壊すように伝えたはずだけど？」

「鉄頭教官に繋いでくれ」

「何かあったの？　第一避難所に行って」

「君は、娃娃《あいあい》だろ？」

一瞬の沈黙があった。

「君なんだろう？　娃娃」

「教官から、第一避難所のことは聞いているわよね？　覚えているでしょう？」

それだけを言って、電話は切れた。

小艾が、電話の向こうの聞き慣れた声を忘れるはずがない。

しかし、まずはその前に解決すべきことがあった。

高台から見下ろすと、すでに二台の車のヘッドライトが港に迫ってきている。

小艾はM21を構えると、呼吸を整えた。

道路の向かいに停めた車に照準を合わせる。息を吸い、左腕の力を抜いた。

そして息を止め、燃料タンクに狙いをつけて引き金を引いた。

銃口から弾丸が飛び出していく。

その瞬間――

右眼はつぶらない。小艾は、スコープを通してその瞬間を見ていた。

轟音《ごうおん》があがり、激しい炎が車を呑み込んでいた。

小艾は見た。

火の粉をかいくぐるようにして、一台のシトロエンがこちらに向かってくるのを。

シトロエンが急ブレーキをかけ、道路に転がり出てきた人影を。

ヨットや港に並ぶ数十軒の家が、眩《まばゆ》い灯火《ともしび》に照らされるさまを。

すでに人影は見えない。足音を殺してこちらに近づいてくるのかもしれない。

その間にも、容赦なく雨は頬をなぶってくる。汗が眼に染みた。

小艾が、眼をこすろうと手をあげた瞬間、右肩に裂けるような激痛が疾り、銃を構えていた手をおろしてしまう。腕の袖は鮮血に濡れ、左脚はあげるのがやっとだった。

どうにか首を動かして、教会の方に眼を向けると、漆黒の夜の闇に浮かぶ尖塔《せんとう》を隠すように、黒い影が立っていた。

影が口を開いた。

「腕を。肩を貸そう」

巨岩のように肉厚な身体のパオリは、小艾の半身を背負って言った。

「話は中に入ってからだ」

容赦なく叩きつけてくる雨風に、小艾は眼を開けることができない。どうにか石段をのぼりきると、教会の建物に転がり込んだ。

山の下では、けたたましくパトカーのサイレンが鳴り響き、銃声とともに、激しい火花が散っている。

石造りの教会の内部は素っ気ないものだった。

湿気を含んだ石壁の冷たさに、小艾はぶるっと身体を震わせる。

黒石に彫られた聖ロレンツォの彫刻があった。頭上に後光をまとい、椅子に腰かけている。人差し指と中指を天に向け、もう一方の手を、胸の前にかざして二つの鍵を握っていた。

三世紀のことだ。教会の富を引き渡すよう迫られた聖ロレンツォは、それを、貧しい人や体の不自由な者にこっそりと分け与えた。しかしこの行いがローマ皇帝の逆鱗《げきりん》に触れ、ついに死刑を宣告されることとなる。

殉教の際、聖ロレンツォはローマ兵によって、鉄格子の上にのせられ、火炙《ひあぶ》りの刑に処せられることになった。だが彼はユーモアたっぷりに、こっちにはしっかり火が通ったから、ひっくり返してもいいぞ――そう豪語したと伝えられる。以来、彼は料理人やコメディアンたちの守護聖人となったというのだが――

小艾は考える。自分は料理人だが、コメディアンだろうか？　そうありたいものだが――

身体は火照《ほて》り、右肩と左脚には何十本も古い縫合の痕があった。

「少し感染していたから、消毒剤を吹きかけておいた。とりあえず包帯は巻いてるが、まだ二発の銃弾が身体に残ってる。大丈夫か？　私のボートがどこに停まっているか覚えてるな？」

小艾はうなずいた。

「こいつを着るんだ。海畔媽媽の銅像の足許から下の海を覗くんだ。できるか？」

またうなずく。

「追っ手はいま石段の下にいる。一人は、私にまかせろ」

パオリがM21を蹴り上げると、壁に当たり、時計塔の鐘がガアン、ガアンとけたたましく鳴り響いた。

小艾は軽くなったバッグを手に持った。コートを着ると、教会の側門に身体を滑り込ませ、そのまま壁に沿って崖を目指す。雨が壁を叩き、路を跳ね上げ、彼の青ざめた頬をなぶっている。

山の下で繰り広げられていた銃声は、すでにやんでいた。小艾はほっとする。車は燃え、彼が残していたかもしれない痕跡も消滅した。この夜の雨は、路上に残っていた彼の血もすっかり洗い流してくれたに違いない。これで、車のボディと車内にある弾痕が、警察の眼に留まらなければいいのだが。

雲の間から眩いばかりの月明かりが射し込み、石畳の階段がずっと下に延びているのが見える。

闇の中で足許を探りながら壁づたいに進むと、ようやく海胖媽媽の銅像の足に触れた。崖の端を手探りで探すと、たしかに太い結び目がある。

向こうを振り仰ぐと、鐘の音の残響を縫うように、パトカーのサイレンが聞こえてくる。背の高いパオリが、修道服の袖口に手を隠したまま、教会の前で身じろぎもせず佇んでいる。パトカーの音が迫り、強風がパオリのコートの裾をなびかせている。

右肩にはまったく力が入らないので、左手でロープを摑む。両足で身体を支えながら、片手だけで慎重に崖下の海に降りていく。何度も眼を白黒させながらも、小艾は意識を失わないよう歯を食いしばって、第一避難所の住所を読み上げ続けた。

台北からフランスの外人傭兵部隊に入隊する際、空港まで送ってくれた鉄頭教官は、彼にこう言った。

「危険が迫ったときは、この住所の建物に行け。そしてそこで待っていろ。いいか、覚えておけ。とにかく辛抱強く待つことだ。待つんだ」

あれからすでに五年以上は経っている。あのときのことが、まさか役に立つとは思ってもみなかった。それでも小艾は、鉄頭教官の言葉をいまでもはっきりと覚えている。

ボートは崖の真下に係留されていた。マナローラにやってきたばかりのころ、ボートを駆ってパオリとよく釣りに行ったものだ。そのとき、パオリに、どうして「ブラザー・フランチェスコ」になったのか尋ねたことがある。

「ブラザー・ガイ。自分の運命に対して好奇心を抱くのはいいことだ。疑わないことだね」

二人乗りのボートは船尾のエンジンで動く。エンジンはかかるだろうか。燃料は足りるのか。小艾は不安でたまらなかった。だがブラザー・フランチェスコが、彼を裏切ったことはない。

ボートの舳先《へさき》を操り、半島に向ける。西へ向かって航行すると、レーリチ岬にある城で、パオリの友人マリオが彼を待っている。

身体が熱を帯びている。頭が火照っていた。ボートはますます速度をあげ、風雨が小艾の頬を容赦なく打ちつけてくる。そこでようやく考える余裕が出てきた。

自分は、いったいどこで間違ったのだろう?

8 台湾、台北

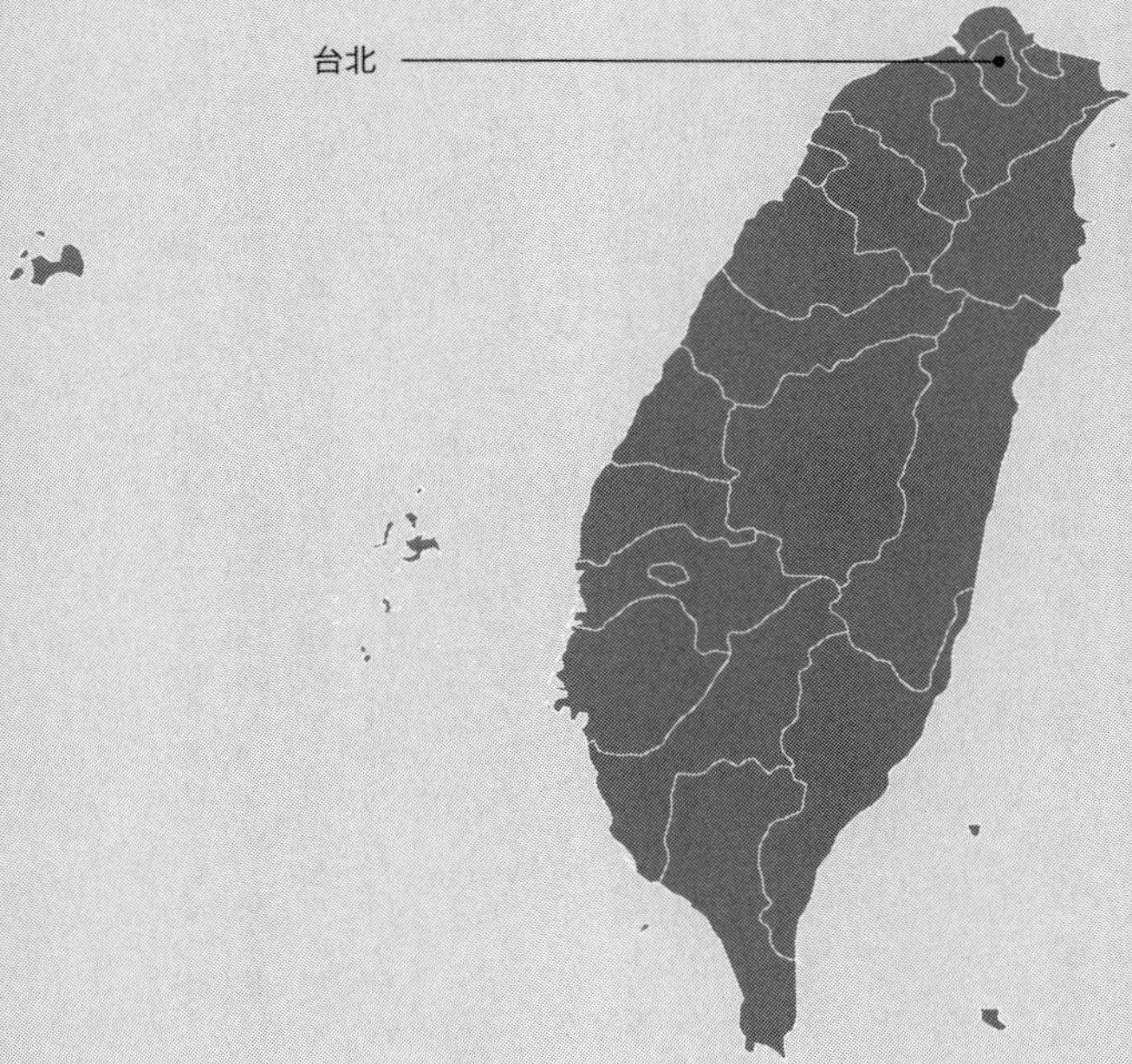

老伍《ご》は休む暇もなく、残業をして資料にあたっていた。

邱清池の死は、彼の肩書きに関連しているはずだ。国防部はここ数年の間、いくつか大規模な取引を行っている。M1A1主力戦車の購入を、行政院は認めていない。潜水艦は、欧米諸国からことごとく売却を拒否されたため、国防部は自国で建造する計画を立てている。米国もまた依然としてF35戦闘機の売却を拒否し、既存のF16の性能向上だけを望んでいる。

邱清池は陸軍の人間であるから、彼の仕事はもちろんM1A1戦車の購入ということになる。これが失敗に終われば、既存の旧式戦車は、ここ数年で部品不足により廃車の危機に直面することになろう。そうなれば、反陸軍主義の国防部長は、この状況を利用して陸軍装甲部隊の削減に打って出ることは間違いない。一方、政府が潜水艦や最新鋭戦闘機を購入することになれば、予算の制約により、陸軍がそこから逆転できる可能性はさらに低くなる。予算がつかず、二つの陸軍装甲部隊が削減されれば、陸軍の将兵が二人減らされることになる。つまり、陸・海・空の三軍の中での陸軍の地位が、相対的に低下することになるのである。

ことし予算を削られてしまえば、それを来年にまた元に戻すことは難しい。

だからこそ陸軍は、現在の予算を維持するため、何か高価なものを購入しようと頭を悩ませているはずで、邱清池には重い任務が課せられていたに違いない。

陸軍は何を購入しようとしていたのか？　邱清池は何を買おうとしていたのだろう？

郭為忠は一級航海士官長でありながら、その経歴は軍官以上に華々しいものだ。彼がドイツに派遣され、マインハンターの訓練を受けた二〇〇五年当時、英語の試験にさえ合格できる士官は少なかったという。郭為忠は英語が堪能なだけでない。海軍は、彼にドイツ語を学ばせるため、情報学校に派遣している。そして二度の勤務延長を経て、最近また三度目の延長がなされる予定であった。

コンピュータの資料にはこうある。

郭為忠。専門分野は対潜水艦戦。成功級、濟陽《さいよう》級の巡防艦、永豊《えいほう》級、永靖《えいせい》級のマインハンターに所属し、現在は基隆《きりゅう》級の一級航海士官長。

基隆級？　ふと、老伍は考える。基隆級といえば、旧米海軍のキッド級駆逐艦だ。排水量は九千八百トンにも達する。老朽化したとはいえ、台湾最大の前線戦闘艦である。

その経歴から推すと、三十八歳の士官長である郭為忠は、基隆艦の潜水艦艦長と同様の地位にあるといえよう。先月には勤続延長の申請がされており、上司がこれを承認することは間違いない。まさに順風満帆といえた。それが自殺？　だとすると、なぜ？

士官長の階級と、軍の売買には何の関係もないにもかかわらず――

ふと眼にとまったネットニュースに、老伍は考えるのをやめた。

それは、観光客がトレヴィの泉を撮影した写真だった。周協和《しゅうきょうわ》が首を垂れ、テーブルには彼の脳漿が飛び散っている。その彼の隣に座っている、毛皮のコートの外国人が、唖然とした表情をこちらに向けている。

戦略顧問はなぜローマに行ったのだろう？　何の権限も持たない戦略顧問を殺す者などいるだろうか？　総統府には数十人の国策顧問がいる。戦略顧問の数もまた少なくない。とはいえ、そのほとんどは無給で、名誉職の肩書きを持つだけに過ぎない。

周協和は四十三歳で、未婚だった。大学で教鞭《きょうべん》をとり、現在は仁愛路《じんあいろ》に豪邸を構えている。どうやら教授の方が、警官よりよほど待遇がいいらしい。

やはり事件の鍵となるのは、周協和がローマで何をしていたのかということであろう。そして、彼の隣にいる外国人はいったい何者なのか？

十時過ぎに帰宅すると、妻はいつものようにティッシュの箱を抱えたまま、テレビの前で韓国ドラマに釘付けになっていた。彼女は老伍に手を振って、言った。

「水餃子《すいぎょうざ》だったら冷蔵庫の中にあるから」

息子の部屋にはまだ明かりが灯《つ》いていた。夜も遅いのに、まだ勉強をしているらしい。

「また調べ物か？　腹は空いてないか？」

老伍が声をかけても、彼は振り返らない。マウスを握った手を振って、大丈夫という仕草をする。

「父さんと一緒にちょっと飲まないか？」

マウスをこちらに向けたまま、老伍に向かって首を振った。これが実の息子でなかったら、老伍は、息子をこういう家具なんだろうと感じていたかもしれない。

十個の餃子を肴《さかな》に、二杯目の高粱酒を飲んでいたところへ、眼を赤く腫らした妻がやってきて、向かいに座った。

「いったいどうして韓国ドラマを見るたびにあんなに泣くんだ？」

「あなたにはわからないのよ」

妻は彼のグラスを取って一口だけ飲むと、改まった口調で切り出した。

「あなたに相談したいことがあるの」

その口ぶりから、いい話であるはずがない。彼女は続けて、

「今日もあなたのお父さんが来たのよ」

親父だって？

老伍の父は、かつて小学校の教師だった。五十五歳で退職し、それから二十年間、ずっと妻と二人で暮らしていた。

二年前に長年連れ添った妻を亡くし、しばらくしてのことであった。

ある日の午後、父は、孫の夕食をつくってやろうといって、いきなり我が家にやってきたのである。

親父の料理の腕は悪くない。親父にも仕事ができたと、家族は皆喜んだ。妻だって家事が減るのだから、悪い話でない——はずだった。だが親父は毎日やってくる。そうなると、家族全員が、おちおち夜に予定を入れることもできないまま、親父のつくってくれた夕食を食べるため、慌てて家に戻らなければならなくなってしまった。

——おじいちゃんのつくる料理もいいんだけどさ、たまには友達とハンバーガーを食べたいんだよね。

そしてついに息子が、そんなことを口にするようになった。

その翌日、夜の九時に玄関をくぐると、息子の部屋のドアは閉ざされており、妻の寝室のドアも閉まっていた。老伍がダイニングに行くと、テーブルの上には手つかずの料理がそのままになっている。息子はハンバーガーでも食べに行ったのだろう。しかし妻はどこにいるのか。

キッチンのドアに背をもたせかけた妻が、言った。

「今夜は用事があるから、お父さんに、今日は来なくても大丈夫ですからって電話したのよ。そしたら、もう料理はつくってあるから、うちに持ってくると行って聞かなかったの」

その翌年から息子が大学に通うようになったのを幸《さいわ》い、毎日わざわざバスで一時間以上もかけて、うちに料理をつくりに来てもらうのは大変だから——と親父を説得した。

親父は多くを語らないまま、話をした翌日から、家には来なくなった。

その年の年末年始に、老伍は妻と息子を連れて帰省した。親父の家で一緒に食事をしながら話を聞くと、毎週のように山登りを満喫し、昔の同僚たちと水泳を愉しんでいるという。だったら身体の方は心配なかろうと安心はしたものの——そういえば刑事局の忙しさにかまけて、中秋以降は親父と会っていない。

「お父さん、この半年の間コミュニティカレッジに通って、丙級の調理師免許をとったそうよ。孫に美味しく食べてもらいたいから、新しい方法をいろいろ試してみたいって。今日だって、電話もなくていきなりよ。食事を持ってきただけなんだけど、うちに来たのは四時で、私が帰ってきたのは五時。お父さんを玄関で一時間も待たせちゃって、嫁として恥ずかしいわ」

老伍は、炊飯器の上の大きな鍋に眼をやった。親父がつくったのだろうか？

「お父さんの煮込んだお肉よ。食べる？」

老伍が答えるのを待たずに、妻はすでに一枚の肉を取り出していた。

「うわ、かなりしょっぱいな、これは」

「あの子もそう言ってたわ。お父さんはあまり嬉しくなかったみたいだけど」

「親父は味覚障害なのかな？」

「もっと困ったことがあるのよ。お父さんったら、私に鍵を貸してくれって。どう思う？」

そのとき電話が鳴った。局長が、すぐに会議を開くから、各部隊と各班の責任者は大至急、局に戻ってくるようにと招集をかけたらしい。総統府は、周協和の事件を優先し、明日の午前中には国家安全会議に報告するよう指示を出してきたという。

また今夜も徹夜になりそうだ。

「明日、親父には電話しておくよ」

親父のことはとりあえず後回しにして、老伍は、刑事局内に配布された資料に眼をやった。

イタリアの警察が、韓国人の容疑者を特定したらしい。トレヴィの泉のそばにあるホテル、ルレ・フォンターナ・ディ・トレヴィのフロント従業員から、韓国人の客の一人がチェックアウトしないまま姿を消した、と通報があったという。だが、トレヴィの泉周辺の防犯カメラの映像に、東洋人の不審な男の姿をとらえたものはなかった。

カメラの映像を解析してみたものの、ほとんどは不鮮明ではっきりしない。またその日のローマは珍しく雹が降り、広場は多くの傘で覆われていたという。

蛋頭《たんとう》は、この時間だとまだ飛行機の中のはずだ。刑事局の予算は限られているから、当然座席はエコノミーだろう。そういえば蛋頭は、アルミホイルに包まれた機内食が大嫌いだったっけ。

蛋頭にＬＩＮＥを送る。

防犯カメラの映像だが、野球帽を被った外国人の男に注目してくれ。事件当時、広場はたくさんの観光客でごった返していたが、この男だけは、誰がどこで殺されたのかにもまったく関心がない様子で広場から立ち去っている。

メッセージは、十時間後に蛋頭に届くはずだ。

老伍は上着を羽織ると、静かに玄関のドアを閉める。局にはいつもより早めに着く必要があった。

深夜の零時十一分。定年退職の日まであと九日ある。とはいえ、この三カ月前は、時間が経つのが遅いと感じていたというのに、あと残り九日となるとあっという間だ。のんびりしてはいられない。

9　ハンガリー、ブダペスト

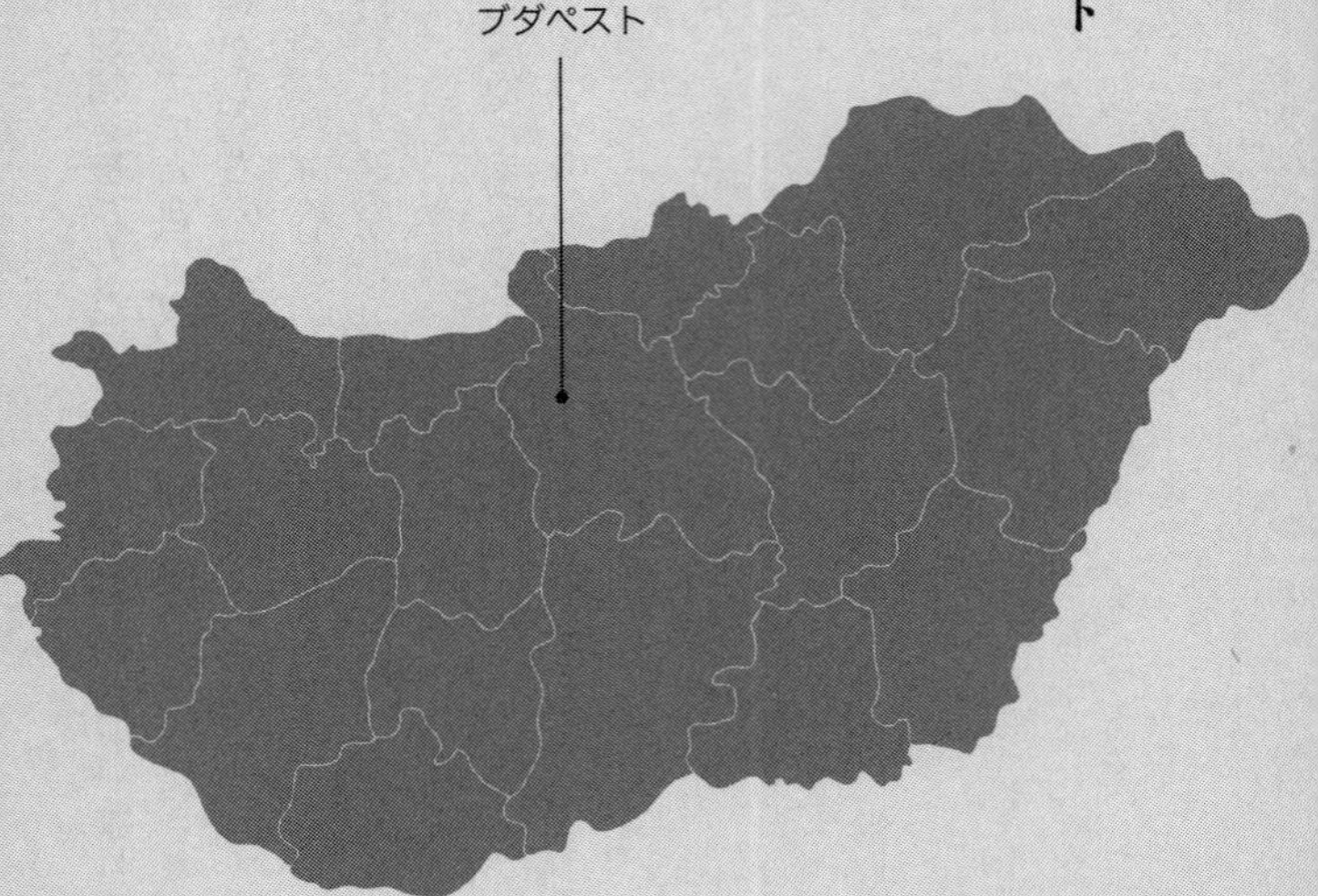

小艾《がい》は、トレーラーの中で眼を覚まし、車の後部座席で眼を覚まし、そして列車の中でまた眼を覚ました。

彼は住所を何度も復唱しながら、ドナウ河畔の路地を歩いては立ち止まった。

パオリの無骨な顔を思い出す。彼は低い声で言った。

「私がおまえを守ってやる」

だが、そこにいたのは髭面のマリオだった。彼はパオリの友人で、以前一緒に釣りをしたこともある。

「スーパー、スーパーマリオ」

そう言って、マリオは、おどけた様子で小艾の頰を軽く叩いた。

「ハンブル、ハンブルマリオ。パオリから聞いたよ。あいつは何ともないが、あんたが大変なことになってる、ってね。あんたを追いかけてきたやつらは、逃げ出しちまったそうだが」

どうにか身体を起こす。シルバーグレーのトレーラーの中だった。ベッドの横には洗面台があり、その横に小さなテーブルが据えつけられている。テーブルの上には、食べ物が並べられ、スクランブルエッグもあった。

「パオリが、あんたは卵が好きだと言ってたんでね。ほら、起きてくれ。座って食べろよ」

小艾は、マリオが差し出した手を退けて、左脚を起こすと、続けて右脚をあげた。洗面台にもたれかかるようにして立ち上がり、おぼつかない足取りで、テーブルの前の椅子に腰をおろす。食欲はないが、身体のためには食べないといけない。

ミルク入りのスクランブルエッグだった。少しばかり柔らかすぎる。小艾はシンプルで、卵そのものの味が好きだった。

マリオがボアに覆われた厚い革の手袋を開くと、二発の捻れた銃弾が現れた。

「肩にあったのがこいつだ。もう一発は、地面に当たったのがはね返って、太腿の皮膚の下に入り込んだんだな。運が良かったよ。二つとも、医者が指でほじくり出したものなんだが、記念に取っておけよ。あんたはまだ若いんだから、この傷だって、数日もすりゃ治るに違いないさ」

そう言って、彼は銃弾をテーブルの上に置いた。

「北イタリアの警察は、すべてポルトヴェーネレ港に集結している。ここにいちゃまずい。食い終わったら、薬を飲め」

まだ完全に眼が覚めきっていない小艾は、言われたとおりに薬を飲み、列車の後部座席に横になると、再び気を失いつつあった。

ぼんやりとした意識の中で、彼は、鉄頭教官がかつて自分に話したことを思い出していた。

——養由基《ようゆうき》、よく覚えておけ。スナイパーとして、常に周囲に気を配ること。そして無

闇にうろたえないことだ。……

車の揺れがひどい。

眠りから覚めると列車の中だった。マリオが彼の頭を撫でながら言う。

「大丈夫だ、もう自分の足で歩けるだろ。ここに連れてってやる。夢の中でしきりにこの住所を口にしていたぜ。ブダペストだけしかよく聞こえなかったが、この列車はいま、ブダペストに向かっている」

どこで道を間違えたのだろう？　身体はまだ火照りを伴い、頭の中では、自分を追ってきたスナイパーの影がわだかまっているようであった。

それから車掌に起こされるまで、小艾はまた長い眠りに落ちていった。……

「戦国時代、魏《ぎ》の名射手である更羸《こうるい》は、魏王と賭けをした。彼は矢を用いずに、弦を引くだけで鳥をうち落とせるという。東から雁が飛んできたので、更羸は、弓を掲げて弦を引いた。すると、弦の音がしただけで、雁はまるで射られたように落ちてきた。魏王は、彼にいったいどういうことなのかとその理由を尋ねてみた」

鉄頭教官は、泥を跳ね上げながら、射撃位置に腹這いになっている狙撃兵の前を悠然と歩いている。

「更贏はこう言った。雁がゆっくり飛ぶのは、すでに羽が傷ついているからだ。悲しそうに叫んでいるのは、群れを見つけられないからだ。私が弦を放った音を聞き、雁は怯えて逃げようと、より高く飛ぼうとしたのだ。それがもとで古傷が痛み、雁は一矢も当たることなく落ちてきた、というわけだ。

この意味がわかるか？」

彼は荷物を手にすると列車を降り、そこからは地下鉄でドナウ川のほとりまでやってきた。

たしかに、その住所に避難所はあった。

鍵は、二段目の石板の下に隠してあった。彼は慎重に石板を廻してドアを開き、エレベーターで三階にのぼる。三一五号室の前まで行くと、誕生日を入力した。

するとドアが、ティンという軽やかな音とともに開いた。

広さは、十五平方メートルほどだろうか。バスルーム以外に仕切りはない。真向かいの窓の下が、そのままベッドになっている。

薬を飲み、ベッドに横たわると、また眠った。

そのとき見たのは、ぼんやりとした女の姿である。

彼女は小艾の手をつねって、言った。

——私もあなたのことが好きよ。でもまずは友達からじゃない？

眼を覚ますと、傷口が痛痒《いたがゆ》かった。

荷物の中には、マリオが用意してくれたものが入っている。洗面台に据えつけられた鏡の前で、誰かが貼ってくれたガーゼを剝がした。傷口はまるでムカデか毛虫のように見える。

薬を交換すると、アパートを出た。

路地はすっかり雪に覆われている。しばらく歩くと、ようやくベトナム人の店が見つかった。そこで日用品を補充し、あたりを三十分ほどまた歩いてみる。身体が完全に恢復《かいふく》するまでには、まだ時間がかかりそうだ。

サンドイッチを食べ終えると、彼は、部屋の中のありとあらゆる場所を検《あらた》めはじめた。レンブラントの「夜警」のポスターの裏に仕掛けはない。ドアのそばの配電ボックスには何もなかった。トイレのタンクには水が溜まっている。

枕を撫でてみると、妙な手触りがあった。

小艾が枕カバーから取り出した紙には、住所が記されていた。それをすっかり記憶すると、洗い流す。

各避難所の滞在は、三日間が限度と決まっている。その後は、次の避難所に移動しなければならない。

部屋の中に銃は見つからなかった。

彼は薬を飲むと、また深い眠りに落ちていった。

汗ばむほどの深い眠りの後、また眼を覚ます。インスタントラーメンを食べ、薬を飲むとまた眠った。

午後六時になって、彼はようやく起き上がった。

熱は下がっていたが、体力はかなり落ちている。だが少なくとも眩暈《めまい》はない。

ホームレスになったような心地で、アパートを出ると、格子状に巡らされた路地をひたすら歩き回り、また部屋に戻ってきた。

長年の間に培った習慣である。周囲の状況を把握しておく必要があった。

部屋の窓からは、向かいにあるカジノが見えた。ここからは距離にしておよそ六メートルほどだろうか。カジノのビルは五階建てで、五階はホテルになっており、八つの窓は閉ざされたままになっている。カジノの前は公園になっていて、その向こうを大河が流れている。ドナウ川であった。

北に通りを二つ入ったところに、有名なラーメン屋〈桃太郎〉がある。ドアに貼られた品書きを見ると、刺身に天ぷら、ラーメンのほか、小籠包や揚州炒飯もあった。

小艾がドアを押し開けると、店内に籠もっていた熱気がむっと吹き出してくる。川の方から、汽笛の音が聞こえてくる。店内の窓は水滴に濡れていた。

揚州炒飯は、小艾がつくる卵入りの炒飯とは違っていた。前の日の飯を鍋に入れ、水を加えて蓋をして、水分が米粒にゆき渡るのを待つ。炒めるときは、卵汁を加えて手早くすませるのがこつだ。すると、米粒がふっくらとして、卵の風味がより際立つ。

小艾は、肉絲蛋炒飯《細切り肉と卵》の大盛りを食べ終えると、店の外に佇み、ひんやりとした新鮮な空気を肺いっぱいに吸い込んだ。

若い店主は、おそらく浙江省《せっこう》出身だろう。小艾が顎を二度しゃくって挨拶すると、店主がこちらに煙草《たばこ》を投げてきたので、それを受け取る。

煙草を吸いながら、路地の向こうに眼をやった。

二つの建物の間の向こうに、ドナウ川と鎖橋が見える。

雪が舞っていた。聳《そび》え立つ鎖橋の上を、人影が足早に歩いている。

〈桃太郎〉は人手不足なのかもしれない。小艾はふと、そんなことを考える。

店主にありがとうと手を振って挨拶をすると、向こうも顎をしゃくって返してきた。

周囲に眼を凝らす。怪しい車や不審者は見当たらない。

アパートに戻ると、キウイを六個食べた。ビタミンCを補給するためである。ビタミンCを多く含む果物は、順にグアバ、キウイ、シャカトウ、パッションフルーツだが、ここで手に入れることができたのは、キウイだけだった。

なかなか寝付けないまま、本でも読もうかと明かりを灯《つ》けた。

ふと、窓の向こうに眼をやると、向かいのカジノの五階にある右端の部屋には明かりが灯いていない。カーテンも閉まっていることに気がついた。他の部屋は、カーテンの隙間からかすかな光が洩《も》れている。

ブダペストは長い不況に喘《あえ》いでいるはずだが、ここのカジノの景気はいいらしい。昨夜はどの部屋にも明かりが灯いていたのに、今日またはどうして一部屋だけ空いているのだろう？　そして部屋には誰もいないはずなのに、なぜ窓を開ける必要がある？

彼はベッドを離れると、部屋の明かりをすべて消した。

部屋の隅にうずくまり、開け放した窓の向こうにじっと眼を凝らす。

彼は黒いベッドカバーを引き剝がすと、カーテンフレームに縛りつけて窓を覆い、部屋の明かりが洩れないようにした。

裏口からこっそり通りに出た。

建物の陰に隠れて、カジノの五階の開いた窓を眺める。窓からはうっすらと煙草の煙が洩れている。ツァーリに電話をかけると、トラムに乗り込み、郊外の北部に向かった。

「銃が一挺、必要なんだ」

駅で会うなり、ツァーリがもの凄い力で抱きしめてくる。危うく息が止まりそうになった。

「何でもいい。何だったら、水鉄砲だって構わない」

ツァーリはロシア人ではなく、モルドバ人である。モルドバはルーマニアの西、ウクライナの南に位置し、国土は台湾よりやや小さく、人口は三百五十万人ほどだ。かつて、ヨーロッパの最貧国はアルバニアだったが、ソ連崩壊後、モルドバ共和国がその座を射止めた。

「若い連中はみんな海外へ出ていっちまうんだよ。金のためさ。一方、老人たちは外に出ない。金を使うのが怖いんだよ」

ツァーリは祖国について、そんなことを言った。

小艾より一年早く、フランスの第二外人歩兵連隊を退役したツァーリは、そのあと祖国に戻ってのんびり暮らすつもりだったらしい。だがそれから数カ月もすると、モルドバでは生活できないと悟ってルーマニアに渡り、結局、ハンガリーに落ち着いた。

彼は、コートジボワールの事件に巻き込まれた四人のうちの一人である。

中でも最も苛烈な暴行を受けたのが彼だった。そのときの拷問で、彼の鼻はすっかり潰れてしまっている。

他の三人がパオリ、タイ、そして小艾だった。

ツァーリの家は、そこから北の、スロバキア国境にほど近い森の一角にあった。

彼は小艾に銃を投げると、

「ドラグノフSVU。ロシアのやつだ。おまえだったら知ってるだろう。こいつはまず扱いやすい。おまけにサイレンサー付きで、PKS-07スコープ、十発マガジン付きだ」

SVUだったら以前、試したことがある。軽いし、ジャムらない。故障も少ないのに加えて、メンテナンスもしやすい。扱いやすい銃だった。

「どこから手に入れたのかは気にしないでくれ。アフガニスタンの戦場での置き土産さ」

彼は両手を広げると、さらに言った。

「それともCZがいいか?」

CZはチェコのスナイパーライフルである。コストパフォーマンスは良いが、SVUの方が短くて、何よりコンパクトなのがいい。

「歩兵連隊を抜けてからもう、銃は使ってなくてね。火薬の臭いを嗅ぐくらいなら、煙草を吸いたいくらいでさ」

ツァーリはあっさりと言った。

小艾は、紙に三重の同心円を描き、それを三十メートル離れた箇所に吊るして、試し撃ちしてみる。

的の中心を狙う。三連射で的の左上隅に命中させた。目盛りを調整してから、さらに三発撃ってみる。

弾は見事に的の中心を撃ち抜いていた。

「最長の射程距離は?」

「ロシア人の話だと、千二百メートルということだが」

ツァーリは指を振って、さらにつけ加えた。

「ということは、せいぜい八百メートルといったところだろうな」

それだけあれば十分だ。

中華鍋で炒飯をつくろうと思ったが、まだ左手しか使えない。たくさんの具材を使おう。冷蔵庫にあるすべての野菜を角切りにして、湯通しする。ベーコンを炒めるとそこに卵と白飯を入れて、最後に青野菜を入れて塩を振り、胡椒を加えた。

ツァーリの妻は満面の笑みで食事をしていた。彼女と初めて出会ったとき、もう少し太った方がいいと、小艾は思った。あのときも、今日のように雪が降るような天気だったことをふと、思い出す。

「パオリのメールに、おまえは追われているって書いてあったが、もどかしいんじゃないか。相手はいったい誰なんだ?」

小艾は首を横に振った。

夕食をすませて、ドアの外にある廊下に坐り込むと、ツァーリは木の椅子に腰かけて、足を伸ばした。

「銃が必要だと言うが、隠れるつもりはないのか?」

「ああ。ただ、どうして相手は、ぼくがブダペストにいることを知っていたのかわからないんだ。わからない以上、直接、そいつに聞いてみるしかないだろう?」

「おまえをイタリアからブダペストまで追いかけてきたんだ。向こうもたいしたタマだな」

「ああ」

「携帯を貸してみな」

ツァーリは、小艾が手渡したiPhoneを操作しながら、

「二十一世紀の人間は、三種類に分けられる。アップルを使うやつ、アップルを使わないやつ。そして何も使わないやつだ」

そう言うや、iPhoneを地面に叩きつけると、右の靴の踵《かかと》でゴキブリを殺すように踏みにじった。

「土は土に、灰は灰に、塵《ちり》は塵に、か」

小艾がそうつぶやいた。

「いいか。iPhoneがなきゃ、やつはおまえを見つけられないんだ。スコープの暗視機能はたいしたものじゃない。一番いいのは、夜中におまえの土や塵を探させないことだ」

「鎖橋があるあたりの、ドナウ川の川幅はどのくらいある?」

「四百メートルだ。泳ぐつもりか？」

小艾が手にした銃に眼をやると、ツァーリは小艾を見た。ツァーリは、小艾の背中を軽く叩きながら、

「小艾、おまえらしいな」

「橋の向こうには何があるんだ？」

ツァーリが立ち上がった。

「まだ夜明けまで時間がある。ワインと地図を取ってこよう」


「三国志の名将、太史慈《たいしじ》は、城に籠城している友人の孔融《こうゆう》を助けに行った際、どうして助けを呼びに行かないのか、と彼に尋ねた。それに対して孔融は、誰も城から外に出る勇気がないのだ、と答えたという」

円卓には、中秋節の豪華な料理が並んでいる。

鉄頭教官は、食事の前に、必ず精神講話を一席ぶつことにしていた。

「その翌日、太史慈は兵を率いて城を出ると、堀の前の矢狭間に矢を並べはじめた。それを見た敵陣は、いよいよ彼らが攻撃してくると思い、全軍を警戒にあたらせた。

だがそうした敵陣の予測とは裏腹に、太史慈は、馬に乗って城を出ると、弓の練習を始めた。十本以上の矢を続けて射たが、すべての矢は無駄となった。翌日も三日目も、同じ

ことが繰り返された。そして、四日目。敵が警戒を緩めたころ、太史慈は、単身馬に乗って城を包囲している敵陣へと突入してきた。敵は、彼が優れた射手であることを知っている。彼を追いかける勇気もない。命を投げ出すつもりで彼を追いかけた者たちは、一人また一人と太史慈に射殺《いころ》されていった。この意味がわかるか？ スナイパーは、敵が怖がるほど正確無比でなければならない、ということだ」

鉄頭教官は、皿から大きな大雞腿《ローストチキン》を手に取ると、言った。

「さあ、食べようか」

降りしきる雪で多くの道路が閉鎖されていた。

小艾は何度もトラムを乗り換え、ようやく北部からドナウ川西岸のブダ城山に辿り着いた。

城壁沿いに歩いて、南端のブダペスト・アパートメントホテルに向かう。フロントはチェックアウトをする宿泊客で混み合っていた。彼は、人目につかないようトイレに忍び込むと、屋根にのぼり、ツァーリからもらった白いシーツを被って静かに時を待つことにする。

一晩経っても、自分があの部屋から出ていったことに相手が気づかなかったら、いままで溜めていた怒りをその場で爆発させてしまうかもしれない。

望遠鏡を取り出す。橋の向こうには、バロック様式の絢爛《けんらん》たるフォーシーズンズ・ホテルが見える。そのすぐそばがカジノだ。右端にある五階の部屋の窓は、開いたままになっている。

昨晩、避難所の部屋を出る前に黒い布で覆ったガラス窓は、曇り空と降り積もった雪を照り返して、大きな鏡のように見える。

考えろ。鉄頭教官は言った。相手の立場になって、この状況を考えるんだ。

もし彼がスナイパーだったら——黒い布で覆われたカジノの五階の窓は狭すぎて、避難所の部屋の中を覗くことはできないはずだ。その状況は、トレヴィの泉のときと同じといえる。だったらどうする。最上階にあがり、天窓から外に出て、屋根棟の裏側に伏せればいい。そうすれば、換気窓から避難所の部屋の様子がうかがえるだけでなく、相手からも見つかりにくい。

もう一つ、相手が直接、避難所に侵入してくる可能性もあるのではないか。

いや、それはない。そいつはスナイパーであって、殺し屋ではないのだ。

スナイパーは、距離、隠れる場所、天候、風速、視界を考える。

もう一度考え直そう。彼は周囲の建物を見渡した。

カジノの正面は、ドナウ川の方向に対して傾斜しており、建物の裏手は狭い路地になっている。そのため、雪が積もらないよう、屋根の傾斜はきつくなっていた。両面にそれぞれ四つの天窓があるが、この天気では閉められているだろうし、すでに屋根の上には雪が積もっている。

屋根にのぼるとすれば、奥の部屋に侵入し、天窓をつたって屋根に出る代わりに、建物中央の階段にある吹き抜けの窓を使うはずだ。吹き抜けの窓は透き通っている。そして、五階の吹き抜けの正面と裏手の窓の間には遮るものがない。

望遠鏡を向けると、建物の五階以下には、正面の窓と裏の窓に挟まれるかたちで、階段があることがわかった。

あの夜の、マナローラでの襲撃を思い返す。相手は、百メートルもの高低差がある場所から、ガラス窓越しに標的を撃つことを選択している。人目につくことを避けたのだろう。特に小艾に見つかることを。相手は、自身がこの季節のマナローラでは珍しい、一人旅の東洋人であることを意識していたのかもしれない。地元民たちは、小艾と顔見知りで、気さくに話しかけてくる。人目につかないように動いたことで、結果的に、彼は間違った道を選んでしまった。襲撃に失敗すると、稜線の小径をつたって、ポルトヴェーネレ港まで小艾を追いかけてきたということは、その時点で、小艾を殺す覚悟があったということだ。同じ轍《てつ》を踏まないようにしないといけない。相手に反撃の機会を与えないよう、今回はとにかく耐える。辛抱強く。

あるいは、カジノの部屋には誰もいないということも考えられるのではないか。自分は疑心暗鬼に陥っているだけではないか――ふと、そんな思いが兆す。

三時間が経ち、小艾の両脚は、凍《い》てつくような寒さに感覚を失いつつあった。ここで太腿をさすってしまえば、それは撤退を意味する。もし敵が凍った屋根の上にいたらどうするだろう。彼はそのとき、撤退するだろうか。足を揉《も》むだろうか。とにかく、待つことだ。

フォーシーズンズ・ホテル前の道路に大型ツアーバスが滑り込むと、十数人の観光客が次々と降りてきた。

二人の男が、ホテルの前で煙草を吸っている。

ぴっちりと身体にフィットしたスポーツウェアを着た、ポニーテールの少女が公園を横切る。

セーチェーニ鎖橋を渡る車の長い列が見える。

喫煙者が七人に増えた。

そこに、雪の中に浮かぶ橋を写真に収めようと、カメラを持った女性が加わる。

ホテルの前には、コートに帽子という姿で、携帯を耳に当てて話し込んでいる男が加わった。

鎖橋の上の車はほとんど動いていない。

ポニーテールの少女が橋の上を駆けていく。

さらにそれから三十分後。

対岸のカジノの屋根から閃光《せんこう》が走った。小艾は激しく瞬きして眼を濡らし、スコープを覗いて避難所の窓を見る。

カジノの屋根に動きがあった。彼はSVUの銃口を六百五十メートル先の距離に移動する。かすかに風があった。湿度が高く、雪はまだ降り続いている。

初弾を装塡し、銃口をわずかに下げる。

川沿いのレストランでは、岸辺にテーブルと椅子が並んでいる。黒服のウェイターが、慌ただしい動作でパラソルを開いた。

携帯で話していた男が、フォーシーズンズ・ホテルに向かって歩き出す。

煙草を吸っていた人物が変わっている。いまは男が二人、女が二人だ。

屋根の稜線に白い帽子が現れた……銃口にはサイレンサーがついている。

息を止め、銃身を胸壁《パラペット》に当て、右肩を押しつける。

……白帽子が再び姿を現した。その下に二つの眼がある。トリガーの遊びを引き、一気に引き落とし、射撃する。

SVUには、閃光と銃声を抑制するためのサイレンサーが装着されている。パン、という射撃音がした。右肩は反動に耐えていたが、しまった。引き金を引いた瞬間、淡い雪の結晶が瞼《まぶた》の前をかすめた。

外れた。白帽子の前の尾根に降り積もった雪が舞い上がる。

肩の痛みをこらえながら、敵が左に転がるところで、彼は右に二度回転しながら屋根の端まで移動した。スナイパーの九割は、利き腕に関係なく、右手で撃つ。左手に銃を持たずに、左へ転がるのは自然な反応であった。

白帽子が消える。銃口を動かすと、ふいに、大気を裂いて疾《はし》り抜けていく鋭い圧に、思わず首をすくめていた。弾丸が五センチ先の、パラペットに降り積もった雪を跳ね上げる。


アルミ製の岡持ちを手にしたエプロン姿の男が、川沿いにフォーシーズンズ・ホテルの方へと歩いていく。〈桃太郎〉の配達員だ。岡持ちの照り返しが眼を惹いた。

青いダウンジャケットを着た男が、河岸に並ぶパラソルの下へと移動する。

ウェイターが珈琲を運んでくる。

セーチェーニ鎖橋の上を走っていた、ポニーテールの少女が視界から消えた。

車がゆっくりと動き出す。

小艾は二発目を装塡する。彼から白帽子の姿は見えなかったが、ガラス窓の照り返しには、カジノの屋根の稜線に固定された銃口がはっきりと映っていた。上半身を斜めに動かすと、スコープに銃口が浮かび上がる。

相手の銃口が向きを変える。小艾は、スコープに鈍い陽光が反射するのを凝視していた。待った。

さらに待つ。

小艾は、右眼をスコープに押しつけた。その瞬間、相手のスコープの奥に隠れていた眼《まな》差《ざ》しがはっきりと見えた。その眼と、雪をまとった眉毛。彼は思わず声をあげていた。

「大胖《はん》！」

大胖の銃口がわずかに上を向いたその瞬間、小艾は引き金を引いていた。

二人の放った弾丸は、数多《あまた》の雪の結晶を貫き、渋滞中のセーチェーニ鎖橋を飛び越え、車群の上を疾り抜けながら、再び姿を現したポニーテールの少女の横をすり抜けていった。

岡持ちを手にした〈桃太郎〉の配達員の動きを遮ることもなく。

弾丸は左耳のすぐそばを通過し、小艾は疾り抜けていく擦過音を聞いた。

小艾の弾丸も的を外したが、相手の銃には命中したようだ。細かい雪が降りしぶく中、相手の銃口が、屋根の上の雪を蹴《け》散《ち》らすように消えていくのが、はっきりと見えた。

相手は銃を失ったのか。

小艾は三発目を装塡し、銃口の向きを変えた。

五階の吹き抜けにある大きなガラス窓を狙う。

逆光のため、シルエットが動いているのだけが見える。だが、小艾は躊躇うことなく三発目を撃った。

正面のガラス窓が激しく震え、すぐさま、堤防に波がぶつかったように、砕け散ったガラスが窓枠から落下していく。

後方の窓のガラスも、崩れながら路地裏へと落ちていく。ふたつの窓の中央に人がいないのは明らかだった。


ヘッドフォンをしているポニーテールの少女が、口から規則的な息を吐きながら、橋に積もった雪に靴跡を残していく。

雪にぼやけた河岸のカフェで、珈琲ではなく赤ワインを飲んでいる男と女。ウェイターが、彼らの脚に毛布をかけている。

フォーシーズンズ・ホテル前の観光バスがポルシェに替わっている。長髪を後ろで縛った男と、脚に毛布がないことを気にしない少女が降りてくる。

〈桃太郎〉の配達員が、ホテルの建物の外に出てくると、待ちきれない様子で煙草に火をつける。


銃をしまうと、小艾は、安全梯子《ばしご》を使って下に降りていく。

　黒い毛糸の帽子を被り、襟を正すと、バッグを持って、ブダ城山の西側に向かって歩いた。ドナウ川から遠ざかるように道路を渡る。そのまま見知らぬ公園を通って、ブダペスト南駅の隣の地下鉄駅に辿り着くと、彼は、二号線のトラムに飛び乗った。

　それから二十分後。川の東岸に戻ってきた彼は、聖イシュトヴァーン大聖堂のそばにある公衆電話から電話をかけた。

「どうなってる？」

「テレビでニュースを見なかったのか」

　ツァーリは笑いながら、

「観光客が、携帯で撮影していたんだよ。カジノの屋上から、誰かが飛び降り自殺するところをね。記者の話だと、その誰かはおそらく帰りの飛行機のチケットまでスッたんじゃないか、なんて言ってたがね。飲みに来いよ。妻はおまえの炒飯が大好きなんだ」

　酒は飲まずに、彼は地下鉄の駅まで引き返すと、三号線に乗り換え、ブダペスト西駅から次の避難所まで列車で向かった。車中で彼はひとときも眼を閉じることなく、ノキアの携帯を手に握りしめていた。

　なぜ、大胖が？

10 台湾、台北

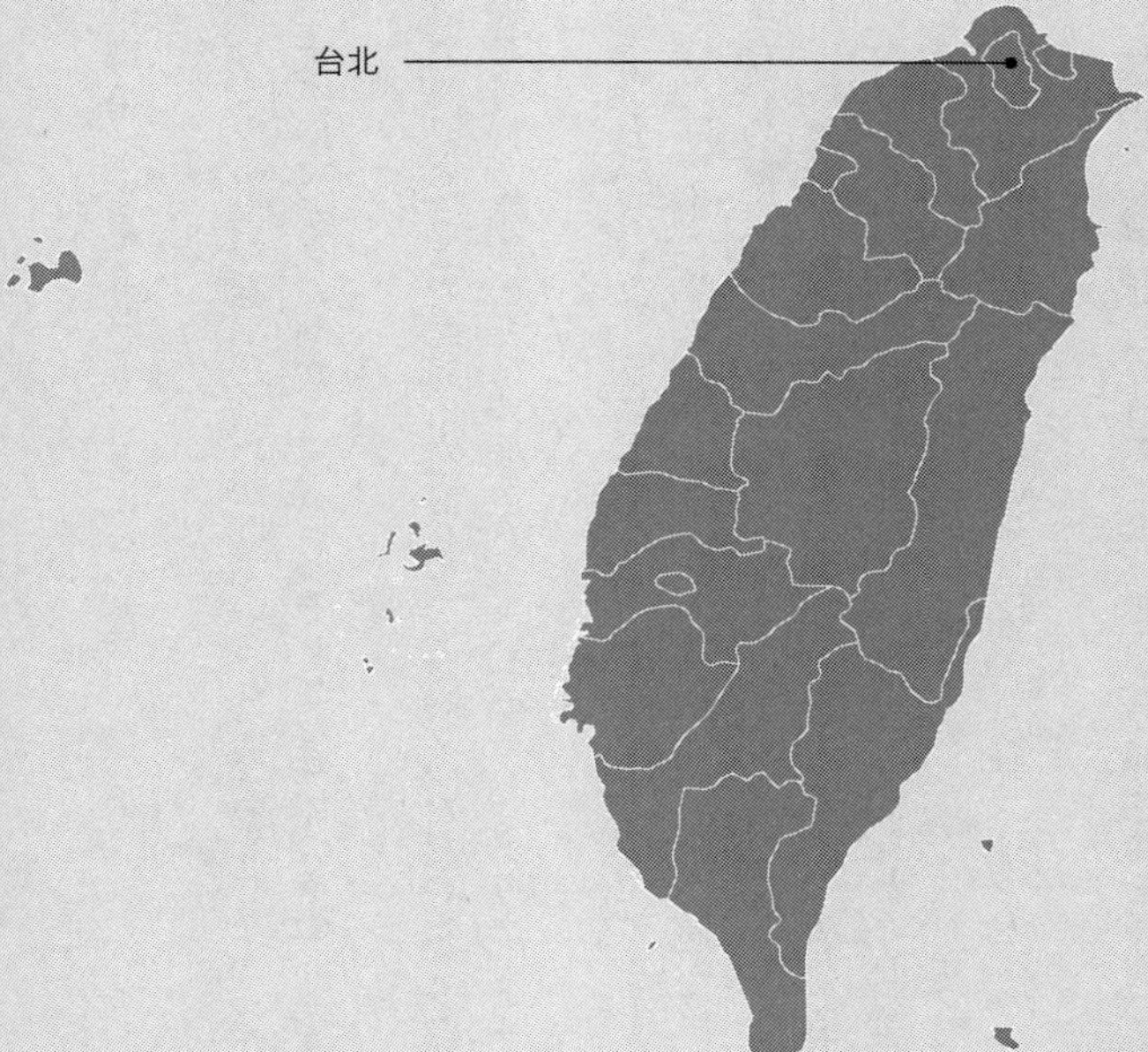

局長の指示で、老伍《ご》は、先に邱清池《きゅうせいち》の家を訪ねることになった。彼の妻と会うためである。

だが、まさか家の前に、マスコミや衛星中継車《SNG》が詰めかけているとは思いもしなかった。

眼の前に差し出された二、三十本のマイクに向かって、ほっそりした身体つきの邱夫人はこう言った。

「国防部が清池を少将へ追贈されたこと、また総統府から花輪をお送りいただいたことに感謝申し上げます。そして国民の皆様、主人の死に関心を寄せていただき、ありがとうございます」

話しながら、十歳ほどの娘の手を引いて、カメラに向かってそっと頭を下げた。

「私が言いたいことはたった一つだけです。陸軍司令部と国防部の皆様に、法と倫理に従い、私に誠意を見せていただきたいのです。清池は、なぜあのようなかたちで亡くならなければならなかったのか。そして彼を殺した犯人は、どこにいるのか？　もし、法と倫理に従わず、私に誠意を見せてくださらないのであれば、あなたたちは一日たりとも心安まる日々など過ごすことはできないのではありませんか」

話し終えると、邱夫人は記者たちの質問も無視して、娘を連れて家の中に引っ込んでしまった。

記者たちが散り散りに去っていくと、老伍は門の前まで歩いていき、呼び鈴を鳴らした。

「清池は、家では仕事の話をまったくしませんでした。ですから、夫にいったい何が起きたのか、私にはまったくわからなくて……そもそもそういうお話は、私ではなく、国防部に尋ねるべきではありませんか。

清池が誰かの恨みを買っていた、なんてこともなかったと思います。もっとも彼は、仕事一徹なところがありましたから、かえってそういう振る舞いが他人には好かれなかった、ということはあるかもしれません。

彼に恨みを持っていたのが誰か、なんてことこそ、国防部に訊いてください。

もちろん、清池がなぜあんなかたちで亡くなったのかについても、わかりません。まさかあなた方警察も、国防部のように彼を中傷するつもりじゃないでしょうね」

怒りを溜めた女の顔だった。

「以前、彼に電話してきたのは、前の局長です。電話で彼と言い争ったそうですけど。そのことについて、清池は何も言わなかったし、そもそも仕事の話もしないひとだったんです。どの局長かわからないのであれば、国防部に訊けばよろしいでしょう？　電話の発信元を調べればいいのではありませんか。清池の携帯は、まだ見つかってないんですか？　もう彼が亡くなってから何日も経ってるんですよ。『目下のところ、極秘に捜査しております』なんて杓子定規《しゃくしじょうぎ》な言葉を使って、はぐらかさないでください。警察も国防部も、みんな同じだわ」

老伍は、中山《ちゆうざん》北路と南京《なんきん》東路の交差点まで戻ってくると、鬆餅《ワツフル》も食べず、珈琲も口にしないまま、まっすぐ入り口に向かい、その日二度目の呼び鈴を鳴らした。

返事はない。

そのとき、後ろから声をかけられた。

「どなた?」

MRT駅の裏にある小さな公園である。以前、四階の窓際で煙草を吸っていた女が隣にいた。彼女はまた煙草を吸っている。

「刑事局の、伍といいます」

老伍が道端に座り直すと、コンビニの珈琲を口にしながら、郭《かく》夫人は話しはじめた。

「うまくは言えないんですけど、邱清池さんは誰かに殺されたから、少将に特進したのでしょう。伍刑事、その意味がわかりますか?」

「いいえ」

「邱清池さんには、終身年金と少将の給与を受け取る権利があります。国防部が、彼の死を殉職としたからです。その一方、私の家はどうです。為忠《いちゆう》は自殺したのですから、年金も追贈もなく、保険金も受け取ることができないんですよ」

　老伍はうなずいた。

「私は、海軍局長に必死で訴えたんです。どうか夫の事件を自殺で終わらせないでくださいって。為忠の親友たちは、私のことを気にかけてさえくれないんです。夫の死が自殺だったと結論づけるかどうかは、刑事局次第だと言われました。ですから伍刑事。私と、そして子どもたちの三人の将来がどうなるかは、あなたにかかっているんです」

　夫人の言葉に、老伍はまたうなずき返す勇気がなかった。

「為忠は誰とも争ったことさえないんですよ。軍は、軍官に昇進するための資格を与えようと、士官学校に入学するよう、ずっと彼に言ってたんですけど、彼が拒否してたんです。下士官になる人は、清廉潔白なはずでしょう？　そんな人に敵がいるなんて考えられますか？」

　郭夫人の話がいったん途切れ、老伍が切り出そうとしたところへ被《かぶ》せるように、彼女は続けた。

「マスコミは、為忠が愛人と会うためにホテルの部屋をとった、なんて言ってますけど、すべてでたらめです。夫のことは、私が一番よく知ってます。あの人は、仕事から帰ってきたら、息子とサッカーをするのが好きで、料理も好きだったんです。うちでは、もっぱら料理をつくるのは彼の方で」

「警察は、彼があのホテルで愛人と会っていたとは考えてはいません」

「だったら、あなたたちはどう考えているんです？」

「郭夫人、郭為忠は陸軍の邱清池を知っていましたか？」

「私の知る限り、ないと思います」

「彼の仕事は、軍事調達と関係がありましたか？」

「ただの士官長ですよ。そんな彼が、軍事調達と関係があるわけないじゃないですか」

それ以上は訊くこともなく、老伍は、ふと別のことを思い出して、話を変えた。

「彼の腕に刺青があったんですが、ご存じでしたか。漢字一文字なんですが」

「家、ですね。十七か十八のときに、高校の同級生たちと、そんな刺青をしたって聞いてます。彼の話だと、その同級生は、辛いことも愉しいことも分かち合う、家族のような仲間だったって。同じ年、同じ月日に生まれることはできなくとも、同じ年、同じ月、同じ日に一緒に死ねればそれでいい――思春期の男の子の、そういうところは、刑事さんもわかるでしょう」

蛋頭《たんとう》と話をする時間になったので、彼は局に戻らなければならなかった。

郭夫人は、家に帰るつもりはないらしい。手にしたライターで煙草に火をつけると、もう片方の手で老伍に煙草を手渡した。

「刑事さん、為忠が自殺するなんてありえません」

それでも煙草を吸うのはありえるのだろう。

午後二時、老伍は、モニターに映し出された蛋頭と向き合っていた。

ローマ警察は、彼を歓迎し、手厚くもてなしているようだ。机の上には、中華麵の大盛りと赤ワインの大きなボトルが見える。

「幸い地下鉄の駅の清掃員が、外国人の格好をした容疑者の残していったもの——鬘《かつら》や帽子、短パンにサンダルを発見してね」

「駅の防犯カメラに、その男は映っていたのか？」

「ああ、見てくれ」

転送されてきた画像には、黒いジャケットに厚底の登山靴、アディダスのスポーツバッグを斜めにかけた姿で、珈琲を飲んでいる東洋人の姿がはっきりと映し出されている。

「それで、彼はどこ行きの列車に乗ったんだ？」

「ナポリだ」

「ナポリ駅の防犯カメラには？」

「ナポリに着く前に列車を降りて、ローマに戻る列車に乗ろうと反対側のホームに向かったようなんだが、ローマ駅の防犯カメラに彼の姿は映ってなかったから、そこで列車は降りないと判断して、おそらく、そのまま北に向かったんだろうな。ローマ警察が、他の駅の映像を調べてくれるというんで、彼らと一緒に捜査を進めていくよ。老伍、一度見に来るといい。彼らの捜査の手腕ときたら、おれたちより全然まともだぜ」

「帰国したら、出張報告書を書いてもらわないとな。台湾とイタリアの警察が追いかけてる例の殺人事件もだ」

「わかったわかった。そうそう、これまでの経緯を、ざっと局長に報告しなきゃいけないんだが、報告書を書くのを手伝ってくれよ。嫌な顔するなって。おまえは、おれより打つのが速いじゃないか。おれはそういうのが、からきし苦手でね。イタリア産の生ハムと赤ワインを台北に持ち帰るから、それでどうだい？　奥さんには、シルクのスカーフを何枚か買っておくからさ。悪くない話だろ。おまえの家族全員に何かしらの土産は買っておくよ」

　最初の手掛かりは、その日、トレヴィの泉にいた観光客からテレビ局に提供された画像だった。

　カフェのウェイターが最初に叫び声をあげ、死体となった周協和《しゅうきょうわ》が、椅子から転げ落ちていく。そのとき、彼の手がイギリス人の女性の身体に触れ、女性が鋭い悲鳴をあげた。彼女は、友達七人と、車でイタリア旅行を愉しんでいたのだが、その七人も周協和の様子を見て悲鳴をあげ、小広場は大混乱に陥った――

また、台湾人観光客の趙《ちょう》という女性が、自撮り棒を手に、そのときの様子を全方位撮影していた。周囲の人間がその場にうずくまっている間、野球帽を被った大柄なアメリカ人だけは、反対方向の路地を大股で歩いていく。彼は、女性たちの悲鳴など気にも留めず、まるでデートの時間にはまだ早いな、とでもいうような悠然とした足取りで、その場を立ち去っていったのである。


「どうして彼がアメリカ人だと思うんだ？」

「短パンで旅行するのはアメリカ人だけだろ」

「アメリカ人は短パンが好きなのか？」

「ヨーロッパ人と比べて、という意味さ」


ローマ警察が最初にあたったのは、通りにあるホテル・ルレ・フォンターナ・ディ・トレヴィだった。すべての宿泊客の所在を確認するために聞き込みを行った結果、その日の一人客は三人だけであることが判明した。そのうちのAは、事件当時、一階のバーにいたことがわかっている。Bという女性はその夜、自ら警察に通報しており、アリバイもあった。また彼女は、警察のいう東洋人の姿は見ていないという。だが、Cの行方だけは不明なままであった。警察が彼の泊まっていた部屋を訪ねてみると、すでに人の姿はない。荷物も何もなく、指紋は検出されなかった。またその人物は、立ち去る前にバスルームから水を持ち出し、壁から床、ベッドにいたるまで、部屋中を水浸しにしていた。

かなりできるやつのようだ。

警察は、男がチェックインのときに使ったパスポートのコピーを持って、韓国大使館に問い合わせてみたものの、パスポートは偽造であることが判明した。ローマ警察は、容疑者の指紋を採取できていなかったが、その人物は手書きのサインを残していた。サインは英語で書かれている。

また、ローマ警察は、テルミニ駅に設置された防犯カメラの映像をすべてあたっていた。ゴミ箱に捨てられていた服を発見したという清掃員からも話を聞き、その人物の足取りを追ううち、トイレの壁に漢字のタトゥーシールが貼ってあるのを見た、と言う列車の車掌に辿り着いた。蛋頭がそのシールを確認すると、果たしてその文字は、「禅」の漢字であることが判明した。

別の捜査班は、都市部にあるすべてのホテルを調べた。

駅の裏にあるホテル・トーキョーでも、チェックアウトしないまま、行方をくらました宿泊客がいることが判明した。そこで、その人物が宿泊した部屋を調べてみたところ、ベッドの下からスーツケースが発見された。あいにくホテルは、その人物の写真をコピーしていない。ホテルによると、事件の前日、女性から電話があり、英語で部屋の予約をしてきたという。目下、警察はその電話に関して捜査を進めている。

ホテル・トーキョーの出入り口には防犯カメラが設置されており、容疑者の後ろ姿が映し出されていた。

またその日、自転車が盗まれたという警察への通報があったという。

警察の眼を惹いたのは、フィレンツェ・バスターミナルの新聞スタンドの下に放置されていた空のスーツケースだった。店主は閉店時間までそれに気がつかず、発見するや、テロリストが仕掛けた爆弾だと思い、すぐさま警察に通報してきたのである。

警察は、バスターミナルの防犯カメラを確認した。

いまのところ、容疑者を映した画像は四枚ある。ただ、いずれもはっきりしないもので、その人物の横顔と後ろ姿が映っているだけだった。

「以上が、反黒科科長の報告だ。老伍、おまえの感想は？」

「そいつは台湾人だな」

「どうしてそう思う？」

「列車に残されていた『禅』のタトゥーシールと、ホテル・トーキョーで見つかったスーツケースだよ。表に熊のイラストが描かれていたやつだ。それにもう一つ。殺された周協和は台湾人だろ」

「おれもそう思うけど、それだとあまりに単純じゃないかい。もう少しこう、難しくいこうじゃないか」

蛋頭はそう言ってまた麵を一口すると、さらに言った。

「台湾のスナイパーっていうのは、どこにいるのかね？」

「軍隊さ」

「へえ。これだけ冴《さ》えてるってのに、引退とは残念だねえ」

「蛋頭、まずは食い終わってからだ。冷めないうちにな。それと、そう簡単に私を死なせないでくれよ。私の方は、とりあえずその人物を軍に調べてもらおうと思う。容疑者が映っている画像を送ってくれないか」

それから数分後、老伍は三枚の画像を受け取った。一枚は、ローマ・テルミニ駅でその人物の後ろ姿をとらえたもの。もう一枚は、フィレンツェのバスターミナルで、男の横顔を撮影したものだった。三枚目はというと、蛋頭が麵をすすっている自撮り写真だった。

まったく。

また新着メールが届いた。新しい画像が送られてきたようだ。何枚かの写真が添付されている。雪の中に仰向けで転がっている遺体と、遺体を真っ正面から写したものに、遺体の顔の拡大写真、そして二つに割れたライフル。そこに蛋頭のメモが添えられていた。

ブダペストで、一人の東洋人の男性が転落死しているんだ。周協和を殺害したのとは別のスナイパーかもしれないな。

だとしたら、誰が彼を殺したんだ?

11 チェコ、テルチ

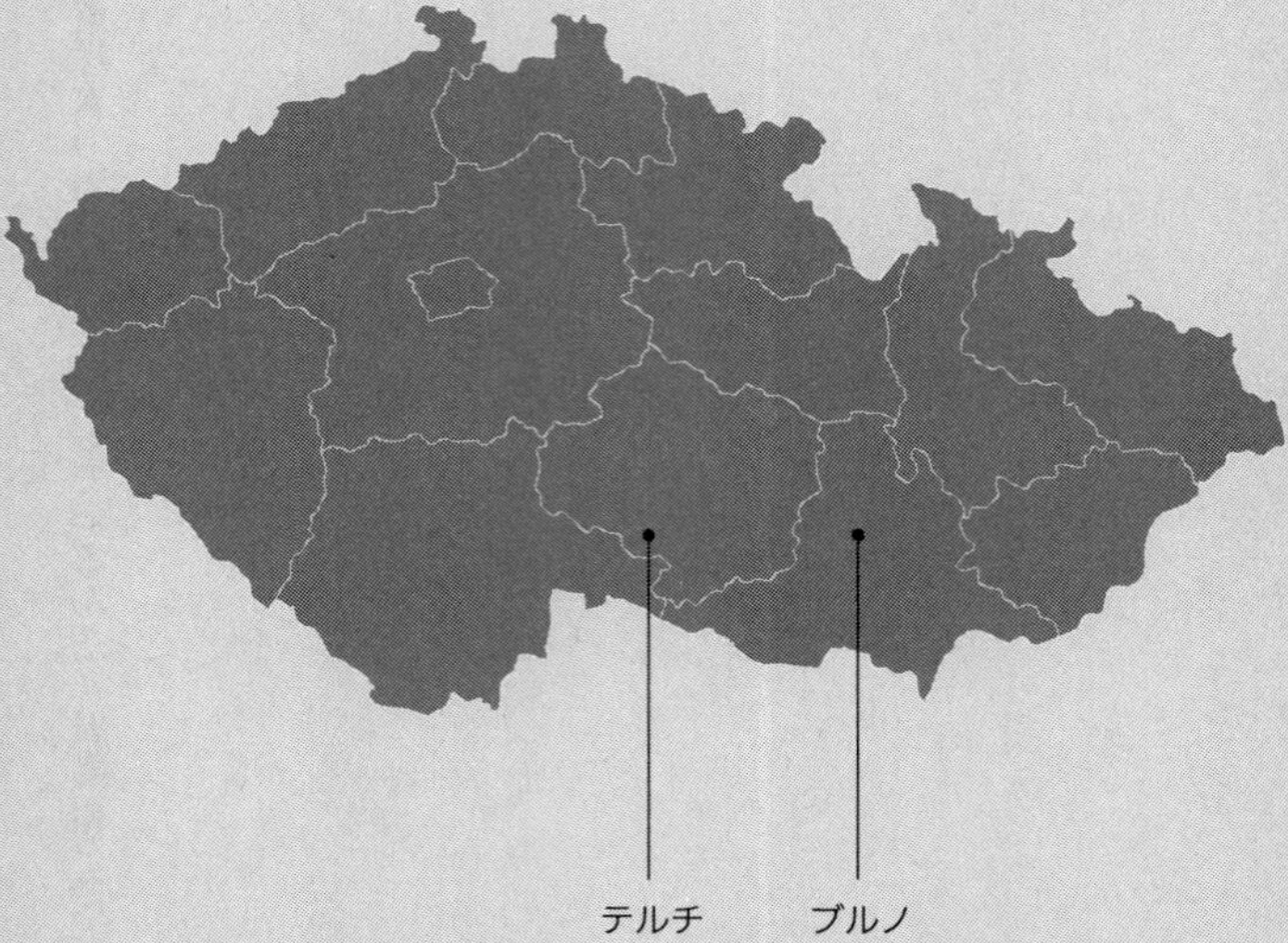

小艾は列車に乗り、そして降りた。何度か列車の乗り換えを繰り返してチェコに入ると、ブルノからは民営のローカル列車にまた乗り換え、テルチに到着したときには、すでに深夜になっていた。

テルチはとても小さな町だった。

駅を出ると、片道一車線の道路が前を通っていて、台湾の片田舎のようでもある。車が、泥にまみれた雪を跳ね飛ばして通り過ぎていく。

空は暗い。道には雪が降り積もっている。足許ばかりを見て歩いていたので、危うくテルチという小さな町への入り口を見落とすところだった。

それは城門というよりは、部屋の中にあるアーチ形のドアに見える。

だが城門を抜けると、景色は一変した。楕円形をした中世の広場は、ルネッサンス様式の家々に囲まれている。

鉄頭教官が、以前に話していたことを思い出す。第二次世界大戦前、国民党政府とドイツの関係はとても良好だった。当時、国民党政府は、ドイツから多額の装備を購入しており、そのため、ヒトラー政権は中国に軍事顧問団を派遣して、四十あまりの歩兵師団を組織、訓練することまで検討していたという。また外交部は、ヨーロッパの各所に、関係者が駐留できるよう不動産を購入していたとも聞く。しかしそれからまもなくして、ヒトラーは日本と同盟を結び、中国はドイツに宣戦布告した。

第二次世界大戦が終結し、国民党は共産党に敗北すると、台湾へと逃れてきた。その後は、情報部門がヨーロッパの不動産物件を引き継ぎ、一九七〇年代に台湾が経済成長を遂げると、さらにいくつかの不動産を購入している。この件は、理論上の国家機密とされ、政府の資産台帳から辿ることはできなくなっている。

戒厳令が解除され、台湾が民主化されると、政党の交代に伴い、情報局のトップも頻繁に交代している。その過程で、機密とされていた物件も、次々と資産台帳から抹消されていき、いまではその存在を知る者はごくわずかしかいない。普段は誰かが住むこともなく、そうした不動産は、いつしか諜報《ちょうほう》部員たちの避難所となっていった。

避難所であるため、その存在が気取《けど》られないよう、同じ避難所に三日以上滞在することは禁じられている。

マナローラで殺されそうになったとき、自分の正体がばれたことは小艾もわかっている。避難所を転々とすることになったとはいえ、いったいどれだけ移動できるものか。

いつマナローラに戻れるのだろう？

避難所は細い路地にあった。周囲には、明かりの灯《つ》いていない家が点々と並んでいる。町の人口は六千人足らずで、そのほとんどは旧市街の外に住んでいる。観光シーズンの夏ともなれば、一日に数万人の観光客が訪れることもあるが、冬になると、それが千人以下となる。

二階建ての建物は、ブダペストのものに比べれば、生活感があった。

キッチンには、コンロが設えてある。バスルームのトイレには、防寒用のマットが敷かれ、シャワー室にはカーテンが吊られていた。ダイニングテーブルの中央には花瓶が置かれ、枯れた花が挿されたままになっている。

入り口を入ったすぐのところがリビングで、ベッドがあった。

部屋に入ると、すぐに逃走経路の確認を行う。小艾の習慣だった。

部屋の奥の窓を開ける。外には川なのか湖なのかが見渡せた。ボートの姿はない。階下《した》に誰もいないことから、冬の間、家主はブルノに戻っているのだろう。

ドアの奥にある木棚には、何枚かの観光地図が貼られていた。テルチ城のある半島地図で、外へと通じる陸路は、彼が通ってきた南から城門を入る道で、両側が湖となっている。北には細い川が流れ、対岸に小さな木橋が架かっている。距離があった。どうやら逃げるとしたら、泳ぐしかないらしい。

このような人里離れた辺鄙《へんぴ》な場所で、しかもシーズンオフの冬の時期である。東洋人であればさぞかし人目につくだろう。鉄頭教官の提唱する隠伏原則にはそぐわない。

三方はすべて水に囲まれ、行き止まりだ。

次の避難所の住所を調べておく。

ここには布団もない。枕カバーさえなかった。どこを探しても、無駄であった。

やかんで湯を沸かす。袋入りのダージリン紅茶は、食卓に置かれた金属製の箱の中でまだ新鮮な香りを漂わせていた。フライパンを温めると、冷蔵庫からチーズとハム、パンを取り出し、特大のサンドイッチをつくる。

紅茶とサンドイッチを食べながら座っていると、だいぶ落ち着いてきた。

ドアの裏の棚には、ポーランドの地図や観光案内があった。他にも英語で書かれた地図がある。

彼は遅い夕食を食べながら、ポーランドの旅行パンフレットを手に取った。パンフレットの多くのページが破られている。残っていたページをあたると、ワルシャワの地図を記したページの横に、ポーランドの住所が記されている。

小艾は、湖が見える寝室を片付け、電気を消し、足音を殺すようにして階段を降りた。出入口は一つだけで、左側のドアが大家の住む一階に通じている。鍵を試してみたものの、駄目だった。後ろのポケットからスイス製アーミーナイフを取り出すと、鍵穴に差し込み、バネを引いてドアを開けた。

部屋の中には誰もいない。この家は、少なくとも二カ月は暖房をつけていないのだろう。それほどに寒く――いや、鼻をつく黴臭《かびくさ》さから判断すると、おそらく一年以上は誰も住んでいないのではないか。

間取りは二階とまったく同じというわけではなく、窓際に大きな寝室が一部屋ある。べッドからマットレスと毛布を引き下ろし、リビングに広げる。寒かったが、湖に面した窓を開けていないと、外の音を把握できない。

手にしたノキアの携帯を見つめながら考える。台北にメッセージを送り、次の行動を指示してもらうべきだろうか？　ブダペストにいた大胖《はん》の件が、いったいどういうことなのか、どうしても知りたかった。


軍人たるもの、時間があれば勉学に励むべし、だ。こいつを忘れるんじゃない。休暇のたびに、女を抱きたいからってナイトクラブに通うのもなしだ。女を抱くのに慣れてしまったら、どうなる。ライフルは硬すぎる、冷たすぎる。だからこいつを抱くなんて、とんでもないということになるだろうが。

そう言うと、鼻で笑うように話を続けた。

「昔、紀昌《きしょう》という少年がいた。彼は、名の知れた射手である飛衛《ひえい》から弓術を教えてもらったんだが、師の飛衛は、弓術を習う前に視ることを養わなければならぬと言った。紀昌はとても冷酷な男でね、彼はシラミを捕まえると、子牛の尾の毛で梁《はり》に括りつけた。そうやっておいて、毎日シラミを観察し、車輪のように大きく見えてきたところで弓を放ち、シラミの腹のど真ん中に見事、命中させたという話だ」

鉄頭教官は、眼を細めて銃身をつくづくと眺めながら、さらに続けた。

「軍人を生業《なりわい》とするなら、給料をもらって突っ立っているだけでいい。退役するまでな。その点、わしは何か言うつもりはない。だが軍人を志すのであれば、何よりも集中力が必要だ。

軍人だったら集中できるはずだ。わしの声がはっきり聞こえているか？ ちっぽけなシラミが、車輪くらいの大きさに見えてくるまで、ひたすら練習しろ。ところで、この銃は誰のものだ？ 腐食してるじゃないか。冗談ではないぞ。一週間の外出禁止、そして訪問客との面会も禁止だ」

眼はすでに闇に慣れていた。再び部屋の中を歩いてみる。キッチンは二階よりもシンプルで、ダイニングテーブルも小振りなものだった。リビングと隣の部屋とは、木の壁で仕切られている。リビングには、時代遅れのブラウン管のテレビと、カセットテープが再生できるステレオデッキがあった。

キッチンの冷蔵庫は空っぽのようだが、下の野菜室には、ワインのボトルが二本あった。とりあえず栓を開けて口にしてみたが、とても飲めた代物ではない。

ワインは残念だったが、小艾は、この数日の間ですっかり凝り固まっていた筋肉をほぐそうと、腰をおろした。

彼は少し戸惑っていた。

一階にある冷蔵庫のワインは腐っていたが、二階の冷蔵庫のチーズとハムが新鮮だったのは、どういうわけだろう？

また二階に戻ると、毛布の中に枕を詰め込み、ドアのそばにあったコートハンガーを、寝室の窓のそばに移動する。それから、組み立ててあるＳＶＵスナイパーライフルを窓際に置いた。

再び一階に戻る。そこで、ヘッドボードに古いノートパソコンが置いてあるのに気がついた。Ｗｉ－Ｆｉはない。電話回線に接続する必要があったが、果たして電話は繋がるだろうか？　試してみると、電話は通じているようだ。

小艾は、パソコンをテーブルに運び、エイサーが五、六年も前に発売した重たいノートパソコンを克服してみることにした。幸いユーザーはパスワードを設定していなかったものの、チェコ語がよくわからない。

十分以上格闘して、ようやく英語のニュースサイトに辿り着いた。

ブダペストのフォーシーズンズ・ホテルの裏路地で亡くなった東洋人が、大胖だったことは間違いなかった。サイトに掲載されていた十枚以上の写真を順に見ていく。雪の中に倒れている大胖と、その痛ましい容貌。壊れたバレットＭ82Ａ1対物ライフル。そして彼の大きく見開かれた眸《ひとみ》――

どうして大胖が？

台湾のニュースサイトに移動する。

ローマのトレヴィの泉における銃撃事件は、数日前から報道されていたようだ。

小艾は、それらの記事を注意深く読んでいく。何かがおかしい。事件で死亡した周協《しゅうきょう》和《わ》は、総統府の戦略顧問だったというが……

そんなはずはない——どうして戦略顧問を殺害せよと命じたのだろう？

人違いなのか？

折りたたんで、くしゃくしゃになった写真を取り出した。間違いない。まさにニュースで報じられている周協和と同一人物だった。

……殺害は正しかった。だが、とんでもない人物を殺してしまったのだ。

第二部

家というのは、『説文解字《せつもんかいじ》』の説明にあるとおり、その言葉の解釈そのものは簡単明瞭で、家、住居を意味する。『爾雅《じが》』には、戸牖《こよう》の間を扆《い》といい、その中を家という、とある。前者は動詞の説明であり、後者は名詞の説明となっている。家が集まると、それが邦《ほう》となる。それゆえに邦と家をひとつとして邦《ほう》家《か》とすると、国と家をひとつにまとめたものが、すなわち国家ということになる。家なくして国はありえない。家の意味は温もりで、古詩には、「我獨何命兮未有家《我が身には命あれど家はなく、》，時将暮兮可奈何《ただひとり、途方に暮れる》」とあり、そこに歌われているのは、未婚の女性の心境である。家はまた道徳というものさしの及ぶところであれど、徳義あらずば、以《もっ》て家となすにあらず。安逸無心たれど、それは獣のごとし。されどいかに孤独な者であれども、住む家はある。

1 台湾、台北

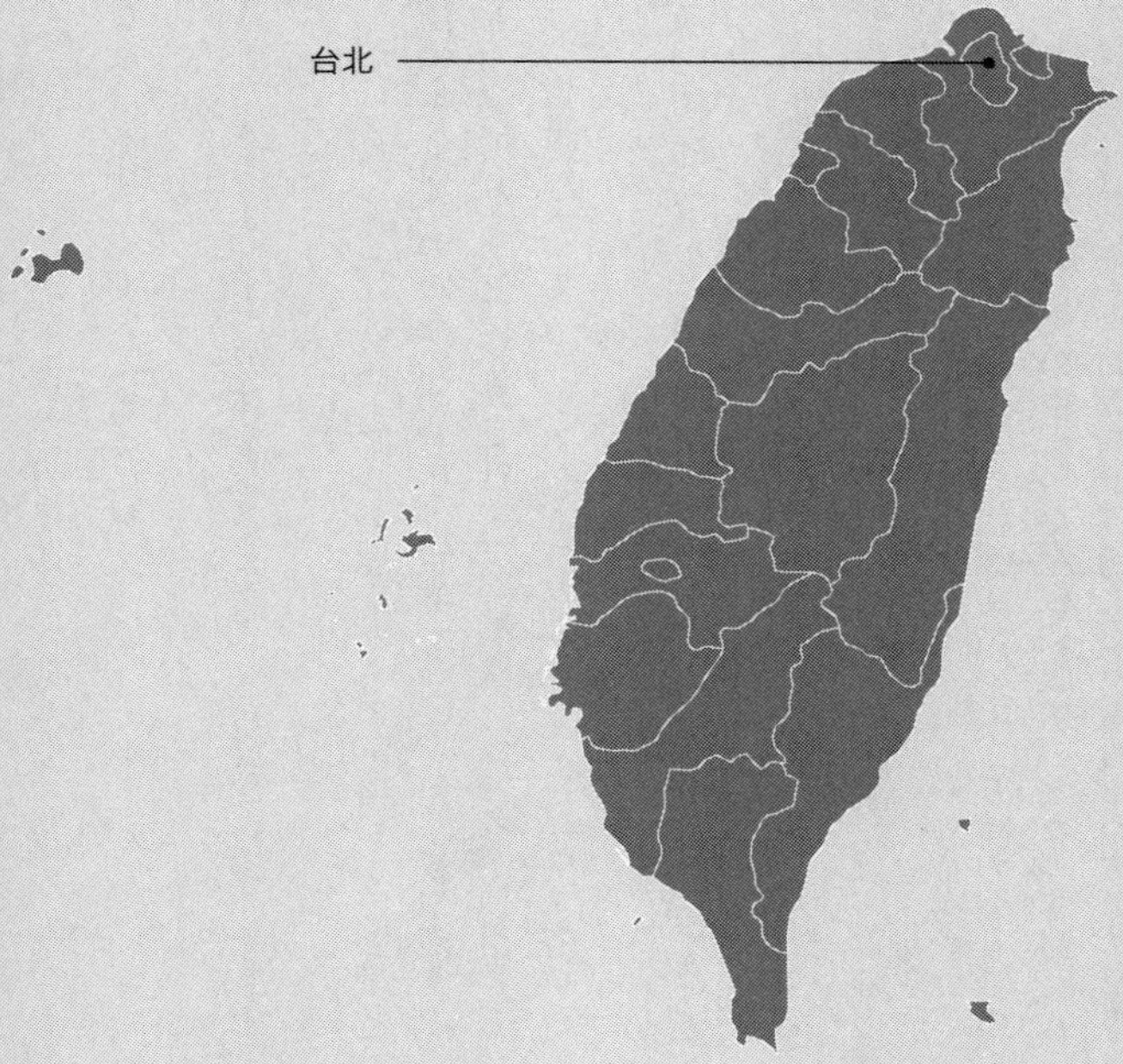

蛋頭《たんとう》は、ローマ警察の熱烈な接待を愉しんでいるように見える。

また写真が送られてきた。

ブダペストで、建物から転落したスナイパーの死体を、さまざまな角度から撮ったものであった。

ハンガリーの検死医による解剖によって、死因は、ビルの屋上からの転落による頸椎《けいつい》骨折と確定した。身体に銃創は認められなかったものの、事件現場からは、狙撃銃M82A1二挺のライフルの残骸と、弾丸が薬莢《やっきょう》とともに発見された。薬莢は、被害者が使用していたライフルのもので、弾丸は、鑑識によって、ロシア製ドラグノフSVU「7・62ロシア弾」であることが判明した。

「老伍《ご》、こりゃすごいぜ。二人ともスナイパーライフルを使っていたなんてさ、武俠《ぶきょう》映画じゃないか?」

もう一人のスナイパーがいた場所も特定された。川を挟んで向こう岸に建つ、ブダペスト・アパートメントホテルの屋上で、薬莢は発見されなかったものの、現場には、雪の上にわずかながら何者かがいた痕跡が残されていた。

東岸にいたスナイパーは、凍死すらしかねない氷点下の状況において、五階の踊り場の窓から三十度も傾斜した屋根へとよじのぼり、雪の積もった屋根に腹這いとなってM82A1スナイパーを構え、ブダペスト・アパートメントホテルの屋上にいた西岸のスナイパーと、ロシア製のSVUを介して、六百メートルも離れた空中で対峙《たいじ》していたというのである。

「最近はお互いに殴り合うリアルファイトじゃなくて、空中戦が主流なのかね？」

「私たちは、インターネットで戦っているんだから、サイバー戦争というべきじゃないか？」

「冗談はよせって。よく考えてみろよ。やつらは、お互い恨みを抱いてるってのに、どうしてこんなかたちで戦わなければならなかったんだ？　バタフライナイフで殺《や》りあえば返り血を浴びるから嫌だってか？　クリーニング代を気にして？　冗談じゃないぜ、まったく。老伍、おまえだったら、こんな謎は朝飯前だろ」

「ああ、おまえはローマでパスタを食べながら指示を出し、私は台湾じゅうを走り回っているんだ。もちろん、調べるのは訳もないことだ」

「中年太りで、更年期前の男の、不愉快なぼやき声が聞こえてくるなあ」

「スナイパーは二人とも台湾軍出身だろ」

「素晴らしい。老伍、そのとおりさ」

老伍は、口に入れるパスタもないので、〈鼎泰豊《ディンタイフォン》〉の、海老と卵の炒飯をテイクアウトしていた。生活が厳しいとはいえ、質は落とせない。〈鼎泰豊〉の炒飯はうまい。何より一粒ひと粒のご飯がしっかりしていて嚙《か》みごたえがある。それと新鮮な卵を使っているため、濃厚な味わいがあって、これがまたいい。

「まったくなあ。老伍、おまえが引退するとはねえ。まったく惜しい。もう少し考えてくれてもいいんじゃないか。この歳なら、勤務延長の申請だってできるだろうしさ。おまえのような逸材が引退するってのはさ、国にとっちゃ取り返しのつかない損失だぜ。この点は、おれが保証する」

嘘こけ。蛋頭は軽口ばかり叩く。

台湾は、以前、十万人以上の軍人のうち、数百人ものスナイパーを抱えていたことがある。これは調べてみれば、すぐにわかることだ。

老伍は、国防部の応接室に座っていた。

熊秉誠《ゆうへいせい》が以前とは違う、寛《くつろ》いだ表情で入ってくると、

「おやおや、阿兵《あへい》はお茶を出さなかったのですか？　ここのレストランのシェフは高級ホテルの出身でしてね。はは、これが兵役の素晴らしいところですよ。各地から優秀な人材がやってきては、少しの間とはいえ、ここに滞在してくれるんです。フランスのマカロンはいかがです？　宜蘭《ぎらん》三星葱の葱油餅《ネギ餅》は？　ドイツの豚足もありますよ？」

本当にお喋りな男だ。

「いや、結構です」

「軍と警察は家族のようなものではないですか。食べたいなら言ってくださいよ」

「どうも」

老伍は、自分も世間話が好きなのだろうか、と思う。

熊秉誠は、印刷したばかりでまた温かい数枚の紙を老伍に手渡した。

「あなたからいただいた写真を元に調べてみたところ、わかりましたよ。ブダペストで死亡した同胞は、陳立志《ちんりっし》といい、大胖《はん》と呼ばれていた。陸戦隊の軍曹で退役しており、彼が狙撃隊にいたことは間違いありません」

「彼は退役した後、どうしたんです？」

「その後は、どんな仕事に就いたのかはわかりませんね。消息不明です。同僚に彼の行方を調べてもらってますが、あまり期待はできませんね。資料には、彼の身分証番号と住所が記載してあります。あなたたち警察のシステムは、私たちのものよりもずっと優れているのですから、そちらで調べてみた方がよろしいのでは」

老伍は、手にした資料をぱらぱらとめくってみる。熊秉誠は、この資料を渡してしまえば後はご勝手に、とでも考えているのだろう。

「軍のスナイパーについて、もう少し詳しい情報をいただけませんかね？」

「もちろんですよ、伍刑事。軍はあなたの調査に対して、全面的に協力するつもりですから」

老伍は、近い将来、熊秉誠は将軍に昇進するのではないかと感じていた。蛋頭が、台南や高雄《たかお》といった地方に異動していずれ警察局長になるように。彼らにはいずれも、官僚として出世できるだけの力量がある。

上司が事件の進捗はどうなのかと急《せ》かしてくるので、老伍は、そのまま車で、大胖こと陳立志の住んでいるとされる住所に向かった。

だが、そこにそのような人物はいなかった。

大胖は三年前にアパートを借りていたが、満了前に賃貸契約を解除していたのである。戸籍をあたってみたものの、そこまでだった。

大胖の戸籍は「父親は不明、母親は不明」となっていた。彼は孤児院で育ち、十三歳のときに、陳洛《ちんらく》の養子になっている。陳洛は退役軍人で、最後の住所は花蓮《かれん》の栄民之家（退役軍人のための老人ホーム）となっているが、七年前に臓器不全で亡くなっている。享年七十六歳。

大胖が退役したその日から、忽然《こつぜん》と姿を消してしまったのは事実である。戸籍もなく、納税情報もない。大胖が退役したその年にパスポートが発行されており、それは現在もまだ有効であることは確認済みだ。

台湾というこの小島で、自分の痕跡をまったく残さぬまま、失踪するなどできるものだろうか？

老伍が熊秉誠に電話すると、彼は言った。

「やはり陳立志は見つかりませんでしたよ。狙撃隊のことなんですが、いま少し話せますか？」

軍には狙撃兵を養成する三つの部隊が存在する。
海軍陸戦隊の特殊部隊、憲兵隊が指揮する夜鷹特勤隊《ナイトホーク特殊部隊》、そして陸軍の谷関《こくかん》特訓中心《センター》である。

老伍に対する国防部の説明は、丁寧ではあるものの、いかにも杓子定規なものだった。
スナイパーは、三段階で選抜される。まず歩兵学校での特別訓練があり、それに合格した者は、次にスナイパー戦闘訓練班に配属され、最後に谷関特訓中心への配属となる。
そこでの主な使用銃は、アメリカのバレットM１０７Ａ１、Ｍ82Ａ１、国産のＴ93となっている。

養成されたスナイパーが何人いるのか、それに関するデータは存在しない。また、彼らが退役した後の消息については、軍も把握していないということだった。

老伍が、国防部の応接間のソファに腰をおろすと、熊秉誠は大きな掌を差し出してきて、彼の肩を強く叩いた。
「伍刑事、午前中に話をしたところなのに、またこうして午後にお会いすることになるとはね。なんだったらここに机を用意しましょうか。あなたが国防部に出勤してくれるのであれば、仕事も捗《はかど》るでしょうに」

「熊大佐、これだけの死者が出ているんです。腰を落ち着けてる暇なんかありませんよ」

「ここにはジムだってあるんです。何なら、ヨガでもされてみたらいかがです？」

「どんな狙撃訓練班でも構わないので、担当者と話をすることはできませんか？」

老伍の問いに、熊秉誠は、はぐらかすように答えた。

「今日のところはいったん戻っていただいて、熱い風呂にでも浸《つ》かって、ゆっくり寛《ひろ》いではいかがです。私の方から、なるべく早急に三隊の狙撃部隊に連絡しておきますから」

「どれくらいで？」

「雄風Ⅲ型ミサイルのように、超音速で」

まだすべての仕事は片付いていない。蛋頭から送られてきた写真の中には、大胖の左腕に彫られた刺青が写っていた。老伍はその文字を「家」ではないかと考えている。

その日の夕方、老伍は、甲骨文字の権威である王《おう》教授を訪ねた。

学者は、国防部の人間よりもずっと真面目だった。

挽《ひ》きたて淹れたての珈琲に続いて、南投凍頂烏龍《なんとうとうちょうウーロン》が供された。お茶請けは、蒸したての赤豆鬆糕《あずきのケーキ》で、王夫人は微笑《ほほえ》みながら、

「伍刑事、それ、私がつくりましたのよ。化学調味料の類いはいっさい使っていませんの」

老伍は生唾を呑み込んだ。

「母さん、もう五時過ぎだから、ちょっと気合いを入れるためにも、お酒を二、三杯いただけないだろうか？」

男は謙虚でなくちゃいけない。飲み食いしながら、王教授からはいろいろと教えてもらうことがある。

王教授は定年退職して久しく、ことしで七十二歳になる。すすんで運動することもないが、これまで病気をしたこともない、と豪語し、もっぱら毎日読書をして過ごしているという。

読書に励めば、金の家が手に入り、美女さえも手に入れることができる。また心穏やかな暮らしを得ることができる、ということか。

彼はパソコンの電源を入れると、画面に表示された文字を指さして、訊いた。

「刑事さんは『家』の語源を知っているかね？」

老伍は正直に答えた。

「教授、教えてください。私は頭が悪くて、学校にも行ったことがないものですから、あいにく文字が読めなくて」

老伍の言葉に、教授は爆笑すると、

「刑事さんは、なかなかユーモアをお持ちのようだ」

彼は、モニターの文字を指でなぞりながら、

「家というのはですね、いいですか。上にある『宀』というのが、煙突のある屋根を意味するんです。最新の考古学的証拠によると、陝西《せんせい》省西安《せいあん》には、紀元前五千年前から煙突があったことが判明しています。屋根の左右に、二本の柱がある。そして屋根の下には『豕《ぶた》』がある。この文字は、豚の古語でしてね」

「豕にそんな意味があったとは知りませんでした。教授から、また一つ新しい言葉を教えていただきましたよ」

老伍は堪えきれず、額に皺を浮かべてそう言った。生涯勉強、である。

「家が『宀』と『豕』でできているのには、二つ、理由があってね。一つは、古代人が蛇や狼《おおかみ》などの獣を避けるために家の下階で豚を飼い、人は上階で寝たとする説だね。豚を育てるということはつまり、いよいよ農耕社会になってきたということさ。社会には食料が十分あり、生活が保障されている。そして生活の保障の上に家族が形成される」

老伍は、焼豬頭《豚の頭焼き》や白切肉《豚肉のゆで物》、滷豬尾巴《豚の尻尾煮》、煮下水《ホルモンのスープ》、燉蹄膀《豚足》を思い浮かべる。どうやら赤豆鬆糕は食べれば食べるほど、腹が空いてくるものらしい。

「次に第二の解釈だが」

王教授はゆったりした口調になって、

「古代の人々は、豚が集団で生活し、雌豚は子豚の群れを率いて餌を食べているのを見て

いたんだね。テレビで毎回、母豚のお腹《なか》の上で、七、八匹の子豚がお乳を吸う姿が映し出されると、孫娘は、もう豚肉は食べられない、と言って泣き出すんですよ。ははっ。昔の人は、豚の家族は絆《きずな》が強いと考えていたんですな。だから、家族の絆や思いを豚に託して表現したのです。結婚して子どもを産むこともそうですが、そうした思いがないと家族とは呼べないでしょう」

老伍はいちいちうなずきながら、

「それはそのとおりですね。ふと思ったんですが、私たちは牛の乳や山羊《やぎ》の乳は飲むが、豚の乳というのは誰も売ろうとしませんね」

王教授は思わずテーブルを叩いて大笑した。

「さあ、もっと食べてください。鬆糕には豚の油が使われているんですよ。こいつを使わないとうまくならなくてね。私の年齢にもなると、なかなかこうして話ができる人もいなくて、ましてや刑事さんとなると——」

「そうですか。王教授、すみませんが、いろいろとご教授ください」

「秦《しん》の始皇帝が文字を統一する前、中国の文字は複雑でした。甲骨《こうこつ》文や金文《きんぶん》があり、同じ文字でも多くの異なる書き方があったんですよ。暇があったら故宮博物院に行かれるといい。周王朝の鼎刻了字《ていこくちょうじ》も、殷《いん》の時代の陶磁器に書かれた文字とは異なっているんです。それが秦の始皇帝になってようやく、同じ文字を認識できるようになったというわけです。

もっとも焚書坑儒《ふんしょこうじゅ》がありましたがね」

「だとすると、始皇帝には感謝しなければなりませんね。それ以来、私たちは同じ文字を認識するようになったわけですが、毛沢東《もうたくとう》のおかげで、かつては同じだった文字が、台湾中国の両岸で異なる書き方になってしまいました」

「伍刑事もなかなか慧眼《けいがん》ですな。さて、こちらの豚を見てみましょうか」

　モニターに四つの象形文字が表示される。

「ちょっと飲みすぎて、うまく舌が回りませんな。さて、一つめは見てのとおり、太った身体に四肢の猪《いのしし》です。次に二つめは、猪が後ろ肢《あし》で立ち上がったところをそのまま書いています。といっても、何も進化して、後ろ肢で歩くようになったわけではない。この字を書くために、細長い木の棒を順に並べてみただけです。三つめも猪の立ち姿で、ここでは特に真ん中あたりの、大きな腹が強調されているのがわかるかと思います。この当時、古代人の文字には『豬』がなく、『豕』だったのです」

「ええ。わかります」

「さて四つめの字の左側は豕です。それが立っていて、四肢になっている。右側の一番下の竈《かま》とその上の鍋を合わせると『煮』になりますが、上半分の鍋はまだ煙を出している。竈の爐《る》と鍋が簡略化されて『者』になり、この『者』が『煮』の原型で、その後、豕と爐がひとつになり、それが左側の『豕』と右の『者』となり、現在の豬（豚の意）として使われるようになったというわけです。

煮も者もなければ豬にならない。中国語では、豚を蒸し煮しないと豬にならないわけで、まったく、豬の文字を考えた昔のインテリもひどいもんだ。豚さん豚さん可哀想《かわいそう》、ですよ」

王教授の話に、老伍は思わず吹き出してしまった。

モニターに表示されていた四つの文字が切り替わる。

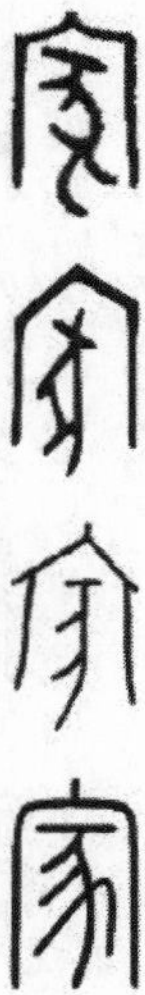

「次に『家』の字を見てみましょうか。上に屋根があり、左右の両側は二本の柱で支えら

れていて、その真ん中に豕の文字がある。一つめの字の豕は、腹が丸い。二つめの字は、丸くはないけれど、やはり大きな腹を持っている。三つめになると腹が省略され、上の線は豕の頭、下の線は横から見た胴体と二本の肢だ。四つめは、現在使われている『家』とほぼ同じといっていい」

「四肢の豚と尻尾ですか？」

　老伍が身を乗り出すようにして、パソコンのモニターを覗き込んだ。

「なるほど。どうして私はいままでこれを豚の尻尾と思わなかったんでしょうな？」

　郭為忠《かくいちゅう》の腕に彫られていたのは、どの「家」だったのだろう？　覚えているのは、三つめの尻尾のない豚だったように思う。二人の被害者とも同じ刺青だっただろうか？　こんなにたくさんの「家」があったとは。それとも彼らは、たまたま同じ「家」の文字を、同じ篆書体《てんしょたい》で彫っていただけなのだろうか？

　わからない。

「これが家の由来なんですな。母豚子豚の感情があって初めて家族と呼べるのであって、そうでなければ、どんなに大きな家であろうとも屋根があるだけであってね」

「だとすると、屋根には愛情が満ちているというわけですか」

「伍刑事、そのとおりですよ」

　王夫人からの夕食の誘いを丁重に断り、急いで局に戻らなければならない。

帰る前に、リビングのテーブルの上に置かれたフォトフレームが眼にとまった。若夫婦と小さな娘の写真である。その後ろには英語の道路標識が見える。王教授の息子はアメリカにいるのだろう。家というやつは、子豚がいないと、どこかこぢんまりとしたものに感じられる。

彼が車に乗り込んだところへ、熊秉誠のＬＩＮＥが、雄風Ⅲ型にも匹敵するミサイルをぶちこんできた。

調べてみてわかりましたよ。陸軍谷関連の狙撃教官である杜立言《とりつげん》中佐の件で、彼の個人情報を国防部から刑事局に郵送しました。今度日を改めて飲みませんか。

刑事局に戻ると、「機密」のスタンプが押された牛革の封筒が、蛋頭の机の上にあった。杜立言中佐は、谷関特訓中心の主任であり、狙撃兵訓練隊の教官であった。資料の末尾には、手書き文字でこう記されている。

伍刑事、訓練を終えたスナイパーに関する情報は、ほとんどが杜中佐の手許にあります。国防部の仕事はやはり迅速かつ正確でしょう。

明日、杜立言を訪ねてみよう。

老伍はすぐに蛋頭にそのことを送信する。報告ついでに、二人でチャットをしようとオンラインにすると、蛋頭はまた食事をしている。

「イタリアのパスタってのは、おれたちの拌麵《汁なし麵》と違うんだなあ。台湾のものよりこしがあるし、もっちり感が強いんだよ。これだったらずっとこっちに住んでたって構わないくらいさ」

ローマの食事情を調べに行ったわけでもあるまいし、と彼は考える。大胖と杜立言の話をすませた後、老伍は刺青について言及した。

「大胖の腕には家の刺青があり、郭為忠にも同じものがあった。それが邱清池《きゆうせいち》にはなかったんだ。もしこの刺青が家族を意味するのだとしたら、どうだろう。偶然かもしれないが、大胖と郭為忠の刺青は、古字の家だった。これは、とても偶然とは言い切れないんじゃないか」

「彼らは同世代なんだろ。知り合いだったかもしれないじゃないか。たとえば、同じ村の出身で、兄弟のような仲だったというのはどうだい」

「郭為忠は三十八歳、大胖は三十六歳だ。蛋頭、郭為忠は幼少時から台北で育ち、大胖は嘉義《かぎ》出身だ。一方は南、他方は北なんだぜ。それに郭為忠は海軍の艦艇兵で、大胖は陸戦隊だから、二人に接点はない」

蛋頭が麵をすすると、彼の荒い鼻息が聞こえてくる。そばにいるローマ警察の人間は、彼の振る舞いを見て、台湾人とはこういうものだと思っているだろうか？

彼はまた一口食べると、

「大胖は周協和《しゅうきょうわ》を殺してはいない。ハンガリーとイタリア警察が、弾道を比較したんだが、銃弾は同じものではなかったんだよ」

「大胖が周協和を殺してないとして、じゃあ、大胖は誰に殺されたんだ？　大胖を殺した人物が、周協和を殺した犯人である可能性が高そうじゃないか」

「まあ、そう急ぐなって。こっちにはキャプテン・アメリカとアイアンマンっていう正義の味方がついているんだぜ」

蛋頭が、反黒科の科長に抜擢《ばってき》されたのも納得できる。温厚な彼を見れば、誰だって落ち着けるというものだ。

「周協和はなぜローマに行ったのか。総統府から何か話を聞いてないか？」

「もともと、周協和は休暇を取得して旅行中という話だったんだが、その二時間後、記者たちに嗅ぎつけられたものだから、周協和は視察のためヨーロッパに行っていた、と話が変わっていた」

老伍はそう報告した。

蛋頭は、フォークに絡めたパスタをカメラの前に差し出すと、

「悪くないだろ？　いかにもオイリーで、うまそうじゃないか。ヨーロッパで国交がある

のは唯一、ローマ法王庁だけだってのにさ。戦略顧問が、神父の夕食メニューの視察にでも行ったってか？」

「局長が総統府に問い合わせたんだが、向こうの答えっていうのが――」

「国家機密だろ」

「蛋頭、おまえが昇進したのも納得だよ。おまえは心の知能指数《EQ》が高いんだ。で、私はまもなく定年と」

「そんなことにこだわるなって。しっかり年金はもらえるんだからさ」

通話が終わり、老伍は席を立つと、部屋の中央にあるホワイトボードまで歩いていく。込み入った事件の進行具合を眺めやり、右下に書かれた「八」の文字を消して「七」に変えた。退職まであと七日しかない。

まっすぐ家に帰るつもりはなかった。彼は刑事局を出ると、靄《もや》でかすんだ忠孝《ちゅうこう》東路まで歩くことにした。以前は、定年になったらあとは好きなことをして生きていけばいいと考えていた。だが、蛋頭と話をしているうち、ふと思った。仕事をしない日々は、本当に幸せなのだろうか？

彼にもまだ他の選択肢があった。先輩の阿福《あふく》からは、警備会社に来ないかという誘いをもらっている。ほかにも、クレジット会社の二社から、二度食事に誘われた。そのうちの一社からは、副総経理の地位と高給を提示されている。探偵稼業に鞍替《くらが》えするという道もある。

老伍はさまざまに思い惑っていた。

いま抱えている二つの事件は、基隆の郭為忠の件と、金山《きんざん》の邱清池の件である。そして蛋頭と捜査を進めている二つの殺人事件があった。こちらは、戦略顧問である周協和の事件と、ブダペストにおける陳立志の事件となる。これからの七日間で、すべての事件を解決できるだろうか?

この数年間、一日二十時間ぶっ通しで働いてもまったく疲れを感じない身体には、刑事としての熱い血がたぎっていた。たるみきった肉と、ますます抑えの利かなくなっている五臓六腑も、事件がきりもなく続いてくれるがゆえに、もっているようなものだ。自分は、事件を解決したときの、あの高揚感を捨てるつもりなのか?

敦化《とんか》南路を通り過ぎ、復興《ふっこう》南路を渡る。このまま歩いて、中山《ちゅうざん》北路まで行ってしまおうか?

ふいに、郭夫人のことを思い出した。彼は踵を返すとMRTに乗り込み、刑事局に戻ることにする。急いで報告書を仕上げて上司に提出し、郭為忠が自殺でないことを上司に認めさせる必要があった。そうしないと、いたずらに業務処理が滞り、郭夫人の家族が厄介なことに巻き込まれてしまう。

局に戻ると、郭夫人からショートメッセージが届いていた。

伍刑事、為忠の件はどうなっていますか？

すぐに返信した。

目下、殺人事件として捜査中です。

この「目下」というのは、法医からの報告書や、事件現場の関係者による証言を照合しつつ、捜査の方向性を詰めている、というだけに過ぎない。

ありがとうございます。

老伍の脳裡《のうり》には、四階の窓際にもたれ、空に向けて紫煙を吐いている郭夫人の顔が、ありありと思い浮かんでいた。

2 チェコ、テルチ

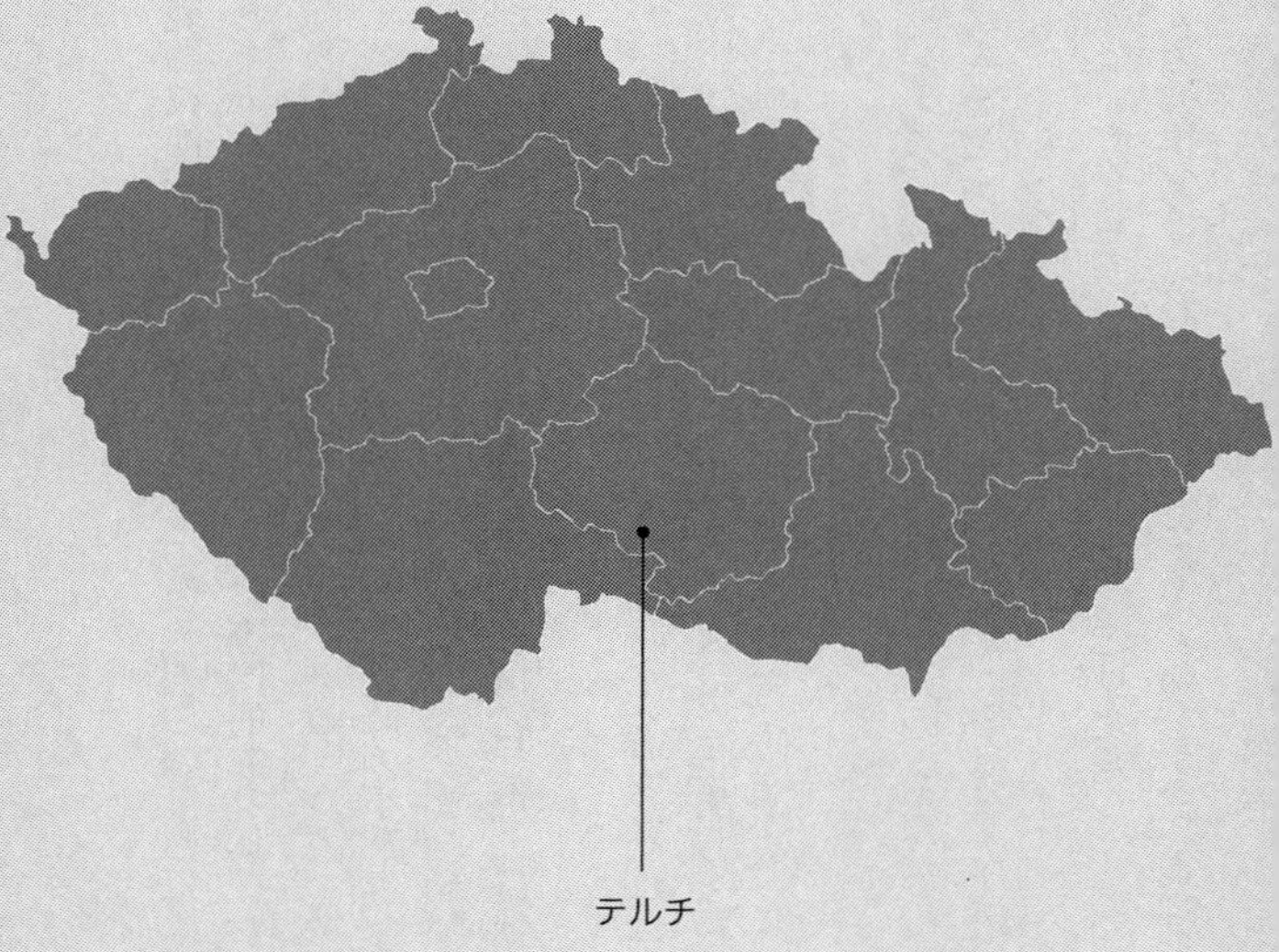

なぜ、大胖《はん》が？

当時、国防部は「個人戦闘技能向上計画」を推進していた。この計画では、少佐以下の軍官や士官のすべてに対して、目前の通常業務に加えて、専門的な身体技術の習得が義務づけられていた。たとえばテコンドーや、トライアスロン、ボクシング、水泳、ダイビング、パラシュート、サバイバル、射撃などがそれに当たる。当時の小艾《がい》は、訓練を終え、陸軍に配属されたばかりの小隊長で、また副連隊長を兼ねていた。まだ経歴も浅く、計画に参加する資格もなかったにもかかわらず、鉄頭教官は彼を指名した。自分には射撃の才能がある、と上司に報告していたのである。

鉄頭教官は小艾以外にも、二人の新人を推薦したという話だった。それは——

その報《しら》せを受けた後、鉄頭教官は、部屋に二人の新しい人員を招集し、精神講話を行った。小艾はまるで昨日のことのように、そのときのことをありありと思い出すことができる。

鉄頭教官は二人の鼻を指さして、言った。

「わしたちがおまえたち二人を選んだのに、他の理由はない。おまえたちには才能がある。しかもだ、おまえたちは家族でもある」

小艾は眼の端に、自分の隣で直立している娃娃をちらりと見た。

「おまえたちのうちの一人の外祖父は、わしの長兄なんだ。わしを、水恐怖症から平泳ぎで全軍一位へと導いてくれたひとでもある。そしてもう一人は弟で、若くして亡くなったものの、一人娘を残してくれた。それが娃娃、おまえだ。とはいえ、訓練中は親戚だからどうということはない。わしはおまえの父上に、おまえを愛し、そして守ると約束したんだ。わかるな？」

娃娃は陸軍学校を卒業すると、電戦士官として配属されたが、まさか鉄頭教官から訓練を受けることになるとは、思いもしなかったろう。

そのときの狙撃訓練は、すでに陸戦隊の下士だった大胖を含む、三軍の各部隊から集められた総勢五十名によって行われた。

訓練は三カ月間行われ、終了すると、ほとんどの者は軍に戻っていった。だが鉄頭教官はその中から十人を選び出し、さらに三カ月間の訓練を施した後、対テロ部隊や特殊作戦部隊へと配属させたのである。

小艾と大胖は、最終的にその十人のリストに入り、娃娃は軍に戻って翌年、学校に入学した。

彼と大胖は、同室の二段ベッドで寝た。大胖の鼾《いびき》といったら相当なもので、毎晩ベッドの足がぐらぐらするくらいだった。上段の小艾は、最初のころこそそれに耐えられなかったが、気がつけば大胖の鼾が、眠りを誘う子守唄となっていた。もしあれがなかったら、と思う。自分は不眠症に悩まされていたかもしれない。

訓練初日は、もっぱらM21の分解に費やされた。小艾が焦っていると、左隣に座っていた大胖が、彼に対してこう、助言をくれた。

「おれの言うとおりにやってみろよ。いいか、分解した部品を、正しい場所へ、順番どおりに並べるだけでいいんだ。根気よく練習していけば、組み立てるときにだってミスしなくなる」

全員がシャツ姿で、集会場の木陰の下にある小さなベンチに座っていた。小艾の右側に、娃娃が座っている。彼女は緊張した面持ちで、ずっと小艾の手許を見つめていた。

大胖は小艾と話をしていたが、実を言うと、娃娃に聞こえるように話していたのである。

「銃のメンテナンスのこつってのはさ、オイルを塗りすぎないことだな。適度に塗る。どういうのがいいかっていうと、そうだな。見た目はオイルを塗ったように見えるけど、触ってみるとオイルっぽくないっていうかさ。よくわからない？　しばらくすれば自然とわかってくるさ」

大胖は、伍佰《ウー・バイ》の『ノルウェーの森』を歌うのが大好きな、兄貴肌の男だった。

週末の夜は訓練が終わると、夜食を持参し、軍営区で一晩を明かすことになっていた。照明を消し、就寝の時間になると、大胖が射撃場に行こうと誘ってくる。自分と娃娃、大胖の三人でこっそり射撃場に忍び入り、月明かりの下で、牛肉捲餅を頬張ったものだった。

大胖はこれが大好物で、娃娃が食べきれないと、彼女のぶんまですっかり平らげてしまったっけ。

小艾は、あの三カ月を懐かしく思い出す。

朝起床すると、すぐさま走り込みだった。射撃の訓練を終えると、昼食をとり、午後は水泳かテコンドーで汗を流し、そしてまた射撃の訓練の繰り返しである。自分の時間などあるはずもなかった。頭を使う必要もない。ただ過程をこなしていくだけである。時間があれば、冗談を口にし、他愛《たあい》のない話もした。とはいえ、煩悩が生まれようとも、悶々《もんもん》としている暇などあろうはずもない。

射撃の腕前に関しては、もちろん大胖が常に一番だった。

鉄頭教官によれば、彼は尻が大きく、足が安定している。少々のことではびびることもない図太い性格であるがゆえに、瞬きもせずに自然体で撃つことができると言うことだった。

「いいか、これだけは覚えておけ。瞬きしないことだ。引き金を引くときに瞬きしたら、弾丸がどこに飛んでいくかわからないだろ?」

鉄頭教官は、竹の棒を手にして射撃台の端から端までを歩き回り、ときおり棒の先で訓練生たちの間違った姿勢を指摘していく。

「射撃の基本動作は、いいか、手を弛緩《しかん》させておく一方で、銃はしっかりと構えることだ。

呼吸を安定させ、合図があったときには息をとめる。撃つときは決して瞬きをしない。いいか！」

棒の先で、大胖の頭を叩きながら言った。

「おまえたちの隊では、三人とも当然、瞬きをしていない。二人とも大した肝っ玉だ。もっとも大胖だけは顔がむくんでいるものだから、はっきり見えていない。だから瞬きしていると感じるかもしれんが、もちろんそんなことはない」

鉄頭教官は言った。

大胖は、引き金を引く瞬間に、全神経を集中している。銃口も、銃身も、彼の両手も、ストックに押しつけられた眼も、すべてが一体となっているのだ。

小艾は以前、彼に訊いたことがある。どうすれば眼を閉じないで、あれほど正確に撃つことができるのか、と。

大胖はきっぱりと言った。

「両眼をまったく閉じてないと思ってるのか？　誰が左眼をつぶっているときに、右眼を開けていないって言ったんだ？　いいか、おれだって、ずっと眼を開けているわけじゃないんだぜ」

いくら瞬きをしようとも、大胖は両眼を同時に開いたり、閉じたりすることがなかった。まさに天性のスナイパーといえた。

鉄頭教官を除けば、大胖は、もっとも娃娃の話に耳を傾けていた。娃娃の言うことは正しい、と口にしていて、小艾もまたそのたびに力強くうなずいた。二人とも娃娃のことが好きだった。大胖は、彼女に対する好意をあからさまにしていた一方、小艾はその気持ちをそっと胸に秘めておくだけだったが。

「好きなんだ。そもそも娃娃のことを嫌いなやつなんているのか？」

大胖は、トイレの裏手にある側溝の蓋に坐り込み、紫煙を吐きながらそう言った。

「おれは彼女が好きなんだ。好きで仕方がないんだよ。おれたちみたいな男は、家なし金なしの貧乏人だけど、彼女は、官校に入学する試験を受けるつもりだって話だぜ。営門で彼女が迎えを待ってるのはベンツでもない。ＢＭＷでもない。フェラーリだ。

彼女のことを好きだったら、他の男にもらわれていく前に、振り向いてもらえるよう全力を尽くそうじゃないか。最後の瞬間に天使が現れてくれたら、それに感謝して祝福を送るさ。おまえだって、彼女のことが好きなんだろ？　彼女と話をしたことはあるのか？　たった三カ月だ。三カ月のうちに話しかけないと、もう永遠にチャンスはないんだぞ！　おれを見習えよ。百八十日の間、めいっぱい愉しんで、満足できればそれでいい。小艾、いちいち悩んでたって、銀行口座の残高が増えるわけじゃないんだぜ」

大胖はきっぱりと言った。彼は、この三カ月間、相当苦しかったのだろう。

訓練の最初の一週間のことだ。娃娃と他の三人の女子は、まったくついていけてなかった。銃を手に走りながら、大胖はわざと歩速を落として、四人の女性兵士が追いつくのを待っていた。

彼は、M21を上下に振り上げながら叫んだ。

「心の中で一、二、一、二と叫んで、両眼は遠くを見ないんだ。前の班の尻を見るんだよ。おれみたいに、小艾のケツをじっと見てさ、一、二、一、二。君たちさあ、小艾のケツのどこがすごいかわかるかい？　真っ平らで、彼にはケツがないんだよ！　こんな男は信用できないな。おれみたいに、男だったら、でかくてぐっと締まったケツじゃないとね」

そう言いながら、大胖は、彼女たちを出し抜いて先を走っていった。彼の尻は、歩くときも、後ろにモーターがついているんじゃないか、というふうに左右に揺れていた。一、二、一、二と。それが妙にセクシーという評判だった。

他の三人の女子たちには眼もくれず、彼は娃娃だけが好きだったのである。

訓練も八週目になると、狙撃隊の二人の男たちが、二人の女子たちの心を射止めた。三人目には、訓練を終えて卒業したら夏には結婚が決まっている大学生の恋人がすでにいた。

娃娃を狙う男はいない。誰もが、彼女だけは無理だろうと思っていたのである。

とにかく、彼女は、狙撃隊の男たちにとっては、女神のような存在だった。

小艾はある日の訓練の前に勇気を振り絞って告白した。

　すると、娃娃は彼の手を取り、生涯忘れることのできない言葉を口にした。

「私はまだ官校に通うのよ。これからどうなるのか、何が起こるかもわからないわけでしょう？　もしかしたら、私たちはこの先、友達じゃなくなっているかもしれないじゃない」

　小艾はようやく悟ったのだった。

　告白すれば、どちらに転ぶかわからない。得をすることもあれば、損をすることもある。だが、告白しなければ、いまの状態が永遠に続くことを期待している、ということなのだ。大胖の思いは、自分よりも深く、まったく底が知れないくらいだったのである。

　訓練終了後に催された晩餐《ばんさん》会で、娃娃は、大胖の腕の中に飛び込んでいった。娃娃の顔は汗か涙で濡れていたが、大胖の顔は真っ赤だった。酒に酔っていたのか、それとも彼女を愛する気持ちゆえだったのか。

　ブダペストのあの日の朝のことを思い出す。

　小艾は、スコープ越しに、二つの丸い眼をたしかに見た。選択の余地はなかった。引き金を引かなければ、転落していたのは自分の方だったろう。

　なぜ、大胖が？

　彼が台湾を飛び出して、フランスの外人部隊に入隊したとき、大胖は陸戦部隊に在籍しており、中佐に昇進したはずである。それとも彼は退役したのだろうか？

いや。大胖は、マナローラからブダペストまで、自分を追いかけてきたのだ。もちろん、標的が小艾であることを知ってた上でのことである。だからこそ、あのときも引き金を引くことに、何の躊躇いもなかったのであろう。

さらに、わからないことがある。

その命令を下したのが、なぜ娃娃だったのだろう?

鉄頭教官は引退した後、いったいどうしているのだろう?


外に何か動きがあった。

小艾はパソコンを閉じると、用心深く、床を這うようにして窓際に移動した。

幸い、すでに眼は暗闇に慣れている。

湖に小さなボートが浮かんでいるのが見えた。

ボートは、非常にゆっくりとした速度でこちらに近づいてくる。小艾はボートを無視して、周囲の動きに集中する。

チェコ警察の番号は、一一二だったろうか? それとも九一一だったか? そういえば、EUはすべて一一二に統一されていたはずだ。

番号を押し、受話器をそっと、そばに置いた。

キッチンコンロのガスの元栓を開ける。シューというかすかな音が聞こえてくる。

彼は服を脱いで防水シートに包むと、荷物をバッグに詰め込んでいく。

窓を開けた。外に出て、狭い窓枠に立つと、窓を閉める。その場にしゃがみ込んで、音を殺すようにして湖に滑り落ちた。氷が多い。果たして、この冷たさに一分間耐えられるだろうか？

とにかく素早く動くことだ。そうすれば、敵も手足を狙うことはできないだろう。

ボートまで泳いでいき、乗り込むと、あたりの家屋に人影がないかを確認する。

船尾で結ばれたロープには、きれいに断ち切られた痕跡がある。

水に潜ってどうにか岸辺まで辿り着くと、小艾は身をかがめ、道路脇に停めてある車のボンネットに触れていく。三台目の車は、凍えるような気温の下でも、まだエンジンが熱かった。

時間がない。サイドガラスを叩き割り、そのまま車に乗り込んだ。

幸い、キーは挿したままになっている。車を発進させた。急発進した勢いで、五台の車に次々とぶつけてしまうと、警報音がけたたましく鳴り響き、周囲の照明がいっせいに点灯した。

小艾はアクセルを踏み込み、さらに遠くまで逃げようとする。

百メートルほど離れたところで車を停めると、エンジンを切った。

第二避難所を振り返ると、すでに次々とパトカーが到着していた。警察の怒鳴り声が聞こえてくる。湖に面した二階の窓は開いている。敵は、凍てついた湖に飛び込む勇気があったかどうか。

銃声に続いて、突然爆発音がし、バックミラーに閃光がきらめいた。

一階のキッチンからだ。

誰が彼を尾行していたのだろう？　iPhoneを破壊し、チェコに入るまでずっと用心していたにもかかわらずだ。案外、敵は一人や二人ではなく、三人目がそう遠くないところに潜んでいたことも考えられる。

小艾には、第二避難所で死んだのが誰なのかを考えている余裕はなかった。もっとも、それが自分の知っている人物なのかどうかも知りたくはない。

鉄頭教官に引率されて、徹底的に走り込みをやらされた訓練初日のことを思い出していた。あのときは、千五百メートル足らずのところでもう、腕をあげることさえできなかった。

自分の横で、大胖が、大きく喘ぎながら走っていた。

「片方の腕に力を集中させて、それから意識をもう片方の腕に移すんだ。長い時間ずっと立っているのと同じさ。片足へ順番に体重をかけていくのと同じ要領でやればいい」

両腕を振り上げることさえままならず、まったく何もできないような状態だったにもかかわらず、大胖に言われたとおりにやってみて、ついには五千メートルを完走できた。

そして、十一人全員が合格した。

他の生徒たちが、まだ運動場で喘ぎながらゴールを目指している間、彼と大胖はすでに食堂の椅子に座り、大きな饅頭と熱々の豆漿を食べていた。

「食べ方を教えてあげるよ。最初の饅頭は、惣菜と一緒に食べるんだ。八分《はちぶ》ほど食べたら、今度は二つめの饅頭に、砂糖をまぶして味わうのさ」

大胖は大きな口を開けて、饅頭を頰張りながら、にっこりと笑ってみせると、

「おれは甘いものが大好きなんだよ。そもそも甘いものを嫌いなやつなんて、いやしないさ」

アクセルを緩めないと。知らずにスピードを出し過ぎていた。スピード違反で、警察の注意を引くわけにはいかない。いまは交通警察の世話になっている暇などないのだから。

饅頭のことは忘れない。あとでじっくり味わえるよう、半分は残しておかないとな。

大胖が大きく眼を見開いているのがはっきりと見える。小艾は、その両眼の中心に狙いを定め、引き金を引いた。

3 台湾、台北

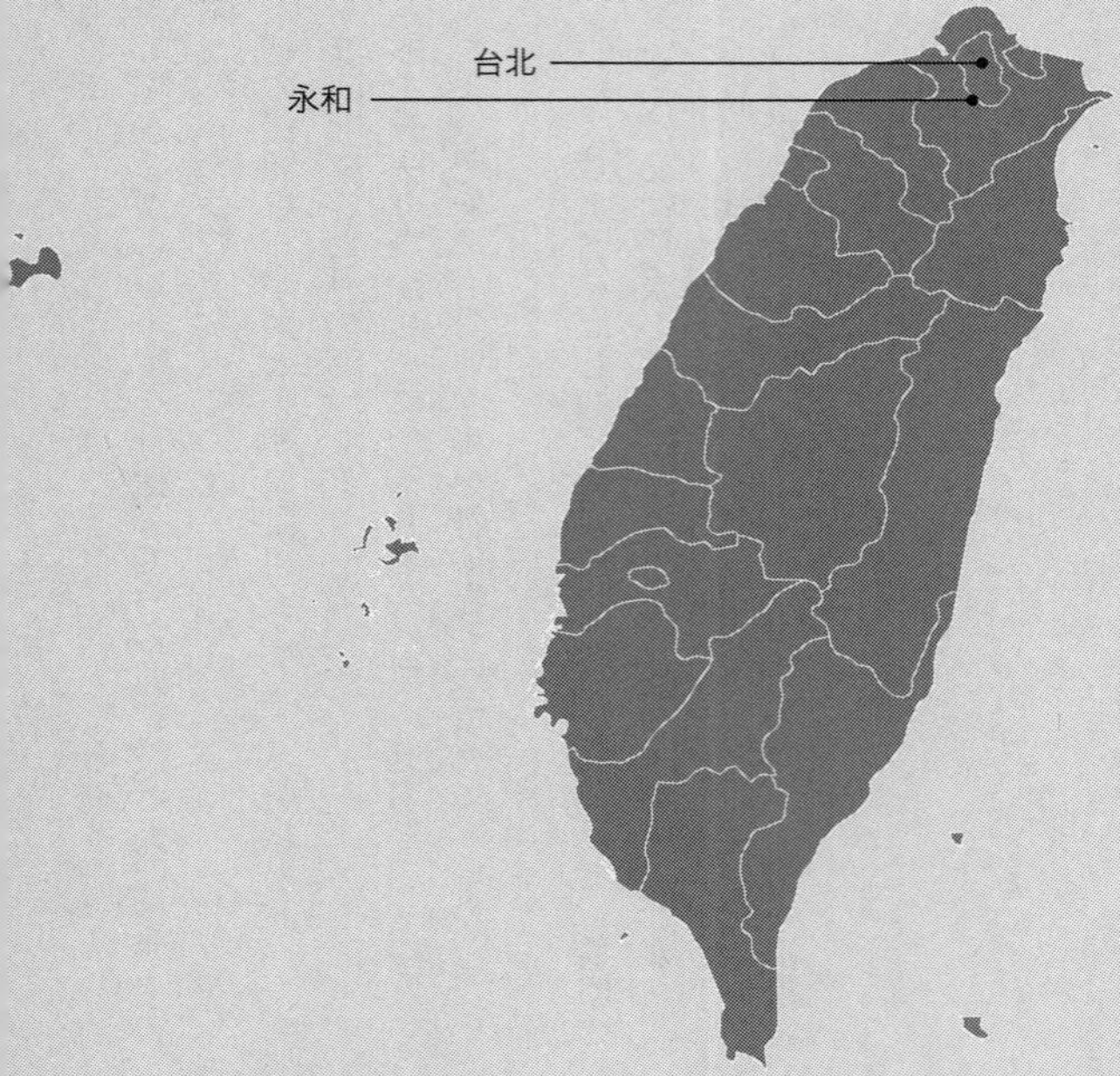

谷関にある陸軍特訓中心を訪ねていく必要はなくなった。台北にいる杜立言中佐が、捜査に協力するからと、自ら刑事局に出向いてくれたのである。

　杜立言が責任者となって二年になるが、それ以前は、陸軍特戦隊に専門の狙撃訓練隊は存在しなかったという。大胖《はん》が在隊していた時期は特別で、黄華生《こうかせい》大佐が国防部に要請し、屏東《へいとう》にあった陸戦隊の基地を利用するかたちで、訓練隊が創設された。二年で、三期の訓練班を養成し、卓越したスナイパーを育て上げるという成果を出している。

　だが黄の引退後、この部隊はなきものとされ、部隊に関するすべての資料は、谷関へと移管された。

　当時の訓練生は昇進したり、除隊したりした。中には、黄華生からのバトンを受け継いで、各部隊の狙撃教官となった者もいる。

「大胖」こと陳立志《ちんりつし》は、杜立言の話によると、目立たない男だったものの、陸戦隊の中では名の知られた存在だったという。三軍の試合においても類《たぐ》い希《まれ》な成績を収め、上級士官たちも彼の力量を高く評価し、在軍期間延長を要請してでも、すぐさま中佐に昇進させるつもりだったらしい。しかし彼は、退役するつもりだからとその申し出を固辞し、国軍はその類い希な人材を失った。

「仕方がないんだ」

　と彼はため息をついて言った。

「毎月、退職年金をもらえるんだ。それに加えて、給料は二倍で、週休二日のほか、年三回も長期休暇のある民間企業の仕事に就けるってのに、いったい誰が軍に残りたいんだい？」

陳立志の訓練生時代の同期生について、杜立言は「それがよくわからないのですよ」と言った。

もっとも、彼の同僚が資料をあたってくれるそうだし、国防部の許可を得て、警察にも情報を伝えることはできるから、と彼は請け負った。老伍は、陳立志のスナイパーとしての技量《ぎりょう》が気になり、さらに詳しく話を聴きたくなった。

「普通、スナイパーは、どのくらいの距離を撃てるのでしょう？」

杜立言は軍服姿で、膝に大きな帽子をのせていた。左胸には、勲章が二列もついている。それは、彼の軍隊での成績が輝かしいものであることを示していた。

彼はしっかりと背筋を伸ばしたまま、言った。

「銃と弾薬、技術と天候、それとスナイパー自身の決断によります」

杜立言は真面目な男であるように感じられる。

老伍がその場でパソコンを起動させ、ブダペストに関する情報を開いてみせると、杜立言は仔細《しさい》に眼を通していく。

刑事局は来客をもてなすにしても国防部とは違うのだぞ、というところを見せてやるつもりで、あらかじめ同僚には、茱麗《ジュリー》の店で珈琲と菓子を買ってくるように頼んでおいた。茱麗の珈琲に対する探究心ときたら、男への興味をはるかに上回っていて、彼女が四十路《よそじ》を過ぎてもいっこうに結婚する気配さえないのも、それが大きな理由の一つらしい。

「伍刑事、拝見しました。ドナウ川越しに二人でやり合ったそうですね」

「軍人ならではの意見など聞かせていただければと思います」

杜立言は珈琲を軽くすすった。

「なかなかうまいですね。アフリカの豆ですか」

台湾人は、いつから珈琲に一家言ある珈琲通になったのだろう？　それに、いったいどうやって、アフリカ産のものかどうかがわかるというのか。豆を嗅いでみれば、それでわかるとでも？

「そうですね……陳立志は、退役してからもう何年も経っていますが、言うまでもなく、引退して一年も経てば、当然射撃の腕だって落ちますし、テコンドーや英語の勉強と違って、数日も銃に触れていないと、それだけで銃に対する感覚も鈍ってくるものです。ずっとスナイパーをやっていて、戦場での経験がある者でもない限り、深い部分で射撃の感覚を持ち続けることは難しいでしょう。

資料を見ると、スナイパーは二人だけだったということですが、その場に観測手《スポッター》はいなかったのでしょうか？　プロであればかなりの訓練を積んできているはずで、そうでなければドナウ川を挟んでこんな芸当はできないでしょう。周協和《しゆうきようわ》戦略顧問が射殺された件についていえば、その人物が、相当な狙撃の名手であったことは間違いないでしょう。それで周囲に報道によると、その日、ローマでは雹が降っていたそうではないですか。もし私が命令を下す側であれば、雹が降っているのを見た時点で、考えうることは、ただ一つ。ただちにスナイパーを撤退させます。環境の変化ばかりは、どうしようもありませんから。失敗する確率がより高まるのであれば、むしろ撤退を選ぶでしょう。そして次の機会に備えるわけです。しかしこのスナイパーは、一撃で標的に命中させている」

「すみません、私もそのあたりは素人でして、実際のところ、中佐のお考えはどうなんです?」

「かりに周協和を撃ったのが陳立志なら、退役後も相当な訓練を積んでいたということになります」

「台湾にそうした練習場所はあるのでしょうか?」

「純粋に民間運営の射撃場というのはありませんが、いくつかの県や市には、射撃協会の射撃場があります。ただ、エアピストルやスキート射撃といったオリンピック競技用のものので、狙撃向きではありませんが」

「台湾以外の国はどうです?」

「フィリピンにはあります。高雄《たかお》から飛行機で四十分ほどで行けますし、弾代《たま》だけ払えば、すぐに射撃をできるようなところが」

　まだ肝心な人物のことを訊いていない。

「黄華生大佐に関してうかがいます。彼は退役した後、どうしているのでしょう?」

「その点は、国防部に訊いた方がよろしいのでは。ただ、私も彼には何度か会ったことがあります。彼は、もともと陸軍における重点養成の対象者だったのですが、司令部と国防部の参謀になる機会を自ら放棄し、野戦部隊の指揮官に昇進したのです。

　ああ、伍刑事、軍人の昇進には規則があり、野戦部隊の軍官は、野戦部隊の正副主官へと異動する前に、総本部や軍団の参謀職を経る必要があるのです。野戦部隊の者が、さまざまな任務に慣れるようにという配慮からなのですが、黄華生が連三の招集を受け入れたという話もある」

「連三?」

「軍情報局では、内部で人事を連一、戦闘を連二、諜報を連三、そして連四を後方支援と呼ぶのです」

「そうすると、彼は諜報活動をしていたということでしょうか?」

「いや、そういうわけではないのです」

　杜立言は慌てて手を振って、

「あなたたちが考えているような、007のような諜報活動ではないのですよ。連三は、軍事諜報活動を担っているのです。たとえば、対岸の共産主義者の戦術に関する研究活動などですね。007としての任務遂行は、国防部軍事情報局が担当しているのです」

「軍官たちは、なぜ連三への赴任を選ぶのです？」

「外交部の領事館に赴任する機会があるからでしょうね」

「それはいい仕事なのでしょうか？」

「海外勤務手当が上乗せされますからね。ただ……」

杜立言は苦笑すると、さらに続けた。

「連三で武官になったとしても、准将以上の階級に昇格するのは厳しいでしょうね」

「黄華生が武官を経験したということは？」

「私の知る限りでは、ないはずです。ただ、連三の人間すべてが、海外に赴任する機会があるわけではありませんので」

老伍は、ふと思い出したように訊いた。

「妙なことを訊いてすみません。あなたは刺青をされてますか？」

杜立言は呆気《あっけ》にとられたように、

「ありませんよ。頭に痣《あざ》はありますがね」

「軍隊で刺青をするのは普通なのでしょうか？」

「あるでしょうね。若者はファッションとして、刺青を入れたりますから」

「刺青で一番多いのは、どんなものでしょう？」

杜立言は眼を瞬かせて、

「兵科の記章でしょう。陸軍航空特戦指揮部の記章は、翼のついたパラシュートと銃剣なのです。兵士たちは、退役前に酒を飲んだ勢いで、記念にと刺青を入れたりしてましたよ」

「営区の周辺に、刺青をしてくれる店はたくさんあるのでしょうか？」

杜立言はいかめしい顔つきから、笑顔になって答えた。

「伍刑事は兵役に行かれたことは？」

警察学校は兵役と同じではないのだろうか？

「兵役の初日に、全員が個人情報を記入するのですが、専門分野は人それぞれです。皿洗いばかりやってる料理人であれば、仕事をしないでたくさん休暇を取得できる部隊に派遣されたいと思っていることは明らかでしょう。ですから、もちろん民間のタトゥースタジオで彫り師をしていた先輩がいれば、彼にしてもらうこともできるわけです。わざわざ金を払って外で刺青を入れる必要はありません」

これでまたひとつのセンが消えた。一軒一軒店をあたって、容疑者を洗い出すことができるのではないかと、老伍は考えていたのである。

杜立言を見送った後、老伍は絶望的な窮地に立たされていた。過去にも何度か似たような経験をしたことがある。犯人のぼんやりとした姿は見えているのだが、どこを突けばいいのかがわからないのだ。

蛋頭から連絡があり、チェコ警察によって、二人目のスナイパーが発見されたという。テルチという小さな街で、何者かから警察に通報があり、地元警察が到着するや銃撃戦が始まったというのだが、詳細については続報を待つしかない。

鑑識科の老楊《よう》の名前が、老伍の携帯に表示されている。

「おい、老伍。まだ引退してないんだろう？　だったら夕飯でも一緒にどうだい？」

「いいさ。時間と場所は？」

「朗報だよ。ついさっき、松山《まつやま》分局から死体が一つ、届けられてね。そいつの腕に刺青があったんだよ」

「刺青というのは、家かい？」

「働きすぎだって。キャバクラにでも行ってさ、若い娘のおみ足をお触りして、肝臓指数を下げた方がいいんじゃないかね。死体の背中には龍の刺青、それと胸には二本の爪が彫られていた」

「ああ、だったら黒道のチンピラだろ。連中の仲間で、龍と虎を彫ってないやつなんていないんだから」

「そのとおり。黒道のやつらは刺青が大好きだ。あんたたち反黒科は、裏社会の連中に関しては門外漢だったか。やつらはみんな龍と虎を彫る。だが、いったい誰が甲骨文字で家なんて字を彫る？」

ほろ酔い気分の老楊をおいて、老伍はコートを引っかけると外に出た。

刑事局の正門前の通りを入った第二路に、茱麗が営む喫茶店がある。

彼女の父親は、十三で黒道に入り、ある一件で岩湾《がんわん》刑務所に三年服役していた。彼は、黒道社会では黒叔と呼ばれていた。もちろんいまは引退しているものの、それでも毎日、娘の店の用心棒として睨みを利かせている。彼だったら、黒道社会の刺青について詳しく教えてくれるかもしれない、と老伍は考えたのである。

そもそも黒道の世界に引退などあるのだろうか？

茱麗はいまだ独身だった。店と、店の外でひなたぼっこをしている猫、その隣でうたた寝をしている父親――この平穏な日常が続くこと。彼女の望みはそれだけのようだ。

「あら、老伍、久しぶり。煙草もお酒も珈琲もやめたなんて言わないでよ。そういう男は、まっぴらごめんなんだから」

「最近は忙しくてね。珈琲を一つ。アフリカのやつで」

「何を飲みたいなんて言っても、ここでは選べないわよ」

茉麗は、一年じゅう同じ服装をしている。腰回りをきゅっと引き締め、胸と尻をことさらに強調した装いで、ミニスカートに黒のストッキングを合わせ、足首が折れそうなほどに高いヒールを履いている。八〇年代の艶っぽさだ。レトロ、というべきだろうか。

「引退するって聞いたけど？」

茉麗は珈琲を運んでくると、老伍の向かいに座った。おそらく新しい客が来るまで席を立たないつもりだろう。

「あと七日ある」

そう言って、腕時計に眼をやると、

「六日だ。出勤するのはあと六日だからな」

「本当に引退しちゃうの？　男だったら、仕事をやめるもんじゃないわ。家にいたら単なるお荷物よ。奥さんに迷惑かけるだけなんだから」

「何がそんなに迷惑なんだ？」

「だって、家にいたって一日中、何もすることがないわけでしょ。寝てばっかりで、前立腺が腫れちゃってさ。山に登れば、今度は節々が痛くなる。そうそう、奥さんと二人で映画を観《み》に行ったって、外出すると金がかかりすぎるとか言い出して、結局、家でテレビばかり見るようになっちゃうわけ。老人って早起きでしょ。早く飯、とか言って、それから新聞を読んで、テレビのニュースを見ていると、今度は昼飯はまだか、とか言い出すのよ。で、昼寝をしたら、今度は夕飯。夕飯を食べたら食べたで、明日の朝飯は何だと訊いてくる。鬱陶しくないわけがないでしょ？」

「たしかに聞いているだけで腹が立ってくるな」

老伍は苦笑した。

「勤務延長を申請したらどう？　公務員だったら、六十五歳までは働けるんでしょ」

「それでも六十五歳になればまた定年だ」

「六十五を過ぎた男は、悠遊カード（台湾の交通系ICカード）と健康保険証を持って病院通いでしょ。で、医者に血圧を測ってもらって、睡眠薬を出してもらえばいいんだろうけど、その点、女は違うわ」

運良く、ドアのベルが鳴り、新しい客がやってきた。

老伍はカップを持って、店の外の席に移った。

茉麗の父親は、揺り椅子に身体をあずけ、娘がアメリカで買ってきた毛布を膝にかけている。今日は珍しく好天で、彼は眼を閉じたままくつろいでいた。

「煙草を持ってこようか、伍刑事。糖尿病になってからは、下手なことには手を出さず、厄介ごとからも離れてたんだ。それでこのとおり、十五年間は息災だよ」

「たいしたことじゃないんです。ただ話をしに来ただけですよ」

「わしらみたいな善人を騙《だま》すもんじゃないよ。警官ってのは、酒を飲んだり、賭け事をしたりはするが、年寄りとは口をきかないもんじゃないか」

　老伍は思わず苦笑した。

「ははっ。そんなふうに笑いを堪えてたら、肺気腫になっちまうぞ。さあ、言ってくれ。いったい何の用だい？」

「教えてくれませんか。幫派《ほうは》（黒社会の組織。日本で言う「組」に相当）の中で、家という刺青を彫るものはありますかね？」

　彼は、眼を閉じたまま黙っていたが、左顎にある大きな黒いほくろが、痙攣《けいれん》めいた動きを見せた。

「家、というのは、甲骨文字の家なんですよ」

　老伍は、そうつけ加えた。

「甲骨文字だろうが、象形文字だろうが、それはないな。わしは聞いたことがない。訊きたいことがあるなら協力はするがね」

「ありがとうございます。じゃあ、教えてもらったお礼をしないと。スコッチはどうです？」

「警察からお礼だって？　わしはもう足を洗ったんだ。いまは隠居している市井《しせい》の一人さ。それなのにまた、何かわしにやらせようってかい？　そんな噂《うわさ》が広まろうものなら、わしの評判が悪くなる」

「それじゃあ、感謝状はどうです？」

「何もいらないさ。たまに珈琲でも飲みに来て、茉麗の商売を助けてやってくれればそれでいいんだ」

「わかりましたよ」

「明日、いまの時間あたりに返事はするよ。話は伝えておくが——まったくあんたたち警察は、人をこき使うのだけはうまいな」

眼を閉じた老人を残して、老伍が会計をすませるために店の中に戻ると、茉麗は彼をそっと抱きしめた。

「覚えておいて。退職したら、家に閉じこもってばかりで奥さんを退屈させないようにね。たまには店に来てよ。男ってのは、いったん仕事を辞めちゃうと、あっという間に老け込むんだから」

これ以上、彼女と話をしている時間もない。蛋頭《たんとう》の手を借りることができないのだから、一刻も休んでいる暇はなかった。

高速道路上で銃撃戦との通報が入り、パトカーで駆けつけたことがある。もう昔の話だ。一方の車に乗った男が逆上して、相手の車に向けて窓から二発を撃った。

銃弾が誰かに当たることはなかったが、驚いた運転手がハンドルを切り損ね、車は道端のガードレールにぶつかって停車した。

銃を撃った男は猛スピードで逃走し、交通量の多い林口《りんこう》インターチェンジで一般道に降りていった。

逃走車輌には三人が乗っていたから、少なくとも一挺、あるいは三挺の拳銃が車内にある。

現場は台北《たいほく》市と新北《しんほく》市にまたがり、高速道路警察局の車十数台で逃走車輌を包囲した。

黒色のＢＭＷは、三カ月前に盗難届の出されていた車輌であることが判明した。

フロントガラスには廟のお守りがぶら下げられ、ドライブレコーダーが設置されている。助手席前のグローブボックスには、病院が処方したものではないことが明らかな錠剤の袋が二つ、入っていた。

老伍は、車の後部座席に回り込んで声を張りあげた。

「中にいるおまえ、銃を捨てろ。いまから三分やる」

他の警官たちは、じっと老伍を見守るだけだった。ＢＭＷに向かって悪態をつく彼を止める勇気もない。

「五十九、五十八」

「くそったれが。まだ三十秒も経ってねえじゃねえか」

　BMWの中にいる男が、腕時計に眼をやった。

「三十五、三十六」

　老伍は、身につけていた65式歩槍を取り出した。マガジンを確認し、安全装置を解除すると、さらに言った。

「八、七、六、五」

　数え終えないうちに、老伍は、タイヤとボディの下に向けて、少なくとも二十発を撃ち込んでいた。

「わかった、わかったって」

　男の言葉に続いて、五挺の銃が車外に投げ出された。

　三人の男が、車から這い出てくると、警察官が手錠をかけようと飛びかかる。

　老伍が車内を覗き込むと、赤白の錠剤の詰まったビニール袋が十袋以上もあった。

　台湾は、いつから違法銃と麻薬がそこらじゅうにあるような場所になってしまったのだろう?

　現場はもちろん、高速道路警察局、新北市警察局の所轄である。警官は長銃、短銃、携帯電話を持っていたが、皆が畏敬の眼差しで65式歩槍を片手に立っている老伍を見つめていた。

　警察官である以上、警察官として振る舞わなければならない。それが老伍の哲学だった。

彼は横にいた警察官に銃を渡すと、隊を指揮する警官に向けて、盗難車の車内に置かれた透明の袋を指さした。

「クスリでラリってるんだ。こういう輩は、どやしつけてやればいいのさ」

刑事局に戻ると、すでに退勤時間の五時に近かった。

杜立言からメールが入っている。

大胖が訓練生として狙撃部隊に所属していた時期前後の訓練生リストが、メールに添付されていた。

新聞やネットのニュースサイトをはじめ、テレビはいずれも、大胖の写真とともに事件を報じている。さらに情報提供を募る通信指令室には、大胖を知っているという電話が何十本もかかってきているという話だった。

次の段階に進むのがひと苦労だった。

老伍は五人の刑事を集め、リストを配った。狙撃隊の全メンバーの所在を確認するためである。消息不明の者、さらには国外に出国した者。そうした人物を洗い出す。彼自身も一件一件に電話して、徹底した捜査が行われた。

とはいえ、提供者の情報といっても限界がある。

一件の通報が、老伍の興味を惹いた。大胖の陸戦隊時代の友人からのもので、大胖の恋人がＫＴＶ《カラオケボックス》を経営していて、その店が永和《えいわ》区の路地裏にあるという。

永和区は狭隘な一角だが、人口密度が高い。一平方キロメートルあたり三万九千人が居住している。地区外から旅行で訪れた一過性の人口も加味すれば、四万人を超えると推定され、世界でも有数の人口密集地となっている。

老伍は、局の車でその店に向かったが、橋の入り口も出口も封鎖され、渡りきるのに五十分もかかってしまった。

その間、彼は車中でうとうとしていたが、夢は見なかった。

店のドアの上の看板には、こう書かれている。

「咪咪《ミミ》カラオケ　お酒と軽食」。

ここは近所の住民が集まる店らしい。ほどよく賑わっていた。退職した老人たちが暇つぶしに集まっては歌を唄《うた》う。ビール一本が八十元、焼きそばが百元。小さな店だった。

店のドアの前に立っていた女性が、老伍を呼び止めた。

「伍刑事ですか？　話だったら、ここでお願いします。警察の人が来たってわかると、お客さんが怖がるから」

咪咪の歳は、三十代前半といったところか。髪を伸ばし、真ん中から先を緑色に染めている。若い女性で、地域住民のためのKTVを経営するとは珍しい。彼女は、ピンクのシャネルっぽいスーツを着て、インナーに白いシルク地の薄いチューブトップを合わせている。この寒さでもストッキングをはいていない、むきだしの白い脚は、自分の店を構える女としての矜持《きようじ》を表しているのだろうか。だがその表情には、どこかもの哀《かな》しさが感じられた。

「陳立志の件を新聞でごらんになったでしょう?」

「大胖が? どうしたんです?」

恋人だというのに、知らなかっただと? 老伍は、彼が亡くなったいきさつを簡単に説明した。大胖は、ブダペストで何者かに射殺されたのである。

「そんな、まさか」

彼女は両手で顔を覆った。

「彼はいい人よ、誰かに恨まれるようなことなんて、ないはずだわ」

やはり外は寒い。咪咪に続いて店に入ると、十数人の年配の紳士や女性が、マイクを手にして愉しそうにお喋りに興じている。

老伍たちは、奥の小さな厨房《ちゆうぼう》に入った。

咪咪は、一人で店を切り盛りしていた。外で客の呼び込みをし、場を盛り上げようと、客のリクエストに応じて二、三曲を歌うこともあるらしい。厨房では焼きそばや炒め物をつくり、皿を洗い、グラスを洗う。家賃が高すぎて、料理人を雇う余裕がないのだ。

「店を開いたのも、大胖のすすめだったんです。だから家賃は彼が払ってるの」

──思いなおして、クスリをやめてくれないか？

大胖に言われて、咪咪は押し黙ったまま、換気扇に向けて紫煙を吐くと、

──ごめんなさい。

そう言った。……

老伍は、長い間刑事をやってきて、他人の心の傷を暴いてしまうことにうんざりしていた。

「薬をやめるのは簡単なことじゃない」

「若いころ、ナイトクラブで働いていたの。その日は飲みすぎたのね。二人の恥知らずな客が、酔い潰れた私を抱き上げて、そのままモーテルに連れ込もうとしたのよ。でも車を降りたとき、ふいに眼が覚めて、何かがおかしいって感じたの。でも、あいつらときたら私を離してくれなくて。そのときに助けてくれたのが、大胖だったの」

「それは何年前のことです？」

「五、六年前だったと思うわ」

「彼に家族や友人は？」

「彼は孤児だったの。で、自分のことはあまり話さなかった」

「じゃあ、彼と付き合って五、六年になる?」

咪咪は答えなかった。換気扇の音が喧《やかま》しい。

老伍は、彼女がうつむいたまま、肩を震わせているのをただ見つめていた。


夜の十一時十七分に帰宅すると、妻がダイニングの丸テーブルから手を振った。

「また餃子じゃ嫌でしょ。滷肉和筍絲《豚肉と筍の炒め物》でもつくるわ」

「親父がまた来たのか?」

父のことをすっかり忘れていた。

服を着替えると、酒を飲もうと椅子に座った。

麺はすでに眼の前に用意されていたが、妻は韓国ドラマは見ないで、両肘をテーブルに置き、頬杖を突いた格好で老伍を見つめている。

「ちょっと話をしない?」

「いったい何を? 親父のことか? 明日会いに行くさ」

「それはいいんだけど、他にもあるのよ」

「何だ?」

「あなたが退職した後のことよ」

一杯の麺には、老伍の残りの人生における問題が詰まっていた。父の問題、そして妻の問題。

老伍は妻との話をすませると、息子がまだ起きているかどうかを確認しようとドアをノックした。

「父さんと一杯、どうだ？」

またマウスが答える。

「母さんと飲めばいいじゃないか」

「一日中パソコンの前に座って根《こん》を詰めてたら、あっという間に老眼になるぞ」

「若いからいいんだよ」

そう口答えしてくる。息子を持つことに、いったい何の意味があるのだろう、と思う。

「おじいちゃんが毎日来てご飯をつくっていくのは嫌か？」

「嫌じゃないよ」

もう何年も、息子の部屋に入っていない。パソコンに繋がれたケーブルと、コンセント。さらに延長コードが床を這っている。

「腹が減ったら出ておいで」

「寝ないの？」

息子はまだパソコンの画面を睨んだままだ。

「遅くまで仕事だよ。おまえは早く寝なさい」

マウスは、老伍に適当な相づちを返した。

4 ヨーロッパ、E59道路

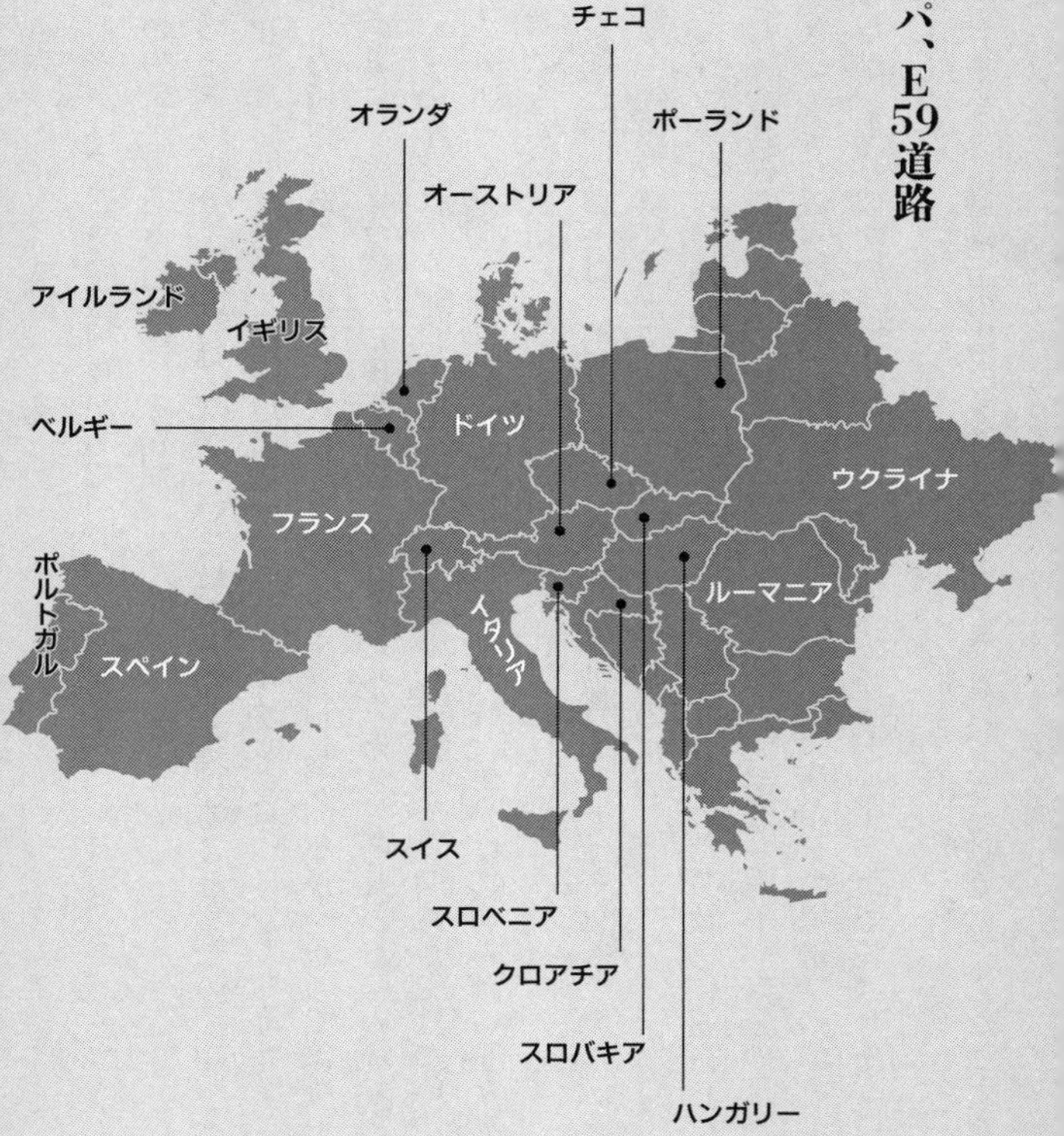

裏切られたときには、二つの選択肢がある。

相手を叩きのめすか、あるいは逃げるかだ。

たしかにあのときの自分は逃げた。だが、いまはわざわざ逃げることもない。

二階に侵入した殺し屋は、小艾《がい》が窓辺に置いてきたライフルを見つけただろうか？　殺し屋は、警察への通報があんな事態を引き起こすことを予想していなかったのではないか。殺し屋はあの場で、チェコ警察に現行犯逮捕されただろうか？　それともその場で撃たれたのか？　いまの小艾は、まず自分の命を守る必要があった。もう明らかではないか。

娃娃は、自分を裏切った。もう少し楽観的に考えれば、娃娃は誰かに裏切られ、小艾もまた知らず知らずのうちに裏切られたということだ。

あの日の夜に起こったことは、何もわかっていない。彼はずっとマナローラで炒飯を売っていただけで、鉄頭教官でさえそのことを知らなかったのだ。

台湾を離れて、フランスの外人部隊に入隊してからというもの、鉄頭教官に連絡したこともなかったし、娃娃のことなど気にも留めていなかったのである。唯一、自分の足跡を追うことができたとすれば、携帯電話だろう。だが、娃娃は、ノキアの携帯は捨てるように言わなかったか。もし彼女の言葉に従っていれば、少なくともチェコで殺されそうにならなかったかもしれない。

娃娃が、スナイパーに避難所の場所を教えたのだとすれば、なぜ彼女はそんなことをしたのだろう？

台湾を離れるとき、娃娃はすでに陸軍官校に進んでいた。

彼女は、小艾を洋食レストランに誘った。そこは、小艾にとっては初めての高級店で、大ぶりなステーキと、数千元はするというフランス産の赤ワインが用意されていた。彼女は、大胖《はん》も誘ったというが、彼は断ったらしい。小艾にはわかる。大胖は、娃娃と顔を合わせたくなかったのだ。

ゆっくりと、時間をかけて食事を愉しんだ。彼がフランス外人歩兵隊に入隊したことを知っているのは、鉄頭教官と娃娃だけのはずだ。その夜の娃娃は、ずっと押し黙ったままだったが、別れ際に彼女が口にしたことから推すと、すでにそのことを知っていたのだろう。

「気をつけてね。私はまだ官校を卒業してないけど、卒業するまで待っていてくれるって約束したよね？」

当時はその言葉に感動し、二年の間、ずっとその言葉を噛みしめていた。もっとも、娃娃の言葉は、小艾に、戦場で英雄になどならなくていい、と戒めただけで、単に仲間に対する単なる気遣いに過ぎなかったのだが――

連絡を絶って五年以上になる。大胖はすでにこの世にいない。

鉄頭教官が彼を選んだとき、小艾はこう尋ねた。

「大胖の方が、ふさわしいのではありませんか？」

「もちろん大胖の方がいいに決まっている。だが、わしがおまえを選んだのは、ちょっとしたわがままからだよ。おまえの祖父とは親友だったんだ」

鉄頭教官は、小艾が除隊しフランスで傭兵になった後、自分が台湾のどの部隊に所属しているかは教えてくれなかったが、固定給は三カ月ごとに、小艾の指定した外国の銀行口座に送金されていた。おそらく、小艾の身許が暴かれると、組織や政府に危害が及ぶことを懸念したのだろう。それは、鉄頭教官だけが、彼を指揮できることを意味していた。小艾は知っている。台湾にはいくつかの情報部門があるが、最前線でその任務を執行しているのは、軍事情報局だけだ。

鉄頭教官が大胖を選ばなかったのなら、なぜ自分を狙撃しようとしたのが大胖だったのか？　いったい彼はどの部隊に所属していたのだろう？

大胖……

チェコ警察は爆発現場に手一杯のはずだったが、数分後には、検問によって道路が封鎖された。

とはいえ、小艾は現場から百キロ先まで車を走らせることができていた。

車は高速道路を北に向かっていたが、何かがおかしいと直感が告げていた。

北に向かえばプラハだ。テロリストが首都に潜入しないよう、警察は、まず北の道路を封鎖したに違いない。

車を大きくUターンさせ、南に向かうことにした。

E59道路に沿ってウィーンを目指す。生まれつきモンゴロイドの顔だから、観光客の多い場所に辿り着ければ、それで十分だ。イタリアに戻る方法を見つけるのはその後にする。

周協和が撃たれたあの日、テーブルには他に二人の男が座っていた。

年配の白髪の東洋人と、真ん中に座っていた、毛皮のコートを着た大柄なヨーロッパ人。

彼らを見つけることができれば、なぜ自分がイタリアまで追われることになったのか、その理由がわかるはずだ。

トレヴィの泉の隣に座って、戦略顧問と珈琲を飲んでいたのであれば、よほどの知己なのか、あるいは仕事の上で必要な存在であるかのどちらかだろう。

チョウ・ユンファのような、アーチ形の眉をした白髪の老人は、おそらく台湾人だろう。彼を探し出すのはそれほど難しいことではない。そこから芋蔓《いもづる》式に、もう一人の外国人をあたればいい。

見知らぬ町にさしかかったとき、外は激しい吹雪《ふぶき》だった。

だが、いいきっかけができた。小艾は、道端に車を寄せて停車した。

車内をくまなく探してみる。後部座席に放り出された十二枚のレシートに水筒、サンドイッチの包み紙以外に、殺し屋の私物は見つからなかった。

彼はレシートを一枚一枚拾い上げると、車から降りた。

ロシア製の旧式ラーダが眼にとまった。フロントウィンドウに積もった雪を取り除く。持ち主はかなりの年寄りであろう。車の屋根に積もった雪から推すと、少なくとも三日は動かしていない。この吹雪では、明日もこのままだろう。だとすれば、持ち主も車が盗まれたことを気にかけることもない。

車を乗り換えた。

夜が明けたころになって、ようやくオーストリアに到着した。

ベトナム人の雑貨店を見つけるのに、すっかり時間を費やしてしまう。ここは世界一安全な場所だ。店員とくだらないお喋りをする必要もない。役人に関わり合いになるのはごめんだ。そして、ここでは何でも手に入る。

必要なものをすべて買い込むと、先ほどのレシートすべてに眼を通していく。

あの車に乗っていた殺し屋は、ウィーン空港からやってきて、高速道路のインターを降りていない。この間、ズノイモに一泊だけしている。小艾を殺すため、テルチに直行するよう命令を受けていたらしい。

パインミーを頬張りながら、店の外で電話をかけてみる。だが、ノキアからはピーピーという切断音が聞こえてくるだけだった。小艾は、これ以上危険を冒すわけにはいかないと思い立ち、ノキアのケースを壊して蓋を開けると、マフラーから白い煙を吐き出しているトラックの荷台にチップを放り投げた。今度は、公衆電話からかけてみる。それは五人に転送され、受話器からはようやく生気のない声が聞こえてきた。

「もしもし」

「タイ、小艾だ」

長い沈黙の後、つとめて落ち着いた声が響いた。

「また突然だね。あんたの声が聞けて、喜ぶべきかな？　そろそろ、おれもあんたに借りを返すときが来たってことかな？」

「そんな感じさ」

車に戻ると、気持ちを切り替えることにした。

ウィーンには行かず、この町をひと廻りした後、車を乗り換えよう。

フロントガラスのワイパーが、吹き荒れる雪を払っていく。ただ車を盗んだときに、燃料レベルをチェックするのをすっかり忘れていた。かといって、ガソリンスタンドを使うわけにはいかない。防犯カメラがある。

別の車を手に入れなければならなかった。重い疲労感に、瞼を閉じてしまいそうになる。

5 台湾、台北

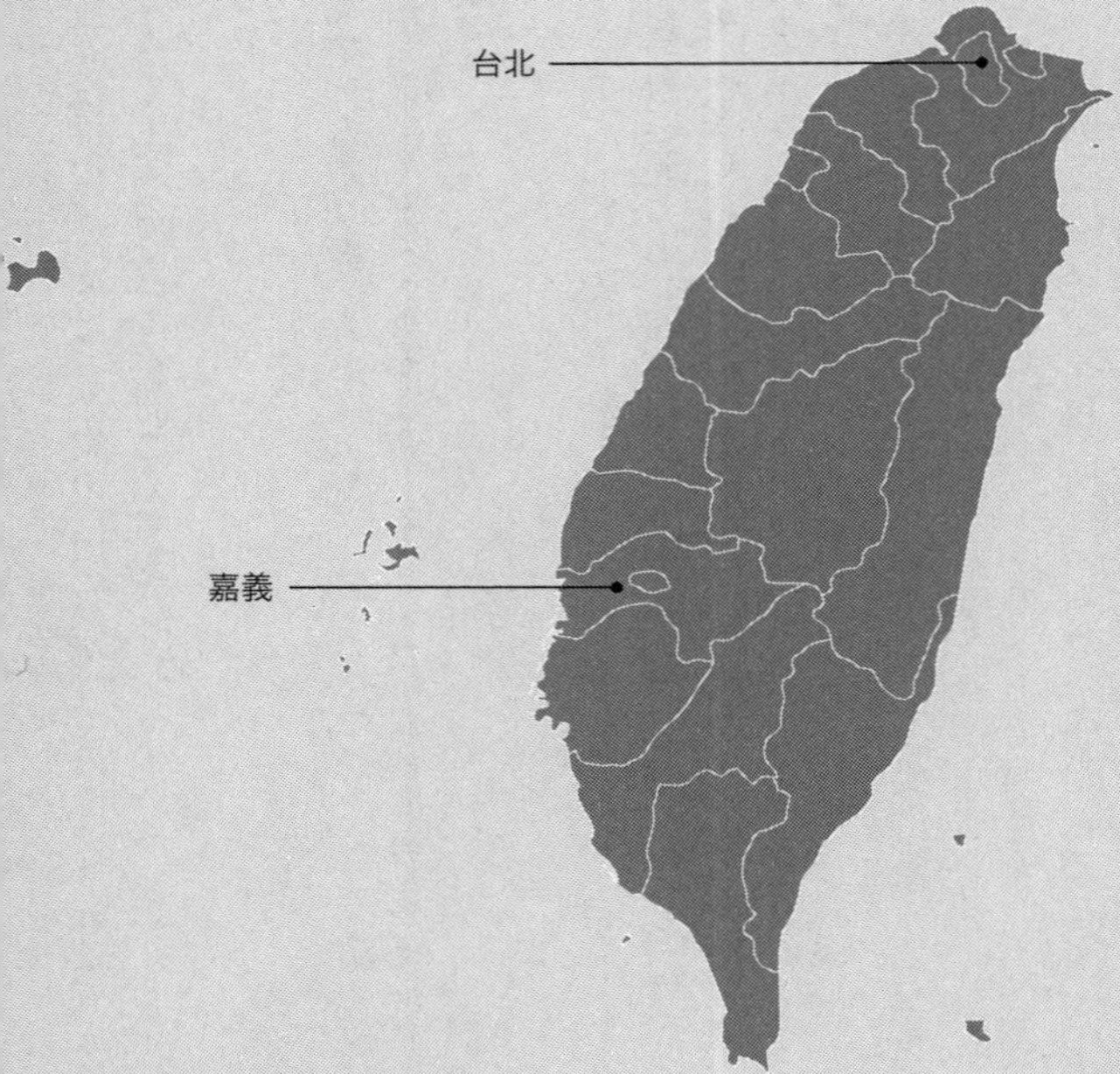

テレビのニュースによると、アメリカは、台湾へのアヴェンジャー対空ミサイルの売却には同意したものの、M1A1戦車と潜水艦の売却は認めていない。邱清池《きゅうせいち》が死亡したいま、陸軍は、彼に代わって、誰がアメリカとの交渉を続けるのだろう？

局長との話を終えた後、老伍《ご》は、事件解決の鍵は軍にあり、邱清池と郭為忠《かくいちゅう》の死についても、部外者が知ることのできない軍の機密があるに違いないと考えた。

もしその秘密が明かされぬままであれば、事件解決には多大な労力を要するだろう。局長は顔をこちらに向けたまま、総統と国防部長の命令がない限り、軍側が何かを話すことはないだろう、と言った。

事件の捜査は、すでに膠着《こうちゃく》状態となりつつある。古いやり方を捨てて、故人のこれまでの人生を繙《ひもと》いていく必要があった。さすがに、熊秉誠《ゆうへいせい》に対して、邱清池と郭為忠の、幼少時代から成人するまでの資料を見せてほしい、と頼むわけにはいくまい。とはいえ、大胖の出自からこれまでのいきさつを辿っていき、彼の人生に隠された細部を繫ぎ合わせてみることは可能であろう。

午前零時、妻が寝室のドアを閉めた後も、老伍はひとりで、テーブルの真ん中にパソコンを拡げていた。パソコンの両脇には、事件に関する資料が乱雑に置かれている。

ディスプレイに、蛋頭の顔が現れた。

またあいつは何を食べてるのだ？

「信じられるかい？　台湾のタピオカミルクティーが、ついにロンドンからローマに進出だ。同胞が大きなマグカップをくれたんだよ。で、そのタピオカミルクティーの店主がさ、台湾バーガーの店主の女性を紹介してくれたんだけど、見てくれ――」

弾むほど大きいバンズが、蛋頭の顔をふさいでいる。

「虎咬豬《ホーガーディー》だぜ。こいつも台湾の同胞が店主をやってるんだ」

「刈包《豚角煮バーガー》か。その次は蚵仔煎《真牡蠣入りオムレツ》を紹介してくれるんじゃないのか？」

「おまえの想像力には感服するよ。ただ蚵仔煎じゃないんだな。刈包の店をやってる娘《こ》が、今度は滷肉飯《豚バラ肉のそぼろ飯》を紹介してくれたんだ。彼女は台南《たいなん》人でさ」

「それで豚みたいに太ってるってわけか」

「同郷のよしみってやつさ。おれだけじゃない。タピオカミルクティーと刈包をわざわざ刑事局まで届けてくれんだぜ。老伍、いまじゃ、ローマ警察の連中全員がすっかり刈包に夢中でさ。おれだって、刈包なんて食べたことはなかったんだが、それがきょう、食べてみたらどうだい。これがうまい。もう、すっかりはまってしまってさ、そいつを是非とも報告しておこうと思ってね。これだけはもう食べてみないとわからないもんだが、まず香菜と花生粉《ピーナッツパウダー》の相性が素晴らしいんだ。じっくり煮込んだ肉にこいつをふりかけて、白い刈包に挟むと、旨味がさらに増すんだな、これが。人間ってのは、妙なこだわりから、ついつい食わず嫌いになっちまうが、それじゃあ駄目だね。人生損するってもんさ。そうそう、おまえの夜食はどんなものなんだい？　かみさんは何を買ってきてくれたのかな？」

老伍は、酒瓶をカメラの前にかざした。

「悪くないんじゃないか。老伍、家だったら飲み放題だ。これこそ男の幸せってやつだろうさ。しかし酒があっても、つまみがなけりゃあ、愉しみも半減するぜ」

「くだらない話はこれくらいにして、その脂ぎった口を拭けよ、画面が汚れるって」

「おい、老伍、それはちょっと違うんじゃないか」

「いくつか情報があるんだが、まずは大胖《はん》こと陳立志《ちんりつし》の話から始めようか」

「いいぞ。昔ながらのやり方だな？」

「ああ。大胖の足跡を辿って、彼の人生を組み立て直してみるんだ」

「おまえは台北にいるんだから、資料もたくさんあるんだろ。そういうのは、先にやっといてくれよ」

「わかったわかった——頼むから、少しカメラから離れてくれないか。見ていると胸焼けしそうだ」

一九八一年八月十四日、午後十一時。嘉義にある、陳《ちん》小児病院の呼び鈴がけたたましく鳴り響き、なかの明かりが灯った。

近所の者から警察に通報があり、制服警官二人が診療所に到着すると、閉ざされた鉄扉の足許には、湯沸かし器の段ボール箱が置かれ、中には、生後三カ月にも満たないであろう赤ん坊が泣いていた。

警官が呼び鈴を鳴らす。

陳医師は、診療所の二階に住んでいた。六十七歳で、六十二歳になる彼の妻は、看護婦を勤めている。

階下に降りて玄関の扉を開けた妻は、段ボール箱に入った男の赤ん坊を見つけて驚き、すぐさま陳医師を呼んだ。

あらためて見たところ、その健やかな男児はベビー毛布に包まれ、冷たくなった哺乳瓶のほかは何も身につけていなかった。
八、九〇年代の台湾では、少女たちへの性教育も行き届いてはおらず、彼女たちは、自分たちの身を守るすべを知らなかった。妊娠しても、食べ過ぎて太っただけ、と勘違いする少女さえいたという。当時、生まれたばかりの赤ん坊が、公衆トイレに遺棄されていたという通報が、警察に少なくとも五件は寄せられていた。十三、四歳の少女たちは、妊娠したとしてもどうしたらいいのか、ただうろたえるばかりだったのである。
まさに悲劇であった。

大胖の母親も、未婚の少女であったと思われる。赤ん坊をくるんでいた毛布と哺乳瓶から推測するに、彼女も、生まれて数日間はこの子を育てようとしたものの、結局、手に負えないまま、小児病院に遺棄したものと察せられた。後に、とし若い母親であった彼女は、赤ん坊を遺棄したことについて、それがあの子にとっては一番よいと思ったから、と証言している。

現場に駆けつけた警官が、陳医師夫妻への聴取を終えると、上司からの指示によって、赤ん坊は、社会局が指定した社会福祉施設に送り届けられることになった。

だが陳医師は、赤ん坊がまだ幼すぎるため、社会福祉施設に預けるのは難しいと考え、数日間だけ、その赤ん坊を預かることにした。多くの親は、一時の感情の昂《たか》ぶりから我が子を捨てても、数日後には後悔して子どもを取り戻したいと考える。だとすると、まず捨てられた場所に戻ってくる可能性が高い。

警察がこの件を社会局に照会すると、社会局は陳医師に連絡をとり、嬰児《えいじ》が快適に育つ環境を確保することに、社会局と陳医師夫妻の双方が同意した。

陳医師夫妻には、アメリカで結婚した娘と、台北で医師をしている息子がおり、預かっている間も、夫妻は、この小さな赤ん坊の面倒をよく見ていたという。

まるまると太った大胖は、その一週間、とてもおとなしい赤ん坊だった――

「おとなしい赤ん坊だったっていうのを、どうしておまえが知ってるんだ?」

「蛋頭、そういうつっこみはよしてくれよ」

「それと、おれ自身もネットで調べてみるけど、彼が、陳博士のところに捨てられたのは、たしかに一九八一年八月十四日だったんだな？」

「警察の資料にはそうある」

「老伍、その日は何だと思う？」

「八月十四日か？　夏休みだろ？」

「旧暦の七月十五日だ。鬼門が開く日だぜ」

「ただの偶然さ」


一カ月経っても嬰児の親が名乗り出ない場合、社会局の規定によれば、政府は嬰児を引き取らなければならない。だが、陳夫人は、かつての母性愛がよみがえり、この子の実親が不明であることが確定するまでは、自分たちが引き続き、この子を保護することを望んだ。

社会局は、喜んで食事代やおむつ代を交付することに応じたが、陳医師は敢えてその申し出を断り、すべての費用を自分たちでまかなうことに決めた。

それから六ヵ月後、陳夫妻はすでに高齢であったため、自分たちの娘の養子としてこの子を迎えることに決め、戸籍事務局で手続きを完了している。赤ん坊は陳立志と名付けられ、陳立志は戸籍上の母親を姉に、外祖父を父とした。

い。


陳立志の幼少期であるが、とりたてて目立ったところのない、普通の子どもだったらし
い。

　小学校一年から五年までは、成績もとりわけ優秀というわけではなかった。かといって、教師が頭を抱えるほど成績が悪かったこともない。一方、身体の発育状況は際立っており、十一歳で、すでに身長は百七十一センチに達していた。これは、陳夫人があらゆる種類の高品質な栄養補助食品を、せっせと購入して与えていたからであろうと思われる。

　陳医師は七十歳で引退したが、息子は、病院を継ぐために嘉義に戻ってくることを望まなかったため、病院は閉院となったが、多くの嘉義市民の記憶に留まっている。

　陳立志が家族に加わり、彼ら三人は幸せに暮らしていた。ここに、息子一家が台北から、そして娘一家がアメリカから帰国すれば、家族は、さらに賑やかになることであろう。

　陳立志は、陳医師の孫に近い歳で、一緒に遊ぶくらいに仲が良かった、天がいま少し彼に眼をかけてくれたならば、陳立志は、高校で勉学に勤《いそ》しみ、陳家からはもう一人の医師が出ていたかもしれない。

　陳夫人に、高齢認知症の徴候が現れるようになったことが、悲劇の始まりであった。症状はさほど深刻ではなかったものの、ガスを消し忘れることがたびたびあり、医者に診てもらった結果、夫人の病気は、遺伝性のものであり、治療は不可能であることが判明する。

　息子は、外国人の看護師を雇って二年間も介護をしたが、陳医師の方が先に心臓発作で

突然死去してしまう。娘は、台湾の家を売却し、母親をアメリカに連れていき、面倒を見ることに決めたものの――台北在住の息子は、陳立志の引き取りを拒否した。娘は、社会局に事の詳細を説明した。母親の介護に手一杯で、弟の世話にまで手が回らない、と。

こうして当時十一歳の陳立志は、天国から地獄へとつき落とされたのであった。

両親を失い、兄妹を失い、さらなる驚愕《きようがく》の事実を知って愕然とする。

自分は、捨て子だった――

「段ボール箱に捨てられた赤ん坊か。だが老伍、そいつをここで、マッチ売りの少女みたいなお涙頂戴の物語として語る必要があるのかね？」

「私は、調べたことをそのとおりに話しただけだ」

「もっとこう、ぱっと、明るくいこうぜ。どうして定年間近の輩ってのは、揃いも揃って年寄りくさくなって、涙もろくなるかねえ」

「おまえは医者か？　おれのことを年寄りくさいだって？」

隣人たちは、陳医師親子のことをよく覚えていた。

陳立志の印象にしても、親孝行な息子だったと褒めている。毎日学校から帰ってくると、陳先生と一緒に、夫人の車椅子を押して近くの公園を散歩している姿を見かけている。彼が十一歳になるまで、愛情深い父親と親孝行な息子との心温まるひとときがあった。

陳立志は捨て子である。当時の養子縁組が結ばれた経緯については、警察と社会局がしっかりとした記録を残している。だが陳立志は、陳医師の子どもたちとは血縁関係がない。そのため、警察や社会局としても、養子縁組を強制することはできなかったのである。

社会局の規定に従い、陳立志は孤児院に送られることになった。

それから丸二年の間、彼を養子に迎えたいという問い合わせも何件かあったものの、結局、陳立志のでっぷりとした体型とその凶暴な顔つきから、不良少年ではと恐れられ、そうした話も立ち消えとなった。

孤児院には、陳立志の成長を詳しく記した記録が残されている。

陳立志は口数の少ない子どもだった。陳医師夫妻のことについて話すこともなかったという。ただ陳夫人だけは、毎年孤児院にクリスマスカードを送ってきており、彼はそれらを宝物のように大切にしていた。


「そんな話をずっと続けていたら、刈包を食べられないじゃないか」

「蛋頭、引退したら、孤児院か介護施設でボランティアでもしてみようかと考えているんだが、どう思う？」

「そういうことは、そっちのプロに任せておけよ。おまえの専門は刑事だぜ」

「しかし刑事をやってても、満足できないんだよ」

「達成感ってやつか！　老伍、おまえの気持ちはわかるよ」

それから二年後のことである。十三歳になった陳立志は、退役軍人である陳洛老《ちんらく》の養子となった。

その点に関する資料の記述は、あっさりしたものである。養子縁組の資格制限に照らしてみても、陳洛老は高齢に過ぎるし、退役軍人の所得といってもたかが知れている。どのような経緯で、社会局がこの養子縁組を認めたのか、調べる必要があった。

陳洛老は当時五十三歳で、妻は三十一歳。妻は、ベトナム出身だという。強いて言えば、陳洛老の妻がまだ若かったということが、その理由になりえるだろうか。陳洛老は、歳をとりすぎていた。若妻が妊娠可能だったとしても、彼の精子の数が十分でなく、子どもに恵まれなかったということも考えられよう。

陳立志が新しい家に迎えられた当時については、近隣住民の証言があった。

陳洛老は、彼を実の息子のように可愛がっていたらしい。陳立志は中学一年のとき、学校のバスケットボール部に入り、そこで友達もできたものの、十六歳のときに、青少年組織犯罪のかどで感化院に送られている。陳洛老が、どうやって彼を出院させたのかはよくわかっていない。

高校の同級生によると、陳立志は、大胖というあだ名で呼ばれていた。サッカーの練習と重量挙げのトレーニングに明け暮れていたことから、彼は将来、体育系の学校に進学するのだろうと周りの者たちは考えていた。学校では兄貴分のような存在で、同級生同士で揉め事があれば、彼が出張っていき、ことをおさめていたという。

彼自身が感化院に入ったのも、もとはといえば親友である灶腳《とうきやく》の代わりに、黒道と話をつけようとしたからであった。賭場で十数万以上の負けが込んだ灶腳に対して、黒道は、父親の高級腕時計を盗んでこい、それで借金をチャラにしてやろうと言った。大胖にしてみれば、そんなものは受け入れられない。そこで自ら賭場に出向いて黒道と話をつけようとしたのである。だがその場で激しい乱闘となり、大胖は暴行を受け、そのときに前歯を失っている。

その一件が引き金となったのか、大胖はまもなく幫派に加わっている。そうすることで、幫派の兄貴分たちの助けを借りて、失った面子《メンツ》を取り戻そうとしたのであろう。

彼と幫派の少年たちは、工事現場から切り出した鉄骨を武器に、賭場へ殴り込みをかけた。これは、一人が死亡、八人が重傷を負う大事件となり、七人の未成年を含む十七人が逮捕されている。

少年裁判所は保護拘束の決定を下し、彼は六カ月の感化院送りとなっている。

不可解なのは、陳立志はこの事件においては明らかに主犯格であったにもかかわらず、判決では、週五時間の労働を言い渡されただけで、感化院にわずか二カ月間収容された後、あっさりと保釈されていることである。

この事件に陳洛は激怒し、息子がこれ以上道を踏み外してはなるまいと、高校を中退させ、軍校に送ることに決めた。

大胖は軍に入隊すると、これまでの人間関係をすべて清算している。

彼は話し下手で、いつもひとりだった。幼少時代から、彼が孤独であったことは疑いようもなく、そんな彼は、軍隊での同胞に対して、兄弟のような親近感を抱いていた。

彼は無事に卒業し、陸戦隊に志願する。

陸戦隊での地獄の訓練にもひるむことなく、彼はむしろその厳しさを愉しんでいたらしい。

陸戦隊局長は、そんな大胖に感銘を受け、彼は水陸両用偵察旅団の切り札だ、と賞賛し、彼をパラシュート訓練、山岳訓練、寒冷地訓練、狙撃訓練をはじめとする特殊技能訓練に参加させた。だからこそ、大胖が退役する決心を固めたときに、局長はむしろそれを訝《いぶか》しんだ。大胖には軍人としての天分がある。局長らは、大胖を上士に昇進させるつもりだったのである。

当時大胖の友人だった一人は、彼のことをこう証言している。

笑顔が魅力的な男に見えたが、それはうわべだけで、口数も少なく、人づきあいも悪かった、と。

彼は、自分のベッドを決して他人には触らせようとしなかった。ある日、同僚がふざけて彼のベッドに寝転がったところ、大胖はかっとなり、いきなり殴りかかろうとしたという。

彼にとって、自分の住む場所はまさに自分そのものであった。それは強迫的なまでに徹底していて、他人には決して自分の部屋に立ち入らせないところがあった。

出入国記録によると、大胖は退役後、数回出国している。

陳洛とベトナム人の妻が離婚した後、妻はベトナム北部の寒村に帰郷していたのだが、陳立志は彼女に会いにベトナムに行っている。養母との写真があることから、大胖は陳洛夫妻から、家庭的な愛情をいっしんに受けていたことがうかがわれた。……

「ああ、おまえが送ってきた写真は受け取ったよ。彼の養母っていうのは、明るい女性だったようだな」

「養父の陳洛が花蓮《かれん》にある栄民之家の家に入居した後、彼女は、大胖に会うため、台湾を訪れている。大胖への土産をたくさん抱えて軍営にやってきた彼女を見たときは、大胖もすっかり嬉しくなって、彼女をあちこちに連れて廻ったそうだよ。ぽっちゃりしてる養母を見て、誰もが、大胖は母親にそっくりだ、と冗談交じりに話してたそうだ」

「もし天が陳洛にあと数年の命を与えてたら、と考えてしまうな。大胖はまったく違った人生を歩んでいたかもしれない」

「見てくれ。その養母を、彼がおぶっている写真がこれだ」

「どこでこんなものを手に入れたんだ？　老伍。やっぱりおまえは刑事になるべくして生まれてきたんだなあ。引退なんかするなよ」

大胖は、当時の生活をどう受けとめていたのか。そうした感情的な部分は、まったくわからない。

陸戦隊の給与はそこそこだったが、大胖は、結婚や持ち家のためにせっせと貯金に勤しんだり、豪遊を愉しむ輩とは違っていた。働いた金は、養母が台湾を訪れるための費用と、花蓮の養父を世話する介護士への支払いに使われていた。たまに風俗で女を抱いたり、クラブで知り合った娘をホテルに連れ込んだりはしたものの、特定の恋人はいなかったという。

咪咪《ミミ》と出会うまでは。

咪咪とは半同棲状態だったが、とはいえ、彼が台北にいることはほとんどなかった。そのことを訝《いぶか》しむ彼女が訊くたびに、大胖はこう答えていた。

——男にはさ、友情とか仁義とか、君には話せないことが、いろいろあるんだよ。

だが、咪咪は他の女性と違って、それ以上、彼を問いつめようとはしなかった。……

「おいおい、おれたちは、故人の人生を再構築しているんだ。勝手に自分の人生を混ぜ込んでくれるなよ」

「どこが？」

「他の女性、っていうところさ。おまえと奥さんと、大胖と咪咪の間に、いったいどんな関係があるっていうんだい！」

咪咪の大胖に対する愛には、いわく言いがたいものがあった。

咪咪はホステスを辞めてから、友人のブティックを手伝っていたが、大胖は、咪咪が自分の店を持つべきだと考えていた。

たまたま咪咪の叔母が病気となり、自身が営むＫＴＶの店を続けられなくなったため、叔母は、その店を咪咪に譲った。

すると、大胖は、二十万元だ、とそれだけを言って立ち去り、その二日後に現金を手にして、咪咪のところにやってきた。二十万元を超える金は、店舗の設備に必要なもので、ほかにも家賃がある。だが、大胖はそれをあっさりと引き受けてみせたのである。

あんな男は初めてだったわ、と咪咪は言った。

前に付き合った男たちは、みんなお金もくれたし、色んなプレゼントを貢いだりしてくれたけど、それはすべて、私と寝たいから——それだけよ。でも、大胖はそうじゃなかった。彼と初めて寝たときは、私から誘ったの。大胖は、セックスをしたいんじゃなくて、ただ私のことを好きだったの。気持ちね、と咪咪は言った。彼の周囲には見えない壁があり、その先には誰も立ち入ることはできないのだ。彼が自分から受け入れない限り。

咪咪が奇妙だと思ったのは、大胖が自分は何をしているのか、そしてどこに住んでいるのかを決して話そうとしないことだった。

一度だけ、咪咪は冗談っぽく、結婚しているの、と彼に訊いたことがある。するとと、大胖は、身分証を取り出して見せてくれた。咪咪は、そこで初めて彼が孤児であったことを知ったのである（台湾の身分証の裏面には、実父と実母、配偶者の名前が記載されている。）。

大胖は、暇があればふらりと店にやってきて、日本の演歌歌手や伍佰《ウー・バイ》の歌を唄ったりした。切々と人生の苦楽を唄う彼の姿は、地元の老人たちの受けがとても良かった。忙しいときは、明日から仕事だから戻ってくるのは一週間後だ、とそれだけを言い、詳しいことは何も話してくれない。咪咪もそんな彼には慣れたもので、敢えて尋ねようともしなかった。

彼女がしたことでもっとももまずかったのは、大胖が持っていた銃をうっかり見てしまい、そのことを彼に訊いてしまったのである。だが、もし大胖が逮捕されても、刑務所の近くに店を移して、毎日大胖にご飯を届けよう――咪咪はそんなことを考えた。

咪咪の店の客は、年寄りばかりだった。そんな客が、暇をつぶしにやってくるような店を切り盛りしていて愉しいのだろうか。

「もちろん、最初はちょっとだけ戸惑ったわ。でも数カ月もすれば、やっていけるな、と思ったの。以前は、出せる料理といっても、せいぜいインスタントラーメンくらいだったのが、いまでは一品料理だってお手のものよ。近所にいる一人暮らしのお年寄りたちはみんな、老人ホームに入るのを嫌がるのよ。だから毎日うちにきて、二食食べてるってわけ。伍刑事、大胖は二食で百元しか取ろうとしないのよ。五十元値上げしたって、自分たちが大金持ちになれるわけじゃない。だったらもっと安くしてあげた方が、年寄りの客だって、気軽に店に来てくれるんじゃないかな――彼はそんなことを言うのよ。そういう人だから、そもそもお金を何とも思ってないのね。休みは週に二日もないから、私はほとんど毎日店にいる感じね」

「大胖は、君と将来を約束してたのかな?」

店を出て、頂溪《ちょうけい》駅でMRTに乗り込んだとき、咪咪から電話がかかってきた。

咪咪は、大胖の訃報を聞いてうろたえてしまったことをまず詫《わ》びると、堰《せき》を切ったように喋り出した。

MRTが目的地の瀘州《ろしゅう》に着くまで、彼女の話がやむことはなかった。

電話の向こうの咪咪がどれほど悲しかったか——老伍には想像できる。

大胖は決して過去を語らない。だが、彼自身の痕跡をさりげなく残していた。

特に三枚の写真だ。

「三枚っていうのはどの写真だい？」

「彼女が携帯で撮った写真だよ。私に送ってきてくれたので、転送しよう」

「その写真っていうのは、何かの手掛かりになるのかね？」

「最初の一枚は、狙撃隊の隊員二人と一緒に撮った写真でね、そのうちの一人は女なんだ」

「女だって？　どんな女なんだ？」

「まだ届いてないか？」

「ああ、来たきた。ふふん、なかなかの美女じゃないか。女が一人に男が二人、か。三角関係ってやつかね？　で、女が浮気したとか？」

「大胖が、咪咪にこの写真の話をしているんだ。彼は、結局、この女には告白しなかったそうだ。で、その隣に写っている笑顔の男。こいつが彼女に告白したらしい。彼はその場で女にドキュン、と撃たれたんだな。弾は、心臓のど真ん中に命中だ。で、彼の心臓は傷ついたまま、癒やされることはなかった。その後、彼は退役し、台湾を離れ、ついに戻ってくることはなかったというわけさ」

「で、二枚目は、陳夫妻と撮ったものかね？」

「ああ。そして三枚目なんだが、一緒に写っている人物が誰なんだが、咪咪はわからないらしい。大胖が話してくれなかったそうだ。彼の隣に立っているのは、やや背が低い、サングラスに野球帽の、いかにも強面《こわもて》の親父だ。他にも写真があるんだが、ほとんどは養父母と撮ったもので、明日送ろう」

「よっしゃ。これで大胖の人生は大体わかってきたな」

「さて、今度はおまえの番だ」

分厚い手が、蛋頭の机に珈琲を置いた。蛋頭はイタリア語でありがとう、と言うと、

「老伍、おれだって、おまえほどじゃないが、正確さに関してだけは上だぜ」

「そりゃ当然だ。おまえは上司なんだから」

「おいおい、また加齢臭のする年寄りみたいな戯《ざ》れ言《ごと》か。そういうのはやめてくれよ」

「話はそれだけか？　だったら私は寝るよ」

大胖が、ローマ入りするまでの道のりはなかなか込み入っていた。
周協和《しゅうきょうわ》が狙撃される二日前のことだ。彼はまず、シンガポール航空を使って、シンガポール経由でバルセロナに入っている。そこからさらに列車を乗り換え、パリからローマ入りを果たしていた。この複雑な経路には、行き先を他人に気取られまいとする意図が見て取れる。

出国データを見ると、彼は昨年、五度出国していた。一方、イタリアの入国データによれば、大胖がイタリアを訪れたのは今回が初めてである。さらに彼は、これまでに一度もヨーロッパを訪れていないことが判明した。

ローマ到着後の滞在先は不明だが、入国時に撮影された写真では、大きなバックパックを背負った旅行客のような出で立ちであった。入国審査場にいたイタリア人職員は、——凶悪な風貌で、英語はほとんど話せず、黒い毛糸の帽子にハイトップの登山靴を履いた格好だったから、アルプスに挑もうとする登山家のようだった。

と、彼の印象を語っている。

入国時の写真を元に、警察がラ・スペツィア駅で似たような人物を発見していた。

その夜、駅からほど近い、ポルトヴェーネレの港で自動車爆破事件があったため、現場で不審者の捜索が行われたのである。地元警察の捜査によって、この爆破は、ライフルの銃弾が車の燃料タンクを撃ち抜いたことによるものと判明した。

車の所有者は、イタリア北西部の海岸沿いにある観光地、リオ・マッジョーレ在住の装飾業者だったが、彼はすでに車の盗難届を提出しており、それがどうやってポルトヴェーネレの港に出現したのかは、わからないままである。

現場には多くの目撃者がおり、銃弾は、丘の上に建つサン・ロレンツォ教会から車に発射されたはずだが、同時に、もう一台の盗難車が、大通りの真ん中に放置されていたのが発見されている。その車の所有者はラ・スペツィア在住の人物となっていたが、ハンドルから採取された指紋は、大胖のものと一致した。

このことから、大胖がヨーロッパにやってきた目的がはっきりした。ヨーロッパを一廻りした後、ラ・スペツィアに直行し、盗難車でリオ・マッジョーレに来たものと思われる。彼の標的もまた車を盗んでポルトヴェーネレまで逃走したあげく、両者の間で銃撃戦となったのだろう。爆破された盗難車の残骸から、銃弾は発見されたものの、遺体は見つかっていない。

イタリア警察は、大胖にはイタリアに知り合いがいたのではないかと疑っている。そうでなければ、彼がどうやって銃を調達したのかがわからない。ホテルの防犯カメラもあたってみたが、ローマにも、ピサにも、ラ・スペツィアにも、彼の姿は映っていなかった。もし彼がホテルに宿泊していないのであれば、それは、彼がイタリア在住の知り合いに匿《かくま》われていたことの証左になる。

だが大胖の任務は失敗した。彼の標的はブダペストへと逃走し、大胖がそれを追いかける。最後には、サイレンサーを用いた静かなる銃撃戦が繰り広げられたものの、彼は不幸にもそこで命を落としてしまったのである。

「永和《えいわ》のKVTにいる彼女に、彼の不幸な生い立ちをどう切り出せばいいものか。考えたくはないな」

「感傷に浸るなって。刑事が、当事者の気持ちをどうこうするなんてことは、できやしないんだからさ」

「これで陳立志の生涯の再構築は、ほぼ完了したというわけだ。蛋頭、手掛かりらしいものは見つかったかい?」

「おれは上司だぜ。おまえが話すのが先だろ。おれはまた――」

「またそれか」

「いや、もう一度言おう。老伍、おまえの中では、おれはひどい上司ってことになってるんだろ?」

どうして息子は寝ていないんだろう? 腹でも減っているんだろうか?

「冷蔵庫の中におじいちゃんがつくった牛肉湯《牛肉のスープ》があるから、麵でもつくろうか?」

「誰だい？」

モニターの向こうの蛋頭が訊いた。パソコンから眼をそらすと、

「こっちに来い。蛋頭と話そうじゃないか」

息子がカメラの前に顔を寄せて、言った。

「蛋頭、こんにちは」

「ずいぶん大きくなったじゃないか。イタリア土産は何が欲しい？」

「ありがとう、蛋頭。全然、気をつかわなくていいから」

ガスコンロに行くと、牛肉湯を温めはじめた息子に老伍は声をかけた。

「麺をもっと足しといてくれ。おまえだって、もっと食べなきゃ駄目じゃないか。こんなに痩せて」

ふいに、息子は振り返って、真顔になって言った。

「父さん。父さんたちって、すごいんだね」

「何がすごいって？」

「いま捜査してる事件のことだよ」

「どうして知ってる？」

「ずっと聞いてたんだよ」

「警察の機密事項だぞ――もしかして、私たちのシステムをハッキングしていたんじゃな

いだろうな?」

「父さん、頼むよ。父さんが使ってるのは、ただの家庭内LANじゃない。ハッキングされないように、ぼくが設定してあるんだから」

「いい子だ。親父の話に聞き耳を立てて、監視しているってことか。こりゃあ、うちにスパイを雇っているようなもんだな」

「おととし、母さんと喧嘩したのだって知ってるよ。あのときはもう、離婚寸前までいったんだから」

おととしだって? 何を揉めたのだろう? 老伍は思い出せなかった。妻から離婚を切り出されるほどの大喧嘩だったたって?

「とりあえずその話は置いといてだ、私が蛋頭と話していたことについて、おまえはどう思う?」

「父さんたちが、大胖の人生を再構築したのはよかったんじゃないかな。悪人ってのは、生まれつきのものなんだってマスコミは言うけどさ、父さんたちの話は違ってた。悪人にだって、玉葱《たまねぎ》のような人生があるんだから」

「玉葱のような人生?」

老伍の疑問に息子は何も答えないまま、食事を持って自分の部屋に戻っていってしまった。

老伍はモニターの中の蛋頭に向かって、

「蛋頭、息子の話を聞いたか？」

「ああ。プライバシーの侵害、両親の秘密の暴露、警察情報の漏洩《ろうえい》で、ハッカーの息子は有罪だな。併合罪加重だ。こりゃあ、息子さんのために弁護士を雇ったほうがいいかもしれん」

「あいつが私たちの仕事について話をしたのは、きょうが始めてだぞ」

「玉葱のような人生？　くそったれが、おれの方はイタリアンケチャップの人生だよ。老伍、息子さんは、親父の仕事をしっかり理解してくれてるんだ。まったく、おれの息子とは大違いじゃないか。誰とも会わず、女の部屋に入り浸ってる誰かの息子とは全然違う」

老伍は酒のグラスを掲げ、カバランを飲み干すと、

「どこまで話した？」

「手掛かりさ」


まず、大胖に課せられた任務について考えてみる。

彼は、何者かを殺害するために、イタリアに飛んだ。そして後先も考えず、その人物をブダペストまで追いかけていったのである。彼の過去を振り返ってみても、それが個人的な恨みによるものであるはずがない。彼の背後で、何者かが糸を引いていることは明らか

であろう。大胖が退役してからも定職に就かなかった理由は何だったのか。考えられるのは、さしずめ、彼が裏社会に雇われた専属のスナイパーになったというあたりか。

反黒科局でさえ、狙撃銃をこれほど専門的に扱えるプロのスナイパーなど、台湾で見たことがないという。だとすれば、今回の事件の黒幕を探るのは、容易なことではない。あるいは、台湾人でない可能性すらありえよう。

次に、リオ・マッジョーレにおける自動車爆破事件だ。これは、周協和が殺害された翌日未明発生しているのだから、畢竟《ひっきょう》、周協和の事件との関連性が疑われる。

「そんな単純な話なんだろうか」

「話してくれ」

「一人目のスナイパーが、誰の指示かはわからないが、ローマに飛び、総統府戦略顧問の周協和を暗殺した。そして二人目のスナイパーは、これも誰かの命令によって、一人目のスナイパーを殺害しようとした。これが口封じのためであることは明らかだろう。そして――」

「その黒幕だが、やはり同一人物なんだろうな」

「さすがお偉いさんだ。よくわかってるじゃないか」

「冴えてるのさ。だとすると、まずは、一人目のスナイパーを見つけることだな。そいつの足取りを辿っていけば、黒幕に辿り着くことができるってわけだ」

「裏で糸を引いてる人物は、邱清池《きゅうせいち》と郭為忠《かくいちゅう》の死に関係しているに違いない。邱清池と郭為忠は、二人とも軍人だ。郭為忠の身体には刺青があった。大胖の身体にもな。そして、その刺青は、すべて象形文字で家と彫られていた」

「くそっ、老伍、アドレナリンが出まくりだぜ。舌先に感じるんだ。わくわくしないか？」

「まだ眠くはないな」

「おれは、ローマで一人目のスナイパーをあたってみるよ。おまえは台北で、二人目のスナイパーと大胖の関係を洗い出してみてくれよ。じっくり、骨の髄までしゃぶり尽くすようにな。今夜はもう寝ていいぞ」

「そうそう、蛋頭。食べるのもほどほどにな。奥さんはまだ若いんだ。中年太りの男は嫌われるぞ」

「おまえは、妻が、どんな男が好みか知ってるってか？」

　息子の部屋にはまだ明かりがついていた。老伍はちょっとしたことを思いつき、咪咪から受け取った三枚の写真を息子のスマホに送る。

　部屋のドアをノックし声をかけた。

「まだ父さんの仕事を覗いてるのか？」

「父さん、めっちゃ面白いよ。何だったら、大学院に進むのなんてやめて、いっそのこと警察学校に行ってもいいかなって考えてるくらいさ」

「まあ、その話はあとにしよう。おまえが暇なときに、刑事が何をしているか知らないから、そんなことが言えるんだ。それはもう、息がつまるくらい大変なんだぞ」

「何が？」

話をするにしても、茉麗の店で他愛のないお喋りをするようなものだ。老伍は何も言わず、息子のスマホを指さした。

「ちょっと手伝ってくれないか。ただ警察の機密事項だから、決して誰かに話すんじゃないぞ」

「わかったよ」

「いま、おまえのスマホに写真を三枚送っておいた。写っているのがどういう人物なのか、ちょっと調べてみてくれないか」

「ということは、写真の画像だけでってこと？　それは難しいな」

「おまえの大学の学費は、誰が出してやったと思ってるんだ？」

「調べるけど、ちょっと時間がかかるよ」

「おまえが大きくなるまで、二十二年も待ったんだ。数時間くらいなんてことないさ」

6　台湾、台北

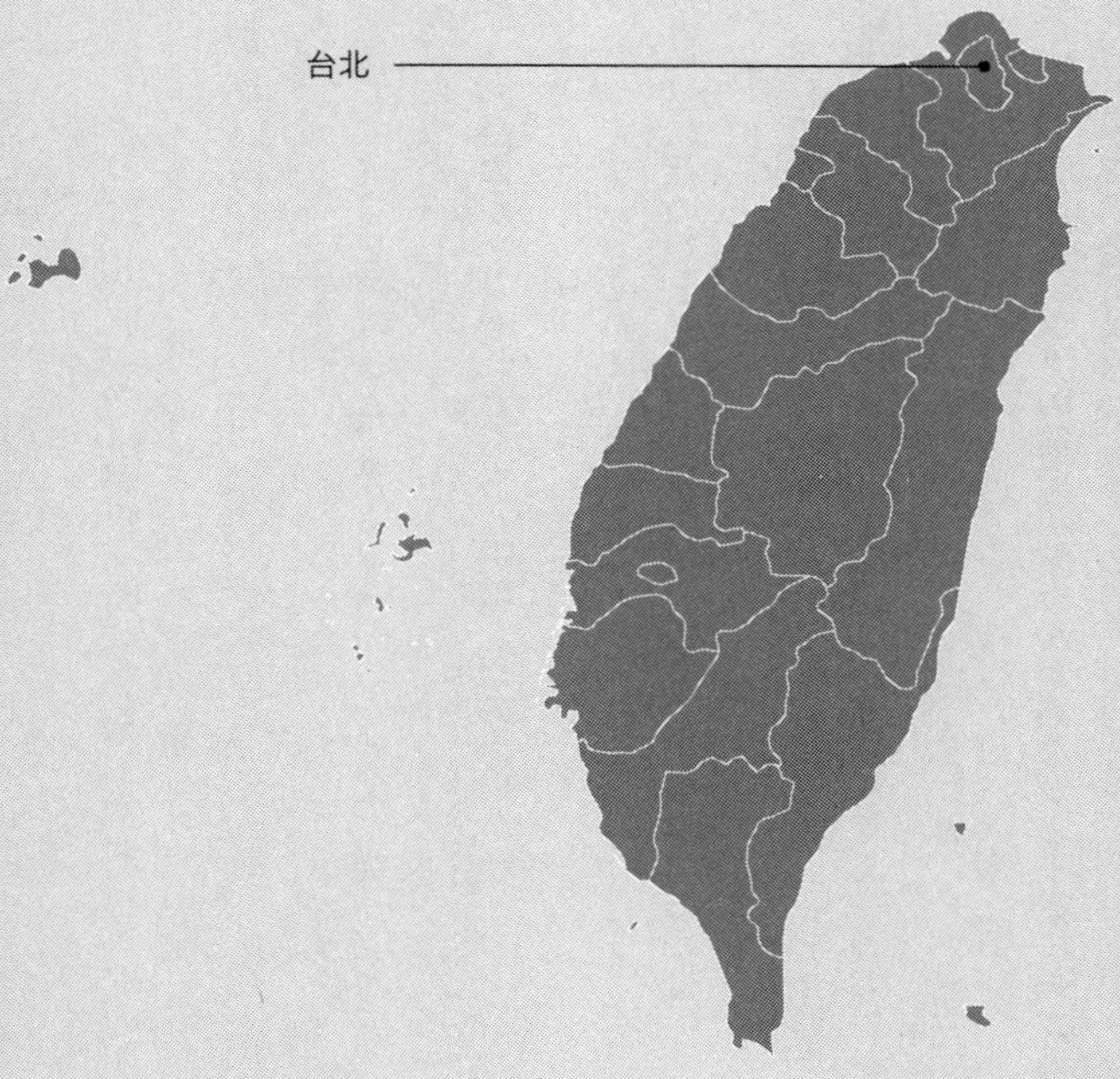

待ちくたびれて、ついつい寝てしまったらしい。老伍《ご》が眼を開けると、息子のベッドの上に横になっていた。

なんてこった。もう十一時じゃないか。

息子は、まだパソコンの前に座っている。

玄関の呼び鈴が鳴り、老伍が慌ててドアを開けると、カートを引いた親父が突っ立っていた。どうやらまた料理をつくりに来たらしい。

「何だい、きょうは仕事じゃなかったのか？　それとももう退職したのかい？」

「きょうも入れて、まだ六日はあるさ」

「おまえの息子は、まだ大人になってないってのに、退職して、どうするつもりだ？」

家の中に招じ入れると、父は足早に孫の顔を見ようと奥に進んでいく。食材のほかに、珍珠奶茶《タピオカミルクテイー》や麻糬《台湾の餅》も買ってきたらしい。

親父は、孫が大好きだった。そして妻も、息子を愛している。しかし彼らは、孫の上には息子が、そして息子の前には夫と呼ばれる男がいることを、すっかり忘れてしまっている。

妻との会話を思い出しながら、親父と話をするには遠回りをしなければ、と考える。

親父の後に続いてキッチンに入ると、彼はシンクの前で、腰をかがめながら丁寧にキャベツを洗っている。その姿を眺めながら、老伍は思わず感心していた。

「父さん、ひとつい い。塩を少なめにしてくれないかな」

「入れすぎたかね？　しかし、おまえも大きくなったなあ。いままで、わしの塩辛い料理を散々食べてきただろうに！」

「最初から多く入れすぎなんだよ。きょうは、息子のやつも忙しくて出かけないだろうから、塩を足す前に、あいつに味見をしてもらってくれないかな。若いやつの好みは、私たちとは違うからさ」

親父は押し黙ったままだった。

老伍は上着を手に取った。これから十二時間で、片付けなければいけない仕事が山積している。

最初の仕事は、茱麗《ジュリー》の喫茶店だった。

いつものとおり、Dカップの巨乳に強く抱きしめられて窒息しかけると、珈琲と一緒に、メニューの中で一番高い料理である紅酒燉牛肉《牛肉のブルゴーニュ風》定食を注文した。五百二十元もする料理を頼めば、いま店の外にいる茱麗の親父さんの受けもいいに違いない。

「まあ座れよ」

天気が変わり、細かい、霧のような雨が降りはじめた。

茱麗の親父さんは、大きな傘をさして雨を除《よ》けている。

彼の腕の中で、飼い猫が寛《くつろ》いでいた。老人は、ずっと可愛がってきた老猫をあやしながら、その温もりを愛《いと》おしんでいる。

「とりあえず珈琲を飲んだらどうだい」

老人は眼を閉じることもなく、うつむいたまま、指先で猫の毛を梳《す》いている。

老伍は、珈琲を一口飲むとカップを置き、話を切り出そうとしたところ、老人はそっと手を伸ばして遮った。

それから数分後。茱麗の親父さんと同世代の、太った老紳士三人が、パラソルの下に身を寄せていた。

「伍刑事、三人とも私の古くからの知り合いだ。あんたも知ってるはずだが」

もちろん知っている。黒道で名を知らぬ者はないほどの親分たちだった。

「刀哥《とうか》、久しぶりだな」

「ああ、久しぶりだね」

「福叔《ふくしゅく》も、元気そうじゃないか」

「元気そうで何よりだ」

「香哥《こうか》、その節は世話になったな」

「二十年も昔の話だ。もう忘れましょうや」

茱麗がお茶を運んでくる。いい香りのする、冷たい烏龍茶だった。この喫茶店はお茶も出している。

「あんたの話を、友人たちに聞いてみようと思ってね」

そう切り出すと、茱麗の親父さんは、優雅な手つきでお茶を注いでいく。

刀哥は腕組みをすると、パラソルの向こうに拡がる空を眺めやった。

香哥が電子タバコを取り出し、ほっと煙を吐き出す。

「そうさね」

「その件には、みだりに関わらない方がいいと思うんだけどね」

他の三人は何も口にしない。

「天道盟《てんどうめい》なのでしょうか？　それとも竹聯《ちくれん》？」

「彼らには、名前がないんだよ」

それでもまだ三人は何も口にしない。

「名前を持たない幇《ほう》派ということですか？」

「洪門《こうもん》と青幇《せいほう》については、あんたも聞いたことがあるだろ？」

「もちろん。彼らは、合法的な市民団体として政府に登録されているくらいですから」

「青幇は、雍正《ようせい》時代にまで遡ることができる。一七〇〇年前後の話だ。これが謎めいた幇派でね。孫文や蔣介石《しょうかいせき》とも親交があったらしい。いっぽうの洪門も、三百年以上の歴史がある。清朝に反旗を翻して、明朝を復興させた。鄭成功《ていせいこう》の天地会《てんちかい》を表とすれば、洪門は裏だな。この二つは、切っても切れない関係といえる」

三人は、同時に小さな茶碗を手に取った。

「あの刺青は青幫のものだと？」

「青幫よりもさらに得体の知れない幫派だよ。名前もない。幫の構成員は家族のようなものだから、人数だってそれほど多くはない。彼らは自分たち兄弟を、家裡人《身内の者》と呼んでいる」

茱麗がテーブルの上にやかんを置くと、コンセントを差し込んだ。

「家裡人《身内の者》、ですか？」

「人数は少ないんだ。それが代々受け継がれていくのさ。そうした縁で繋がっているから、おいそれと部外者が入ることはできないんだよ。組織をまとめる者には、それだけの資格が必要とされる。そうした格のある人物は、老爺子《おじいちゃん》と呼ばれている」

三人は、茱麗が持ってきた瓜《うり》の種とピーナッツに眼をやった。

「なるほど。それで身体に『家』という刺青を彫ったわけか」

「彼らは家族なのさ。麻薬をシノギにしたり、ナイトクラブを営んだり、みかじめ料を請求したりはしない。伍刑事、あんたが彼らをどうこうすることはできないよ」

香哥が、ピーナッツの皮をむいて空中に投げ、口でくわえ込んだ。刀哥はまだぼんやりと空を眺めている。福叔は足を伸ばしてすっかり寛いでいた。

「犯罪に手を染めないとしたら、いったい彼らは何をして稼いでいるんです？」

「そういう連中が集まる目的は、金じゃない。信仰のため、身内の感覚を求めて集まるんだ」

四人は茶碗を手に取り、同時にお茶を飲んだ。

身内の感覚？　だが彼らは結婚しないという。

この凍てつくような寒さの中、一緒に暖をとるために集まるとでも？

「どうすればその老爺子に会えるでしょう？」

刀哥はまだ空を眺めていた。福叔が新しい茶葉に入れ替えて、茶を淹れる。

香哥だけがベストを脱ぎ、その下に着ていたフランネルのシャツの袖をまくりあげた。

右腕に「家」という刺青が彫られている。

「これだろ？」

茱麗の親父さんは、じっと猫を見つめている。

「ええ」

老伍は、その言わんとすることは十分に理解できたが、この機会を逃すわけにはいかない。

「どうか皆さんの力を貸していただけませんか。老爺子に会わないと、事件は解決できない」

香哥は服を着ると、顔をあげてお茶を飲んだ。茱麗の声がしてた。

「紅酒燉牛肉ができたわよ。老伍、店に入って」

老伍は四人の老人に頭を下げ、店に入って食事をすることにした。

窓越しに、四人の老人たちは黙ってお茶を飲み、ピーナッツをくわえ、瓜の種を噛んでいる。

老伍は、パラソルの向こうの空を仰ぎ見たが、雨は降り続いている。

刀哥の眼にも、いま自分が見ている空が映っているのだろうか？

携帯が鳴り、出てみると、息子からだった。

「父さん、すぐに帰ってきてよ」

すぐにも家に戻る必要があったが、茱麗は老伍の皿を指さして言った。

「私が腕によりをかけた紅酒燉牛肉よ。ご飯ひと粒だって残していっちゃ、駄目」

最初のランチを終えて帰るとすぐに、家族を囲んで二度目の食事が待っていた。親父がつくった三品の黄魚豆腐《フウセイ豆腐》、豆乾肉絲《岩豆腐と豚肉の中華風炒め》、炒高麗菜《キャベツ炒め》にくわえて、番茄蛋花湯《トマトと卵の香りスープ》だ。

「父さん、早かったね」

茶碗にご飯をよそっている父親の背中を見ながら、老伍は息子に声をかけた。

「おじいちゃんがつくってくれた食事を先にすませようか。話はそのあとだ」

息子は焦った様子でダイニングにやってくると、弾んだ声で言った。

「わあ、おじいちゃん、すごいや。全部、ぼくの好きな料理ばかりじゃん」

親父は笑い、顔を輝かせた。

親父の料理が美味しいことを示そうと、老伍は、大きな皿に盛られた紅酒燉牛肉など食べていないふりをして、何も言わずにご飯を一膳平らげた。すると親父は腰を浮かせて、また茶碗に飯をよそおうとする。

「父さん、少しでいいから」

「ちゃんと食べないと成長しないぞ」

老伍を、まるで幼い子どもか孫のように扱っている。

親父のつくる食事は、もう塩辛くない。先ほどの言葉が効いたのだろうか。

老伍は、黙々と咀嚼《そしゃく》を繰り返している親父の横顔を覗き込んだ。

味覚を失った者は味がわからないので、際限なく塩を加えるようになる、と聞いたことがある。

人は味覚を失ったら、何を失うのだろう？　大胖《はん》の最初の養父母や、花蓮《かれん》にある栄民之家にいる陳洛《ちんらく》のことを、ふと考える。何かを失うたび、人生のほんの一部が奪われていく。生者は、あらゆる場所を探し回らなければならない。失われた感情を埋め合わせることのできる何かを探して――

食事を終えると、親父は皿洗いをしたが、息子は手伝わせなくていい、という。そう言われてしまっては、息子である老伍は、息子の息子の部屋に座っているしかない。

「一人の身許はわかったんだけど、あとの二人がわからないんだよ。でも、父さんたちがこの一人の身許を洗い出せれば、他の二人も芋蔓式に辿っていけるんじゃないかなと思うんだけど」

息子は、昨夜の蛋頭との会話を一言も聞き漏らしてはいなかったらしい。

写真をタップすると、中央の一枚は、大胖が狙撃隊の隊員二人と一緒に写っているものだった。その写真の隣には、他に三枚の写真が並んでいる。

「彼の左側にいる男の名前は見つけたよ。艾禮《がいれい》。大胖が所属していた狙撃隊の同期だね」

彼は、他の三枚の写真を指さしながら続けた。

「すべて艾禮の写真なんだけど、妙なのは、ネットに、彼に関する情報がほとんどないことなんだ。フェイスブックもＬＩＮＥもＷｅＣｈａｔも使っていないし、メールアドレスもない」

一枚目は、丸刈り姿の艾禮の写真で、入隊したときに撮影されたものだ。二枚目は身分証で、写真の彼は、退役したばかりとあってか、大人びた表情をしている。三枚目はパスポートで、身分証の写真とほぼ変わりはない。なかなかのハンサムだ。狙撃隊員の名簿の写真を見比べてみる。たしかに写真の人物は、艾禮に間違いない。

「右にいる女性のデータがまったく見つからないんだよね。ぼくが使ってる人物照合ソフトの的中率は七十五パーセントなんだけど、そういえば父さん、刑事局には台湾で一番高速なコンピュータがあるらしいね……」

「刑事局のコンピュータを使えば、百パーセント、照合できるってことか」

「絶対、とは言えないけど、的中率は、ぼくが使っているものよりはたしかだね」

「女性に関しては、それほど気にすることはない。もともと狙撃隊に女性は数人しかいないんだ。私が局に戻って確認してみるよ。で、他の二枚の写真はどうなんだ？」

「それがさ、サングラスの男は引っかからなかったんだ。父さん、こんなの初めてだよ。普通だったら自分を晒して、可愛いとか何とか、ちやほやされたい連中ばかりじゃないか。誰だってネットの誘惑から逃げられないっていうのに、父さんが探してる連中は、透明人間か幽霊みたいなものだよ。まったく」

「なんてこった。まあ、よくやってくれた。艾禮を見つけるのは、そう簡単にはいかないさ。彼に関して、他に何かわかったことは？」

「彼は、五年半前に出国してるね。出入国記録を見ると、台湾には戻っていないようだけど」

「おい、ハッキングはやめろって。最近じゃ、刑事局も、サイバー犯罪の取り締まりに本腰を入れてて、かなりの人と予算も割いてるんだ。捕まりでもしたら、重罪だぞ」

「違うってば。システムのセキュリティが甘いからだよ」

妻の声がした。

「息子と一緒に、どうしてあなたも部屋に引きこもってるの？　早く食べてよ。魷魚羹《いかあんかけスープ》と炒米粉《焼きビーフン》があるんだから」

また食べるのか？

父と息子はダイニングに舞い戻った。

「あなたの父さんがまた来たの？」

老伍はうなずいた。妻は息子に視線を送ると、次にうんざりしたような眼で老伍を見た。

「温かいうちに食べてよ。手が疲れちゃうから」

息子は口を引き結んだまま、黙っている。老伍は目配せすると、言った。

「わかった。食べようか」

一家三人揃って、テーブルを囲むのは珍しい。

「家ではどうしてるんだ？」

老伍は妻を、そして息子を見た。

「おまえに訊いてるんだぞ」

老伍は息子を小突くと、

「私が家にいると、母さんは騒ぐ。おまえが家にいると、母さんはにこにこしてる」

「不満なの？　だったらあなたが息子として、あなたのお父さんの家に帰ればいいじゃない」

息子のためと台所を独り占めして料理をつくる義父に、妻はすっかりご機嫌斜めらしい。

「ちょっとまた頼みたいことがあるんだが、いいかい。台湾に家裡人と呼ばれる秘密結社があるんだが、それについてネットで調べてみてくれないか？」

「わかったよ」

「私の子に違法なことをやらせないで」

たしかに妻の子だ！

老伍は三度目の昼食をすませると、急いで玄関を飛び出した。

妻から逃げるためではない。

艾禮に関する新たな手掛かりを摑んでいたのである。

7 イタリア、ローマ

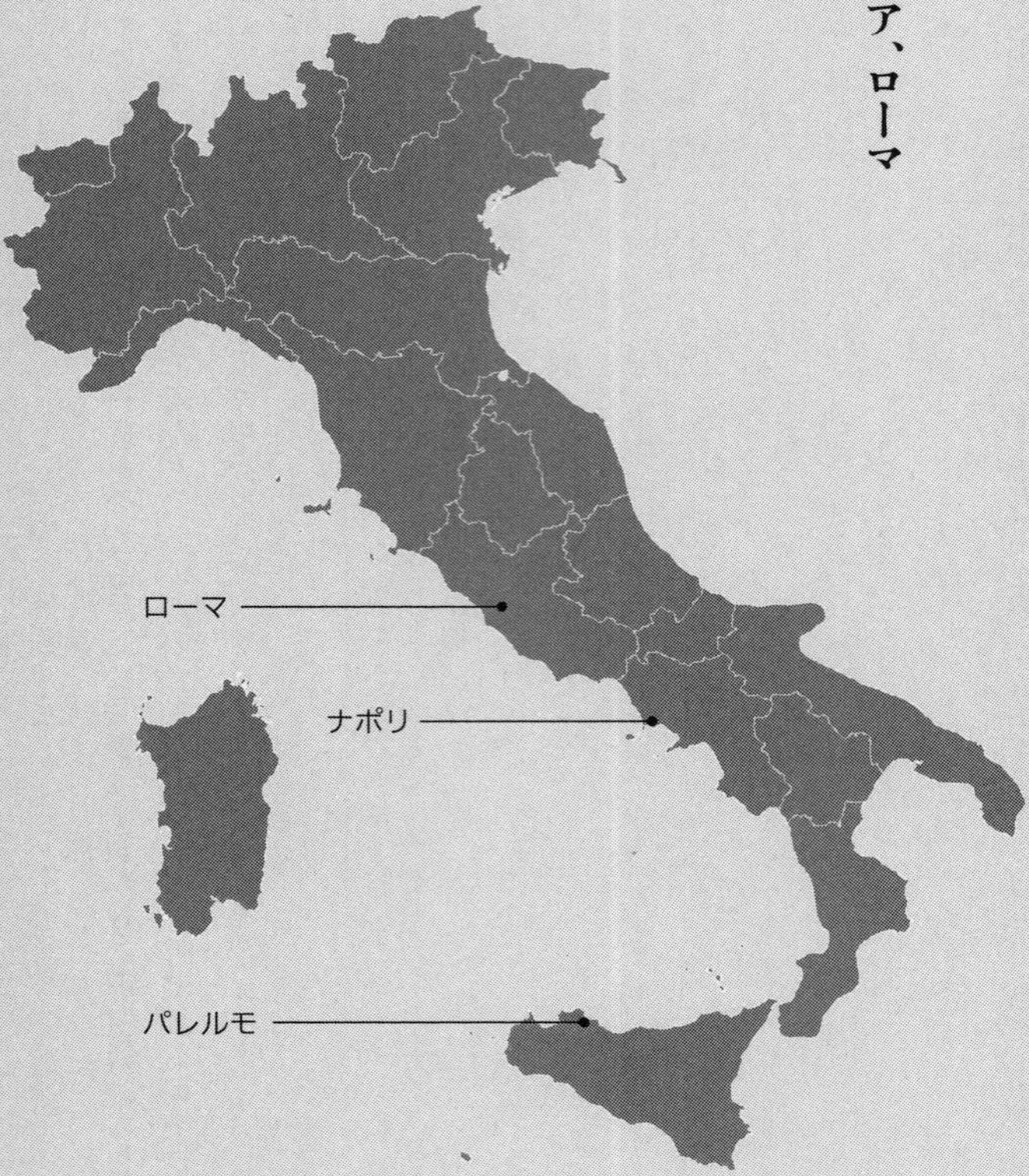

ローマに戻ると、小艾はすぐにタイを探すことにした。

買い直した帽子と鬘《かつら》で顔のほとんどを隠し、「真実の口」のあたりを行き戻りしていると、眼の前の路肩にフィアットが停まった。

小艾は、早足で車に乗り込んだ。

少なくとも三十分は走っただろうか。小艾は、バックミラーをじっと見つめていたが、尾行《つけ》られている気配はない。ローマ郊外の住宅地の衛星都市を回ったのだろう。

運転手は、ずっと火のついていない葉巻をくわえていた。

「いったい何の用だい？」

小艾が答えないでいると、葉巻が再び口を開いた。

「誰かを探しているんだな？　トレヴィの泉の向かいにあるカフェで、死んだ男の隣に座っていた台湾の老人かね？」

「どうして知ってるんだ？」

「小艾、あんたが、雹が降る最中に演じてみせた射撃だよ。あれを撮った写真がネットに相当、出回ってるのさ。こんなことを言って、驚かせたかな？　あんたは、真ん中のロシア人が誰かも知らないんだろうが、いったい何が欲しいんだ？」

「彼はロシア人なのか？　まず、台湾の老人の名前と住所が知りたい。それと現金だ」

助手席の前にあるコンソールボックスを開けると、小艾は、小額ユーロの札束と、ベレッタの新型自動拳銃であるストームを見つけた。小ぶりなわりに頑丈な銃だ。それと銃弾が十二発。

「これで足りるかい?」

小艾は金をポケットに押し込むと、銃を押し返した。

「銃はいらないのか?」

「いまは必要ない。この金だけで十分だよ」

「次はどうする?」

「まだ何も考えていない」

「借りた金は、まとめて返してくれるよな?」

「そうしたいのは山々なんだが、できないな」

「泊まるところはあるのか?」

「町に出たら探してみるよ」

「新聞が大きく報じてるぜ。警察が、防犯カメラに映ったあんたの後ろ姿の写真を、五枚持って、あちこち探し回ってるんだ。ホテルを探すんだったら、気をつけた方がいい」

「後ろ姿の写真を五枚だって?」

「テルミニ駅のやつに、トレヴィの泉のやつ、それとピサの——」

「正面を撮った写真は?」

「いまのところは、ないな」

　小艾は思わず微笑んだ。

「これからどうするつもりなんだ？」

「警察に通報するかどうかは、気分次第だな」

「タイ、あんたに会えて嬉しいよ」

「はは。じゃあ、パオリとツァーリに会っても嬉しくないのかい？」

「あいつらだったら退役後は、愉しい人生を送るだろうと思っていたよ。だが、あんたも今日まで生きていたとはね、嬉しいよ」

「お褒めにあずかり光栄だ。おれは、生きていることそのものに意味があると思っているんでね」

　車は、一方通行の通りを次から次へと曲がりながら、ローマの旧市街を巡回し、やがてローマの北にある人民《ポポロ》広場で停まった。

　中央にはエジプトのオベリスクがあり、あたりはいつものように観光客で溢れている。

「台湾の老人は、いまおれたちがいる前に建っている、サンタ・マリア・デイ・ミラーコリ教会の横の通りに住んでいて、友人たちは、彼のことをピーターと呼んでいる。部外者は、敬意を込めてミスター・シャンと呼んでいるが。彼は、武器売買を生業にしていて、その規模も大したものだ。話によると、以前は、あんたたちの軍隊の士官長だったそうだぜ。退役した後、ヨーロッパに来てからこの仕事を始めて、大儲《おおもう》けしているらしい」

「どんな武器なんだ？　大きいやつか、それとも小さいやつか」

「とにかくアメリカは、台湾に武器を売りたがらないからな。ミスター・シャンはアメリカの武器商人と取引をして、ブツは余所《よそ》から手に入れているらしい。彼がいったい何を企《たくら》んでいるのかを調べるのは、そう簡単にはいかないぜ。だがあらかじめ言っておこう。おれが訊けるんだったら、誰だってできるはずさ」

「彼に会うにはどうすればいい？」

「どうやって会うかって？　白昼堂々、スナイパーライフルで、彼の家の窓をノックすりゃあいいのさ」

「そりゃあ面白そうだね」

「準備オーケーだ。用心棒に近づいたら、艾と名乗ればいい」

「彼はぼくに会いたがっているのか？　礼を言うよ」

ミスター・ピーター・シャン。シャンは漢字でどう書くのだろう？

四階建ての古い建物だった。外観から推すと、おそらく、築二百年以上は経っているだろう。一階の入り口には、屈強なボディガード二人が立ち塞がり、黒いスーツを着たもう二人の男が、椅子にだらしなく座っている。椅子の下には、弁護士が使うようなアタッシユケースが置かれていた。

ボディーガードに呼び止められ、小艾は家を見に来たと言うつもりが、

「ミスター・シャンに会いたい」

と口にしていた。

「あんたは誰だ？」

小艾は低い声でつぶやいた。

「ミスター・シャンの、台湾の甥《おい》です」

甥は悪くない。

小艾がエレベーターに乗り込むと、チョウ・ユンファのような白髪の老人が笑顔で彼を待っていた。

「ようこそ、初対面の甥よ」

ミスター・シャンが住む場所は、タイの言い方で言えば、控えめな豪華さだった。

築何百年となるこのアパートメントは、台湾であれば、上下二層に分けられるほどに天井が高く、また十六室にして貸し出すことができるほどの広さだった。

映画でしか観たことのないような、ヨーロッパの貴族が使う背もたれの高い椅子に、掛け布団にもなりそうなほど厚いカーテン、踏むと沈み込む絨毯《じゅうたん》、レパントの海戦と思しき大きな油絵、クリスタルのシャンデリア、火のない暖炉、白い手袋でお茶を出してきた

執事などは、このアパートメントにあるものの、ほんの一部に過ぎない。

「どうして私が君と会うことにしたのか？」

老人は座って足を組み、先の細い革靴を見せた。

「君が門を通過するところから、ずっとカメラで見ていたよ。君が甥を名乗ろうが孫だろうがかまわない。なぜか？」

彼は再び眉を顰《ひそ》め、小艾に微笑むと、さらに言った。

「理由の一つは、君はたいそう肝が据わってるからだ。私は、度胸のある若者が好きでね」

老人は靴のつま先を揺らしながら、

「君はイタリアで炒飯をつくって、そいつを生業にしていると聞いたが、そうなのかね？キッチンはいまのものを使ってる。そして、冷蔵庫には冷や飯と卵がある。君の炒飯を食べられる私はラッキーかな？」

小艾は、いったいどういうことかと戸惑いながらも、背の低い太った執事の後について厨房に入った。

両側に大きな窓がある。キッチン台は十メートル以上の長さがあり、壁にはさまざまな鍋やフライパンが掛けられていた。彼は中華鍋を取り出し、卵と冷や飯を執事から受け取った。冷蔵庫を開けてみると、案の定、葱がある。

老人はなぜ、炒飯のことを知っているのだろう？

炒飯の作り方は、いたってシンプルだ。大切なのは練習である。祖父が言っていた。

まず油を入れ、卵を入れる。それから飯を入れ、さっと炒めるのだ。右肩を痛めている彼は、左手で中華鍋を振っている。白飯が宙を舞う。

横に控えている執事は、笑顔で小艾の調理をするところを見守っている。

葱のみじん切りと、塩胡椒をふりかけ、中華鍋を置いた。

「一緒に食べようじゃないか」

老人と若者がそれぞれ、できたての炒飯をスプーンですくって味わった。

「懐かしい味だ」

「中華料理屋はヨーロッパのいたるところにある。どの店も炒飯を売りにしているけれど」

「違うんだ」

執事が中国茶を運んでくる。

「さぞかし君も戸惑ってることだろう。主人は私だから、まずは私から話そうか。もちろん、教えられることと、できないことがある。そのときは許してもらいたい。まずはそうだな、君がここにやってきたときのことから始めようか。パブロから聞いてね。君が私のことを探していると——彼はあのとおり、首が長いから、君たちはパブロのことをタイと呼んでいるんだろう？　最近は金さえあれば、鬼であろうと、思いのままにすることができる。だが、彼は絶望的に金に困っててね。君が私を探していると言うなら、会ってもい い、と答えたんだよ。お茶だ」

老人にうながされて、小艾は茶を一口飲んだ。

「君が周協和《しゅうきょうわ》を仕留めたとき、次は私の番だと思ったんだよ。幸い、君は私の命を救ってくれたわけだがね。とはいえ、私が君に会いたかったのは、それが理由ではない。話は戻るんだが、君はいまどこに住んでいるのかね？」

老人は、首を傾げて執事を見た。

「マナローラです」

執事は丁寧に答えた。

「そう、マナローラだったな。美しい小さな漁港だが、ここ数年は、すっかり観光客でごった返しているのが残念だ。そうでなければ、隠居するには最高の場所なんだがね。マナローラから、君はずっと追われてきている。君を殺そうとしていた男は、かつての同胞だ。さぞかし心が痛んだことだろう。だが、勝負に勝ったのは君だった。諸葛亮《しょかつりょう》が周瑜《しゅうゆ》を失ったときのような、悲しい結末を迎えてね。勝利した君に、そして、故人への哀悼の意を込めて、乾杯しようじゃないか」

老人は茶杯を掲げ、小艾と乾杯した。

「いま君は、裏で自分の殺害を命令した人物を探しているのだろう。もちろん、君が最初に辿り着いたのが私だったのも納得がいく。ただ残念だが、私は武器の売買を生業にしていてね、すべては機密事項なのだ。失望させてしまって、すまない。その点、君は何も尋ねることはできないのだ。私は七十一年も生きてきたからね、口は堅いよ。

君だけじゃない。イタリアの警官に付き添われて、台湾の刑事が私に会いたがっているというので、弁護士とも話をしていたところなんだ。旧友の周協和がヨーロッパに遊びに来たので、私が案内役を務め、トレヴィの泉の前で珈琲を飲んでいたところ、あの事件だ。天から災厄が降ってくるなど、誰が予想できたろう。そして、その災厄というのが、君だった。空から降ってきた銃弾――そういうことだ。

今日、私は君に直接会って、まったく同じ話をした。台湾の警官に対しても、アンフェアなことはしたくないし、君に甘くするつもりもない。

私と周協和の間に座っていたロシア人についてだが、彼も友人だ。それだけだよ。君が罪のない人たちを殺さなかったことには感謝したい」

小艾は、彼と一緒にお茶をもう一口飲んだ。

「たくさん話はしたが、まだ君の疑問は解けていないだろう。ああ、私も、彼らを説得しようとはしたのだよ。君を殺す必要などない、とね。しかし彼らは聞く耳を持たなかったのだ」

老人は、小艾が口を差し挟む隙を与えなかった。

「彼らがいったい何者なのかはさして重要ではない。彼らは君が思っているほど悪い連中ではないのだよ。昔ながらの原理原則に縛られているだけなのだ。それよりも重要なのは、君が次に何をすべきかということではないかね。イタリアでも、ハンガリーでも、君を探しているという知らせがある。まだ君の正体はばれていないが、それも時間の問題だ。すでにヨーロッパ全土で逮捕状が出されているし、台湾の艾禮は、かつてフランスの外人傭兵部隊に所属しており、君の写真や履歴も、すべては表に出てしまっているのだから、もう逃げようがない。

私も、これからひと騒ぎするには、いささか歳をとりすぎている。だから、二つの提案をしたい。私と一緒に来れば、無事にロンドンへ辿り着くことができよう。君の安全も保証する。そうすれば、ゆっくりとではあるが、すべてのことを理解できる。真実を知った後、君が何をしたいのかを、ゆっくり考えればいい。あとは自由にするか、台湾に帰るか。あるいは、君が私に迷惑をかけるつもりなのであれば、警察に捕まる前に、君を殺すしかない。

とりあえず君は、まだ死んでいない。殺しは私の仕事ではないのでね」

小艾は、老人の明るい眼差しを見つめた。なぜ、老人は彼のすべてを知っているのだろう？　たとえタイがすべてを語っていたとしても、老人は、タイよりもさらにずっと多くのことを知っていた。

「もちろん、うまく身を潜めて、あったことをすっかり忘れてしまうのもいい。君の腕前だったら、そうして生き延びることができるかもしれない。だが、君のことだ。そうはいかないだろう。君は、とことんまでやらないと気がすまないだろうからね。

君はまだ若い。警察だって、銃撃事件以外については君のことを知らないし、君だって、それ以外のことを何も知らない。警察は、君を捕まえればすべての謎が解けると思っている。私が言えるのはそれだけだ」

彼は、空になった皿を指さした。

「見てごらん。炒飯をすっかり平らげてしまったよ。たいへん美味しかった。鍛錬の賜物《たまもの》だ。どうかタイを責めないでくれ。彼に会ったら伝えておいてほしい。男は、クスリやギャンブルに決して手を出してはいけない、とね。ひとたび手を出したら、ろくなことにはならないのだ。一生、他人に振り回されるようでは、ゴキブリよりタチが悪い。

君が企てた死の偽装が功を奏したようで、チェコ警察は、テルチの爆発現場で死んだのは君だと考えている。ただ、イタリアとハンガリーの警察は、その点について認めていない。そして、我々の台湾警察も認めず、ＤＮＡ鑑定を進めていると聞いている。

ＤＮＡ鑑定には時間がかかる。とはいっても、せいぜい自由でいられるのも、三日から五日というところだろう」

老人は嗅ぎ煙草を取り出すと、鼻からそれを吸い込んだ。

「君は想像していたよりも、痩せているな。若者たちは怒りを圧《お》し殺して、イタリアの小さな名も知れぬ漁港に身を隠し、陽が昇ると真面目に働き、陽が暮れると休む。井戸を掘って水を飲み、畑を耕して食べると言われている。そんな暮らしを続けたとして、ツァーリは、いったい私に何かをしてくれると思うかね？」

背後のドアが開いた。二人の屈強な男が、小艾の両脇に立つと、老人が茶碗を持ち上げた。

老人は、茶碗を掲げて言った。

「お茶を点《た》てて客を見送るのが、中国の古い習慣だ。この貴重な午後の茶会を、お互い覚えておこうではないか。もし外の世界があまりに複雑に過ぎると感じたら、いつでも遠慮なく戻ってくるといい。私の忠告は、いつまでも有効だ」

小艾には多くの疑問が残されたままであったが、屈強な男は、小艾にいっさいの機会を与えてはくれなかった。

小艾を羽交い締めにすると、外に送り出し、出口に着くと、老人の快活な声が聞こえた。

「小艾、君のつくってくれた炒飯は、祖父《じい》さんのものと同じ味がしたよ」

小艾は老人に背を向け、大きな声で答えた。

「あなたの額の左側に、ほくろがありますよね？」

言われて、老人は自分の額に触れると、

「どうしてそれを知ってるんだい？」

「スコープから見えたんですよ。病院で生検を受けた方がいい。皮膚癌《がん》だったら大変だ」

小艾の背後で、扉が音をたてて閉まった。

タイは敢えて小艾の顔を見ようとしなかったが、小艾も、自分のことで事を荒立てたくはなかった。

「飛行機のチケットが必要なんだ」

「コンソールの中にある」

そこにはたしかに、搭乗便と乗り継ぎ便の旅程表が印刷されていた。

「なかの爺さんが、ギャンブルとクスリはやめた方がいい、ってさ」

タイは何も言わなかった。

「これで、お互いに貸し借りはなしだ。コートジボワールでの出来事の後、ぼくたち四人で交わした約束を忘れないでくれよ」

タイは顔を背けた。

「決して忘れないさ」

金持ちになりたくないやつなどいない。

小艾がフランス外人歩兵連隊とともに、コートジボワールに駐留していたときのことだ。ダイヤモンドを買い付けるルートを知ったタイは、パオリとツァーリに、商品を受け取る際に必要な資金を集めるため、力を合わせようと誘った。

三人が出発する前に、偶然、パオリはトイレで小艾と会い、小艾の尻ポケットにメモを押し込んでいった。

四時間経っても戻ってこない彼らを訝《いぶか》しんで、小艾が、紙に書かれた地図の場所に行ってみると、海のそばに建つ木造の家があった。外には、布で顔を覆った三人の黒人が、油断なくあたりに眼を光らせている。

小艾は、M82スナイパーライフルであっという間に三人を片付け、家から飛び出してきた黒人二人を射殺した。

彼は建物に突入し、まずパオリを解放した。

皆で、中にいた残りの三人を片付けたものの、地面にうずくまって火を熾《おこ》すのに忙しい、もう一人には気がついていなかったのである。

その子は、料理を担当する罪のない少年だった。

パオリと黒人たちが、互いに銃を奪い合っている際に暴発し、銃弾は、少年の胸を貫いていた。

この事件こそは、パオリが退役後、教会に入信した理由の一つで、ブラザー・フランチエスコは、罪の償いとして残りの人生を神に捧《ささ》げることにしたのである――

ツァーリはしたたかにぶちのめされていた。口が悪い彼だったが、幸い骨は頑強だった。

部屋の三つの角に、それぞれ防犯カメラが仕掛けられていた。

黒人の男たちは、ダイヤモンドを餌にして、タイをおびき寄せるつもりだった。この餌に食らいついたタイを撮影し、その映像を全世界にばらまくことで、国連平和維持軍と外人歩兵連隊の評判を失墜させ、フランスに撤退を迫るつもりだったのである。パオリが不審に思わなければ、計画はほぼ成功したはずであった。

タイはその後懺悔《ざんげ》し、「借りは返す、いつ返すかはあんた次第だ」という約束をして、小艾に感謝の意を伝えた。

四人はもう一つ約束をした。

欲張らないこと、良い人生を送ること、二十年後にまた再会し、海と夕陽の見える場所を見つけて、一緒にワインを飲むこと。

タイは、その約束の半分を守ってくれた。

たしかにミスター・シャンと会うのを手伝ってはくれたが、小艾の過去を売ってもいる。

だが、小艾は、いったいいくらもらったのかはタイに尋ねなかった。

「ポルトヴェーネレのフランチェスコのところへ行くといい。彼だったら、あんたが過去から抜け出す手助けをしてくれるだろうさ」

「あいつは友達を巻き込みたくないから、早めにぼくに行けと言ったんだよ」

タイは借りが多すぎて、負い目を感じているのだろう、と小艾は考えた。それが怖くて、ここから抜け出せないのだ。

タイは無言でハンドルを握り、小艾をナポリの空港まで送った。そこから飛行機で一時間もすると、パレルモに到着する。その後も飛行機を乗り継がなければならない。

「神のご加護を」

タイはそう言って、車の窓から親指を突き出した。

「タイ、君は素晴らしい人生を送ってるよ」

もう二度と彼とは会うこともないであろう。それは小艾もわかっている。タイがミスター・シャンを探し当てたということは、そのために、おそらくもっと厄介な人物もあたったに違いない。そうした仕事をするたびに、彼は借金を背負い、返済できないまま、自らの価値を失っていくのだ。

彼は空港に着くと、公衆電話からツァーリに電話をかけ、タイと会ったことを話した。皆がタイをそれとなく避けていることを、ツァーリもわかっている。

「妻がさ、またあんたが炒飯をつくってくれるのを愉しみに待ってるってさ」

もちろん、問題はない。

小艾は飛行機に乗り込み、水平線に沈む夕陽を眺めていた。

誰もがツァーリのように、いまを愉しむことができればそれでいいではないか。壮大な夢は、ときに負担になる。退役した後は、フランスのコート・ダジュールに大きな家を買って、毎日ダイビングや釣りを愉しむことがおれの夢なんだ、と、以前のタイは語っていた。当時の彼は、ダイビングも釣りもしなかった。イラクに駐留しているとき、麻薬に溺れ、それからすっかり自由を失ってしまったのである。

夕陽が海の向こうに沈んでいく。

小艾はそっと眼を閉じた。彼にだって夢はあった。だが、娃娃はどんどん彼から遠ざかっていく。

8 台湾、台北

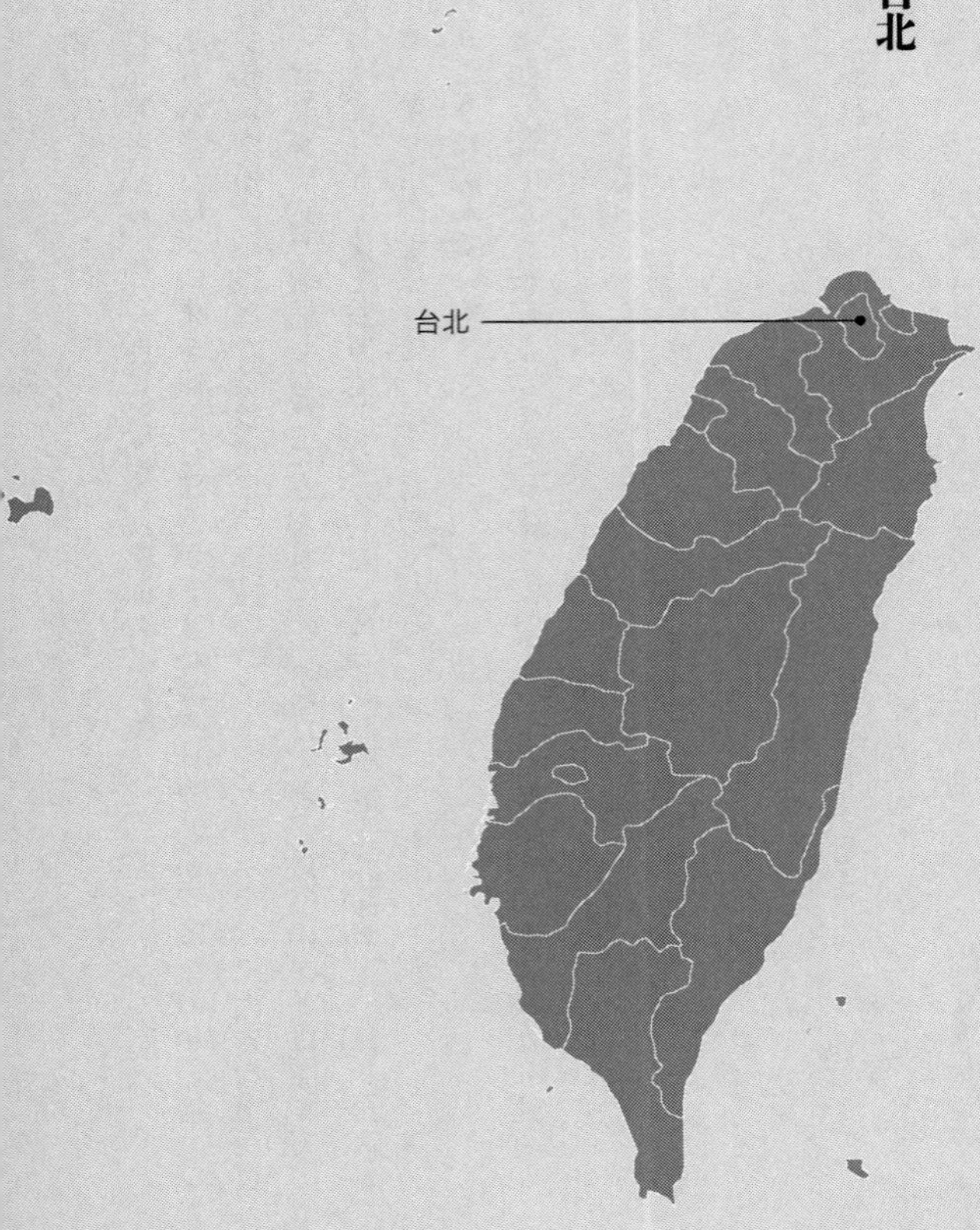

国防部の資料によると、艾禮《がいほう》は一九八三年生まれで、血液型はA型となっている。十八歳で中正《ちゅうせい》予備学校を卒業し、陸軍官校専科学生班に進学した後、陸軍機械化歩兵三三三旅団に配属され、二〇一〇年に大尉の階級で退役している。

外交部の資料にはこうある。

艾禮、二〇一〇年九月十日に出国し、以後の入国記録なし。パスポートは二〇一六年に失効。海外にある台湾の駐外部門（外国駐在所に相当）とはいっさい連絡をとっていない。

また内政部の資料にはこうあった。

艾禮、父親不詳、母親不詳。兄弟姉妹なし。孤児院で育ち、一九八八年に畢祖蔭《ひっそいん》の養子となる。彼自身は元の名字を名乗っている。畢祖蔭は長い闘病生活の末、二〇〇五年に死去。当時の戸籍地は不明。元の戸籍地は国防部の寮であったが、畢祖蔭の死去により国防部がある住所の戸籍へと移されている。

「また孤児か！」

老伍は、煙草を吸いにバルコニーに出ると、賑やかな忠孝《ちゅうこう》東路を走る車をぼんやりと眺めていた。

携帯が振動し、見ると息子からだった。

見つけたよ。見てみて。

携帯で撮影したと思しき映像だった。ローマのトレヴィの泉で、周協《しゅうきょう》和《わ》が突然、がっくりと頭を垂れる姿を映し出している。その隣には、外国人と、年老いた華人の二人も映っている。

老伍は返事を書いた。

この隣にいる華人の老人を調べてくれないか。

息子は、笑顔の絵文字を送ってきた。


すぐさま戸政部門を訪ねてみると、事務員から直接、いろいろな話を聞くことができた。

畢祖蔭に妻子はなく、彼は、陸軍の上級上士だったという。二〇〇一年にバス会社を退職したときにはすでに七十一歳だったというから、艾禮とは五十三歳も歳が離れていることになる。艾禮を養子にした当時、彼はすでに五十八歳だったはずで、だとすると、社会局の養子縁組に関する規定から完全に外れている。

いったい、どういうことなのだろう?

戸籍申請の際に、なぜ出生証明書を提出しなかったのか?

彼の疑問には、誰も答えることができなかった。

畢祖蔭が栄民総合病院で亡くなったことが、唯一の手掛かりであるように見える。

老伍は病院に電話し、捜査への協力を取り付けると、すぐさま病院へ飛んでいった。

畢の死因は、複数臓器に転移した癌と臓器不全で、葬儀は、病院からほど近い天堂《てんどう》葬儀社が執り行っている。

老伍は失礼を承知で、直接天堂を訊ねてみることにした。

幸い、葬儀社は捜査に協力的で、パソコンから彼の葬儀に関する資料を見つけてくれた。彼らは、客からの苦情により裁判沙汰となったときのために、すべての告別式の様子を記録していた。そうした映像は、証拠として保存してあり、畢祖蔭の記録を見つけるのもたやすかった。

小さなホールである。彼の葬儀も、参列者は、おおよそ十数人というこぢんまりとしたものだった。

「このホールは、私たちの会社が所有しているものなのです。と言いますのも、市の葬儀館が所有するホールは数が限られておりますため、葬儀の予定を組むのもなかなか難しい。ですから、多くの親戚や友人が弔問に来ないであろう小艾さんの件などはまさにそうなのですが、一部の家族はそうした手間を省くため、直接、私たちのホールを利用するのです」

ドアの内側に設置されているカメラが映し出した映像では、道教の道士が読経している。親を亡くし、孤児となった艾禮が、神妙な面持ちで霊前にひざまずいている。

葬儀が始まったころは、すべての席が空いていたが、進むにつれ数人がホールに入ってきた。

だがカメラに映っているのは、参列者の背中だけである。見たところ軍人のようで、大きく分けて三つのグループに分かれて焼香をあげている。

老伍は声を出さずに、参列者の数を数えていた。十七人前後、といったところだろう。

艾禮の真っ正面をとらえた映像はない。

そこでふと、閃《ひらめ》いた。

「おたくの会社の出入り口に防犯カメラは設置されていますか？」

「はい」

「映像の保存期間はどのくらいですか？」

「毎月削除しております」

老伍の一縷《いちる》の望みは、そこで絶たれた。

「ただ、防犯カメラの記録が削除されない場所がございます」

「それはどこです？」

「社長の貴賓《きひん》室でして」

「どうして削除されないんです？」

「社長は、上得意さまを誇らしく思っているのかもしれません」

そう言うと、パソコンを操作していた若者は、畢祖蔭の告別式の日に録画された貴賓室のカメラの映像を見つけ出してくれた。

「貴賓室のカメラは、部屋を使用しているときだけ、電源が入る仕組みになっております。ですから普段はオフになっているため、実データのサイズも、非常に小さくできるのです」

画面は、軍服を着た軍人二人が、黒いスーツを着た葬儀社の社員に案内されながら、部屋に入ってきたところを映し出している。

「停めてください」

画面が停止した。

一人は階級章が二つ、もう一人は、一つである。

「続けてください」

貴賓室で、二人の将軍が喪服に着替えている。そこに別のグループが入ってきた。四人の若者が車椅子を押し、二人の将軍が車椅子の老人の前にひざまずく。ほどなくして、他の人々が外に出ていってしまうと、中華風の外套《がいとう》を着た将軍たちが、車椅子の左右に立ち、老人を護衛している。画面は葬儀の終わりに飛んで、車椅子の老人を見ることもなく、二人の将軍が軍服に着替え、足早に立ち去っていく姿を映し出している。

将軍の顔はよくわからなかった。

「画質をもう少し調整することはできませんかね？」

青年は、無理ですね、というふうに苦笑しながら首を振った。

告別式の映像に戻る。二人の将軍と数名が参列し、車椅子の老人は一番後ろに座っている。彼の背中しか見えなかったが、立ち上がることもなく、敬礼もしない。式が終わると、他の参列者たちが順番に会場を出ていく。艾禮は、面識がないのだろうか、老人に挨拶もしない。

いったい、この老人は何者なのだろう？

二人の将軍が彼を警護していたところから推すと、相当な大物には違いない。もしかすると、以前は高官だったのだろうか？　映像をＵＳＢメモリにコピーしてもらうと、老伍は再び国防部を訪れることにした。

「ここに、あなた専用のデスクを用意してもいい、と以前話したではないですか。わざわざご足労いただくとは、ガソリン代がもったいない」

熊秉誠《ゆうへいせい》は気分転換でもしたばかりなのか、すこぶる機嫌がよかった。

自ら給湯室に引っ込むと、フランス産のクッキーの皿と珈琲を持って戻ってきた。

「どうぞ座ってお待ちください。私は、必要な資料を確認してきますから」

待っている間、老伍は暇を持て余して、部屋中を忙しなく歩き回った。

ひとしきり歩き飽きると、彼は警備員に喫煙所の場所を尋ねた。

ずっと前に煙草はやめたはずだが、気持ちが昂ぶってくると、ついつい煙草が手放せなくなるのである。

一時間ほどして、熊秉誠が戻ってきた。

「一本、もらえますか」

言われて、老伍は箱を投げた。

熊秉誠は気になることがあるようで、煙草を取り出し、火をつけると息を吐いた。

「もう十一年も禁煙しているんですが、たまに煙草が吸いたくなるときがありましてね。たいていは友人から煙草をすすめられるので断れないものですが、煙草を無心するのは初めてですよ」

「話してください」

「伍刑事は、率直だ。私から話しましょう。映像に映っている二人の将軍は、すでに退役していましてね、陸軍の志《し》中将はとっくの昔に引退しています。四年前のことですよ。年齢からして、もう上将には昇級できないということで、引退しました。彼の妻は、息子と一緒に暮らすために渡米し、志の息子は化学研究員となったのです。いまは国の大学で教員をしているはずですので、もしあなたが連絡先を知りたいのでしたら、後でお知らせしますよ。

林少将は、陸戦隊《りくせんたい》兩棲《りょうせい》偵蒐隊《ていしゅうたい》（陸戦隊水陸探知部隊）の主任でした。三年前に病気で亡くなり、国軍の公立墓地に埋葬されています。そして車椅子の老人ですが、申し訳ない。後ろ姿を見てもよくわからなかったのですが、彼も軍人だったと？」

熊秉誠は二口だけ吸うと、すぐに煙草の火を消した。

「私からも、三名の将軍と四人の高官に、伍刑事からいただいた映像を見てもらいましたが、おそらくこの老人は、彼らにとって馴染みがないほど歳をとっていたのでしょう」

老伍はため息をついた。

「伍刑事、この二人は、邱清池《きゅうせいち》と郭為忠《かくいちゅう》の殺人事件に何か関係があるのですか？　局長は、この二件の殺人事件についてたいへん関心を持たれているようでしてね、一刻も早く事件が解決することを願っています」

「新聞によると、あなたたちは最近、かなり忙しいようですね。米軍の武器は購入できたのでしょうか？」

老伍は、さりげなく話題を変えた。

「購入したいのは山々なのですが、アメリカが売却してくれないのですよ。いまあるもので何とかするしかありません」

老伍には、この件に関して話を続ける余裕はない。

彼には、あと二箇所、訪ねなければならないところがあった。

郭為忠の夫人から通報があり、脅迫電話がかかってきたというのである。

夫人とは、公園で会うことにした。

息子が家にいるのに、亡くなった父親の話をするのは——ということだったが、老伍も、夫人の気持ちはよくわかった。

「脅迫電話じゃないみたいなんです」

郭夫人は、青ざめた顔でそう切り出すと、

「男の声で、私に、心配することはない、って言うんです。為忠のためにも、こちらの言うことを聞いた方がいい。彼らは、私と私の子どもたちの面倒を見てくれるだろうから——って。それで最後に、こちらからあなたに連絡するのは今回だけにしたいと」

緊張した面持ちで夫人がそこまで話し終えて、ようやく老伍も事のなりゆきを理解した。

「どうすればいいんでしょう?」

彼女は革の封筒を取り出し、老伍にそれを差し出した。

中には、アメリカドル紙幣の札束が入っていた。

「十万ドルあります。うちの郵便受けに入っていて。それから、すぐにまた男から電話がかかってきて、受け取ったかどうか訊かれたんです。二人の息子の教育資金だと」

「同僚からの寄付でしょうか?」

「為忠の同僚でしたら、ほとんど知っていますが、彼らが名前を出さないまま、米ドルで香典を送ってきたとは考えられません」

「名乗り出ることのできない友人という可能性は？」

老伍が訊いたが、彼女はそれには答えず、

「お札を数えた瞬間、為忠は、私の知らない人になってしまいました。誰がそんな大金をわざわざ送りつけてくるでしょう？　彼は、私に何か隠し事でもあったんでしょうか？　あなたとは連絡をとり続けるべきでしょうか？」

いよいよ黒幕のお出ましというわけか。

別れ際に、老伍は、「わざわざ十万ドルも送ってきたのだから、盗んだり強盗したりしたものでない限り、自由に使っても問題ないでしょう」と言って、夫人を安心させた。夫人の安全のためにも、とりあえず自分に連絡をとる必要もないだろう。事件解決に繋がるのであれば話は別だが――

茱麗《ジュリー》の喫茶店にまた行ってみると、ちょうど、彼女の親父さんが食事をしているところだった。

どれだけ多くの友人を作り、人生でどれだけの功績を立てようとも、とうてい親孝行な娘には及ばない。

「どうぞ座ってくださいよ、伍刑事。一つ、あなたにお願いしたいことがありましてね。紅酒燉牛肉と赤ワインを注文してくれないかな。わしが払うから」

「茱麗の親父さんにおごってもらうなんて、できませんよ」

親父さんは厨房に眼を向けると、低い声になって、

「一日三度の飯が、スープばかりなんだよ。高血圧で血糖値が高いから、食べられるものはこれだけだって言ってね。こんなので、どうやって生きていけばいいっていうんだ」

そういうことであれば、問題ない。

「言っとくけど、パパがこっそり牛肉でも食べてたら、このお店には出入り禁止よ」

娘は父親のことをよくわかってる。

「親父さん、また家裡人に会わせてくれませんか？」

茉麗の親父さんは箸を止めると、

「国宝級の兄貴四人が一緒にお茶を飲むんだよ、その意味がわからないのかい？」

「心配してくれてありがとうございます。ただ、この事件を、このままにしておくことはできないんですよ」

そう返すと、親父さんは、箸の先を老伍の顔に向けて、

「こいつを、どうして箸と呼ぶと思う？　わしたちだって、暗い路地からひょっこり出てきて、いきなり殴りつけるわけじゃない。江湖《こうこ》には歴史がある。明の時代、北方では干ばつや水不足が頻発したため、南方から北京に水や食料を送るための大運河を、大金を投じて再建したんだ。官船だけでも一万隻以上はあったらしい」

老人は脈絡もなく、大昔の話を始めた。

「長い年月を経て、船頭たちは幇を結び、派閥をつくっていった。いま風に言えば、幇や派ということになるが、要するに地下労働組合を組織したわけだ。川は、北から南へ流れる。だが物資は、南から北に運ばなければならない。風が悪く、水が足りなくなると、彼らは船を引き曳《ひ》き、力仕事をして過労死すると、藁《わら》の筵《むしろ》を敷いた土地に埋葬された。彼らの命は神の手に委ねられており、昔から不吉なことを口にするのは禁忌《タブー》だった。

もともと筷子《かいし》は、『箸』と呼ばれていたが、箸は『止める』という意味の『止』と同じ発音だ。人生において『止まる』ことを意味し、不吉を招き寄せるということで、それが『快』を意味する『筷』に改められた」

「で、親父さんの話の心は何なんです？」

ひとしきり話し終えたところで、老人はテーブルに箸を置いた。

「ここらで手を引いた方がいいと言ってるんだ」

「助言には感謝しますが、私は刑事です。事件を解決するのが仕事なんですよ。そうでなければ、あなたたちの税金で働いているんですから、申し訳が立たない」

茱麗の親父さんは、老伍をじっと見つめると、

「警察が嫌われるのは仕方がない。あんたたちは、税金泥棒と蔑まれてる。だが、私は老人だ。くたばりそうになったら、救急車を呼ぶだけさ。本当に」

紅酒燉牛肉が運ばれてきた。茱麗は仕事中で酒を飲むことはできないので、老伍にすす

めてくる。

「もう若くないんだから、少しでいい」

老伍は何も言わず、茉麗の手料理をじっくり味わった。彼女が他の客をもてなしてる間に、牛肉を一切れ取り上げると、親父さんの皿に盛った。

腹がいっぱいになっても、これから局に戻って残業しなければいけない。

茉麗の親父さんは、老伍が支払いをすませようとするのを頑なに拒んだが、老伍は折れなかった。

「わかった。とにかくあたってみよう。わしの命など、大したもんじゃない。伸《の》るか反《そ》るか、とにかくやるだけだ」

反黒科に戻ると、受信箱に溜まっていた返信のほとんどは、部下たちが大胖《はん》の同期十五人を訪ねたことの報告だった。彼らからの答えは同じで、大胖は退役後、連絡を絶っている。

大胖と艾禮の二人と一緒に写っていた同期の女性だが、彼女は洛紛英《らくふんえい》という。陸軍官校を卒業後、現在は国防部で働いているということだが、彼女にはまだ連絡をとっていない。

洛紛英の名前を書き留める。明日はまた、熊秉誠と話をすることになるだろう。

蛋頭とは予定時間どおりに話をしたが、たいした進展はなかった。彼は、二日以内に台北に戻る予定である。刑事局が使える一年分の旅費に関する経費を、彼だけに使わせるわけにもいくまい。

「周協和の殺害現場にいた台湾人の男だが、わかったよ。英語名でピーター・シャンというらしい。外交部門に調べてもらっているんだが、二重国籍の可能性がある。

ローマ警察におれも同行したが、彼は高齢で健康状態がよろしくないという医師の診断書が用意されていて、面会謝絶だそうだ。二人の外国人弁護士には適当にはぐらかされたが、イタリア警察は、艾禮に対して指名手配状を発行するというから、これで、彼もヨーロッパに潜伏したままでいることは難しくなるな」

「こっちも突破口が開けたよ。刺青は、『家裡人』と言う、三百年の歴史がある幇派の記号らしい。郭為忠と大胖はこいつらと繫がっている。郭為忠の妻は、脅されているんだが、これも彼らの仕業だろう。

それと、艾禮もまた孤児だった。養子縁組の手続きが違法で、これに関しては、戸政部門も社会局も説明できない——等々だ。息子からＬＩＮＥが入ってきた」

老伍は携帯を見て、思わず大笑いした。

「おまえの息子が結婚でもするのか？　何だよ、得意そうじゃないか」

「いや、息子が私に、今夜、艾禮の生い立ちを追ってみるかどうか訊いてきたんだ」

「いったいどうやって？　公務執行妨害で息子さんを逮捕でもするつもりか？」

「私たちの仲間に入れてくれとさ」

「パジャマパーティでもやるか？」

9 台湾、台北

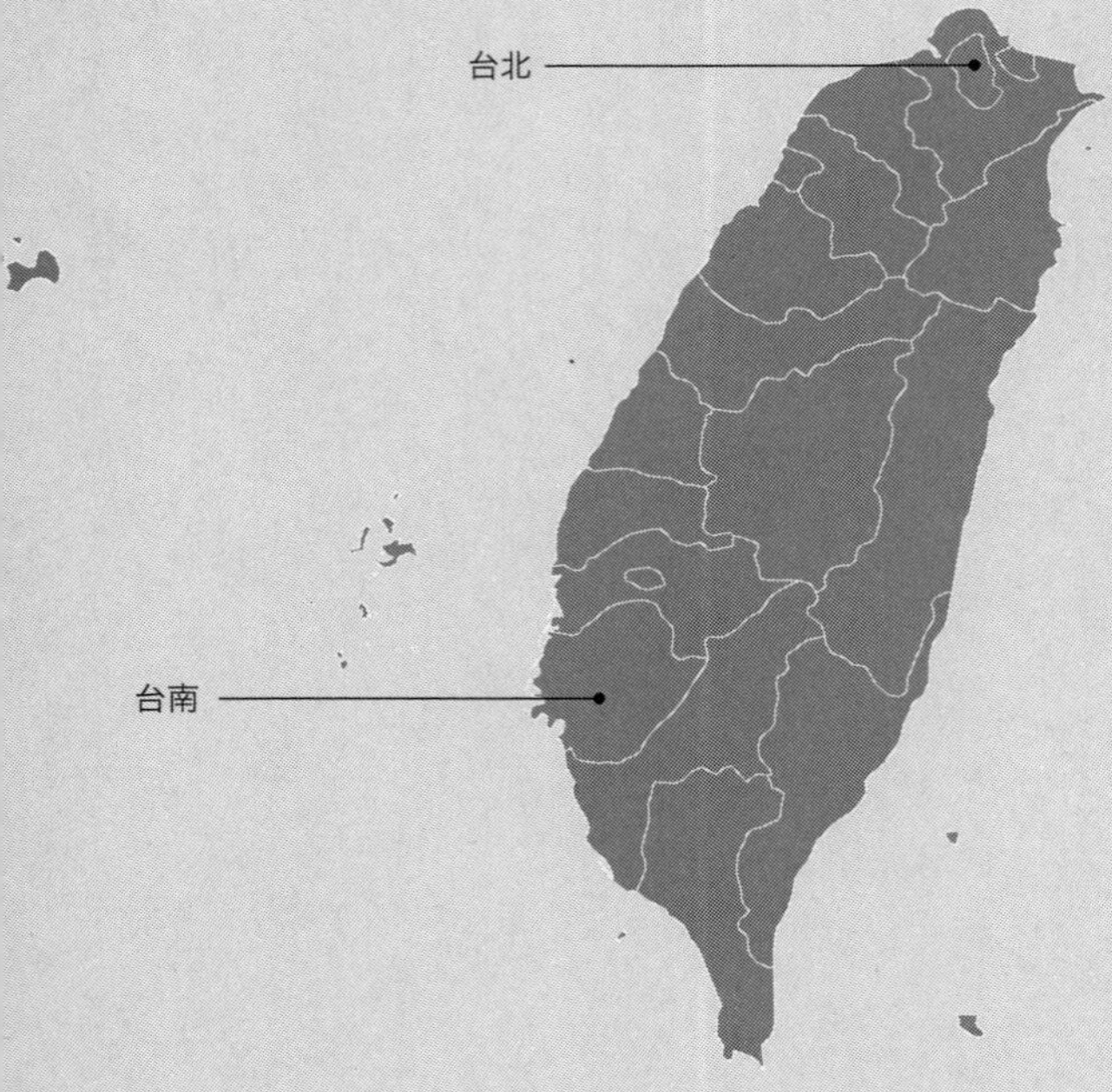

艾禮《がいほう》は、一九八三年に台南《たいなん》市で生まれている。孤児院で育ったわけではなかった。父は艾子祥《ししょう》、母は趙婷《ちょうてい》。四歳のとき、空軍の戦闘機パイロットだった父は、墜落事故で死亡。母は精神を病み、何度も医者に診てもらったが、病状はいっこうに恢復《かいふく》せず、療養院に送られている。艾禮は祖父の養子となったが、まさかその三カ月後に、祖父が病死するとは思いもしなかったろう。だが社会局が、祖父母に養子縁組についての意思を尋ねなかったため、艾禮は、祖父の親友である畢祖蔭《ひっそいん》の養子となった。

「待ってくれ、ぼうや。それは作り話じゃないんだろうな？」

「これはぼくがネットで見つけたんだ。戸政部門が、古い手書きのデータをデジタル化するプロジェクトを何度かやっていてね。艾禮のことを調べてみたんだよ。データ上では、両親は不明になってた。それで、もう一度彼らの古い資料を調べてみたら、戸政部門は、資料を更新するときに古いものを削除しないで、妙なファイル名で別のファイルに保存していたんだ。ずっと誰にも閲覧されてなかったものを、ぼくがさらに深掘りして調べてみたってわけ」

「深掘り？　ショベルカーでも使ったってか？」

「蛋頭《たんとう》、まずはこいつの話を聞いてくれ」

在軍中、畢祖蔭は、自動車整備隊の士官だった。結婚はしていない。退役後は、台南市の民間バス会社に運転手として勤務し、そこで数年働いた後、さらに自動車整備会社に転職し、七十一歳で退職している。

彼が艾禮を養子に迎えたのは、五十八歳のときになる。最初の三年間、艾禮は近所に住む林《りん》夫人に預けられ、その後は畢祖蔭が自ら養育している。

小学校の卒業アルバムには、艾禮と畢祖蔭が一緒に写っている写真が収められていた。二人はとても仲が良かったようだ。小艾が六年生のときに撮影された写真には、こう添えられている。

〝おじいちゃんとぼく〟

畢祖蔭の姓は畢、艾禮の生母の姓は、趙である。両家の関係は不明だ。一九八九年、艾禮の生母は療養院を退院し、その年にビルから飛び降り自殺をしている。

艾禮は中学を卒業すると、中正予備学校に入学。だが、その点に関する資料はあまりない。

さすがに、国防部の内部ネットをハッキングする勇気はなかったらしい。

艾禮は中正予備学校を卒業後、そのまま陸軍官校専科班に進み、卒業後は陸軍に配属され、すぐに狙撃隊に抜擢されている。狙撃隊ではたいへん優秀な生徒で、大胖《はん》こと陳立志《ちんりっし》に次ぐ驚異的な成績を収めている。

狙撃隊の教官である黄華生《こうかせい》によると、陳立志は高い才能を持ち、艾禮は高い安定性を誇っていた。狙撃隊で六カ月間の訓練を受けた後、三人の主管が、彼を情報学校外文班に進学させることに署名している。通常、ここは、軍官のためのものだが、彼は特例だったらしい。外文班では主に英語を教えているが、艾禮はフランス語を学んでいる。生徒は二人だけだった。

「待てよ、国防部のサイトをハッキングする勇気はなかったんだろ。じゃあ、どこでこの情報を入手したんだ？」

「後になって我慢できなくなってさ、ハッキングしちゃったんだ」

「老伍《ご》、おれたちは、あんたの息子を通報したほうがいいんじゃないか？　報奨金がもらえるかもしれないぜ」

「蛋頭、ハッカーの逮捕はこの際、後回しだ。郭為忠《かくいちゅう》が情報学校の外文班にいたのは覚えているだろう？　艾禮と同級生だったたってことはないのかな？　調べてみようじゃないか」

艾禮は、二十八歳のときに、大尉として退役している。

服役十年未満であるから、これは規定にそぐわない。彼は官校専科班の学費を払っている。金額は不明だが、ともかく彼は払っていた。その後、台湾を離れてパリに向かう。内政部の入出境管理局にも、彼の出国記録があった。

フランスの資料によると、艾禮はフランス外人歩兵連隊に入隊して五年間勤務し、フランスの国籍を取得した後、フランス政府の支援による進学や就職の斡旋《あっせん》に応じることもなく、消息を絶っている。

五年間の従軍中は、主にスナイパーとして、コートジボワールとイラクに派遣され、伍《ご》長《ちょう》で退役。最後の半年間は、ニーム基地でスナイパーの助理教官として過ごしている。

従軍記録からすると、艾禮は優秀なスナイパーだった。

彼には台湾に恋人がいたようである。それが、彼と同じスナイパーの洛紛英《らくふんえい》と思われる。

二人は、少なくとも三カ月間狙撃隊訓練隊に所属している。洛紛英は、第二段階訓練には選抜されなかったが、代わりに陸軍官校へと進み、大尉となった。未婚で、現在は国防部に勤務している。

「熊秉誠《ゆうへいせい》は真実を話していない。洛紛英と彼は、国防部の同僚だったんだ。とぼけてるな」

「国防部を当てにしちゃいけないって、老伍。死亡した四人については、すべて彼らが関与しているんだからさ」

「おまえは偉いんだ。国防部に圧力をかける方法を考えてくれよ」

「おい、おまえが引退した後も、おれはまだここにいるんだ。国防部からの圧力がないから、こうしておれたちは笑っていられるんだぜ」

「どうしてこうも複雑なんだ？　殺人事件では協力することになっているんじゃないのか？」

「老伍、おまえの息子は若くて正義感がある。春には躑躅《つつじ》が咲き誇り、冬の初雪の最中《さなか》に梅が咲く。おれたちを見て見ろよ。道端の柳か路傍の花だ。この汚れた社会で、美徳なんて保てるかってんだ」

「そのあたりは、父親として、おいおいわかっていくだろうさ。次は誰の番だ？」

「おれだよ。刑事局のイタリア特派員だ」

　昨夜、チェコの小さな町テルチで爆発事件があった。

　もっとも小さなと言っても、世界遺産にも登録されている。冬は観光客もなく、住民の多くは他の都市に住んでいるため、町の人口は極めて少ない。

爆発発生現場は空き家で、大家は、九十二歳のチェコ人女性だった。事件当時、彼女は、カルロヴィ・ヴァリという西北部の温泉地に住んでいる。夫の姓は彼女と同じだが、老婦人によると、亡くなった夫は中国人だったらしい。その夫は七十年前チェコに渡り、結婚後はチェコ国籍を取得していた。

爆発現場からは、一体の黒焦げの死体が発見されている。

また現場には、二挺のスナイパーライフルが残されており、一挺は爆破されたAEで、もう一挺は爆破を免れたロシア製のSVUだった。

目下、イタリア警察はチェコ警察と協力して捜査を進めている。周協和《しゅうきょうわ》と大胖を狙った弾道が極めて類似していることから、部屋の死体は、周協和と大胖を殺害したスナイパーであると、イタリア警察は考えている。

だが、台湾から派遣された優秀な警察幹部は、その点に関して疑義を唱えている。

その理由は部屋には二挺の銃があり、容疑者である艾禮が使っていたものがSVUであると推察される。それはつまり、AEを使った別の犯人がいるということを意味する。

また、もう一人の犯人の死体を残して家屋を爆破した点についてだが、警察にその死体が自分だと誤認させることこそが、艾禮の目的だったのではないか。

一階の部屋はガスが点《っ》いたままとなっており、チェコ警察が威嚇発砲した際、その弾丸が誤って一階に命中したことによって、爆発が発生したものと思われる。

だが、一階の住人はプラハに住んでおり、テルチの部屋は長期にわたって使用されていなかったのだから、その時間にガスが点いたままになっているはずはない。

「蛋頭殿に報告。事件は解決した」

「とまあ、はっきりしてはいるんだが、まだそいつを辿る手掛かりが、どうも摑めないんだな」

「艾禮は、周協和を殺害するために雇われたのだが、その理由が不明なんだ。とにかく雇い主は、二人のスナイパーを送り込んだものの、艾禮の殺害には失敗した。雇い主の素性も不明。艾禮はテルチから逃走して、いったいどこへ行ったんだ？　ヨーロッパ中で指名手配されている彼が、逃げられる場所は限られている」

「父さん、蛋頭。彼は裏切られたんだから、絶対、その復讐《ふくしゅう》をしたいはずだよ」

「誰に復讐するんだ？」

「雇い主さ」

「誰が彼を雇ったのか、ハッキングしたのか？」

「ううん。でも台湾人に違いないさ。外国人が周協和を殺す理由がないだろ」

「老伍、あんたの息子さんの推理は、おまえより優れている。彼が読んでる推理小説は、おまえの愛読書の徳川家康や胡雪巖《こせつがん》よりも役に立ってるんじゃないか」

「私たち親子をからかわないでくれよ。で、これからどうする?」

「おれは今日の遅い便で台北に戻るから、おまえが話してくれよ」

そううながされて、老伍は息子を見た。

「おまえならどう進める?」

「次にあたるとしたら、洛紛英と狙撃隊の教官である黄華生だね」

「どうして?」

「三人とも、黄華生の教え子だったからさ」

「国防部にはもう確認しているんだ。黄華生は、すでに引退している」

「彼は金山《きんざん》で蝦《えび》釣り場をやってるそうだな」

それきり、老伍と蛋頭はしばらく黙っていたが、老伍がようやく口を開いた。

「私は、おまえにつぎ込んだ学費を誇りに思うと同時に、心配している。ちゃんと勉強はしているんだろうな?」

「おい、おい、おい。警察学校へ行かせろよ。おれが昇進するいまがチャンスだぜ。息子さんなら出世街道まっしぐらだ。彼だったら、トップになれるぜ」

10 台湾、新北市金山区

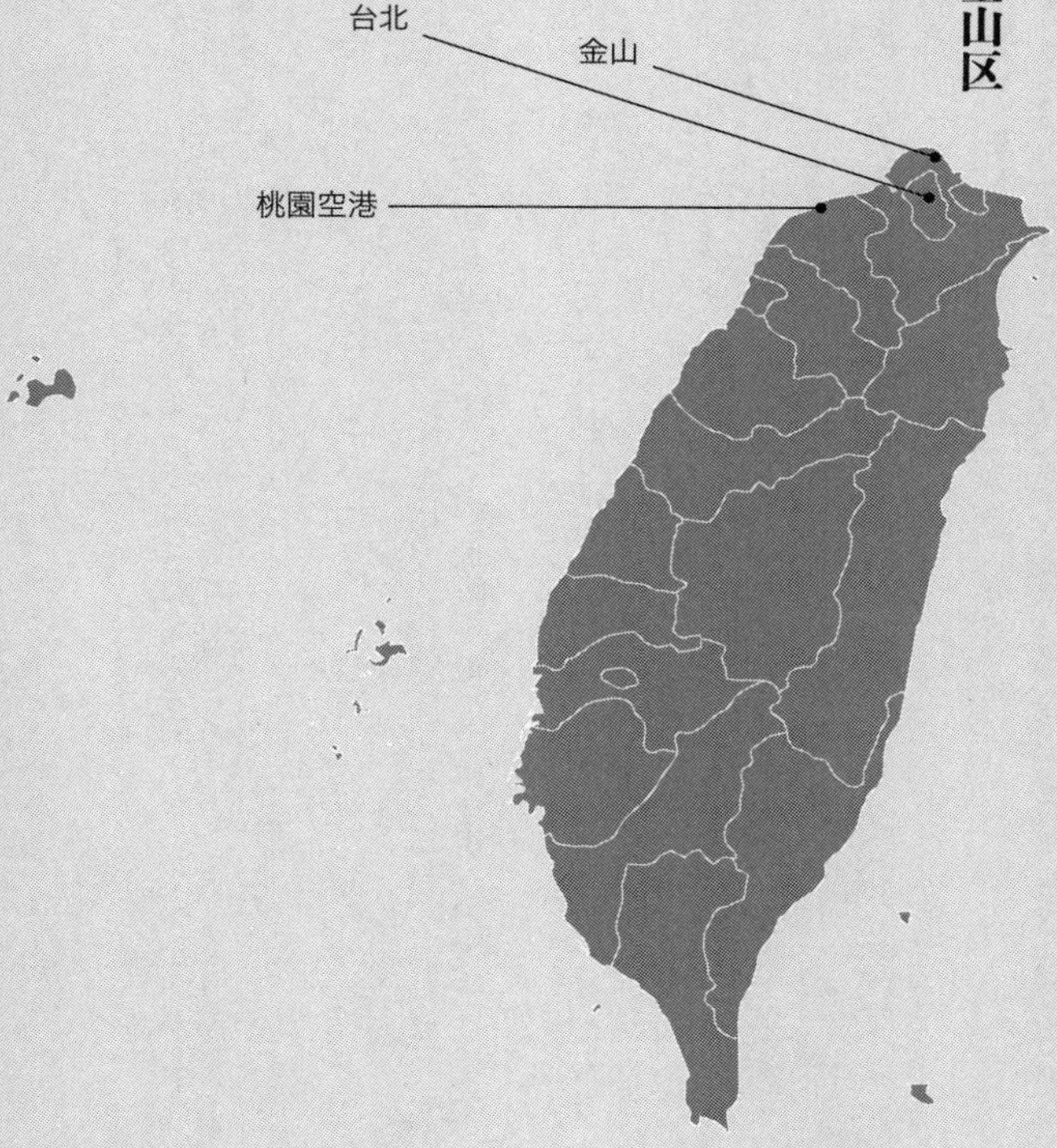

高速道路を降りると、萬里《ばんり》から金山《きんざん》へと向かった。

邱清池《きゅうせいち》の遺体が浮かんでいだ中角沙珠湾《ちゅうかくさじゅ》からさほど遠くない山道をいくつか曲がると、トタン屋根を被せた蝦《えび》釣り場の前で、車を停めた。

看板はない。

この陽気である。冷たい風と寒さに耐えてまで、釣り堀で蝦釣りに興じる人の姿もさすがに見当たらない。

ただひとり、「虎嘯《こしょう》」の二文字が刺繡《ししゅう》されている野球帽を被った中年男が、老伍《ご》に手を振っている。

「刑事さん、一緒に蝦釣りをしましょうよ。釣りあげた蝦を焼いて、高粱《コーリヤン》で一杯やろうじゃありませんか」

黄華生《こうかせい》の生活はのんびりとしたものだった。

老伍は両手をこすり合わせ、小さなプラスチックの椅子に腰をおろした。釣り竿《つざお》を手にしたものの、蝦釣りをしたことはない。

「向かいの小屋の屋根に、鳥がいるのがわかりますかね?」

黄華生が指さした方に眼をやると、老伍は答えた。

「頭が橙色《だいだいいろ》で、腹が灰色の鳥ですか?」

「学名は日本歌鴝《コマドリ》。秋の終わりごろに北から南へ渡る鳥で、この時期に台湾で見られるのは珍しい。

まだ春でもないのに、あの鳥はここに飛んできた。かといって冬にやってきたとなると、遅すぎる。

早いのか、遅いのか？　これは余談なのですが、日本では、鮭漁の最盛期は秋で、たまたま夏に獲《と》れる鮭を『トキシラズ』と呼ぶそうです。夏の鮭を『トキシラズ』と呼ぶのは、それが季節外れに獲れる魚だからなのですが、『トキシラズ』は、普通の鮭より二割から三割は高い高級魚なのですよ。というのも、夏に生で食べられる鮭がほとんどないからなのです。きょう、私たちに幸運を運んできてくれたのは、『トキシラズ』なコマドリだった。あのコマドリをよく見てください。胸を張っている。軍事訓練でも受けているんでしような」

「教官は鳥の研究でもしているんですか？」

「研究ってわけではないですよ。こんな田舎で暮らしていれば、鳥も蛇も、野良犬だって栗鼠《りす》だってご近所さんだ。挨拶くらいしますよ。あなたがライフルを手にしているとすると、鳥のどこを狙います？」

「鳥は小さいから、腹を狙うんですかね？」

「いいや、くちばしの先ですよ。羽をぱたつかせて、いまにも飛び立とうとしているでしよう？　だからこそ、くちばしの先を狙って、タイミングを見定める」

老伍は、黄華生の短パンからのぞいた左ふくらはぎに、傷跡があることに気がついた。十センチ以上もある、太いミミズ腫れだ。蝦釣り場を営む者と言えば、サンダルを履いているのが普通だろう。だが、黄華生は、つま先の固い軍靴を履いている。

「これはね、アメリカでもらったものなんですよ」

「訓練で？」

「私が言ってるのは、この靴のことですよ。傷跡でしたら、米軍での訓練中に、地雷の破片を喰らってね。勲章みたいなものです」

「国防部から聞いたのですが、あそこの教官は多くのスナイパーを指導したそうですね。誰もが、あなたのことを関東軍の鬼教官のようだったと言ってました。生徒たちは、あなたのことを鉄頭教官と呼んでいるそうですね？」

黄華生は得意そうに笑って、

「とんでもない。戦争をしたがる連中は、そうした伝説を作りたがる。若者を国軍に引き込むためにね。私は鉄頭というあだ名を気に入っていますよ。鉄頭というあだ名は、官僚どもの杓子定規な物言いにも耐えられそうだ。

私はずっと、官僚のやり方に従ってきましたが、そうしたものが煩わしくなりましてね。それで退役後は、のんびりと蝦釣り場を営むことにしたんです。金儲けと渡り鳥は、同じですよ。二つとも、季節がある。夏と秋に稼ぎ、冬になって寒くなり、春になって雨が降っている間は、自分の蓄えでしのげばいい。海辺の店ってのは、半年から八カ月の間も、ただ生きていくために商売をする――ところで、携帯には、小艾と大胖《はん》の件で、とありましたが？」

「艾禮《ほう》と陳立志《ちんりつし》の二人です。彼らは、海の向こうの殺人事件に巻き込まれ、大胖は亡くなりました」

「スナイパー二人の戦いですよ。彼らは、私が教えた生徒の中でも最も優秀ではありましたが、まさかこんな悲劇になるとはね、考えもしなかった」

黄華生は、感慨深げに言った。

「まずスナイパーについて話しましょうか」

そう切り出すと、彼は、老伍に煙草を手渡し、自分も一本を手に取った。

吸っては吐く。煙草の芯の焦げる、乾いた音が聞こえてくる。

「軍隊時代の習慣でしてね。もっとも煙草を吸うと気力が衰えるんですが」

煙草の尖端《せんたん》から、火の粉がほとばしった。

「拳銃の射程距離は、十五メートル以内です。アメリカの西部劇など、信じちゃいけませんよ。数十メートルの距離で、リボルバーを使うなんてね。リボルバーは、世界の銃の中で最も命中精度が低いのです。

ライフルを使えば、これが三百メートルにまで達することができる。プロのバレット五十口径へビー・スナイパーを使えば、射程距離を千メートル以上まで伸ばすことだって、できるんですよ。ですから、スナイパーにとって、スナイパーライフルは、自分の身を守り、かつ敵を確実に仕留めるという点で、最も適切な方法なんです。

歴史上の軍人たちは、まず弓による戦いの訓練を行いました。次に軟弓、三番目が弩《ど》弓《きゅう》、そして、硬弓が最も遠くまで矢を射ることができる」

彼は、竹串に刺した揚げ蝦を手に取ると、さらに続けた。

「どうぞ。食べてください。距離が遠ければ遠いほど、もちろん干渉要因も多くなります。誰が干渉要因を排除できるのか。誰が戦場におけるスナイパーなのか。誰もがスナイパーを恐れています。

大胖こと陳立志は、射撃の精度と安定性がずば抜けていました。まるでロボットのようでしたよ。伍刑事はゴルフをしたことがありますか？　毎日フォームの練習をし、毎回決まったスイングをできるようにすることで、フェアウェイキープ率をあげていく。それから頻繁にコースに出て場数を踏み、ハンディキャップは五以内を目標とする。

大胖は、第一期生で一番でした。風邪をひいても、射撃の動作にまったく影響がありませんでしたからね。小艾は違いました。彼にはスナイパーとしての素質がありましたね。頭の中で、常に敵をどう仕留めるかを計算していたのです。最も安定し、かつ正確というわけではなかったが、敵を仕留めることについては、細心の注意を払っていた。眼の前の鳥を標的とし、二人が鳥を狙ったとすると、どうなるか。大胖は鳥に命中させ、小艾は鳥を仕留める。

その差は大きい。国防部の話では、大胖は死んだそうですね。小艾に撃たれて死んだのでは、とあなたは言うのでしょうが、驚きはしませんよ。二人の違いは、その天分です。小艾には多くの実践経験があった。大胖が先に動けば、小艾は逃げることができない。大胖が先手を逸すれば、小艾の勝機はより高くなったことでしょう」

彼は、老伍の手にしていた釣り竿を引っ張ると、さらに続けた。

「蝦は寒いと、なかなか口を開けてくれないんですよ。だからこうして、時々釣り竿を動かすんです。食欲をそそるように」

彼はスプーン一杯の餌をすくい上げると、釣り堀にまいた。

「ニュースでも、この流血沙汰が報じられたそうですね。スナイパー同士の血なまぐさい争い、とか何とか。二人はドナウ川を挟んで、ビルの屋上で互いに照準を合わせていた。大胖は、どうやって小艾に対して命中させようかと考えていたに違いない。だが、小艾は撃つだけじゃない、どうやって大胖を仕留めようかと考えていた。伍刑事だったらきっとわかるでしょう。大胖は小艾を狙っていた。いっぽう小艾は大胖の足許の瓦と頭上の燈《ひ》を狙っていたのであって、必ずしも大胖自身を狙ったわけではないことをね」

老伍は、彼の話に聞き入っていた。

「優秀なスナイパーが引き金を引くと、同時に、銃の火薬によって形成された煙の中を弾丸が疾り抜けていき、その弾丸が放物線を描いて空中を移動して、滑るように標的へと落下していく様子が見えるんですよ。

引き金を引く力は、長い鍛錬を経て培われた技術です。身体と銃に影響を与える無駄な力を極力減らすようにして、引き金を引く。私はね、生徒たちに、ほとんど動かないで引き金を引けるように訓練させたこともあります。戦略顧問を殺害したのは小艾だと聞いていますが、その、何という名前でしたっけ？」

「周協和《しゅうきょうわ》です」

「雹が降っていたそうですね。戦場における環境の変化は、ふいに、やってきます。大胖は、この変化に弱かった。すると、失敗の可能性も高まります。一方の小艾は、失敗の可能性を予測するのです。彼は撃つ前に、それを調整できたんですよ。それが二人の違いでしょうな」

黄華生は、すぐにもう一匹の蝦を釣りあげていた。小さなコンロに蝦を投げ入れると、ジリジリと音をたてて、頭と尻尾を捻って跳ね上がる。

「老伍刑事がこんな田舎まで来たのも、わざわざこのことを聞くためだったのですかね？」

「艾禮の背景を訊きたかったんですよ。どうして彼は、周協和を殺害したのでしょう？」

「私は軍人です。死ぬまで一生涯軍人であり、考え方も凝り固まっています。ですからあなたの質問に答えることはできませんよ。彼の外祖父は、私の先輩でもありました。彼は、私を家族のように扱ってくれた。私は艾禮の実力を認めていました。だからこそ、彼を狙撃隊に選抜したわけです」

「彼がフランスに行ったことについてはどうです？」

「私が、彼に行くようすすめたんですよ。当時の彼は失恋して、ひどく落ち込んでいた。どうせ退役するのだったら、気分転換に海外に行けばいいとね。伍刑事、外人部隊で五年間服役すると、フランス国籍を取得できるだけじゃない、毎月約千五百ユーロの給付金が支給され、それを死ぬまで受け取ることができるのです。十八パーセントの恩給と同じくらい、魅力的じゃないですか」

「それは洛紛英《らくふんえい》が原因ですか？」

「若者の色恋沙汰に、私のような年長者があれこれ言うのも、どうでしょうかね。たとえば小艾が、相手のスナイパーに狙われているとしましょう。このままではいけない。掩体《えんたい》壕《ごう》から抜け出し、新しいポジションを探す必要がある。相手にロックされたまま膠着状態が続けば、戦意も喪失してしまうでしょう。海外に出てポジションを変え、自信を取り戻せばいい。失恋は成長していく過程でもありますが、そういうときに限って、当事者は他人の意見に耳を傾けないものです」

「洛紛英は？」

「彼女は、現役の軍人ですよ。彼女とはもう、長い間会っていませんから、私から話せることはありません。彼女は美人で、有能でしたから、彼女を追いかけていた歩兵も何人かいましたが、彼女自身はというと、誰にも興味はなかったようですな」

黄華生は家に引っ込むと、焼き魚にする魚を手にして戻ってきた。

「今朝、海辺で釣ってきた黒毛《メジナ》です。塩を振って炭火で焼くと、他の調味料を加える必要もない。うまいですよ」

二人は釣り竿を置くと、魚を焼き、エリンギやピーマンも、次々と網の上にのせていく。

老伍はさりげなく、訊いた。

「小艾は、いまどこにいると思います？」

黄華勝は、箸の先に刺した焼きピーマンに息を吹きかけて、煙を払いながら、

「彼がどこにいるか、ですか？　それだったら、私にも答えることはできますよ。きっと、彼は台湾に帰ってくる途中でしょう。もしかすると、もう着いているかもしれない」

「どうしてです？　台湾中の警察が、すでに網を張っていることは、彼も知っているはずですが」

「スナイパーにおける、もうひとつの基準ですよ。テレビで、有名なコメンテーターが、

戦略顧問である周を殺害するよう命じた人物は台湾人に違いない、と話していたじゃありませんか。スナイパーは、必ずしも数百メートル離れた場所から撃つ必要はありません。ターゲットに近ければ近いほど、成功の可能性が高まるという法則があるのですよ。

私が教官だった当時、千メートル先の標的を正確に撃てとは言いませんでした。その代わり、六百メートル以内の標的は、すべて命中させろ。そう命じました。

スナイパーの標的は、猟師が撃つような動物じゃない。応戦してくる敵であり、距離が近くなれば当然、成功する確率が高くなる反面、相手に殺される確率も高くなります。だからこそ、百発百中である必要がある。自分が殺《や》られないようにね」

「彼がフランスに行ったのは、任務として、ですか？　私が調べた限りでは、軍隊に在籍していた当時の教官の身分は少し込み入っていましたよね」

黄華生は笑い、口の中の蝦を吐き出さないよう、掌で口許を覆った。

「軍人の任務はいろいろですよ。諜報、兵站《へいたん》、局長から命じられた任務。それらを拒否する権利はありません。伍刑事の言う込み入っていた、ということに関してですが、なかなか答えるのは難しい。

とはいえ、私は元軍人ですから、もう少し話しましょうか。情報源を明かさないことを条件にね。軍の機密情報を洩らすのは重罪ですから」

「それで問題ありません」

「国防部の若手幹部育成計画は、一般庶民の想像をはるかに超えたものなのですよ。たとえば、国産の雄風飛彈（雄風ミサイル）です。イギリスの『ジェインズ年鑑』を見てごらんなさい。これは、イスラエルのガブリエルをコピーしたものだと書いてある。どうやってコピーしたのでしょう？ イスラエルの方が進んで、私たちに設計図をくれたのでしょうか？ 世の中そんなうまい話はない。彼らは、台湾から派遣された人間が見ることだけは許してくれた。私たちの誰かが、眼で見て、指で測り、また戻ってきて仕事をした、というわけですよ。これ以上話を続けると、どちらかが風邪をひいてしまう。特に私はね」

「小艾が重点的に訓練を行っていた分野は何だったのです？」

「長所というのは、人それぞれです。小艾は一流のスナイパーだった。彼は退役を固持しましたが、局長が引き留められなかったんですよ。私は、才能を磨くためにも、彼を解放するよう提案したんです。いつか役に立つかもしれないでしょう」

「出国後も、どこかの軍に所属していたのでしょうか？」

「いや、彼は退役しました」

「大胖と小艾の関係は？」

「二人は、いい兄弟でしたよ。洛紛英のことで少々、揉めたかもしれないがね。皆が洛紛英に気があったのです。彼女は陸軍の花でしたからね。伍刑事、あなたは狙撃隊に入った当時の洛紛英を見たことがないでしょう？ 彼女はとても純粋でね、十八歳のときにアイドルとしてスカウトされた林青霞《ブリジット・リン》のようだった」

「誰かに命令されたとしたら、大胖と小艾との関係があったとしても、相手を殺害することはできるものでしょうか？」

「誰の命令かによりますね、それは」

「大胖はある組織の殺し屋だった、というのはどうです？」

「彼は退役後、私と連絡を絶ってしまったのでね。テレビで坊主が話していたのを聞いたのですが、人生において、神の定めし宿命とは背景で、私たちはその道を歩んでいくうち、ときに出会い、ときに別れるのだと。深く考えても仕方がありません」

黄華生は、老伍を出口まで案内した。

「もし彼が戻ってきたら、教官に会いに来るでしょうか？」

「すでに引退した老いぼれに会うことに、いったい何の意味があるんです？　戻ってきた以上、彼は復讐を望んでいる。蝦釣り屋の主人には、どうにもなりませんよ。諺《ことわざ》にもあるでしょう、伍刑事は、管仲《かんちゅう》をご存じですか？」

「もちろん知ってます。春秋時代、斉の桓公《かんこう》に仕えた管仲のことでしょう」

「管仲は政治家でしたが、弓の名手でもあったのですよ。山へ狩りに行ったとき、一本の矢で、狼を木の幹に釘付けにしたという話があるくらいですから、彼は、相当な剛力の持ち主だったのでしょう。

やがて彼は、斉の公子《こうし》に仕えるようになり、王位を争う公子の弟である小白《しょうはく》と戦うことになりました。

管仲は、政敵を斃《たお》すため、遠くから小白に向かって矢を放ったのですが、その矢は、腰巻の止め具に当たり、小白がそこで死ぬことはありませんでした。さて、生き残った小白はどうしたかというと、王位を継承するため、死んだふりをして急いで都に戻りました。一方の管仲は、自分の放った矢に射られて、小白は死んだものと思い込んでいる。これ見よがしに公子を護衛し、都に着いてみると、小白が斉の王になっているのを見てその場で逮捕されてしまったのです」

「管仲は、もともと文武両道に長《た》けた人物でしたよね」

「管仲は、弓の名手としての自分の力量を過信していたのですよ。インターポールに指名手配されたら、もう逃げることはできないでしょうな。だが、小艾は自分の能力に絶大な自信を持っています。きっと、復讐のために台湾に戻ってくるに違いない。自信過剰ではあるけれど、さすがに法の網にかかるのは怖いでしょう」

老伍は、山をくだって浜海《ひんかい》公路に入った。交通規則違反ではあるが、携帯のショートメッセージを刑事局に返信した。

小艾は、台湾に戻ってくる可能性がある。空港や船着き場に通知して、防犯カメラをあたってくれ。

すぐさま、四つの空港は、航空警察隊によって警戒態勢が敷かれることになった。すべてのフライトの乗客名簿をチェックすることはもちろん、防犯カメラの映像を洩れなくチェックできるよう、人員が増強された。

老伍はというと、五人の同僚を率いて、台湾最大の桃園《とうえん》国際空港に直行した。小艾が空港の雑踏に紛れ込んでしまったら、彼を逮捕するのに数十倍の労力が必要となる。

小艾の特徴は以下のとおりとなっている。身長は、約百七十五センチ。細身の体形で、肌は浅黒い。常に周囲の変化に眼を凝らし、単独で行動する。フランスのパスポートを使用している可能性あり。

小艾が従軍していた時代の上半身を写した写真と、フランスから転送されてきたフランスのパスポートの写真、さらに現在の外見に大きな違いがあるのでは、と心配になってくる。老伍は、写真と見比べて似ている人物を見かけたら、空港の特別室に隔離して聴取を行うよう、指示を出した。

そして、黄華生教官の予言は的中した。小艾は、あれからすぐに台湾に戻ってきたのである。

また老伍の推測どおり、彼は桃園空港から入国してきた。それも、フランスのパスポートを使用して。

彼が飛行機を降り立ったときには、小さなカバンを手にしているだけで、トイレにも立ち寄ることなく、免税品の煙草や酒も買わないまま、入国審査を通過していた。入管の職員は、パスポートを機械に通すと、彼を撮影した後、その姿をためつすがめつしたあげく、パスポートに大きなスタンプを押した。

小艾は、職員からパスポートを受け取ると、軽快な足取りでエレベーターに乗り込み、荷物を受け取ると、銀行で五百ユーロを元に両替した。

ボーディング・ブリッジからターミナル出口まで設置されている十五台の防犯カメラの前を、彼は通過していた。これらの映像は、同期してコントロール・センターに送信される。

コントロール・センターのスクリーンの前に座っていたのは、航空警察隊の副局長と、老伍と、十二人の同僚だった。

支援を行う保安警察と維安特勤隊（台湾の対テロ部隊。日本のSATに相当）は、空港の外の駐車場にある大きな警察車輌で待機し、保安警察は空港の秩序と交通整理を、維安特勤隊が小艾の逮捕を担当していた。

現場には、十七挺のスミス&ウェッソン製半自動拳銃、十二挺のH&K・MP5サブマシンガン、七十一挺の連合《れんごう》後勤司令部T65K2ライフルが、そして周辺の高台には、四挺のSSG69スナイパーライフル、三挺のAW、二挺のSIG・SSG2000スナイパーライフルが配備された。

防弾チョッキに防弾ヘルメット、ガスマスクを装備した三十人の保安警察が、防弾シールドで四方を固めた陣形を組み、いつでも艾容疑者を取り囲めるよう、徹底した準備を行っていた。

新北《しんほく》市と桃園市は、それぞれ二台の消防車を空港の出入り口に配備し、強力な放水砲も待機させている。

小艾は荷物を待っていた。ドイツ製リモワのスーツケースである。彼は、荷物を押して税関を通過すると、タクシーには乗らなかった。國光號《こっこうごう》バスに乗るためである。バスを待っている間、彼は煙草を吸った。あいにくライターは持っていなかったが、空港職員らしき男が火を貸してくれた。小艾は数回煙を吸い込み、口紅の跡がついた吸い殻を喫煙室の灰皿に捨てた。

午後十一時を過ぎると、桃園空港から台北市街地へと向かう道路は順調だった。

彼は民權東路《みんけん》でバスを降りて、龍江路《りゅうごう》に入ると、そのまま忽然と姿を消してしまったのである。……

老伍は、警戒にあたっている職員とともに、最終便の着陸を待っている間、ふと、画面の中央――パスポートチェックポイントの後ろの方に掲げられた、大きな看板に眼がとまった。

『歓迎・新春台北国際マラソン』

彼は何かを閃いたのか、椅子から勢いよく立ち上がると、大きな声で叫んだ。

「正面を見ろ。映像を巻き戻してくれ。女だ。ジョギング用のタイツと短パンを穿いて、上に短いスポーツジャケットを着た、背の高い、痩せた女が通り過ぎるのを見た覚えがある」

すぐさま記録された映像を遡ると、二時間前に、タイツ姿の、背の高い、痩せた、明るいブロンドのショートヘアの若い外国人女性が、パスポートチェックポイントの前に立っていたのを確認した。

「こいつのふくらはぎを見ろ」

映像をズームする。この女、恐ろしく鍛えている。

「この前と後ろもチェックしてくれ」

次々と着陸してくる飛行機映像は捨てて、パスポートチェックポイントの後に行方不明となった女の洗い出しに集中することになった。税関、銀行、タクシー乗り場、バスの待合室。それらの防犯カメラの映像に眼を凝らす。

そして夜中の二時になって、ようやく國光號バスの提供する車内カメラの映像に辿り着いた。

女は民権東路でバスを降りている。交差点の防犯カメラを調べたところ、龍江路に入っていく女の後ろ姿が映っていた。

小艾は帰ってきたのである。


忙しすぎて、老伍は、携帯を見るのをすっかり忘れていた。十数件のショートメッセージに、二十行以上のＬＩＮＥが入っている。

蛋頭《たんとう》は六時間前に搭乗し、メッセージを残していた。

これから帰る。空港で、土産にピサの斜塔のマグネットを買ったぜ。ピサの斜塔のマグネット。冷蔵庫に貼りつけて、そいつを見るたびにおれを思い出してもらいたいもんだね。

蛋頭はいかれてる。ピサの斜塔のマグネットを買うために、ピサに行ったわけでもあるまいし。

妻からのメッセージも届いていた。

お父さんがいつものように料理をつくりに来たから、放っておこうと思います。あなたが夕食に帰ってこないなら、まずお父さんに話しておきます。それでお父さんが不満だというなら、もう仕方ありません。

親父はきっと不満だろう。

局長の秘書からのメッセージ。

明日午前十時に、局長があなたとの面会を希望しております。場所は局長室となりますので、遅れないよう。伍刑事、局長は、事件の進捗状況を知りたいとのこと。また記者会見への同席をお願いします。

妻には、スーツとネクタイにアイロンをかけるように言っておかないといけない。


息子からは、動画が送られてきていた。

父さん、これを見て。

動画を開くと、アメリカのMIA2重戦車の映像だった。ナレーターの説明によると、アメリカは旧機種M48の後継車として、このタイプの車輌を台湾へ売却することに合意したばかりだという。

それがどうした？　息子に返信する。

このタイプの戦車について調べてたら、見つけたんだ。ぼくの同級生が、フェイスブックでぼやいてたんだけど、この類の戦車を買うのはまったくの無駄だって。

だから、それがどうだっていうんだ？

この手の戦車は、高速道路を走ることもできないし、省の公道も走れない。湖口《ここう》基地に置きっぱなしじゃ、まったく金の無駄なんだってさ。それにすごく高いみたいだよ。

アメリカが台湾を守ってくれるための保護費だと、そういうことじゃないのか。


老伍は帰宅した。

息子と話をしている時間はない。だが、老伍にとって、親子の気持ちに変化があったことは嬉しかった。以前であれば、息子は、新聞の記事を父に伝えては、最近の世相について愚痴を言うばかりだったのである。

もう一件、茱麗《ジュリー》からのメッセージがあった。

明日珈琲を飲みに来て。パパがあなたと会いたいって。パパはあなたのことを気に入ってるみたい。パパからは、早く結婚しろ、結婚すれば安泰だろって言われちゃった。で、あなたの娘は男に興味なんかないし、って言い返してやったわ。

茱麗の親父さんは、良い報せがあったことをこっそり自分に伝えたいのだろう。まさか本当のことを言うわけにもいかないから、娘には、珈琲は利尿作用も抜群だし、また飲みに来い、とでも話したのではないか。

小艾は、台北に戻ってきたいま、どこにいるのだろう？　彼には父親もいない。母親もいない。兄弟も。そして恋人も。それで、どこに行けるというのだろう?　台北市内のホテルをすべてあたってみる必要があった。

11 台湾、台北

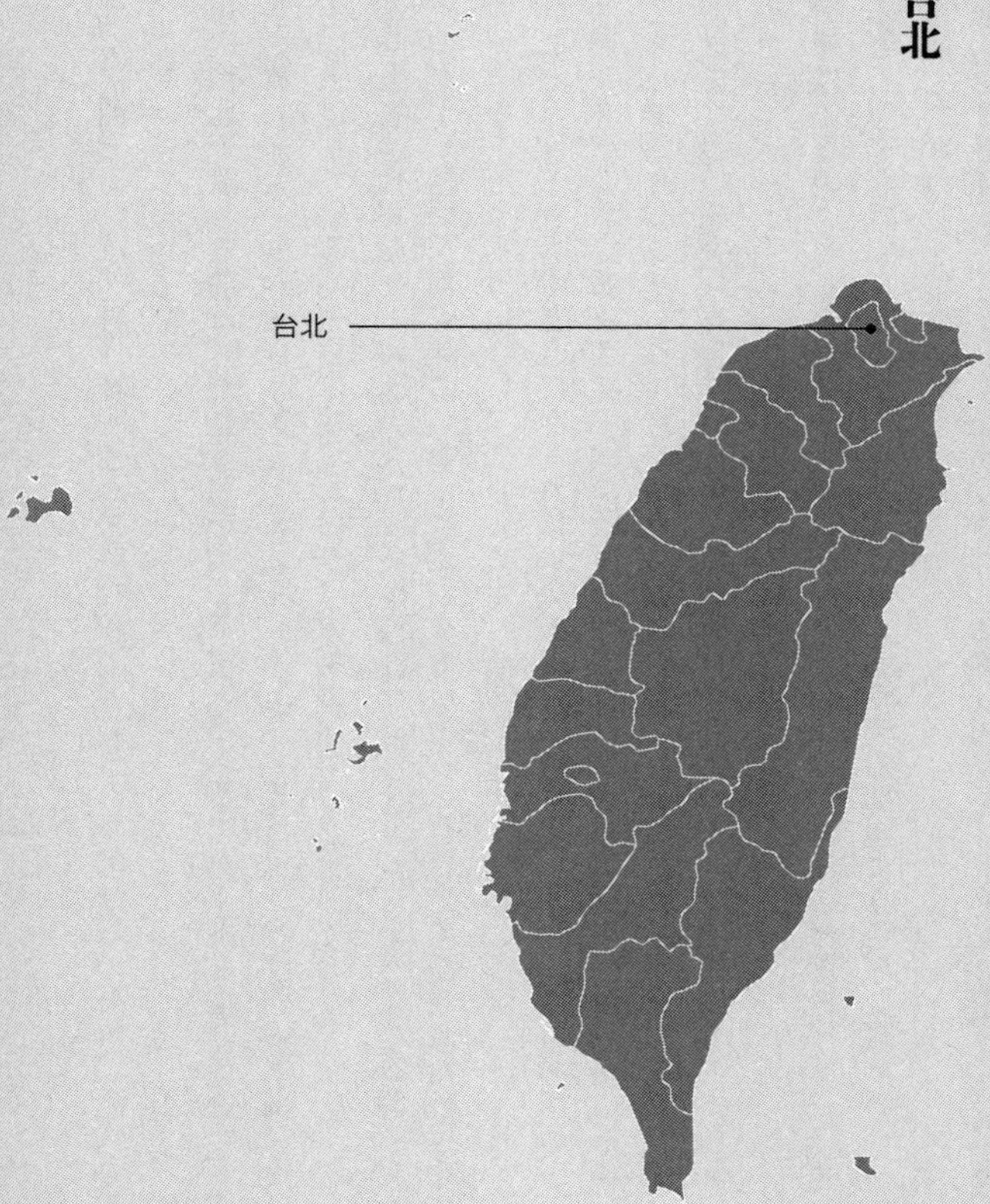

台北《たいほく》のホテルに泊まるには、身分証明書が必要だが、アパートを借りるのなら、それもいらない。

小艾は、以前台北を離れる前に、不動産屋を通じて古い小さなアパートを借りていた。大家は大陸に移り住み、借り主に会う気もなかったので、小艾は、朱國興《しゅこくきょう》の名前でその部屋を五年以上借りている。家賃は期日どおりに大家の口座に送金していた。

大家が連絡をしてきたのは、一度きりである。ショートメッセージで、家賃をあげたいと伝えてきたのだが、結局、何も起こらなかった。そもそも、これほどくたびれた部屋を借りたがる物好きなどそうそういない。家賃のこと、将来のリフォームについて——そうした煩わしいことは、子どもがどうにかすればいい、とでも考えているのだろう。

築三十年以上のアパートである。窓の鉄格子はすっかり錆《さ》びつき、階段の踊り場は掃除もされずに、そのままとなっている。前の路地にはバイクが行き交い、踊り場の電球は交換もされないまま、明滅を繰り返している。玄関の前の共有スペースには、大小さまざまな靴棚があった。

台北に靴泥棒はいない。もしいたとすれば、たいそう儲かっていることだろう。

部屋に入ると、窓を開けて、新鮮な空気を入れた。テルチの部屋よりさらに黴臭い。バスタブの中に隠していた物を取り出した。

祖父から譲り受けたM1ガーランド銃は、たっぷり塗られたガンオイルに守られて、健在だった。もともとは、祖父の退役記念品として軍から贈呈されたものである。撃針は外されていたが、武器に造詣の深い祖父は、銃身、ボルト、表尺、照準器といった部品を、工場出荷状態を保つよう、しっかり手入れを施し、そこにまた撃針を取り付けていた。祖父から銃を譲り受けた小艾は、さらに照準器とサイレンサーを装塡し、遊び半分で何度か撃ったことがある。

彼がこの銃を所持していることを知っているのは、鉄頭教官だけであった。

台北は本当に久しぶりだったから、寧夏《ねいか》夜市で腹ごしらえをし、台湾ビールを何本か飲まずにはいられない。

これから、自分を殺すためにスナイパーを送り込んできた黒幕を突き止めるつもりだった。だが、どうすればいい？

娃娃《あいあい》だ。周協和《しゅうきょうわ》を殺せと自分に命じたのは娃娃である。

だったら、どうやって娃娃を探せばいい？　鉄頭教官に尋ねるべきだろうか？

ドライボックスの中からノートパソコンを取り出す。パソコンを立ち上げると、ウィンドウズXPのホーム画面が現れた。青い空と緑の画が懐かしい。

携帯からネットに接続し、五年以上知ることのなかった情報を追いはじめる。

寝袋の中で、小艾は午前九時まで眠った。

バスに乗り、七駅離れた馴染みの朝食屋で蒸し餃子を食べる。テレビでは、刑事局長が、周協和殺人事件における捜査経過を慌ただしく説明していた。

小艾の視線は、局長の後ろに立っている短髪の刑事に向けられていた。台湾の官僚文化においては、状況を真に理解している人物が、よくわかっていない主管の後ろに控えている。わからないことがあれば、素早く助言できるようにという配慮であった。

調べると、彼は、刑事局の反黒科に所属する伍《ご》刑事というらしい。

さらに探ると、すぐに彼の自宅の住所と携帯の番号がわかった。グーグルマップで探してみる。伍刑事の自宅は、川沿いの公営住宅であった。川があり、公園もある。退職後の余生を過ごすには、うってつけの場所といえた。

鉄頭教官について調べてみる。退役後は、蝦《えび》釣り場を始めたらしい。たしかに以前、彼は釣りが好きだったが、まさか蝦釣り場をやっているとは。

新聞を見る。湾岸戦争時に使用されたＭ１戦車の写真を掲載して、軍事新聞に発表されたばかりの武器売却のニュースを報じていた。それによると、台湾はこの車輛を百八台購入する予定だが、その予算として、初年度は三百億台湾ドルが割り当てられ、将来的には、備品や維持費、訓練費なども必要とされるという。まさにそれは、陸軍による大規模な武器購入作戦といえた。

台南《たいなん》の眷村《けんそん》（軍属村）は取り壊され、高雄《たかお》の眷村も取り壊された。いまや台北と台中《たいちゅう》の眷村は観光地となり、観光客も多い。

彼は上着を手に取ると、部屋を出た。祖父には、蛋炒飯の他にもう一つ得意料理があった。

炒餅。あの味がたまらなく恋しかった。

老伍は、いつもより早く起きると、スーツとネクタイにアイロンをかけた。

妻は、ハイキングに出かけており、息子が眠い眼をこすりながら、朝食はもう食べたか訊いてくる。いや、まだだ、と答えると、息子は自転車で朝食を買いに出かけていった。

買ってきたのは、蘿蔔糕《大根餅》と夾蛋焼餅《卵入り薄焼きパン》だった。

焼餅にはお茶が合う。とはいえ、今日は、珈琲を何杯も飲むことになりそうである。

息子が周協和の事件に夢中になってからというもの、親子の距離がより縮まったような気がする。

「勉強もだが、運動も必要だぞ。いまもバスケットはやってるのか？」

「もうずっとやってないよ」

「退職したら、父さんと一対一で勝負してみるか」

「いいってば。父さん、捻挫でもしたら大変だから」

「信用されてないな」

息子は、食べながらくすりと笑った。……

老伍は、胸を張って刑事局に入っていく。

局長が、捜査の進展について尋ねてきた。艾禮はチェコ警察に包《ほう》囲され、テルチで死亡した――イタリア警察の当初の見解を、局長は耳にしていたらしく、老伍は驚いた。死亡したのは艾禮を殺害しようとした、もう一人のスナイパーだと、蛋頭《たんとう》は考えている――慌ててそうつけ加えると、局長はあからさまに眉を顰めた。まるで老伍のせいで、気分のいい午前中が台なしになってしまったかのように。

記者会見は予定どおりの時間に始まった。

カリスマ性に溢れ、仕立ての良いBOSSのスーツに、颯爽《さっそう》とした開襟姿のシャツを合わせた局長は、捜査の進展について理路整然と説明すると、事件はもうすぐ解決するとしめくくった。

老伍は、前のめりな局長を諫《いさ》めることもなく、ただその場の背景に溶け込むように、凝然と立っていた。すべての部下は、偉大にして賢明な上司を守《も》り立てるため、うんざりするほどの長い時間、こうしてそばに控えていなければならないのだ。

記者によって、邱清池《きゆうせいち》と郭為忠《かくいちゆう》の殺害事件に話題が戻されても、局長は、老伍に尋ねることもなく、いかにも愛想のいい顔を記者に向けると、言った。

「チェコで殺害された狙撃犯が残したライフルは、我々がユーロポールと協力して調査をしているところであります。またこの点については、邱清池の額の銃創と照合してみる予定であります。

この事件を担当している我々の部下は、邱清池の殺害、およびイタリアで周協和を殺害した犯人との間には、密接な関係はないものと考えております」

照合といっても、いったいどうするつもりだ？　邱清池の遺体は、刑事局の同意を得ず、すでに軍によって火葬されてしまっている。葬儀も滞りなく終わり、彼は少将に特進し、年金も支給されることとなった。しかも、邱清池は至近距離から撃たれている。その後、死体は海に遺棄されているのだから、狙撃銃を使う必要などまったくなかったのである。

棒高跳びのバーで、ゴキブリを叩くようなものではないか。

部下の仕事とは、上司の話したことの一字一句を頭の中に叩き込み、BOSSのスーツの尻から漏れ出た屁《へ》の臭いを、そっと掃除機で吸い取ることだ。

蛋頭は、午後には桃園空港に到着する予定だ。迎えは同僚に行かせればいい。

老伍は、茱麗《ジュリー》の親父さんに会う必要があった。

店内はほどよく賑わっていた。

雨の日は、雨宿りと暖をとるため皆が喫茶店にやってくる。

茱麗の親父さんは、隅の椅子に座り、老眼鏡をかけて『小五義《しょうごぎ》』を読んでいた。黒道のための黒道小説である。蛋頭はローレンス・ブロックの『八百万の死にざま』を読み、息子は東野圭吾を読んでいる。退職した刑事であれば、『倚天屠龍記《いてんとりゅうき》』を読み返すべきだろう。

猫はどこだ？　いた。茉麗の父親の足許に置かれた竹籠の中にタオルが敷かれ、その上で気持ちよさそうに寛いでいる。

「親父さん、茉麗から話があると聞いたんですが？」

老人は眼鏡の奥の眼をあげると、

「ああ。老爺子はあなたに会いたがってるそうだ」

「それはよかった」

「いや、会うためには、いくつかの条件を受け入れなければいけないんだよ。話は内密に。決して公開しないこと。そして記録を残さない。老爺子が、いまどこに住んでいるかについても公《おおやけ》にしないこと。彼は高齢で、あまり話せないんだ。だからいつ話ができるのかは、向こう次第ということになる」

「わかりました」

「老爺子は、わしよりずっと歳が上だそうだ。曇り空で、湿度も気温も低い日が続いている。どうか老爺子の身体を労《いたわ》ってくれよ。それと手土産を忘れずに、だ。出入りするときは、礼儀正しく頼むよ。仲介人は、私と三人の老兄弟だ。老爺子はプライドが高い。おまけに薄情ときている。どうかわしの評判を落とさないでくれよ」

「わかりました」

「よし、わしの知らせを待ってくれ。早ければ明日には会えるだろう。この後は空けておいてくれ」

慌てて局にとって返すと、何十件もの新しい報告が届いていた。

そのうちのひとつはメールで、老伍の眼にとまった。


伍刑事、私は艾禮や陳立志とともに狙撃隊で訓練を受けた者です。いまは退役していますが、面倒なことには巻き込まれたくないので、私の身分を明かさないと約束していただけるのであれば、喜んで話をいたします。


老伍はすぐに、先方の都合のいい時間と場所で会いたいと返信し、携帯の番号を添付する。

同僚との打ち合わせの時間には間に合わなかったが、局長が再び彼を探していた。急いで局長室に入って話を聴くと、どうやら総統府と行政院という上層部から二重の圧力があり、周協和の事件について、彼らは我慢の限界に達しているという。

「老伍、君にはわからんかもしれないが、周協和は戦略顧問だけではなく、総統の遠い親戚でもあるんだ。マスコミや有名人が、一日中あることないことを喋りたて、総統の五親等以内の親類まで探し出したとなれば、そりゃあ、愉しくはないだろうさ。院長も不満、部長も不満、みんな不満だ。根拠があろうがなかろうがどうでもいい。とにかく、いま頭の中で考えていることを、しっかりと進めてくれ」

「科長がイタリアから戻ってくるのを待って、一緒に報告しましょうか？　彼も午後には到着する予定です」

「君からまず話してくれないか」

周協和が、休暇でローマに行ったはずがない。間違いなく仕事であろう。トレヴィの泉のそばで、周協和と珈琲を飲んでいた東洋人の老人の身許については現在捜査中である。彼は間違いなく、周協和と真ん中に座っていた外国人の仲介者であり、台湾に関する何かを話し合っていたものと思われる。

周協和を狙撃した男は、台湾陸軍出身のスナイパーで、艾禮という。彼は、五年以上前に渡仏し、外人部隊に入隊している。もっとも、彼と周協和がお互いに面識があったか、あるいは過去に何らかの関係があったことを示す資料はない。彼が周協和だけを殺害し、他の二人を殺さなかったということは、周協和がローマで外国人と商談を行うことを妨害しようと画策する人物か、あるいは組織が背後にいるものと思われる。まず周協和を殺害する必要があり、それを衆人環視のもとで行うことによって、他の人物に注意を喚起しようとしたのではないか。

「つまり、どういうことかね？」

「局長に報告します。これは黒道のやり方かと思われます。みかじめ料を支払わない店の窓を叩き割り、前科のない若者二人を警察に出頭させる。そうしておいて罰金を支払い、事件を終わらせる。この顚末《てんまつ》を見た他の店主は、ぞっとするでしょう」

「つまり見せしめのため、敢えて犯行現場をトレヴィの泉に選んだということかね？」

　トレヴィの泉の事件の後、台湾の狙撃隊の隊員であった陳立志が艾禮を追う。もちろん口封じのために彼を殺そうとしたわけだが、彼は返り討ちに遭ってしまった。艾禮はチェコに逃亡したが、そこで彼を殺すべく、第二の追っ手が放たれている。このことからも、艾禮の行動は、すべて相手に筒抜けであるように見える。艾禮は、二度にわたって死を免れてはいるが、ひどく警戒しているに違いない。

　いま、艾禮は、一連の事件を解決するべく、偽造パスポートを使って台湾に戻ってきている。つまり、彼は、自分の死を望む人物を殺そうとしているということだ。そうしなければ、彼は生き延びることができない。

「彼は台北にいるのか？」

「昨日、マラソン大会に出場する外国人女性選手に変装して、桃園《とうえん》空港から入りました」

「君には何が必要かね？」

「局長に報告します。事件の鍵は、周協和がローマで何をしていたか、であります。邱清池、郭為忠の殺害事件の鍵を握るのもまた、彼であると考えられます」

「周協和の一件は、政治問題だ。総統府はこの件に関しては機密とし、邱清池と郭為忠の事件解決を優先している」

「艾禮を探し出すことができたとしましょう。彼が事件の真相を話し、それに総統府が関与していたとしたら、どうするつもりです？」

局長は、老伍に手を差し出して、言った。

「煙草、持ってるか？」

刑事局のビルは、全面禁煙となっている。それでも局長の命令であった。老伍が、ライターの火をさしつけると、局長は、

「周協和は、負債を抱えていたと聞いているが？」

「彼は、ブランド品のバッグや服に金を使うのが好きな女性を養っていたんですよ」

「その件、マスコミはすでに知ってるのかね？」

「二、三日以内には大きく報道されるでしょうね」

局長は、艾禮の写真を手に取ると、

「艾禮は台湾に頼れる人物がいるのかね」

「いないと思います。彼はひとり身で、親類縁者もいませんから」

「彼を逮捕する計画は？」

「科長が戻り次第、他の科と相談します」

「艾禮を見つけ出したら、生死は問わない。他の科と話し合ってくれ」

生死は問わない？　いったいどうして局長はそんなことを言うのだろう？

文房具店を見つけると、小艾は、分解したM1ライフルを収めるため、古筝《こそう》のケースを購入した。

弾薬を六発、左のポケットにスコープ、右のポケットにサイレンサーを入れると、バスに乗った。

台北のバスには、車内の前と後ろに防犯カメラが設置されている。

台北市民は、インフルエンザに感染しないよう、バスの車内ではマスクを着用する習慣がある。彼は、インフルエンザから身を守るためにマスクをし、野球帽を被り、一番後ろの空いている席に座った。

潜伏先を出る前に、伍刑事から返信があった。

待ち合わせの時間と場所はすでに知らせてある。あとは行動規則に従って、その場所の地形について下調べをし、そこに戦場を配置するだけだ。

老伍は、局長室を出ると、茱麗の店を訪ねることにした。先方から何か連絡があったかどうかを、確認するためである。茱麗の親父さんからは、携帯で連絡はとるなと言われている。彼は長い間黒道の社会にいたため、自分は世界中から監視され盗聴されているものと疑心暗鬼に陥っているのだ。だが、一階の応接室の前を通ったところで、呼び止められるとは思っていなかった。

いったい、どうして息子がここに？

「どうした、父さんに弁当でも届けに来たのか？」

息子は、老伍に付き従うように刑事局の建物を出ると、いきなり言った。

「父さん、家のネットがハッキングされたんだよ」

「どうしてわかったんだ？」

「それが――どうも説明するのが面倒でさ。だから、父さんの携帯もぼくのスマホも安全だとは思えなくて」

「ありえないな、それは。刑事局が盗聴するには、まず検察官の許可を得て、それを裁判官に送って承認を得る必要があるのだから」

「誰かがうちのネットをハッキングして、スマホでは、父さんと仕事の話をしないように警告してきたんじゃないかな」

老伍は、息子の肩を抱くと、

「そうだ。蛋頭も午後には台北に戻ってくる。もうビデオ会議で話をすることもないのだから、心配することはない」

「でも――」

「この件はもう、心配しなくていい。私と蛋頭とで、ある程度捜査の目処《めど》が立ったら、おまえにもすぐに教えるから。どうだ、父さんと珈琲でも飲むか？」

「ううん、図書館に行かなきゃ」

「きょう、おじいちゃんは料理をつくりに来たか？」

「ちょうど話そうとしたところだったんだ。もう帰ったよ」

「どうだった？」

「ちょっと面倒だった」

「それは、どういう意味だい？」

「運動する時間がないんだよ。ダイエット中だってのに、おじいちゃんに、ご飯を二杯も食べさせられたんだ」

「おじいちゃんに話しておくよ」

忠孝《ちゅうこう》東路まで送ると、ＭＲＴに乗るため道路を左折する息子の背中を見届けた。

親父の問題を、このまま放置しておくわけにもいくまい。このままだと、いつか孫は父に反感を抱き、さらに収拾がつかなくなってしまう。

携帯にメールが入り、時間と場所が送られてきた。河濱《かひん》公園？　入り口は？

茱麗の店に到着すると、茱麗の親父さんと、彼の老兄弟の三人が待っていた。

刀哥《とうか》は、左手を蓋に添え、右手に茶葉を手にして、忙しそうにお茶を淹れている。

「時間をこちらで指定することはできないが、もう決まったよ。明日、八時半に高鉄（台湾高速鉄道）で新竹《しんちく》駅に行けば、彼が迎えの車を出してくれるそうだ」

「明日の八時半ですね」

「高鉄だ。台鉄（台湾鉄道）ではないよ」

茱麗の親父さんが話している間、他の三人は、老伍を見ようともしない。

蛋頭から電話があった。

「桃園に着いたのか？」

「荷物待ちだ。局で会えるかい？」

「夜に、行くところがある」

「イタリアの生ハムに、ソーセージ、パン、ナツメで一杯やろうかと思ってたんだがね」

携帯をしまうと、老伍は、かじかんだ手を口に当てて、ほっと息を吐いた。

タクシーで河濱公園に向かう。

バスケットボールのコートがあり、そこで待ち合わせることになっていた。

河岸に近く、風が強い。吹きつける寒風に、いまにも凍えそうだった。

小艾は、待ち合わせの時間よりも、一時間早くに到着していた。降りしきる風雨の中、河岸の外に続く芝生路を歩いた。川の東岸は、向かって北に圓山《まるやま》大飯店、向かって南が内湖《ないこ》になる。河岸の西は、向かって北が市立美術館、向かって南が松山《まつやま》だった。

バスケットコートの隣には、ボートが停まっている小さな船着き場があり、最も見張らしがよく、視界を遮るものがない。彼は、清掃員が物資を保管するコンテナの横で待ち受けることにした。Ｍ１ライフルを布で覆う。

五時近くになると、あたりは暗くなったが、街灯がつく時間にはまだ早い。

老伍は、水門口から河濱公園に入った。

バスケットボールのコートに着くと、ショートメッセージが届いた。場所を船着き場に変えたいという。

まったく。わざと寒い中で待たせるつもりか。

船着き場の周りには誰もいない。また場所を変えるつもりだろうか？

携帯が鳴った。

彼だった。

「伍刑事、河濱公園を指定してすみません。寒いですよね」

「君はどこにいるんだ?」

「すぐ近くにいます。訊きたいことがあるんですが」

「狙撃隊の話を聞かせてくれるんじゃなかったのか?」

「伍刑事、そこから左手三メートルほど先に、ひと二人ぶんくらいの高さの樹が見えるでしょう?」

老伍が言われた方を振り返ると、なるほど、それは最近に植えられた、まだ大きくないクロヨナの樹だった。

「見えるよ」

「眼を離さないでください」

相手が何をしようとしているのかわからないでいると——ふいに、クロヨナの枝が激しく揺れ、葉の上の滴が顔を叩いた。

「もう一度。今度は右の二メートル先を見てください。石墩《せきとん》(石の腰かけ)があるでしょう?」

「ああ」

「眼を離さないでください」

石墩の頭から、土煙があがった。しっかりと磨き込まれた石墩の頭の角が欠けている。

「右足のすぐ前に、葉っぱのついた赤煉瓦《れんが》があるでしょう?」

その葉は、さきほどクロヨナの樹から落ちたものだった。

「あるね。眼を離さないよ」

一発の弾丸が、葉と赤煉瓦を粉々に砕き、粉塵《ふんじん》が舞い上がった。

激しい粉塵に、周りが見えなくなる。

「警察官を脅して、いったい何のつもりだ？」

「伍刑事は、周協和の事件と、陳立志の事件を担当しているのでしょう？　新聞で読んだんですよ。どうやらあなたは、ぼくの知らない他の二つの殺人事件を担当しているらしい。あなたにしか話せないことがあるかと思いましてね」

「君は艾禮なのか？」

「ええ。伍刑事、小艾です。事件の容疑者ということになっているので、顔を見せることができないんですよ。無闇に動かないでください。ぼくのライフルが、川の向こうからあなたに向けられています」

「何が知りたいんだ？」

「ぼくをはめたのは誰なのか、ということです」

「いま捜査しているところだ。実際に会って話はできるのか？」

「いま、主導権を握っているのはぼくです。ですからぼくが話します。それにあなたは答えてください。ぼくが逮捕されたら、あなたが話し、それにぼくが答えます。嘘はつかないと約束しますから、あなたもぼくには嘘をつかないでください」

「話してくれ」

「大胖は、どこの部隊に所属していたんです？」

「彼は退役したんじゃないのか？」

「どこかに所属していたはずです。そうでないと、ぼくを追う理由がありません。彼は生まれながらの軍人ですよ。命令に服従することには慣れています。だが、誰が彼に命令を下せるのか？　政府の部隊以外にはありえないでしょう」

「知らないな。君に言われるまで、彼がどこかの部隊に所属しているかもしれない、なんて考えもしなかった」

「嘘じゃありませんね？　伍刑事、ぼくは生まれたときからずっと、亡命者なんですよ。いつでも戦う準備はできています」

「嘘じゃない。わかっているのは、彼が退役後、恋人と一緒にＫＴＶを開いたことくらいだ」

「男と男の約束ですよ。いいでしょう、もう一つ訊きたいことがあります。ピーター・シャンは何者ですか？」

「周協和が死亡したあの日、彼の向かいに座ってた老人のことを言っているのか？　彼の情報はまだ確認中なんだ。手持ちの資料は限られているが、以前は軍に所属していて、何年も前に引退したことまではわかっている。退役後、海外に移住し、イギリスのパスポートを所持している。わかっているのはこれくらいだ」

「ピーター・シャンは、武器商人ですね。彼はぼくの前で、そう言いましたよ」

「その情報は役に立ちそうだな」

「周協和はローマで何をしていたのです？」

「わからない」

「伍刑事、あなたは知らないことばかりですね」

「君は、我々より多くのことを知っている。だから、こうして君の行方を追っているんだよ」

「ぼくは、周協和を殺しました。彼は政府の役人ですよ。懲役二十年以上になります。だから、あなたたちから隠れる必要があるんです」

「秘密証人（重大な刑事事件において、身許を秘匿しておく必要がある証人のこと）は減刑される」

「ふざけないでください。ぼくは、秘密のためにいろいろとやってしまったんです。その結果がどうなったか。見てのとおりです」

「君は、どの組織に所属しているんだ？」

「その質問に対して、ぼくには答える権限がありません」

「君が教えてくれないなら、いったいどうやって、君を陥れた連中を探し出せばいいんだ?」

「あなたは警察でしょう。だったら、事件を解決するのは、あなたの責任ではないのですか」

「フランスに行って傭兵をしていたそうだね。他の任務があったのか?」

「後ろの街灯が見えますか? 上の燈をじっと見ていてください。眼を離さないように」

老伍は、言われたとおりに、そちらの方を向いているしかなかった。

一分経ち、二分が経った。小艾がその場を立ち去ったことを悟り、彼は風邪をひかないよう、コートの襟を立てた。

老伍は、艾禮も混乱しているように感じていた。

三発の銃弾が、公園の敷地内の物を破壊してしまったが、少なくとも、老伍は、いくつかのことに関しては、彼からたしかなメッセージを受け取れたように思う。小艾がある部隊に所属していたこと、そして、大胖がある部隊に所属していること——

彼は、政府内に、諜報に関わる「ある部隊」がどれだけ存在するのかを調べてみようと思った。

とはいえ、まずは家に帰って、濡れた服を着替えた方がいいだろうか? いや、それはできない。時間がかかりすぎる。

国防部に着くと、幸い熊秉誠はまだ退庁していなかった。

「伍刑事、こりゃあ、ずぶ濡れじゃないですか。薑茶《きょう》(生姜茶)を持ってこさせましょう」

「お構いなく。熊大佐、それより洛紛英《らくふんえい》に会わせてくれませんか？」

そう言うなり、熊秉誠は、基隆の長栄桂冠酒店《エバーグリーンローレルホテル》で初めて会ったときと同じ、仏頂面になって、

「そういうことでしたら、公文書が必要になりますね。正式な手続きを経ていただかないと。いったい、彼女はどんな事件に関わっているんです？」

「彼女は、ヨーロッパで事故に巻き込まれた陳立志、そして艾禮と同じ狙撃隊に所属していたのですよ。この二人について、彼女からいろいろ訊きたいと思いましてね。それと最近、彼女が二人と連絡をとっているかどうかについてもです」

「手続きも経ずに、ですか？　彼女は、事件の証人でさえないのですよね？　それは純粋に、私的な依頼ということになるのでしょうか？」

「あくまで私的な依頼ということになりますかね」

「わかりました。明日、彼女に訊いてみましょう」

薑茶を一気に飲み干し、老伍が立ち去ろうとすると、熊秉誠は彼に対して拱手《きょうしゅ》(両手を組み合わせること)をし、

「伍刑事は、あと四日で退職だそうですね」

老伍は腕時計を指さすと、

「労基法に従えば、あと三日だな」

外に出ると、雨が降っていて、凍えそうな寒さだった。

タクシーがつかまらないので、老伍は地下鉄に乗った。国防部で、艾禮が台北に戻ってきたことを伝えるべきかどうか考えたが、やめにした。

もし小艾が、大胖に命じて自分を殺そうとした黒幕を突き止めようとしたら、誰に助けを求めるだろうか？

老伍も彼と同じ考えだった。彼は、かつての同期生である洛紛英を探そうとするだろう。それとも、小艾の人生は、息子が探し集めた資料のとおり、そう単純なものではないのだろうか？

当初は、社会局に行って、畢祖蔭《ひっそいん》が艾禮と養子縁組を結んだ経緯について聞きに行く予定だったが、もう遅い。彼らもすでに仕事を終えているだろう。まずは局に戻って、蛋頭に会うことにした。

スコープから見た伍刑事は、五十がらみの、銀色の髪を刈り上げた男だった。

寒空の下でもしっかりと背筋を伸ばし、銃口が自分に向けられていても、決してひるまない。嘘をつくことに慣れているようには見えなかった。いや、たとえ彼が嘘をついていたとしても、それがどうだというのだろう？

小艾は銃を収めると、河濱公園を立ち去った。

伍刑事は、彼に有益な情報を与えることはできなかった。自分は、誰に会うべきなのだろうか？　台湾に知り合いなどいないというのに。

五年以上も台湾を離れていて、いざ台湾に戻ってみると、彼は、いいようのない孤独感に襲われていた。

フランスやイタリアと違って、同じ言葉を話し、同じものを食べているというのに、常に神経を研ぎ澄ませておく必要がある。

バスやMRTには乗らず、目深に帽子を被って、雨の中を歩く。大直《だいちょく》分局の前を通りかかると、入り口のガラスケースに貼られた指名手配犯の写真で、彼はその筆頭となっていた。

かつて、台湾警察は指名手配犯をランク付けし、起訴された場合の報奨金をほのめかしていたが、いまの彼は、銃撃事件の第一容疑者となっており、報奨金は一千万元となっていた。

蛋頭は、いつもの冗談や罵倒を引っ込め、老伍はというと、苦い顔で薑湯を飲んでいる。局長が立ち去って五分が経っているというのに、彼らは押し黙ったままであった。

局長の指示は、極めて単純といえた。

把握できている証拠がまだ不十分である。したがって、台湾における二件の殺人事件と、ヨーロッパでの三つの事件は切り離すべきであろう。すべての証拠は、周協和を殺害したのは元陸軍大尉の艾禮であることを示している。欧州連合《EU》は、周協和に陳立志、そして身元不明者の計三名を殺害した容疑者は艾禮であるとの通達を出している。したがって、もちろん刑事局は、艾禮を捜索すべきである。殺害の動機については、恨みか、金銭上のトラブルが考えられよう。老伍が提起した、情報局の暴走という推測については証拠がないため、当面は公表しない方針とする。

邱清池と郭為忠の事件は、それぞれを分けて考えるべきである。射殺された邱清池の事件について、目下、警察は総力を挙げて犯人を捜している。

郭為忠の事件についてだが、法医と鑑識は殺人事件の可能性もあるとの認識を示しているものの、断定するにはまだ証拠が不十分である。現時点においては、その手掛かりさえ見つかっていない――

「証拠だな」

局長は、眼の前の二人を睨みつけながら、厳しい口調でそう言った。

「まず艾禮の事件を解決することだ。すでに指名手配は出ているのだから、君たちは地元の警察局と連携してくれ」

「家」の刺青が、陳立志の死と郭為忠の自殺事件とを結びつける点について、彼はこう言った。

「先ほどは、情報局の内部抗争があるという話だったが、今度は黒道が絡んでいるということかね。その話は、無闇に表に出すわけにはいかないな。誰かを使って、諜報部門の内情に探りを入れるようなことは謹んでくれ」

局長が、反黒科の部屋に眼を走らせると、ほとんどの人員は音を消したテレビのように、眼の前の仕事に没頭していた。……


蛋頭が、ようやく沈黙を破った。

「老伍、局長からの指示だ。どうやって事件を解決すればいい？」

「私は休むことにするよ。明日の夜、昔の同僚たちが、五卓も使って観送会をしてくれることになっているんだ」

「おれは孤独な老いぼれとして、ほったらかしかよ。老伍、それでも友達かい？　拗《す》ねないでくれって」

「わかったよ。おまえが持ち帰ってきた話を聞くことにしよう。ついでに、どんな安いイタリアワインを買ってきたのか見せてもらおうか」

蛋頭は立ち上がり、太極拳を演じはじめた。ひとしきり身体が温まったところで、

「忍辱《にんじよ》負重、動心忍性——恥を忍び責を担い、心を動かして性に忍ぶ。反黒科の主管としては、昔からの同僚の頭にワインボトルを叩きつけるわけにもいかないだろ。退職間近だってのに」

「このワインはうまいな。高かったんだろう？」

「おれに言わせれば、すべては艾禮が周協和を射殺したところから始まってるんだ。事件当日同じテーブルにいた三人の身許はすでに判明している。周協和は台湾の戦略顧問で、ローマ行きの目的は不明。そして左端に座っていたのは、台湾の元伍士官で、現在は武器ビジネスに携わる沈観止《ちんかんし》だ。イギリスのパスポートを持っていて、英語名ではピーター・シャンと呼ばれている。そして真ん中にいるのが、ロシア人じゃなく、ウクライナ人のアガフォーノフ。元国会議員で、現在は政治ロビイストの男。イタリア警察は、アガフォーノフが出国したことを確認してはいるものの、ウクライナ側からは何の反応もなし。アガフォーノフの現在の所在については不明だと。局長の話も無理はないさ。まずは周協和の事件を解決し、艾禮を指名手配するべきなんだ」

「私たちは、艾禮が周協和を殺害しようとした動機について話してない。犯行に使われた銃も見つかっていなければ、動機も不明なんだ。艾禮が自白しない限り、事件の解明はありえない」

「だったら、周協和のローマ行きの謎が解けない限り、この事件だって動かせないぜ」

「イタリア警察はどう考えているんだ？」

「彼らの見立てだと、周協和が武器売買の交渉のためにローマに行き、沈観止がその仲介をし、アガフォーノフが武器を売却した、ということらしい」

「ウクライナが売っている武器っていうのは何なんだ？　ＡＫ47か？　台湾には、ライフル銃なんて必要ないんだぞ」

「そうなると、疑問は地球を一廻りして、最後は総統府に行き着くってわけか。なぜ総統府は、戦略顧問がローマで何をしていたのかを知らないんだ」

　蛋頭はワインボトルを手に取ると、大きなグラスに注いだ。

「老伍。いい考えがあるんだが、おそらくおまえには無理だろうなあ」

「言ってみてくれ」

「眼の前の関係者だが、洛紛英は国防部に匿われているし、邱清池の妻は毎日テレビに出て国防部を批判している。郭為忠の妻は、誰かに脅迫を受けていたと話してたんだろ？　おまえが彼女に極秘インタビューを持ちかけて、おれがそいつを盗撮する。で、撮れた映像をテレビ局に持ち込むのさ。そいつが放送されれば、十万ドルで脅迫しているやつは激怒して、必ずまた郭夫人に圧力をかけてくるだろう。おれが、郭家に盗聴器を仕掛けて護衛をつけておくから、そこで彼女を脅迫していた輩を捕まえることができれば、行き詰まったこの事件を、一気に解決に持っていくことができるかもしれない」

「無辜《むこ》の市民を餌にするのは、こざかしい輩のやり方だ。私にはできない」

「おまえは優しすぎるんだよ。そうだ、郭夫人に話してくれ。二十四時間態勢で彼女の家を警護するから、安全だって」

「ヨーロッパにおける、三件の殺人事件はどうなる？」

「テルチで死亡した人物の身許については、数日以内に判明するはずだ。ＥＵの警察も、陳立志は台湾人、艾禮は台湾人、周協和は台湾人——そうなると三人目の死者も、当然台湾人だと考えている。彼らは入国者リストをチェックしているし、おれも指紋を持って帰ってきたが、照合するには時間がかかるな」

老伍は困惑していた。郭夫人にいったいどう話せばいいのだろう？

「それと、おまえは明日、謎の幇《ほう》派の老爺子と会うんだろ。だったら人を出すけど——」

老伍は、携帯に眼をやった。

「おいおい、会議中だせ」

「息子からだ」

「息子さんがまたハッキングしたのかい？　おれたち老警官が、子どもを頼っていいってか？」

「息子の話だと、洛紛英は孤児だそうだ」

「もう一度言ってくれ。誰が孤児だって？」

「洛紛英だ」

「彼らは、みんな孤児なのか？」

「とにかく黄華生《こうかせい》に会ってみる。彼は真実を話していない」

12

台湾、新北市金山区

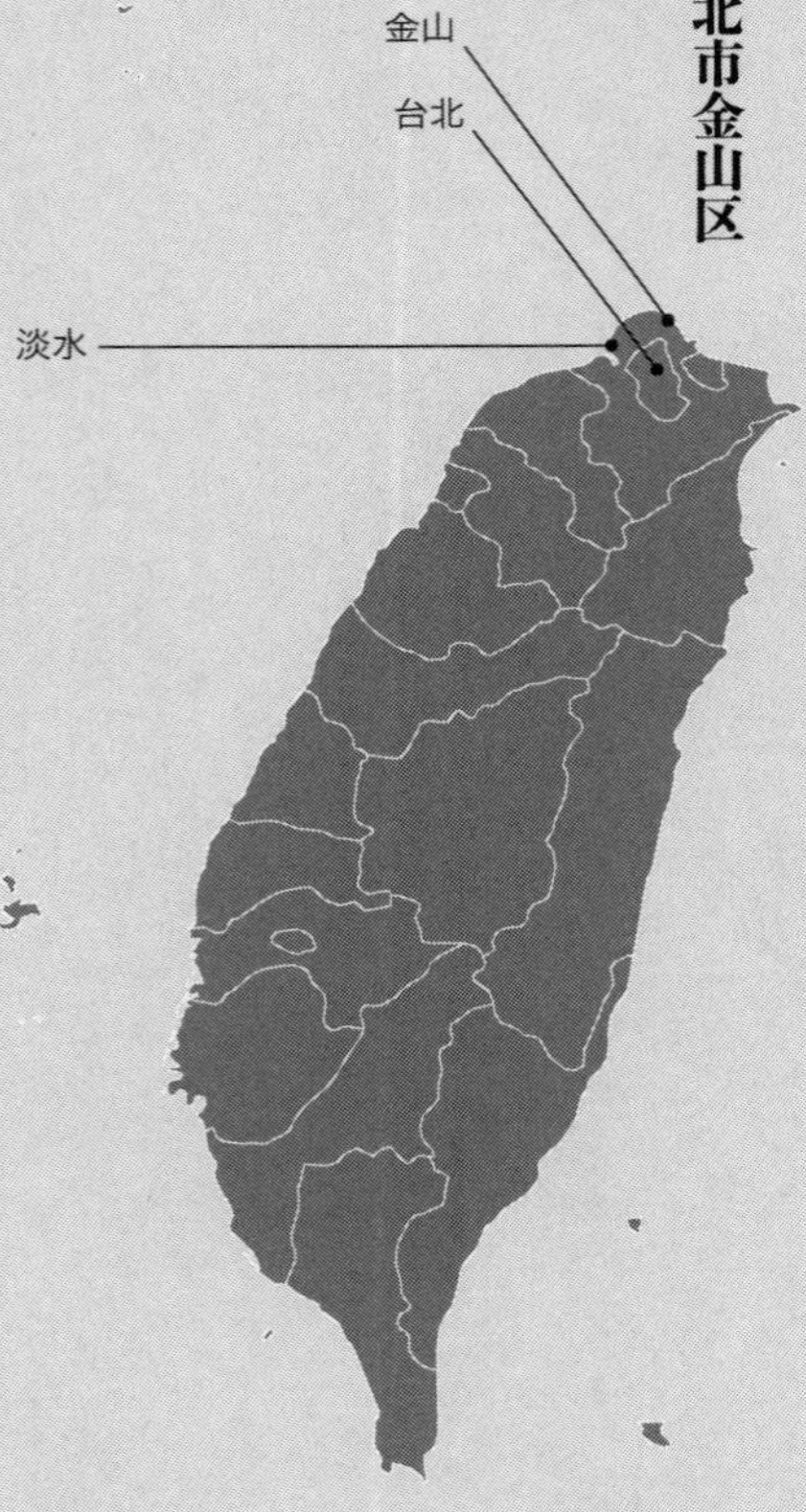

夜の九時過ぎ。蝦釣り場の裏手にある煉瓦造りの家屋で寝ていた黄華生《こうかせい》は、足の裏に冷たさを感じて、ふと、眼を覚ました。

長年の習慣で、季節に関係なく、掛け布団の外に足を伸ばして寝ることにしている。

彼は思わず、掛け布団の下に足をもぐり込ませると、

「小艾《がい》、おまえか」

そう声をかけた。

黒い人影が、ドアのそばの壁にもたれかかっている。

「お久しぶりです、教官」

「ああ、いきなりだな」

鉄頭教官は、明かりを灯《つ》けると、ゆっくりと身体を起こし、両手を広げた。

「ほら、抱きしめてやろう」

小艾は身を乗り出し、思わず声をあげていた。

「年甲斐《としがい》もなく、泣くんじゃない。警察がここに来て、おまえを探していると言っていたが、だからなのか。こんな夜中にやってきたのは」

小艾は泣き止むと、

「教官が退役した後、蝦釣り場をやっているとは意外でした——重たいバイクで、世界中を旅するのではなかったのですか?」

「そうだったな。あのときの話を思い出したよ。世界中を旅してはみたいが、リボルビング禁止条項（官公庁と民間企業を行き来するリボルビングドアに関する条項）があるのでな。わしは、退役後三年間は国外に出ることが制限されている。そうしないと、年金がもらえなくなるというわけでね」

「教官の仕事は、誰が引き継いだのです？　娃娃《あいあい》ですか？」

「わしの前職を引き継いだのは、政治に携わる文官さ。以前は立法委員だったのだが、今回は選挙で選ばれたのではなく、政府がそいつを引き抜いたんだ。金を出しているのかはよくわからんが、運転手付きの公用車を与えてね。ただ、官僚が国防部の仕事をしっかり理解して、引き継げるようにはしておいた。彼は、娃娃を秘書として異動させたよ」

「妙ですね」

「何がだ？」

「電話があったんです。娃娃の声でした」

「彼女は、おまえを夕飯には誘わなかったようだな」

「彼女は、ぼくに周協《しゅうきょう》和《わ》を殺せと命じました」

「彼女がおまえに言ったのか？　彼女の上司ではなく？　上の者が、娃娃を介して、おまえに戦略顧問の周協和を殺すように指示してきたから、おまえはすぐにその命令を実行し、周協和を射殺した。そういうことだったのか？」

「ええ」

「規定にはないやり方だな」

「どういうことです？」

「規定では、おまえに連絡をするときは、専用回線を使うことになっている。決して第三者に知られてはならないからだ。おまえと連絡するため、娃娃に電話をさせるのは規定違反だ」

「最初から気にはなっていたのですが、教官、あなたはどうなのですか？　娃娃は敢えて話をしてくれませんでした」

「軍人の立場から話そうか。小艾、おまえは軍服に恥じない生き方をしてきた。何年経とうとも、おまえは与えられた命令をすぐさま遂行する。しかし、まさか、おまえが追われる身になろうとはな。おまえを殺そうとしたのは、大胖《はん》なのか？」

「スコープ越しに彼と会いましたよ」

「そうか」

「彼の眼差しは昔と変わりませんでした。とても怖かった」

「大胖は、もうとうの昔に退役している。聞いた話だと、永和《えいわ》で恋人と商売をしていたそうじゃないか。彼が、どこかの部隊に引き抜かれたはずがない。かりにそうだとしたら、わしが知っているはずだ」

「誰が、ぼくに周協和を殺させる必要があったのでしょう？　そして、誰が大胖にぼくを殺させる必要があったのです？」

「同一人物だろうな」

「まずは台湾に戻って、いったい何がどうなっているのか調べてみよう——そう考えたのです。そうしないと、また彼らはぼくを殺そうと追ってくるでしょうから。それと、ローマで周協和の仲介者だったピーター・シャンに会おうと考えました。彼は、武器ビジネスに携わっていて、祖父を知っていたのです」

「沈観止《ちんかんし》か。そうだったな。あいつは、おまえの祖父さんと同じ部隊だった。おまえがまだ小さいとき、彼に会っていたかどうかは、わしも覚えていないが、彼とおまえの祖父さんは仲が良くてね、もう数十年前のことになるか。おまえの祖父さんは、部隊の技師をやっていて、彼らはこぞって、アメリカ製M14ライフルの研究に打ち込んでいた。それから、M14のコピーを五七式歩槍に改造するようになってな」

「ぼくは、これからどうすればいいのでしょうか？」

「どうやら、わしも現役復帰しなければいけないようだな。少しばかりだが、伝手《つて》もある。まずは、落ち着け。おまえがいま対峙している相手は、謎めいた組織でもある」

「教官は、どれくらい謎めいていると考えますか？　以前の教官の部隊よりも、ですか？」

「総統府は、周協和のローマ行きの真相を敢えて公表していない。謎めいてはいるが、かなりできる組織であることはたしかだろう」

「ぼくは、教官を巻き込みたくないんです」

そう言うと、鉄頭教官は小艾を殴った。

「巻き込むだと？　もうずぶ濡れさ。これを機会に、泳いで寒さをしのごうじゃないか。世界で一番偉いのは、総統でも皇帝でもない。決して助けを求めることなどしない、退役した老兵たちである。おまえは、泊まるところはあるのか？　こっちへ来い。教官と一緒に蝦釣りでもどうだ」

「ありがとうございます。狙撃兵は単独で行動するべし。一緒にいれば的が大きくなるだけだ、と教官は、おっしゃってませんでしたか？」

「ははっ、わしの適当な話をよく覚えているな」

鉄頭教官は抽出《ひきだし》から、古い小型の携帯を取り出すと、

「こいつを持っていけ。子ども用で、たいした機能もついてない。設定された連絡先が表示されるだけだから、子どもや年寄りが迷子になったり、何かあったときに、母親や娘に電話することができるだけだがね」

「電話をしてもよろしいんですか？」

鉄頭教官は笑うと、

「わしからおまえに電話するよ。何かあったら知らせよう」

小艾はまるで子どものように、その携帯を首から胸にぶら下げた。

反黒科は、一晩中大変な忙しさだった。

一組は新竹《しんちく》高鉄駅に向かい、もう一組は、航空警察隊のヘリコプターに乗り込んだ。追跡装置は、老伍《ご》の靴の踵に仕掛けられている。

蛋頭《たんとう》と老伍は、そのまま急いで金山《きんざん》に向かった。やがて到着したが、蝦釣り場の鉄門は施錠され、扉には木製の看板が掲げられている。

寒さのため、一週間の間休業いたします。

地元派出所の警官の話によると、半年前に蝦釣り場に訪れたときに、黄華生はいて、不審な点は微塵《みじん》もなかったという。彼自身も気さくな性格で、客の受けもよかったらしい。

「小艾は他に行くところもない。中に隠れているんじゃないか?」

蛋頭はそう疑った。

「いまから捜査令状を申請して、許可をもらうには時間がかかりすぎるな」

「時間がない」

周りを見回しても、防犯カメラらしきものは見当たらない。

彼らは、金網を乗り越えて中に入った。

蝦釣り場の中央には、長方形をしたコンクリート製の蝦釣り堀がある。コの字型をした三面には、日射しや雨を防ぐためのトタンが掛けられている。池の周りには、釣り客用の小さなベンチが積み上げられ、竹製の釣り竿が、軍隊の銃架のように何十本も並べられていた。

家屋の奥に小さな部屋が二つあり、そのうちの一つは事務室で、机と電話番号の書かれたホワイトボードがあった。もう一方は寝室で、窓から覗いてみると、ベッドがあり、机にはノートパソコンが置かれている。床には、豆干のように折りたたまれた掛け布団と枕があり、マットレスの上に敷かれた軍毯（軍で使用するブランケット）は、四隅がクリップで留められているようにピンと張られている。ベッドの下には靴が三足。クロックスにビーチサンダル、スニーカーが置かれていた。洗面器の中には、石鹼《せっけん》とシャンプー、歯ブラシ、歯磨き粉とスチールカップがまとめられている。軍営の民間版のようであった。

テーブルの上には、釣り関係の本が五冊積まれている。ノートパソコンの画面は、ホーム画面で止まっていた。黄華生は、電気代など気にしていないのだろう。あるいは、ここを出てからそれほど時間が経っていないのかもしれない。

「どう思う?」

「彼はここにはいないな。片付きすぎている」

「仲間に、彼の不動産と納税記録を調べるよう伝えてくれ」

「それには検察官の同意が必要だ」

「国税局の李《り》のおっさんを知らないのかい。老伍、もう少し機転を利かせろよ。規則、規則で自分の手足を縛るなって。もうすぐ退職だってのに、いったい何を恐れてるんだ！誰かにここを調べさせよう」

他に選択肢はなかった。

反黒科としては、これ以上人員を割くことができないので、近くの局に応援を要請し、家屋の監視をしてもらうよう手配した。昔ながらのやり方である。廃車済みのようなボロ車を持ち込んで、山道の入り口に停めておく。そうしておいて、この道を出入りするすべての車を、もれなくレコーダーで録画して監視するのである。

蝦釣り場に来るには、海辺の一本道しかない。金山公路に続く道であった。あるいはこの道を使わずに山道を通ってくるにしても、山の半分ほどを歩いた後は、陽金《ようきん》公路に出るしかない。たとえ黄華生と小艾が健脚で、山登りが好きであろうとも、陽金大路に出るまでの道には、多くの防犯カメラが設置されている。

「おまえはまず新竹に向かってくれ。話は後でいい。まずは網を張っておくことだ。時が来れば、網にかかるさ。獲物が引っかかるのであれば、この際なんだっていい」

それしかなかろう。

蛋頭と老伍は、黄華生を取り逃したが、その点は小艾も同じであった。

バイクに乗った小艾は、陽金公路を通らず、また萬里に向かうこともなく、高速道路を使って北上し、淡水《たんすい》に向かった。

淡水新市《たんすいしんし》は、空室率が五十パーセントを超えるビル群で埋め尽くされている。

彼は、漁人碼頭に向かう工事中の道路を迂回《うかい》し、八十パーセントほど工事を終えている建物の前でバイクを停めた。

彼は、まだ手すりもない荒れたコンクリートの階段を、慎重な足取りで上っていく。

暗闇の中を探るように進んで、七階まで辿り着いた。

四方から、風雨が容赦なく吹きつけてくる。

彼はサッシのない窓に寄りかかり、スコープを取り出して向かいのビルに焦点を合わせた。

道路の向こうに見えるビルの五階の、左から三番目の部屋だった。明かりは灯《つ》いていない。

小艾は試してみることにした。もうずっと使っていない、見慣れた番号にかけてみる。

長い間呼び出し音が続き、ふいに、電話は切れた。

小艾は、もう一度かけてみる。

つい先ほどまで眠っていたような女の声がした。

「もしもし」

「娃娃《あいあい》か？」

返事はなかったが、五階の部屋の明かりが点灯した。カーテン越しに人影が見える。

「小艾なの？」

「久しぶりだね」

「どこにいるの？」

「元気か？」

「私の番号、忘れてなかったのね？」

「ぼくの電話番号をまだ残してたんだろ」

二人はそれきり黙った。沈黙の中、二人の息遣いだけが聞こえている。

「教官には会ったの？」

「ああ、その後、君に会いたくなった」

一人だけが、それきり黙った。

「いったい何が起きているのか、教えてくれないか？」

カーテンの向こうの人影が動き続ける。他の人影は見当たらない。

「本当に知りたいの？」

「ああ」

「どこかで会いましょう」

「いま話せないのか？」

「仕事のことは、電話で話せないの。でもあなたに会いたいわ」

カーテンの向こうの人影が、止まった。

「わかった。言ってくれ」

「あなたがフランスに行く前の日の夜に、誘ったレストラン、覚えてる？」

「まだやってるのかい？」

「ええ。明日の夜七時にどう？」

「七時だね」

小艾は電話を切ったが、カーテンの向こうの人影は身じろぎもしなかった。スコープを握る小艾の手も、動かないままである。

すぐに部屋の明かりがいっせいに灯き、人影が消えた。

バイクで工事現場の横の路地に入ると、絹のような細い雨が、暗い空から降り注いでいる。ここは淡水だ。雨が多く、寒い。それは、人の気持ちが温もりを失うほどの肌寒さであった。

建物の地下にあるガレージの、金属製のドアがあがり、真っ赤なミニクーパーが滑り出てきた。車は走り出すなり、坂道を転げ落ちていくように、一気に速度をあげていく。

小艾は車に追いつこうと、さらにスロットルを強く回した。ヘッドライトを点けていないので、雨の夜の冷たく澄み切った台二線省道には、光も影もない。この五年間、昼も夜も想《おも》い続けてきた灰色の光と影とが、脳裡に浮かんでは消えていく。

小さな赤い車は、大度《だいど》路の防犯カメラも無視して、凄まじいスピードで駆け抜けていく。おそらく彼女は、切符を切られることなど心配する必要はないのだろう。

だが、小艾もそんなことは気にも留めていない。バイクは盗難車であった。

赤いミニが、環河高架道路を走り抜けていく。小艾は間に合わず、それ以上先に進むことはできなかった。車を運転していた誰かが、必ずや交通警察に通報するだろう。すぐに頭を切り替えると、高架道路を降りて承徳《しょうとく》路に入り、迷うことなく中山《ちゅうざん》北路から民生《みんせい》東路に向かった。

赤いミニは、ビルの前の路肩で停車した。小艾は急ブレーキをかけると、明かりの灯いている十三階の窓を見上げた。

もう何年も前に、ここに来たことがある。あのときは大胖《はん》と何人かの同期もいて、洛紛《らくふん》英《えい》もそのうちの一人だった。鉄頭教官が足繁《あししげ》く通っていた店で、彼の友達である小金《しょうきん》が営んでいるクラブだった。その夜はしたたか飲んで、小艾は大胖を車に乗せ、鉄頭教官の運転する車で軍営に戻った。しかし咎《とが》める者はなく、守衛室の勤務日誌を旅団長に差し出すと、旅団長はそれを一瞥《いちべつ》しただけで何も尋ねてはこなかった。……

建物の裏の路地から出てきたシルバーのポルシェが、赤い車の隣に停まった。

車から降りてきたのは娃娃の方で、彼女は車からバッグを手に取ると、ポルシェに乗り込んだ。

小艾が、彼女を追いかけることはなかった。壊れかけたバイクでは、ポルシェに追いつけるはずもない。

淡水に降り注いだ雨は台北《たいほく》に至り、風は、河口を舐めるように民生東路を吹き抜けていく。

プラグが濡れてしまったのか、あるいは年季の入ったボディは、激しい雨風に耐えられなかったのかもしれない。

小艾は、赤いミニの前でバイクを停めた。

古いカワサキを、孤独なミニのそばへ、寄り添うように停車させた。

きっと、後で車を拾いに戻ってきた娃娃たちは、バイクがそこに残していった絶望の匂いを嗅ぎ取るであろう。

蛋頭と老伍は、來來《らいらい》豆漿店にいた。

一人は、飛行機で映画を五本もぶっ続けで鑑賞したせいで、時差ボケがひどい。もう一人は、定年退職まであと何日あるのか考えるのも億劫《おっくう》なほど疲れていた。

それぞれの眼の前には豆漿が置かれ、中年男性二人が必要とするカロリーをはるかに超えた料理が、七つの皿に盛られている。

「明日の夜は、同僚たちが送別会をしてくれるんだろう？」

「局長は来ると言ってたがね」

「定年の延長については、何も話さなかったのか？」

「蛋頭、冗談は勘弁してくれよ。私の家の近くにある食品市場に、話し好きの精肉店の主人がいてね。彼曰《いわ》く、豚肉の出入りは激しいが、結局、自分の手許に残るのは、手にしている包丁だけだ、と」

「上司を豚肉呼ばわりするなって。月報に書いちまうぜ」

「蛋頭。職場の人間というのは、二種類に分けられる。一つは、会社のため、公務のため、自分は包拯《ほうじょう》（北宋の政治家）だと仕事一徹な人間だ。定年になってのんびり余生を過ごしているところへ、むかし自分が逮捕した麻薬の売人やら、黒道の兄貴とばったり再会すれば、相手からは、変わりましたねえ、と二言、三言嫌味《いやみ》っぽいことを言われる――なあ、これは、以前刑事局の反黒科で蛋頭の科長だった男のことだぜ。こんなところで黒白切《モツの煮込み》を肴《さかな》に米酒なんか飲んでられるか。さあ、私がボルドーワインをおごってやるよ。

もう一つは、人生の半分だけを公務に費やし、残りの半分は友達づくりに励む輩だ。都合の悪いことには眼をつむり、何事も適当にすませておく。そうすれば、世界中に人脈ができること請け合いだ。まだ定年前だっていうのに、大会社が、超高層ビルの台北一〇一のオフィスに総経理として迎え入れる準備をしてくれるかもしれない。あるいは、息子や娘の学費も出すから、アメリカ支社に行ってもらいたい、と向こうから持ちかけてきたあげく、いかにも馴れ馴れしい声で、あなたの娘さんは、私の娘でもありますからな、なんて言い出すかもしれない」

「いったいそれは、どういう意味なんだ？」

「役人なんて、来ては去っていく、ということさ。おまえだって、ずっと警察にいて、何人も局長を見てきたじゃないか？　鍋を食うやつは豚肉を褒める。野菜炒めを食うやつは、肉の柔らかさを褒めるもんだ。だが精肉店の主人の包丁を褒めるやつなんて、聞いたことないだろう？」

「それはそうだ」

蛋頭は、店の主人に声をかけた。

「豚肉入りの小籠包《しょうろんぽう》をくれ」

それきり、二人は黙った。

細かい雨がやむことなく降り続いている。

皿が戻されると、また新しい料理が運ばれてきた。

「退職した友達ってのは、興信所で探偵をやってるのか？」

「たぶんね。強姦魔《ごうかん》を捕まえたり、迷い犬や猫を探したり、仕事を早めに切り上げた日には、妻や息子と一緒に夕飯を食べたり――そうやってたくさん功徳を積めば、閻魔《えんま》大王だって、来世は、毎日高級車を乗り回す金持ちボンボンの三代目に、あっさり転生させてくれるだろうさ」

「老伍、おまえとは長い付き合いだが、いまになって、ようやくおまえがひどく落ち込んでいることに気がついたよ」

「落ち込んでるだって？　この事件はいつだって解決できるんだ。だが総統府は、死んだって真実を話そうとはしないだろう。国家機密ってのは、そいつにとっては曾祖母《そうそぼ》の貞節《ていせつ》牌坊《はいぼう》（封建時代の中国において、貞節な人物を顕彰するために建設された門）みたいなものなんだ。これに楯突《たてつ》くのは、簡単なことじゃない。私たち刑事が現場ですることといったら、まずは指紋の採取、それから犯人の足跡を探すことだろ。そうしたことをじっくりと、一つずつ積み重ねていくわけだが、あいつらはどうだ。ただ遊んでるだけじゃないか。ふらっと来て、立ち去っていく。それが公務だって？　国家機密をどうこうできるあいつらが、私たちには滅私奉公《めっしほうこう》を求めるかね？」

「ははは。おまえの皮肉はまだまだ健在だな」

「小艾はよくやってるよ。そこでおまえに訊きたいんだが、どうして彼は、狙撃銃で、会ったこともない周協和を雹の中で殺したんだ？　もう一つ訊きたいのは、大胖のことだ。彼は、かつて兄弟のようだった同期を殺すために、はるばるイタリアまで出向いていったんだぜ。イタリアに行ったついでに、彼を殺そうとしたとでもいうのか？　二人の軍人が亡くなっているんだ。国防部の熊秉誠《ゆうへいせい》大佐には、洛紛英に会わせてくれと頼んでみたんだが、これはかみさんに午後のお茶を淹れてくれと頼むようなものだったな」

「彼のかみさんに遭ったことがあるのかい？　美人だったか？」

老伍は、眼の前で嬉しそうな顔をしている蛋頭を殴ってやりたい気持ちだった。

「もう一杯、豆漿はどうだい？　老伍、おれの親父は警察官だったんだが、五十五歳で退職して、ビルの管理人になったんだ。三人の息子を養うために、そうやって金を稼いでいたのさ。おれが官校に進んだその年に、親父が言ったんだよ。息子よ、警察官を甘く見るんじゃない。所詮は役人だ。官僚の心得はただ一つ。他の者より速く走るな、しかし最後尾を走るべからず。これを忘れないことだ。他人に金をふんだくられたって、何も学べることはない。誰かが金をくれるというなら、それは拒むな。毎朝、関羽《かんう》さまに昇官発財《しょうかんはつざい》をお願いし、仕事を終えて家に帰れば土地神に平和安全をお祈りする。三十年もそうしていれば、警察官の制服を脱ぎ、銃を返した後の、残りの人生は順風満帆間違いなしだ、とね」

「親父さんの忠告に反して、おまえの昇進はえらく早いじゃないか。少なくとも私よりはずっと早かった」

「急いで走れば、試合を早く終わらせるのは簡単なことさ。早く退職できるおまえが羨ましいよ。おれはどうだい。このまま局長になれないことはわかっちゃいるが、それでも一介の小役人のくせをして見栄《みえ》を張ってるってわけだ。定年までには、ビルの管理人になってみないかとお誘いが来るのかね？　半人前で退官した役人など、いったい誰が欲しがるってんだ？　安い給料につまらない役職だったら、おれが怒り出すのではないかとびくびくし、かといって、高い給料と結構な地位を用意するとなると、費用対効果の点でよろしくない。ましてや、おれは、あいつらの息子主催のドラッグ・パーティについても黙認しなかったし、娘が妻子持ちの男とバイクに乗っているところをマスコミに盗撮されたからって、そのゴシップをもみ消すのに手を貸したこともないんだ。現役時代は、施人小恵なんてことはよくわかっていなかったんだよ。だから定年になったら——おい、思いついたぞ、定年退職したら、おまえの興信所に出向いて酒をおごってもらおう」

携帯が鳴り、二人は急いで携帯を取り出した。

メッセージを読むと、蛋頭は老伍を見て、老伍は蛋頭を見た。

蛋頭が、携帯に向かって声を張りあげた。

「洛紛英の父親は、彼女が生まれる前に死亡してるだって？」

第三部

うまい炒飯をつくるために、わざわざ大学に行くことはない。まずは卵だ。そして白飯は一晩寝かせること。葱は少しだけ焦がすことだ。そして強火で炒める。ハムを足したり蝦を加えたり、チャーシューを入れるかは好みでいい。唐魯孫《とうろそん》曰く「熱した鍋で冷や飯を炒めることだ。炒める際にポンポンと音がすればいい」。

さあ、試してみようか。覚えておけ。強火で、さっと炒めることだ。

1

オスマン・トルコのスルタンは、十四世紀初頭より、中央アジアにおけるキリスト教徒の家庭で育った、六歳から十四歳までの少年たちを奴隷として徴用すると、イスラム教に改宗させ、英才教育を施し、軍事訓練を受けさせた後、スルタンの護衛につかせていた。スルタンだけに忠誠を誓い、結婚もせず、子どもを持たなかった彼らは、戦場ではまさに勇猛無比であったという。

学者たちは、オスマン帝国の「親兵」制度を研究し、スルタンが孤児になったキリスト教徒の少年たちを利用した主な理由の一つとして、少年たちには帝国内に身寄りがなかったことを挙げている。そのため、少年たちは衣食住のためスルタンに依存するよりすべがなく、それゆえ彼らは、スルタンの意のままに操られる殺人機械となったのだと——

紀元前一世紀、漢の武帝は、死亡した兵士たちの孤児たちを徴用すると、羽林《うりん》軍に養育をさせている。

彼ら孤児たちは、武術を習得し、やがて「羽林孤兒」と呼ばれる皇帝専属の親兵となった。

あるいは、大胖《はん》や小艾《がい》、洛紛英《らくふんえい》も「羽林孤兒」だったのだろうか？

洛紛英の戸籍資料を見ると、父親の名前は洛美之《びし》、母親は不明となっている。

さらに洛美之について調べてみると、台湾には十七名の洛美之がおり、そのうちの七人の年齢は、洛紛英の戸籍資料にあった人物と一致せず、また残りの五人はすでに死亡していた。

そうなると、残りはあと五人だけとなる。存命している五人に問い合わせるまでもない。戸籍資料から、洛美之の身分証番号を刑事局のシステムに入力してみたところ、意外な結果が判明した。

洛美之は長い闘病生活の末、一九七三年に苗栗《びょうりつ》で死亡していたのである。

死者の名を借りてきて、洛紛英の父親の欄に記載したということなのだろうか？

蛋頭《たんとう》は興奮のあまり、右拳で左の掌を叩くと、

「こりゃあ羽林孤児じゃないか。まるで武俠小説だな」

洛紛英の戸籍の住所を書き留めると、部下に手渡し、

「一緒に行けるやつを探してくれ。この住所に行ってみる」

いつもどおり、局を出る前に、ネットでその住所を入力してみる。

「科長に報告します。入れません」

「入れないってのは、どういうことだよ？　足にでき物でもできたってか？　それとも歳をとって身体があちこち痛いから、歩けないって？」

蛋頭の眼が充血している。夜中に食べ過ぎたのだ。彼が怒りを溜めた声で言った。

「科長、北安路《ほくあん》四〇九号は、国防部の住所となっています」

いったい誰が国防部に戸籍を作れるというのだ？

「誰が彼女の養父母かは、わからないのか？」

「どうすりゃいい？」

誰も答えない。

蛋頭は、テーブルを叩いて叫んだ。

「何もわからないってか？」

今度は答えがあった。

「調べましたが、問題があるので、明日の午前中にでも戸政部門に再度確認してみます」

何か問題があるだって？

「彼女を養子に迎えた人物は、霍丹《かくたん》とあります」

「霍丹だって？　だったら、すぐに誰かをそいつの家にやってくれ」

「報告します。霍丹は新竹《しんちく》に住んでいます」

「新竹だったらどうだっていうんだ？　遠すぎるってか？」

「霍丹は、一九四一年生まれとなっていまして」

「一九四一年生まれだと？」

「ええ。ことしで七十五歳です。生きていればですが」

「洛紛英はことし二十九歳だから、彼女が養子となったとき、霍丹は四十六歳だったはずだ」

「ですが、霍丹は一九八一年に四十歳で亡くなっているんです」

「彼女の実父は一九七三年に、養父は一九八一年に亡くなっているってのに、洛紛英は一九八七年生まれだと？　くそっ、誰がこの実父と、偽物の養父をでっちあげたんだ？　戸籍に幽霊が憑《つ》いてるってか」

老伍は、取り乱している蛋頭を、外に連れ出して落ち着かせることにした。このままでは、反黒科の同僚に八つ当たりでもしかねない。

いまはもう、はっきりしている。最初は洛紛英、そして小艾、大胖の養子縁組が、周到に企てられたものであることは明らかであった。かなりの地位にある者が、社会福祉部門にやらせたに違いない。そうでなければ、どうやって五十三歳の陳洛老が、陳立志《ちんりつし》を養子にすることなどできたというのか。また、五十八歳の畢祖蔭《ひつそいん》が、艾禮《ほう》を養子に迎えることなどできただろうか？　さらに輪をかけてふざけているのは、すでに死亡していた霍丹が、洛紛英を養子としていたことであった。

霍丹、陳洛、畢祖蔭は、いずれも退役軍人である。まったく、馬鹿げているとしか言いようがない。

大胖ら三人の本当の身分、養子縁組がなされた経緯、それに同意した老人に、未婚の高齢者、さらには夭折《ようせつ》した人物が、どのようにして養子を迎えることになったのか――そうしたことの仔細について、さらに調べてみる必要があった。

難しいことではない。地方政府の社会局や戸政部門に問い合わせてみれば、養子縁組書類の原本から、真実を突き止めることができる。

だが厄介なのは、原本が始めから存在していない可能性があることであった。

かりに原本が見つかり、署名した人物を辿ることができれば、彼らがなぜこの養子縁組に同意したのか尋ねることもできよう。いまは署名した人物が、まだ存命していることを祈るしかない。

生きていれば、手土産に麵線《めんせん》でも買って、彼らを訪ねていけばいい。いったい誰が、あるいは組織から、同意を求められたのかを話してくれる者もいるかもしれない。頑なに口を閉ざして語らない者も、また話してくれる者もいるだろう。

ただ彼らの口から、自分たちが決して接触することさえできない名前や組織が飛び出してきたらどうする？　北安路四〇九号に、国防部の軍情報局があるのは事実である。誰が情報局で、少女を養子として育てる権限を持っているというのか？

孤児の養子縁組には、司法部門による、実父母の死亡か失踪の認定を経た後、さらに社福部門による審査が必要となる。ここで養子縁組者の資格を確認し、さらに戸政部門の最終審査を経て、新しい戸籍が作成されることになっている。それらの手続きを、鶴の一声でなし得る人物とは、いったい何者なのか。

「老伍、豆漿を食べながら、おまえがおれにした話を覚えてるかい？」

「何の話だ？」

「人間には二種類あるって話さ。おれが退職した後、貧乏人と蔑まれるようになったら、飯をごちそうしてくれ、って言っただろ」

「覚えてるさ」

「もしおれが局長か、軍の秘密情報部か、あるいは総統府を罪に問うことになったら、どうしたらいいと思う？」

「おまえを、福建《ふっけん》省警察の窓際警官として馬祖《ばそ》に異動させるさ。そこで退職するまで働いてもらう」

「マッチ売りの少女みたいな悲劇だな」

「行く必要はないさ。自分から退職願を出せばいい。それくらい気骨のあるところを見せてくれよ」

「退職して、それでどうする？」

「蛋頭、情けないことを言うなよ。おまえの兄貴が、環宇金控《ユニバーサル・フィナンシャル・ホールディングス》の総経理であることを知らないやつなんて、いやしないぜ。おまえはきっと、環宇金控で安全部の経理になるのさ」

「それはクールな仕事かね？」

「クールさ。クールすぎて、風邪をひいて、くしゃみをするほどじゃないか。銀行に強盗が押し入ってくれれば、保険会社が賠償してくれる。煙草の不始末で火事が起きたって、こいつも保険会社が払ってくれるんだ。弟のおまえが外に愛人を囲っているとしよう。そんなときは、チンピラを二人くらい雇えばい。隠し撮りしたスクープ記者を暗い路地裏に引きずり込んで、痛めつけてくれるだろうさ。そうすれば金持ちになって、有名になれる」

「どうせおれには、失うものなんて何もないさ」

「まあ、そういうことだな」

蛋頭は手を叩くと、

「やっと老伍の本音がわかったぜ。おまえが引退するから、おれにも引退してほしいっていう腹だろ。あいにく、兄貴とはもう、かれこれ二十年間、一言も口を利いてなくてね。おれは死ぬまでこの仕事にしがみつくつもりだよ。あいつらが、おれに何をするのか、しっかり見届けないとな！」

反黒科の同僚十数人が、会議机の前に集合した。煙草臭い蛋頭が、落ち着いた声で、てきぱきと仕事を割り振っていく。

「一班は、大胖ら三人の養子縁組に関する資料をあたってみてくれ。覚えておけ。養子縁組の資料の出所を辿って、いったい誰が、この養子縁組にふさわしくない養子縁組同意書に署名・捺印《なついん》したかを明らかにする必要がある。公式文書の原本を見つけたら、誰が同意したにせよ、あるいはそいつがまだ政府で働いているにせよ、引退しているにせよ、我々はそいつらを探し出し、なぜ彼らは法律を知りつつ、それを破ったのかを突き止める。特に霍丹だ。彼の死亡証明書をあたって見てくれ。霍丹が死亡していたことを、当時の社福部門が知らなかったというのは、ありえないだろ?

もう一班は、大胖の他、三人の戸籍資料をあたってくれ。おれが入手した情報によると、一九八〇年代に戸政部門が、昔の資料をシステムに入力する際、その一部が削除されていたという。それが何であったのかを調べたところ、洛紛英と艾禮の両親と祖父母の情報であったことまではわかっている。彼らのご先祖さまが、黄帝《こうてい》と関係があるっていうなら、おれさまが自腹を切って報奨金を出してやるさ。

三班は、老伍とともに、新竹でのことに対応してくれ。

四班は、黄華生だ。彼の所有しているものが蝦釣り場だけとは思えない。他にも不動産があるはずだ。それと、彼が軍ではどのような人物だったのかを調べてほしい。

注意深く、目立たず行動すること。藪蛇《やぶへび》にならないよう、気をつけてくれ」

夜は、興奮して妙に頭が冴えてしまい、一睡もできないまま、老伍は、早朝に定刻どおり高鉄に乗り込んだ。

二人の捜査官が同行している。男と女だった。いまは違う席に座っている。

車中でも眠れないまま、老伍は、同僚からもらった珈琲をブリーフケースの底から取り出すと、そのまま飲み干した。飲み終えてから、それがアフリカの豆ではなく、ネスカフェの3in1のインスタントであることに気がついた。

高鉄を降りると、出口は四箇所あった。

どれだろう？　とあたりを見回していると、髪をしっかりと撫でつけた青年がすでに迎えに来ており、老伍を見つけると、丁寧に頭を下げた。

「伍刑事ですか？　どうぞご一緒に」

家裡人は礼儀正しく、また時間をきちんと守るようだ。

三号出口に停まっていたのは、やや年季の入った三菱《みつびし》の車で、運転手はその青年だった。車に乗り込んだ老伍の両脇に、強面《こわもて》の巨漢は座っていない。老伍は目隠しされることもなく、車がどこを走ったかわからぬよう、目的地までわざわざ遠回りをすることもなかった。

吐き気と軽い眩暈を堪えていると、車は桜並木を抜けて、大きな建物の方へと吸い込まれていく。

私服警官である同行者の車はトヨタだったが、老伍の車を懸命に追いかけることもなく、のんびりと後ろをついてきている。

車が入っていった場所は、どこか懐かしい感じのする郊外で、軍の宿舎が立ち並ぶ地域のようだった。狭い路地である。雨に濡れて苔《こけ》むした緑の石畳が続き、両側のコンクリートの塀からは夾竹桃《きょうちくとう》が伸びている。

斑《ふ》模様のある赤い門の前で、車が停車した。

青年が老伍のためにドアを開けると、言った。

「老爺子は、なかでお待ちです」

建物の扉が開くと、坊主頭で、背中に「空軍官校」と刺繍された運動着を着た、二人の大柄な若者が立っていた。ほうきを手に、庭をはいている。

少し傾いた網戸を開け、さらに塗装の剝げた木戸を押し開けると、向こうは五坪ほどの居間になっていた。壁には誰が書いたかわからない文字がかけられている。

家貧出孝子《貧しき家は孝行息子を生み、》，國亂識忠臣《国乱れれば忠臣を認める》
中央には八仙桌《はっせんたく》が設えてあり、香燭《こうしょく》と位牌《いはい》が置かれていた。

老伍がふと視線を走らせると、そこには四文字で、

列祖列宗

とある。

誰が列祖列宗なのだろう？　五十がらみの太った中年男性が、口許に笑みを浮かべ、老伍に座るよう、うながした。

人生の栄枯盛衰が感じられる、一人掛けのソファである。

「どうぞおかけください。私は老爺子の孫です。しかし、来客があるとは珍しい。私は、たまたまこの数日の間、手伝いに来ているだけでして――老爺子の命令ですからね、こうして私が伍刑事をお迎えした次第です」

老伍は、蛋頭がどこかで買ってきた、茶葉の入ったギフトボックスを差し出すと、

「老爺子のお口に合うかわからないのですが、お茶を――お会いできたしるしとして、どうぞお受け取りください。ささやかなものではありますが」

「ありがとうございます。伍刑事」

中年の男は、茶葉を受け取ると奥の部屋に引っ込み、それからすぐに車椅子を押して戻ってきた。

老伍が乗り出すようにして見ると、車椅子には、ひどく痩せた、小柄な老人が座っている。彼は江浙《せっこう》訛りで、

「どうぞお座りください。こんな遠くまでわざわざ。若水兄《じゃくすいけい》があなたをここに寄越したんでしたな」

と言った。

老伍は思わず固まってしまった。若水兄っていうのは、誰のことだ？

中年の男が、老人の耳許に何やら囁《ささや》いている。

「こちらは、伍刑事です。刑事局の。台北からわざわざお越しくださったんですよ」

「そうかそうか、刑事さん、また誰かが、何か、しでかしましたかね？　小路子《しょうろし》はどうした？」

小路子？

「小路子は元気ですよ。高雄《たかお》で餃子屋を始めましてね、ついこの間も行ったではありませんか。美味しいからと、水餃子を八個もいただいて、それから二パックを持ち帰って」

「小路子の餃子は、冷蔵庫にまだあるのかい？」

「ええ。お昼には伍刑事にも召し上がっていただきましょう」

「伍刑事は、校長に言われてここに？」

中年の男は堪えるように、言った。

「校長の使いではありませんよ。老爺子にお尋ねしたいことがあるそうです」

「伍刑事、何ですかね？　話してくださいよ。わしにできることであれば協力しますから」

「それは――」

言いさしたところを遮るように、老人が声をあげた。

「餃子が冷凍庫にあるだろ、あれは韮《にら》餃子だったかね？　そう、韮餃子だ。今度、小順《しょうじゅん》子《し》には、あと二パック買ってくるように頼んでおいてくれ」

「小路子に、私の方から電話して、送らせますよ」

「それはよかった。ちゃんと時間指定書留でな。二つだ」

「すみません」

中年の男は、老伍に謝った。

「老爺子は、来年で百歳になります。このとおり認知症なのですが、幸い、身体の方は大事もなく息災で」

「薬を飲もうか。小順子に言っておいてくれ。彼が先日持ってきてくれた黄色い薬だ。あれを飲むと、眠くなるんだ」

「老爺子、伍刑事がわざわざいらしてくれたんですよ」

「ああ、小路子のやつは、すぐかっとなるんだ。まったく、喧嘩っ早くて困ったもんだ。

伍刑事、ご心配なく。私の方から、彼には厳しく言っておきますから。あいつが中学校を卒業しないっていうなら、もう軍校送りだな。あとは、軍隊でしっかり躾《しつ》けてもらわないといかん」

「伍刑事は、小路子のことで来られたのではありませんよ」

中年の男は、老伍の方を振り返って、

「伍刑事、話してください。これでも老爺子は、昔のことはいろいろとよく覚えているんですよ。こちらが名前を口にすると、意識がその当時に戻るのです」

「郭為忠《かくいちゅう》のことについてなんですが」

「過尾忠《かおちゅう》？　小忠子《しょうちゅうし》か、あいつは聞き分けのいいやつだったが、何かあったのかね？」

老爺子の受け答えに、老伍はさらに問いかけることができなくなってしまったが、それでも敢えて話を続けようと、

「彼は――」

「そうだ。小路子が警察のお世話になるというなら、それもよかろう。身体に叩き込んでやらにゃいかん。言うことを聞かないというなら、鞭打《むちう》ちだな。それで医者にかかるというなら、病院の治療費は自腹だ」

「わかりました、わかりましたよ。冷蔵庫に小路子の餃子があるから、見に行きませんか」

「そういえば、この二日の間、小順子を見ていないな。彼を呼んでくれないか」

中年男が、老人の車椅子を引いて、また奥の部屋に引っ込んでしまった。

老伍がこのあたりで暇《いとま》するか、と帰り支度を始めると、中年男は彼を引き留めて、

「伍刑事、お帰りになる前に、どうぞ餃子を食べていってください。老爺子もそうおっしやってましたから」

礼を言って、ありがたくいただくことにする。どうやら、しばらくは帰れそうもない。

庭を掃除していた丸刈りの軍校生が、調味料の入った小皿とお茶を、老伍が座っているソファの横の茶卓に置いた。

それからすぐに、中年男が、できたての餃子を運んできた。

「小路子がつくった餃子です。いまではどこでも高麗菜《キャベツ》を入れた餃子ばかりで、本格的な韮餃子などめったに食べられるものではありません。申し訳ありませんが、きょうの老爺子は症状がひどいようで、もし私でよろしかったら、代わりにお答えすることができるかと」

餃子をいただくことにする。噛んでみると、旨味のある肉汁が、舌に溢れ出してくる。濃厚な肉と野菜の味がした。

「それではうかがいたいのですが、家裡人というのは、どのような組織なんでしょう?」

「家裡人ですか。ほとんどは軍人の子弟になりますかね。お互いに面倒を見る、民間の互

助会のようなものです。小路子などは退役後に餃子屋を始めたのですが、元手がなかったので、皆んなで援助をして。彼も懸命に働き、それから三年後には元金と利子をすべて返済し終えたのですよ」

「郭為忠は家裡人だったのでしょうか?」

「ええ。彼のことを聞いて、皆んな悲しんでいます」

「郭夫人が十万アメリカドルを受け取った、と言ってたのですが、それはあなたたちが?」

「十万ドルですって? それはありえません。ごらんのとおり、老爺子はまだ国防部の宿舎に住んでいるんですよ。私たちには積立金もありません。老爺子の物忘れがひどくなってからというもの、家裡人に何かあったときは、たいてい誰かが率先して、二、三千から一、二万ほどのお金を募ることはありますが――十万アメリカドルを誰かが募ったとは、聞いていません」

「あなたの名前をうかがってもよろしいですか?」

「章《しょう》といいます。私の母は、老爺子の奥様の親戚なのです。ただの人ですよ。私自身は軍人ではありませんので、わからないこともありますが、老爺子にはすべてを報告しています。ですので、最後に判断をするのは、老爺子自身です」

「あなたも刺青をされているんですか?」

中年男は躊躇うことなく、左腕を伸ばして袖をたくし上げた。二の腕にはたしかに

「家」の刺青が彫られている。

「それには何か特別な意味があるんでしょうか？」

「軍人の子弟の生い立ちは、一般人とは異なるのです。父親が長い間部隊にいて、ずっと会えないことも珍しくありません。自分たちを叱ってくれる人がいないものですから、ある者はチンピラになったり、またある者はろくに勉強もせず、台北橋の周りをうろついては、安い給料で日雇いの仕事をしたり――私たちは一緒に育ったとはいえ、あまりお金を稼いでいなかったものですから、お互いに助け合うため、こうして集まっているのです」

「刺青は何歳のときに？」

「高校生のときですね」

彼は袖をおろした。

「七人で、老爺子のいらっしゃるここで列祖列宗を拝み、老爺子に彫っていただきました。そのうちの四人は軍校に進学し、二人は博士号をとるため海外に留学を果たしています。私は、そのなかでは最も普通で、ただの公務員ですよ。来年、国軍英雄館では、三十卓で老爺子の誕生日を祝うことになっています。九十九歳ですよ。どこにいようとも、家裡人は、ここという帰る場所があるのです。私たちは皆んな、若いころ、彼にはたいへんお世話になりましたからね」

彼は老伍に顔を近づけると、さらに言った。

「私たち七人兄弟ですが、二人の博士は七年間アメリカに留学してはいるものの、働いたことがありません。老爺子が、彼らの学費と生活費を世話してくれたのです」

「老爺子は資産家なのですか？」

彼は重い息を吐き出すと、背をもたせかけて、言った。

「彼の世代の兄弟は、お互いに深い思い入れがあるのです。何人かは実業家となり、資産を蓄えました。そして老爺子に寄付したのです。いまは老爺子だけが存命ですが、彼は認知症になってしまっているので、こうして家裡人が世話をしています」

「最初のきっかけは何だったのです？」

「老爺子のお話ですと、古くは唐の末期にまで遡ることができるとか。許遠《きょえん》が、睢陽《すいよう》と河《か》南《なん》の商丘《しょうきゅう》を統治していた時代ですね。当時は、数千人で二年間城を守り続けたものの、やがて城内の食糧もすべて食べ尽くしてしまいます。とはいえ、彼らは、木の皮を齧《かじ》ってでも、城を開けて投降することはありませんでした。とはいえ、気力にも限界があります。数百人の飢えた兵士を残したまま落城し、張巡《ちょうじゅん》と三十六人の生き残った瀕死《ひんし》の兄弟たちも、殺されてしまいました。唐の一部の将軍たちは、彼らが残した子どもたちを不憫《ふびん》に思い、十数人で金と労力を出し合い、子どもたちを養育することにしたそうです」

「張巡と許遠の逸話は本で読んだことはありましたが、まさかそれが、こうした伝統になっていったとは知りませんでした」

「軍人として、家族を亡くした子どもの世話をした、とただそれだけのことですよ。家系図に記された系譜は、三百年以上前まで遡ることができます。伍刑事はおわかりでしょうが、家系図とは詩のようなものですよ。その一字一句が、ある世代を表しているのです。清が道光《どうこう》の元号であった時代から、戦争はずっと続いており、軍人たちは国のために命を落としていきました。だが、子どもたちはどうすればいいのです？　老爺子は上級士官長で、何人かの同胞は、列祖列宗のしてきたことを継承しているのです」

「世代における序列はどうなっているのでしょう？」

「申し上げにくいのですが、伍刑事、どうか気を悪くなさらないでください。そうしたことを口にするのは好ましいことではありません」

「父親は軍人だったのですか？」

「ええ。ただ早くに亡くなったので、母が私と弟を預かり、老爺子が面倒を見てくれました」

「家裡人は多いのですか？」

「一世代が、一世代を助けています。台湾では四、五世代はありますが、どのくらいいるのかは、小順子に訊けばわかります」

「小順子とは？」

「老爺子の、もう一人の養子です。老爺子が一番可愛がっていたのですが、最近はここにいることも少なくなり——それできょうは、私に来てくれと」

「小順子の両親も、早くに亡くなったのでしょうか?」

「十五歳のときでした。感化院にいたところを、老爺子がもらってきたのです。彼の両親のことは、私もよくわかりません」

「老爺子は義理人情に篤い方なのですね。ところで門のところにいた二人の官校生は——」

「休暇で、老爺子に会いに来たんですよ。彼らの父親も家裡人です。休みの日には、三人が交代で庭の掃除や窓拭きなどをしに来てくれるのです」

「老爺子は、かなりおとしを召されているわけですが、介護は頼まないのですか?」

「伍刑事、そういう言い方をされるということは、あなたもまだ私たちのことをわかってらっしゃらない。多くの人が彼の世話をしているのですよ。五〇年代、台湾海峡を挟んで争いがあり、たくさんの軍人の方が亡くなりました。老爺子はそうした家族全員を、分け隔てなく、等しく面倒を見ると決めたのです。そうした子どもたちが大人になれば、彼に対して恩返しをしようと考えるものです。だが老爺子はすでにこの通り、記憶もはっきりしない。こうなる前に何かをしてあげたかったという気持ちがあるのです。ですから介護は必要ないのです」

話していると、野菜の入った籠を手にした女性が、戸を押して家の中に入ってきた。

「章兄さん、外は冷えるわね。あら、餃子を食べてたの？」

　彼女は野菜籠を指さして、

「野菜を買ってきたのよ、待っててくれなかったの」

「こちらは台北から来られた伍刑事です。老爺子が、彼に小路子の餃子を食べてもらうようにと、おっしゃってたので」

「あら、お客さまによく冷凍餃子なんか出せるわねえ。老爺子の調子はどう？　天気が良くなったら、散歩に連れて行ってあげようかと思うんだけど」

　そう言うと、彼女は奥の部屋に入っていった。

「家裡人のおかみさんですよ。皆んな、この近くに住んでいて、交代で老爺子のお世話をしているのです」

　老伍はどうにか餃子を食べ終えた。

　門を出て、車に乗りかけたとき、一番大事なことを訊くのを忘れていた。

「老爺子の姓は何というんです？」

　章兄はにっこりと微笑むと、

「老爺子の名前でしたら、覚えやすいですよ。姓は霍《かく》といい、名は伯玉《はくぎょく》です」

　たしか洛紛英の養父であった霍丹も同じ名字ではなかったか？

　蛋頭の言葉を借りれば、どうやらこの事件の調査は、よい方向に進んでいるように見える。

「霍丹とは、どのようなご関係だったんです？」

「霍丹ですか？　たぶん老爺子の養子の一人だと思います。すみません、私はまだ若いもので、聞いただけです。申し訳ありません」

「老爺子は、何人の孤児を養子にしたのでしょうか？」

「数えきれませんよ。十代の子どもだっています。彼らはしばらくの間、ここで過ごし、やがて自分の生活へと戻っていくわけです。私たちは、彼らに月々の生活費を手渡し、まだ若い子どもであれば、他の『家裡人』の養子となります。

社会局や軍奮所──役所でさえも育てることのできない子どもたちが、全国から老爺子を頼ってやってくるのです。そうした子どもたちが、ここには何十人もいます。

こんなみすぼらしい宿舎を、お見せするのは恥ずかしいのですが、昔はこれでもたいへん賑やかだったんですよ。二階の部屋にはすべて二段ベッドがあって、男の子たちは、十人以上がひしめき合って寝ていたくらいでした。女の子は一階で、私たちがおばあちゃんと呼んでいた老爺子の奥様と一緒に寝ていました」

「おばあちゃんは、いまどちらに？」

「もう亡くなりました。おばあちゃんは子どもたちの世話をしながら、銀行口座の管理もしておりました。老爺子は、口座にある預金の残高にも無頓着でしたからね。もしおばあちゃんがまだ存命でしたら、老爺子はもっと元気だったかもしれません」

老伍たちはひそかに来て、またひそかに台北へと引き返した。

高鉄での帰路、捜査員が携帯を手渡してきた。

見ると、今朝の、刑事局長による記者会見のニュースだった。その冒頭で、郭為忠の死は自殺と確定した、と報じている。彼のパソコンから遺書らしきものが発見され、死の前日に、彼は親族や近しい者に向けて文章を書き留めていたらしい。

その遺書らしきものには、たった一言、
私は誰も裏切らなかった。

それだけが記されていたという。

局長が、郭為忠の自殺について話している。何でも、郭為忠が不倫をしているとの噂が上司の耳に入り、そのことを問いつめられた彼は、弁解できないまま、過度のストレスから自殺をはかったのだという。

さらに続けて、ニュースは、周協和《しゅうきょうわ》の事件についても報じていた。この事件に関しては慎重に捜査が進められ、そこから彼の贅沢《ぜいたく》な暮らしぶりが明らかになったといい、周協和は、地下銀行から多額の借金をしており、それを返済できないまま、黒道の殺し屋に銃殺された、と報じている。そして容疑者とされる艾禮は、目下逃亡中で、台湾に戻ってきた可能性があるとも――

邱清池《きゆうせいち》の事件は、郭為忠と周協和の件とはいっさい無関係であり、刑事局は目下、軍と協力して、事件の解明に努めている――

記者からの多くの質問に対して、局長は、捜査について詳細を公表するのはまだ時期尚早であると答えるのみであった。

蛋頭は局長の会見に付き従い、一言も発することなく、他の科長たちとともに後ろに立っているだけであった。映像から、彼の表情を見ることはできない。

携帯を見ると、多くのメッセージや伝言が残されていた。まず蛋頭からのものに眼を通していく。

おれの感じてるストレスは郭為忠の五万倍だな。だが自殺しようなんて考えたことはまったくないぜ。もし自殺するんだったら、おれは間違いなく『全世界はおれを裏切った』と書き遺《のこ》すだろうさ。

老伍は思わず声をあげて笑った。蛋頭に返信する。

霍丹の身許についてはどうなってる？　彼と霍伯玉との関係を詳しく調べておいてくれないか。もしかすると、霍伯玉の養子だった可能性も考えられる。

笑いが止まらないまま、郭為忠の妻からのメッセージを読んだ。

伍刑事、いったいどういうことなんです？

私の家から見つかったという為忠の遺言というのは、私に宛てたものではなかったんですか。いったい誰にために書かれたものだったんです？　あなたたちは、それについて調べていないのですか？

ふと車窓に眼をやると、風景は水滴の向こうに滲《にじ》んで連なり、霧のような雨に烟《けむ》っている。

まずは刑事局に戻ろうと思い、彼は、台北駅でＭＲＴに乗り換え、中山《ちゅうざん》駅で降りた。

駅を出ると、コンビニの前に、暗い表情をした郭夫人が座っていた。

老伍は、郭夫人からメンソールの煙草を一本もらうと、二人して雨の中に重い息を吐いた。

「警察は、為忠の件についてはもう、諦めてしまったのでしょうか？」

「彼が殺されたことを示す新しい証拠が見つからないのです」

「伍刑事、約束しましたよね？」

「ええ、忘れてはいませんよ」

「私たち親子は、いったいどうすればいいんです？」

老伍は、何も言えなかった。

「あの部屋を売って郊外に引っ越せば、あと二、三年は生きることもできるでしょうけど」

老伍はそれにも答えることができなかった。

「為忠のパソコンにあったという遺書のことですけど、彼が遺していた裏切りというのは、私や子どもに対してではなく、彼を脅していた人物に対してではないのですか？　いったい誰が、彼を脅していたんです？」

老伍はうなずいた。話さなければいけない。

「いい考えがあるんです。郭さんは気乗りしないとは思うのですが」

「言ってください」

「この事件の背後にいる黒幕は、あなたが警察と連絡をとらないよう、大金を送りつけてきたわけです。つまり連中は、あなたの言動を気にかけている。郭為忠氏がいったい何を隠そうとしていたのか、わかりませんか？」

「警察は、犯人を見つけられないからって、私を責めるつもり？」

「いいえ、そういうわけではありません。彼らは、あなたが何かを知っていると考えている。そして、あなたがそのことを警察に話したかどうかが、彼らにはわからない。特に警察が郭氏の遺言を見つけたので、彼の遺言が誰に宛てたものだったのかを、あなたが知っているのではないか——と気を揉んでいるのです」

「私たち夫婦は、お互いの携帯やパソコンを見ることもありませんでしたから」

「もう一度考えてみてください」

郭夫人は、もう一本煙草を取り出すと、火をつけた。

「何も思い当たりませんわ」

「だったらどうでしょう、あなたが郭氏と知り合ったころまで遡ってみては」

「彼と知り合ったのは十八歳のときでした。同じ学校で、彼は弁当を持ってきてなかったんです。それで昼休みになっても、誰とも昼ご飯を食べないで、ずっとバスケに打ち込んでいるような人でした。その後、何人かの友達から弁当を恵んでもらっていたようでしたけど——恵んでもらうといってもたった一口です。それくらいだったら、誰もお腹をすかせることはありません。それで、彼はお腹いっぱいになることができたんです」

「彼の両親には、弁当を用意する時間がなかったんでしょうか？」

「彼には、父も母もいませんでした」

「両親がいなかった？」

「彼はビルマ出身だったんです」

「救国軍の子弟だったんですか？」

一九四九年に国民党軍が中国から撤退し、台湾へと逃れてきた当時のことを、老伍は考えた。一部の部隊はタイとビルマ北部に逃走した後、山岳地を開墾して、芥子《けし》を栽培していたという。

ビルマの麻薬王であるクン・サは、救国軍の構成員だった。国際的な圧力の下、軍隊は解散させられ、ある者は台湾に渡り、ある者はタイに留まる選択をし、政府の指導を受けることとなった。彼らの多くは、教育のため、子どもたちを台湾に送り返し、その子らは、台湾の僑務委員会からの奨学金をもらっていた。

「そうすると彼はビルマの僑生《きょうせい》で、両親はビルマにいると？」

「その後、亡くなりました」

捜査線上に、また一人の孤児が現れた。

郭為忠には母親と父親がいたものの、台湾では孤児だったということになる。

彼が「家裡人」と関わりを持つようになったのも必然といえた。だとすれば、彼は何かを知っており、そのために自らの命を捧げたのであろう。

老伍は興奮のあまり、わずかに手が震えていた。

「彼がドイツにいる間、彼とは会いましたか？」

「一度だけ」

「当時の生活は普通でしたか？」

「彼がドイツで遊んでた、とおっしゃりたいの？　そんなことはありません。華僑の老人の方が面倒を見てくださってて、彼も元気そうでした」

「老人？　親戚ですか？」

「いいえ。ただの友人です。私は沈《ちん》おじさんと呼んでましたが」

「沈？　名前は？」

「それがよく覚えてないんです。為忠も話してくれませんでしたし。ですから、その人のことはただ、沈おじさんとだけ」

すぐにでも蛋頭に電話をかけたい衝動に駆られたが、老伍はぐっと堪《こら》えた。

「郭夫人、郭氏が以前から付き合いのあった友人は、彼に何か頼みたいことがあったのではないかと思うんです。それがどんなことだったのかはわかりませんが、誰かの秘密に関わることだったとすると、どうでしょう。それが理由で、あなたが脅されることになったとしたら――どうか警察を信頼していただけませんか。

はっきり申し上げましょう。あなたが私たちと連絡をとっているような素振りを見せれば、彼らはきっと姿を現して、我々との接触を妨害しようとするでしょう。そうすれば、警察は、連中を逮捕することができるかもしれません」

「その話ですが、ちょっとひどすぎやしませんか」

「事件を解決するには、あなたの協力が必要なのです」

「つまり、私にそういう演技をしてみせろ、ということ？」

「警察は、あなたとお子さんの安全を保証します」

「どうやって保証するというんです？　私の息子たちに危険が及ばないようにできるんですか？」

「二十四時間、専任の警護をつけて護衛にあたります」

郭夫人がまた煙草を取り出し、老伍が火をつけた。濃い紫煙が、雨に紛れていく。

「私、もともとは邱清池さんの奥様を見習って、国防部の前でハンガーストライキでもしてやろうか、なんて考えていたんです。でも、私にそういうのは似合わないし……わかりました。おっしゃるとおりにします」

「明日、局の人間が来て、ご自宅に盗聴器を設置し、黒いバンをそばにつけておきます。何かあれば、私の携帯にメールを送っていただいて結構です。すぐに警護の者が駆けつけますから」

「私に選択の余地はないということね。仕方ありません。おっしゃるとおりにしましょう。明日から息子たちを実家に預けることにします」

老伍は煙草の火を消すと、立ち上がった。

「伍刑事は、来週退職されるのですか？　すみません。ＳＭＳに返信をいただけなかったものですから、名刺に書いてあった番号にかけてみたら、電話に出た人がそう話してたので」

「それでも」

彼は腕時計を見ると、言った。

「あと数日あります」

「あなたが退職された後、為忠の件はどうなるんです？」

「同僚が引き継ぎますので、どうかご心配なく」

老伍は、郭夫人の視線を避けるように眼をそらした。嘘をついたのである。

「お金の問題じゃないんです。私は、真実を知りたいだけで――為忠と知り合ったのは、十八歳のときでした。付き合いはじめました。私たちは高校三年の二学期に、私の人生には彼しかいなかったんです。伍刑事、私たちは高校三年の二学期に、付き合いはじめました。私は、毎日、彼のお弁当をつくってあげたりもしたんですよ。彼の孤独癖については、わからないでしょうね。子どもができてからは、ほとんど人づきあいもせず……彼は私たち家族を愛していました」

老伍はうなずいた。郭為忠には二つの家があったのだ。最初の家を捨てられないということは、すなわち、第二の家は永遠に彼の重荷となる、ということでもあった。

郭夫人がアパートに戻ろうとする。その華奢《きゃしゃ》な背中がドアを開けるのを見届けていると、ふいに彼女は振り返って、老伍の腕を摑んだ。その指は、コート越しに老伍の肌に深々と食い込んでいた。

雨の中、二人は長い間見つめ合っていた。ゆっくりと老伍の腕を摑んでいた力が緩んでいく。彼女は再び踵を返し、ドアが閉まった。

老伍は雨に打たれ、全身の体毛を震わせるほどの風になぶられながら、あてどもなく湿った寒空の下を歩き出した。

小艾《がい》は帽子を目深に被ると、コンビニを出た。

アーケードを抜けると、また建物の中に入る。

十年以上前は軍用地であったこの場所も、いまは民間会社との合弁事業によって改修されていた。敷地のほとんどは現職の軍人に売却され、そのごく一部のみが宿舎としていまも残されている。

入り口は別々になっており、宿舎の部分は、外部委託された警備会社によって管理されている。

入り口には監視カメラが設置され、警備員が常駐していた。

居住エリアに入ると、老人がひとり、パソコンの画面を睨みながら麻雀をしている。

小艾が識別証を老人に向けると、彼はそれにちらっと眼を向けただけで、またパソコンの麻雀に視線を戻した。

エレベーターに乗り込む。

エレベーターの昇降路から、ケーブルを伝って地下一階へと降りていく。昇降路の壁の向こうが隣のエレベータへと通じているのを見つけるのに、それほど時間はかからなかった。昇降路の下方にある、錆びついた鍵のついた小さな鉄扉を押し開ける。身にまとった台湾電力の作業着に埃《ほこり》をつけると、もう一台のエレベーターに乗り換え、十二階のボタンを押した。

呼び鈴を鳴らすと、「誰」という女の声がした。

「台電です。電気回路の修理にうかがいました」

ドアが開くと、彼はマスクをした女を、部屋の奥へと押し戻した。

彼女が泣き叫ぶ前に、取り出した湿布で口をふさぐのと同時に、ゴム手袋をした両手で手錠をかけた。

幸い、彼らの子どもは、南の祖父母のところにいる。

部屋は狭くはない。寝室三部屋に、リビングと浴室が二つあった。

女をリビングに近いトイレに連れ込み、便器に座らせた。せいぜいズボンを濡らした程度で、床を濡らしてはいない。

便器に座らせると、とたんに女がもがきはじめる。彼は指を口に当てて「しっ」という仕草をすると、もう一つ手錠を取り出し、指の間に綿を挟み込んだ足にもかっちりと手錠をかけた。

台湾女性の間では、深緑色のペディキュアが流行《はや》っているのだろうか？

女の携帯を手に取ると、メッセージを送る相手を探す。

時間があるときに返信ちょうだい。ママが来てるの。急いでるみたいで、八時のバスに乗って帰るって。

キッチンは散らかり放題だった。

小艾はたまらずゴミを片付けると、煮込むべき食材を鍋に放り込んだ。

そういえば、まだまともな食事をしていない。彼は、冷蔵庫を開けて卵を取り出し、手早く炒飯をつくると、大皿に盛った。調理台の横にあった高椅子に腰をおろして、炒飯をかっ込んでいく。

携帯を見ると、着信音が鳴っている。

鍋の中のスープを確かめながら、スプーンで灰汁を取り除き、じっくりと煮込む。せめて彼らのために、雞湯《鶏スープ》は鍋に残しておくことにしよう。

トイレのドアを蹴る音がする。彼はドアを開けると、ガムテープを三回巻きつけて、女の足を便器の底に固定した。

彼はまた「しーっ」という仕草をして、女を黙らせる。

女が、押し上げたマスクの隙間からこちらを見つめている。

玄関のドアノブに鍵を挿し込む音がし、ドアが押し開かれた。

チャコールグレーのコートを着た男の背中が見える。男が靴を脱ごうと下を向き、ブリーフケースを置いて、こちらを振り返ったその瞬間――彼は大きな寝袋を、男の頭からすっぽり被せた。

足のつま先まで覆うつもりだったが、チェック柄の靴下を履いた両足だけが、寝袋の裾からはみ出している。

彼は、寝袋のチャックを締め、その中程にガムテープを三回きつく巻きつけた。

寝袋で覆われた男はうめき声をあげながら、身体をじたばたさせている。

だが、小艾が、男の腹に思い切り拳を叩き込むと、声はやみ、動かなくなった。

寝袋をリビングのソファまで運んでいく。手錠をはめるのは面倒だったので、寝袋を置くと、残りのテープを足首に巻きつけた。

彼はベルトの折りたたみナイフを引き抜くと、寝袋を切り、皮膚のたるんだ男の首に切っ先を当てた。刃先で喉のあたりを軽く二度撫でると、血が二滴、滲みだしてくる。

酒棚から酒を一本取り出した。いかにも役人好みの酒、ヘネシーXOだ。

寝袋の中でくたばっている男にも一口飲ませてやりたかったが、面倒なので自分だけ飲むことにする。

「副部長、申し訳ありません。お招きいただいたわけでもないのに、勝手に上がり込んでしまって。いくつか質問があるんです。わかる範囲でいいので、答えてくれませんか。奥様には何の手出しもしていませんので、どうかご心配なく。

奥様はトイレで、あなたがぼくの質問にしっかり答えてくれるのを待っていますから。

キッチンにはできたての雞湯があります。ぼくがつくりました。どうか安心して召し上がってください。何事もなかったように」

男はもがくのをやめた。

「あなたは、兵役には就かなかったと聞いていますが？」

「健康診断で不合格だったんだ」

「子どものころから軍事に関する本を読み漁《あさ》っていたそうですが、軍事専門家になりたかったとか？」

「いや」

「副部長は国防部に入ってどのくらいになりますか？」

「七カ月だ」

「仕事には詳しいんですか？」

「たぶん」

「では、周協和《しゅうきょうわ》をご存じですね？」

答えはなかった。ナイフの切っ先を二度、首筋に軽く這わせる。

「知っている。だがそれほどでもないんだ」

「それほどでもない、とはどういう意味です？」

「彼は戦略顧問だ。仕事で何度か会ったことはあるが、個人的な面識はないということだ」

「周協和は、いったいローマで何をしていたんです？」

答えはない。

「沈観止《ちんかんし》とは、いったい何者なんです？」

また答えはない。彼は、男の身体を転がした。靴下を片方だけ脱がせる。たいして運動もしていない彼の足は、柔らかく、扁平足《へんぺいそく》だった。兵役に行っていないというのも納得できる。

ナイフの切っ先で、足の甲を突いた。

「国家機密なんだ。話せない」

イラクで学んだことだった。まずナイフの切っ先を、足の甲に押し当てる。それからゆっくりと力を加えていき、切っ先が少しずつ皮膚の中にめり込んでいくのを観察するのだ。寝袋の中から鋭い悲鳴があがる。

ナイフの切っ先が骨に達したところで、さらに強い力を加えると、悲鳴は、切羽詰まったような喘ぎ声に変わった。

「沈観止は武器商人だ。アメリカの軍事企業二社の代理人なんだよ」

さらに力を加える。

「周協和については、本当に、何も、言えないんだ。彼は、総統府の人間だから」

小艾は考える。もしナイフの切っ先が、足の裏にまで達したら、いったいどんな気分だろう。さらに痛みは増すのだろうか？　足の裏を貫通してしまえば、風通しがよくなるから、ひんやり冷たく感じるとか？

「本当ですか？」

ナイフを引き抜くと、血が吹き出した。もう片方の靴下を脱がせる。脚は縮こまり、つま先は子宮の中に隠れようとするほど折れ曲がっている。

「周協和は、武器購入の交渉をしようとしていたんだ」

ナイフの切っ先を、薄い足の皮膚に突き立てる。

「彼は以前、ロシアに赴任していて、ウクライナの人間と、知り合いだったんだ」

さらに切っ先を押し込んだ。

「ウクライナは、我々に、ミサイルや潜水艦を売却できるという話だった」

さらに力を加えていく。

「彼の話だと、それは、キロ級潜水艦の設計図と、潜水艦発射対艦ミサイルだということだった」

骨を突き刺した。

「彼には、キロを手に入れる自信があったんだ」

寝袋の中で、悲鳴は嗚咽《おえつ》に変わった。

「米国が潜水艦を売却しないからといって、なぜ米国ではなく、ウクライナだったんです?」

　なんと、副部長は小学生のように泣きじゃくり、鼻をすすり、息も絶え絶えで、まさに瀕死といってもいい体たらくである。小艾が、何より耐えがたかったのは、ぶるぶると痙攣めいた動きをする寝袋から漏れ出してきた尿だった。

「安かったからだよ」

「それだけですか?」

「設計図と技術者が手に入れば、自分たちで製造することができる」

　ナイフを引き抜き、スラックスの裾で血を拭った。まだ重要な質問が残っている。

「自己紹介するのを忘れていました。ぼくは、艾禮と言います。聞いたことはありませんか?」

　男は身じろぎもしない。

「もう一度、訊きます。艾禮という名前を、聞いたことがありますか?」

「知らない」

「どうしてそうなるんです?」

「思い出した。そういえば、君の名前を新聞で見たぞ。周協和を狙撃した犯人だろ」

「以前に名前を耳にしたことは?　小艾ではどうです?」

「新聞と刑事局の報告書を見て、知ったんだ。以前は、君のことなど聞いたこともない」

「情報局に、誰かをヨーロッパに送るよう命令したのは誰なんです？」

「誰かをヨーロッパに、だって？」

「わかりました。もう結構です。足が穴だらけだ。消毒をしたら、包帯を巻いてください。それと奥様同僚には、誤って包丁を足に落としてしまったとでも言っておいてください。五分間は、決して動かないでくださいよ。五分経ったら、手錠を外して構いません。鍵は足許に置いておきます。雞湯はあと二十分ほど煮込んでください。ぼくがつくった蛋炒飯を置いておきますから、雞湯とブランデーのお供にどうぞ。最後に、今日のことは忘れてください」

小艾は、寝袋の中央に巻いてあったガムテープを切り、ナイフをしまうとドアを開けた。さきほどの地下を通って、パソコンで麻雀をしている管理人に軽く挨拶をすると、建物を出る。

彼には多くの時間があったはずだ。野望を叶《かな》えるべく、人生の大半を勉強に費やし、ようやく副部長へと昇進したわけだ。政府官舎の生活を満喫し、運転手つきの二四〇〇ｃｃの高級車を所有している男である。今日あったことを敢えて公にすることはないと考えていい。失職するくらいなら、不注意で足許に包丁を落としてしまったと嘘をつくことだろう。

鉄頭教官の以前の教訓にあった。役人になろうとする者の最大の弱点は、まさに、役人になった後は平民に戻るのを嫌う、ということである。

彼は台電の作業服を脱ぐと、レストランに向かうため、タクシーを呼んだ。

待ち合わせの時間まで、まだ余裕がある。彼は千元札を店の受付係の女性の右手に握らせ、白い薔薇《ばら》を左手にそっと手渡した。この薔薇の花で、娃娃《あいあい》が自分を許してくれればいいのだけど。


老伍が刑事局の部屋に入っていくと、皆が親指を立てて、彼の肩を叩いた。

デスクには、きれいに包装されたプレゼントの箱が十二個並べられている。中でも一番大きな箱は、クラフト紙とガムテープを使っていて、かなりの厚みがあった。さながらローマ神殿の外に転がっている石のようである。言うまでもなく、蛋頭の仕業だろう。

「プレゼントを開けたら、メモするのを手伝うぜ。黴の生えた茶葉や賞味期限切れのギフトを間違って贈ったやつは、誰であろうとC評価だからな」

そもそも、蛋頭は、何重にも包装して、紙を無駄に使いすぎているではないか。

イタリアの赤ワインであるキャンティは、マグナムボトルで、たっぷり入っている。妻の厳しい配給制度のもとでも、これなら一週間はもつかもしれない。

「それは、おれからのプレゼントだ。退職したら、日がな一日夕陽を眺めながら、ワインをちびちび飲んだりすりゃあ、昔の恋人のことを思い出したりもするだろうさ」

ワインのボトルをぼんやり眺めていると、紫煙を吐いている郭夫人の悲しそうな姿が、ふと脳裡に浮かんだ。そこから、どうにか蛋頭のワインに頭を切り替える。

「すでに人員を派遣していて、夜には郭家に機材を運び込むつもりだ。さらに私服を四人と、二台の移動監視車輛を近くに待機させる」

「局長がテレビで話してたことだが――」

「局長は役人さ。おれだって、退職しちまえばもう知ったことか。おまえと一緒に探偵でもやるさ」

「霍丹の身許についてはどうなってる？」

「老伍。やっぱりおれは、おまえなしじゃ、どうしようもないんだよ。霍丹の実の親だが、父母ともによくわからなくてね。どうやら養子だったらしい」

「養子だって？」

「彼を養子にした人物というのが、なんと、霍伯玉だった」

「老爺子か！」

老伍はすでにそうではないかと考えてはいたものの、その事実を聞いて、呆然と椅子に坐り込んだ。

「落ち着けって。大きな前進とはいえないが、それでも少しは進んだに違いないさ。霍丹と連中は、さらに三人の子どもを養子にしていたというわけだ。で、そのうちの二人は、今回の事件に巻き込まれ、一人は殺され、一人は自分を殺そうとしたやつを探している」

「三人じゃない。さらに増えて、四人の孤児だ。郭為忠はビルマの僑生で、単身台湾に留学していたんだ」

　蛋頭が口笛を吹いた。

「彼らは孤児院を持っている。五件の殺人、そして四人の孤児。家裡人は、家族ぐるみでやっているってわけだ。そこからさらに足を踏み入れたところに、黒幕がいる」

「老爺子はそろそろ百歳だが、彼は過去に生きているんだぞ。彼がその黒幕とは思えないが？」

「おまえの靴底に仕掛けておいた盗聴器の音声を聞いてから、霍伯玉の病歴を調べてみたんだがね、これが実に込み入っててさ。簡単に言えば、パーキンソン病だ。霍伯玉が霍丹を養子にしたときの手続きを調べるため、すでに人をやっている。わからないのは、洛紛英を養子にした霍丹がその前に死亡していたことなんだが、いったいどうやって養子にしたんだ？　調査に時間はかかりそうだが、結局、わからずじまいだろうな」

「それで次はどうする？」

「次はおまえの歓送会に決まってるじゃないか。引き継ぎをすませたら、荷物をまとめてもらって、サイレンを回したパトカー三台で、おまえを家まで送るよ。どうだい。花嫁を迎えたときの気分を味わえるんじゃないか？」

「おい、そんなに仕事が好きなら、引退なんてうっちゃってさ、退職延長を申請すればいいじゃないか。とにかく今夜は食って飲んで、来月はおまえが皆んなにおごってやればいい。そうすれば貸し借りはチャラだ」

「事件の方は」

「そんなことはできないだろ」

「冗談だって。とにかく飯は食ってもいいが、酒は控えようか。局長と副局長、各級の長たちは歓送会には参加できないっていうが、こういうのは身内だけでやればいいんだよ」

「で、私の歓送会に対して、おまえは何をしてくれるんだい？」


案じていたとおり、歓送会は、滞りなくというわけにはいかなかった。

携帯が鳴り、それから緊急出動の要請が入った。気象専門家の話によると、春節前には気温がマイナス一度まで低下し、標高三千メートル級の玉山《ぎょくざん》や合歓山《ごうかんざん》に雪が降ることも珍しくはないという。台北市の隣にある陽明山《ようめいさん》でも、五分ほど雪が降った。台湾は亜熱帯に属するが、標高約千二百メートル級の陽明山にも雪が降ることがある。この二週間で百四人が亡くなったが、そのほとんどは、心筋梗塞を患った高齢者だった。もちろんすべてを天候のせいにはできないが、天気の影響はかなりあったと言わざるを得ない。

歓送会は午後七時半に始まり、九時半にはお開きとなったが、酒を酌み交わしたときの挨拶は皆が同じだった。

「老伍、またプライベートで会おうじゃないか」

老伍は人情に篤いわけでもない。それでも、軍隊学校に行って、腕に象形文字で「家」の刺青でも入れておけばよかったと思うほどだった。

戸政部門の同僚からメールが届いていた。蛋頭が、老伍の肩越しに携帯を覗き込む。


養子縁組関係に関する調査について、判明した部分についてのみお知らせします。畢祖蔭の養子である艾禮、陳洛老の養子である陳立志、霍丹の養子である洛紛英のほか、畢祖蔭は、霍伯玉の養子となっていました。

彼らの関係については以下のとおりで、現在も調査を継続中です。

霍伯玉、一九一七年生まれ。（通称・老爺子）
判明した五人の養子については以下のとおり：
畢祖蔭、一九二九年生まれ（一九八八年に「小艾」こと艾禮を養子に迎える）
陳洛、一九四〇年生まれ。（一九九二年に「大胖」こと陳立志を養子に迎える）
霍丹、一九四一年生まれ（すでに死亡。一九八一年死去。洛紛英と養子縁組）
沈觀止、一九四五年生まれ。（いわゆるピーター・シャン）

梁在漢《りようざいかん》、一九四七年生まれ（陸軍中将。退役後渡米）

いささか複雑な家族といえた。霍伯玉は五人の息子を養子にし、そのうちの三人がまた艾禮のほか三人を養子にしている。

「ありえないな。沈観止も霍伯玉の養子だったのか？」

「そんなことだろうとは思っていたよ」

蛋頭は、珍しく真剣な表情だった。

「一九四九年に、政府が大陸から台湾に撤退してきた当時、多くの者は大陸から出ることができなかったんだ。そこで、台湾に来ることができた友人や親戚に、子どもを託したというわけさ。で、台湾で戸籍をつくる際に、すべての子どもは、一人の籍の下に登録されることになった。その最初の兆候が、畢祖蔭だ。彼は老爺子より十二歳ばかり年下で、苗字《みようじ》が違う。老爺子の戸籍に記載されていたのだから、当然何らかのかたちで霍伯玉の養子になっている」

「そんなにたくさんの人が出られなかったのか？　それで、その子どもたちというのは、老爺子に引き取られた後は、台湾から出ることができたと？」

「老伍、どうして親たちが出られないのに、子どもたちだけは出ることができたのだと思う？」

「不思議だな」

「大陸に残ったのは諜報員さ。政府は、彼らの子どもを台湾に連れてくるのに協力したことになっているが、それは軍人としての彼らを安心させると言うのも、もちろんあったろうが、要するに、体《てい》のいい人質だったんだろうな」

「五人の子どもは、老爺子が引受人だったのか？　梁が大陸にいた当時、彼はまだ二歳だったんだぞ」

「老伍。老爺子は情報局の人間だ」

「どうして情報局の人間が、家裡人なんだ？」

「家裡人は、おおっぴらに動くことはない。情報局に所属する関係者かもしれないし、とにかく得体が知れない連中だな。ともあれ、注意することだ。彼らだって、当然、おれたちが連中を調べていることには気がついているだろうからさ」

「私たちは警察だぞ」

「刑事局のボスと、情報局のボスと、どっちが偉いんだ？」

　じっとしてはいられない。情報局のことを考え出すと、アルコールが酒気《さかけ》を帯びた汗となって噴《ふ》き出してくるような心地がする。

　老伍はタクシーに飛び乗り、まっすぐ郭家に向かった。

郭家のあるアパートの周囲にはパトカーと私服警官が配備され、監視車のモニターには、周囲の路地や入り口、家屋の窓が八つの方角から映し出されている。

老伍が呼び鈴を鳴らすと、郭夫人がドアを開けた。

「すでに配備は完了しています。あとは二人のお子さんを、お母様の家に送るよう手配しましょうか？」

「伍刑事、お酒でも飲まれたんですか？ ひどい汗。入って、お茶でもいかがです？」

「いいえ、結構です。ちょっと立ち寄っただけですから。すべて、問題ありませんか？」

郭夫人は、老伍に添えていた手を引っ込めると、

「大丈夫です」

彼女がそう言った刹那、金属バットが、老伍の背中をしたたかに打ちつけていた。

前によろけた老伍の身体を、慌てて郭夫人が抱き起こそうとする。

だが再び、今度は木製バットの一撃が、老伍のふくらはぎに入っていた。

三本目のバットが振り下ろされる前に、私服警官が素早く銃を抜き、男に向かって突進していた。

パン、という銃声が、暗い繁みの向こうからし、私服警官に命中する。

老伍は、郭夫人を抱いてしゃがみ込み、コートのポケットから銃を取り出そうとしたが、間に合わなかった。もう一発の銃弾が、建物入り口のドア枠に命中したのに驚きながら、

自分は勤務中、銃を持ち歩く習慣がなかったことを、老伍はいまさらのように思い出していた。

別の方角から私服警官三人が駆け寄り、立て続けに何発も発砲した。

公園の暗闇に身を潜めて、老伍を撃とうとしている複数の人物がいる。

私服警官の三人も、銃弾を避けるために隠れるしかない。立て続けに銃声がした。

「中に入って、早く」

老伍は、胸に抱いていた郭夫人に叫び声をあげた。

銃弾が街灯を撃ち抜き、あたりが暗くなる。

目出し帽を被って顔を隠した二人組が、バットを振り回して再び襲いかかってきた。

もう何年も練習していないとはいえ、空手の腕は鈍ってない。

老伍は、一人の臑《すね》に、骨を砕くほどの強烈な蹴りをぶち込んだ。

その瞬間、男がバットを振り上げる。

鋭い擦過音とともに耳許を疾り抜けていくバットをぎりぎりでかわし、軸足だったもう片方の脚で、二人目の男の踵を払う。すると、先ほど倒した男が、バットを老伍に向けて投げつけてきた。

　しまった。バットが左の肩甲骨に命中した。

腕に激しい痺《しび》れを感じながらも、横になった男の身体へ、がむしゃらに蹴りを放つ。

男の手にしたシルバーの改造拳銃が、老伍の顔に向けられていた。

郭夫人が老伍に抱きついてきたが、老伍は何も考えず、手足を大きく拡げて、郭夫人の前に仁王立ちとなった。

パンッ。

老伍は、銃弾が身体を貫く音をはっきりと聞いた。

パンッ。

その音とともに、改造拳銃が地面に落ち、銃を手にした男が足許に倒れていた。

再びパンッ、という銃声がし、公園から飛び出してきた男が倒れた。男は、拳銃を手にしていた。

「離れろッ」という声とともに、三人の私服警官が、老伍の周りを囲んでいた犯人たちに飛びかかっていく。

老伍が男たちと闘っている最中にパトカーが到着していて、周囲を取り囲んでいた。

老伍はうめき声をあげながら、顔をあげた。

眼の前には、三人の私服警官に取り押さえられた凶悪犯がいた。そして、その向こうには、四方に逃げていく数人の暴漢たちの後ろ姿が、さらにその先にはそれを追いかける警官が、そして、さらにはいま起きていることを写真やビデオに撮影しようとする数十台の携帯があった。撮影している彼らは、流れ弾が怖くないのか？

彼は片手を地面について、身を震わせている郭夫人を建物の中に入れる。ふと、向かいの建物を振り返ると、最上階でライフルを持った人物が、こちらに手を振っていた。

結局、小艾は、娃娃が予約した店には入らなかった。心は冷め切っている。これでは蠟燭《ろうそく》の明かりの下でフランス料理を食べる気もしない。彼はまず、答えを見つけ出さなければならなかった。

照準器を外し、M1を折り曲げると工具箱に入れる。彼は、もともと郭為忠の妻を訪ねるつもりだったのだが、周囲には、コートの内に拳銃を隠し持った輩がうろついていた。

彼が建物の陰に身を隠すと、突然、銃撃戦が始まった。他に選択肢はない。いまここで、伍刑事を死なせるわけにはいかない。彼の抱えている問題は、まだ解決していないのである。

彼は一メートルも離れていない防火レーンを飛び越え、隣の建物に設置された非常階段を滑り降りた。デパートの外は、何があったのかと集まってきた野次馬《やじうま》でごった返しており、小艾は素早くその群衆に紛れ込んだ。

警察が、バットと改造拳銃を手にした暴漢の集団を逮捕していた。プロの殺し屋ではない。金で雇われたチンピラのように見える。

ここに長居するわけにもいかなかった。彼はMRTに飛び乗り、上着の内ポケットに入れていた携帯で、留守電のメッセージを二通、残しておいた。

郭為忠のことについて尋ねる機会をまた見つけないといけない。郭為忠が、この事件の黒幕が誰なのかを知っていたとすれば、あるいは、彼の妻もそのことを知っていた可能性がある。おそらく彼女は、そのことを伍刑事に話すつもりだったのではないか。そうでなければ、連中が、伍刑事を殺すなどという、極悪非道な行為に出るはずがない。

伍刑事は、バットで二発殴られたものの、被弾は免れていた。命に別状はなかったが、救急車で病院に運ばれてしまったので、小艾は、伍刑事と話す機会を失ってしまった。

犯人たちが次々と警察局に護送されていった後も、大勢の警察官が郭家の警護を続けている。結局、彼は、郭夫人に一言も話しかけることさえできなかった。

ここ数日間の、郭為忠と邱清池に関するネットでの報道に眼を通していくうち、新たに多くの疑問が湧いてきたのである。

邱清池は、陸軍武獲室の執行長であり、武器の購入を担当していたという。ピーター・シャンは、ヨーロッパにおける武器商人であり、郭為忠はドイツで訓練を受けていたというから、あるいは郭自身も武器売買に絡んでいたのかもしれない。

伍刑事は、あまりに多くの手掛かりを探り当ててしまったのだ。事件の背後にいる人物を脅《おびや》かす手掛かりを。

いまは、二人で会うことはできない。とはいえ、時間はなかった。唯一残された方法は、危険を冒してでも、伍刑事の携帯に直接電話をかけることである。メッセージは送信できない。直接彼に問いただす必要があった。

台北では、公衆電話がなかなか見つからない。彼は、硬貨の使える電話が置かれている中華電信まで自転車で行き、思い切ってその番号にかけてみた。

誰も出ない。

次に鉄頭教官の番号にかける。こちらが先に出た。

「手掛かりを摑んだぞ。武器売買の件だ」

鉄頭教官の声は大きく、はっきりしていた。

「もう一つ、訊きたいことがあります。キロのことで」

「キロ？　それは、どういう鳥だ？」

「ロシア製の潜水艦です。聞いたことはありませんか？」

「調べてみよう。いまどこにいる？　おとなしく、連絡を待て」

鉄頭教官は、冗談を口にせず、それだけを言った。

小艾は、再び伍刑事の携帯番号にかけてみたが、電話に出たのは彼ではなかった。

「伍刑事に繋いでもらえますか」

「彼はいま取り込んでまして」

「彼に話を聞いてもらいたいんです」

「どなたですか？」

「彼の甥です」

「老伍に甥ができたって？　老伍、電話に出られるか？　向こうはおまえの甥だと言ってるが、愛人につくらせた子どもだったりしてな」

「もしもし、どの甥だって？」

「伍刑事、ぼくです」

しばらく沈黙があった。

「話してくれ」

「話せますか？」

「ああ、大丈夫だ。薬を飲んだところでね」

「彼らの行動からすると、あの夜に狙われたのはあなたです。あなたが知りすぎたと疑っているのです」

「なるほどね」

「郭為忠と大胖は、邱清池と何か関係があったんですか？」

「ああ。金が必要だったら、明日、私のうちに来い」

「どんな関係だったんです?」

「金が必要ならうちに来ればいい。急ぎでも、とにかく私が家に帰るまで待っていろ。わかったか?」

電話を切った。

伍刑事の家に行く?

彼は、小艾が飛び込んでいくような罠《わな》を仕掛けているのではないだろうか?

電話が鳴った。鉄頭教官からだった。

「キロがどういうものか、調べてみたよ。海底から対艦ミサイルを撃墜できるのだな。ロシア製だが、設計者の中にはウクライナ人もいる。周協和がローマに行ったのも、ウクライナ人の武器商人に会うためだったらしい。とにかく会って、詳しい話をしようじゃないか」

「蝦釣り場で、ですか?」

小艾は思わず訊きそうになった。それとも小金のバーで?

「いや、警察が張り込んでいる。わしがおまえたちと一杯やりながら、餡餅《中華おやき》を肴に話をした場所を覚えているか?」

「覚えています」

「午前一時に会おう。気をつけろ、見張られているぞ」

しばらくしてから伍刑事にメッセージを残し、小艾は、工具箱を後部座席に縛りつけると、バイクにまたがった。

小艾からの電話もなく、老伍が家に帰ると、妻はいかにも不機嫌そうな顔をして待ちかまえていた。

「もうすぐ退職だっていうのに、どうしたの？　何かあったの？」

いったい、何と言えばいいのだろう？

ひとしきり妻の愚痴を聞いてやると、ようやく癇癪《かんしやく》もおさまったらしい。機嫌を戻した妻は、餛飩麵《ワンタン麵》をつくるからと言ってキッチンに引っ込んだが、入れ替わりに息子が部屋から出てきて、餛飩麵だったらぼくも食べたいと言う。

老伍が酒瓶に手を伸ばすと、妻がその手を平手打ちした。

「母さん、小さいグラスでいいからさ、父さんに飲ませてあげてよ」

そう言う息子に、妻は不満そうな声で、

「父さんと息子は一心同体。私を仲間はずれにするつもりね。息子の名前が伍で、あなたも伍。どうせ私なんていなくてもいいんでしょ！」

捨て台詞《ぜりふ》を残すと、寝室に引っ込んでしまった。

息子が、父に酒を注ぐ。小さなグラスだった。

老伍が、高粱酒を飲み干したグラスにウィスキーを注ぐ。小さいとはいえ、グラスはグラスだ。幸福な家庭ではないか。

餛飩麵を食べたいと言ったのは、ただの言い訳でさ、と息子は声をひそめると、

「父さん、調べて見たんだけど、やっぱりうちのネットが、ハッキングされているみたいなんだよ」

「まもなく退職するっていう刑事の自宅を、わざわざハッキングしようなんて物好きがいるのか？」

「だからおかしいんだってば」

息子が、困惑と期待の入り混じった声音で続けた。

「父さんたちは、何かわかったの？」

見せてはいけないものではあるが、老伍は、息子と事件の情報を共有したいという興奮を抑えることができなかった。

息子は眼を見開いて携帯を見ると、

「へえ。これはすごいや。霍伯玉は、五人の子どもを養子にして、その息子たちがまた別の子どもを養子にしたってことだよね」

「誰にも言うなよ。それと、ハッキングは禁止だ。わかったな？」

「わかったってば」

携帯が鳴った。取ると、女の声がした。

「伍刑事、私に会いたいそうですね。洛紛英です」

老伍は思わず椅子から転げ落ちてしまった。

傷の痛みに歯を食いしばりながら、背筋を伸ばして座り直す。

「休暇中なんですが、何か急用でも？」

「どこにお住まいです？　少しお話ができればと思いまして」

「小艾と大胖のことですか？　二人には、もうずっと長いこと連絡もしていないので、話すこともありませんけど」

「台湾にいるんでしょうか？　でしたら一時間ほどで結構ですから、お時間をいただけますか」

「わかりました。今夜はどうでしょう？　十二時に」

「もちろんです」

老伍はペンを取ると、言われた住所を書き留めた。

「ここはどういうところなんです？」

受話器の向こうから、ちょっとした笑い声がした。

「私の同級生が文化創作プロジェクトをやっていて、その事務所があるんです。三人の女性でバーをやってるんですよ」

「私がお邪魔しても、大丈夫でしょうか？」

「伍刑事はお急ぎのようですから、邪魔も何もないでしょう」

「わかりました。その時間にうかがいます」

老伍は、ウインドブレーカーを取り出した。

「父さん、怪我してるのに出かけたりなんかしたら、また母さんに叱られるよ」

老伍は微笑んで、言った。

「引退する前に、この事件は片付けておかないとな。納得がいかないんだよ。刑事としてのDNAだな。間違いなく、おまえには私から受け継いだものがある。きょう、私が話したことを思い出してくれよ。いつか——そうだな、一年後か、一カ月後か、ある日、おまえが証人になってくれ。そのときは、ワインを一本持ってきて、言ってくれよ。父さんを認めるとな」

息子は思わず笑った。向こうから、妻の罵り声が聞こえてくる。

「父さんと息子は一緒になって私を敵にするつもりね。あなたたち二人の世話なんてもうしないんだから」

老伍は、息子の口をふさぐと、

「一緒に謝りに行こうか。母さんがぐっすり眠れなかったら、明日はもっと大変なことになる。おまえの母さんは、私たちの運命だ。何があろうとも運命に従い、気楽に生きていこうじゃないか」

2

小艾《がい》はナイフを手に取ると、靴底をそぎ落とした。

軍靴には慣れている。この靴は、三年間、彼とともにあった。イラクの黄塵にまみれ、コートジボワールにあるラグーンの、あの接着剤のような湿地をくぐり抜けてきたのだ。別れがたい気持ちはある。だが小艾は、思い切って靴底をそぎ落とすことにした。

水たまりの中を、少しだけ歩いてみる。足音はしない。

これで靴跡は残らない。だが、この靴がフランス軍の正式な装備であることは誰にでもわかる。もしかすると、台湾にあるのは、彼が履いているこの一足だけかもしれない。

銃と弾薬を確認する。弾はあと九発しかない。できれば使いたくなかった。

出発だ。

拝借したバイクは、公営住宅のそばに停めてある。

すでに十時半を過ぎていた。いつもであれば、水源《すいげん》市場や東南亞電影院に宵っ張りがたむろしているのだが、今夜は体感温度が一度ということもあってか、ほとんどの店は閉まっている。道行く人の姿も少ない。

山側の歩道を右に曲がった。

路の上に、街灯の明かりが長い影を落としている。

水源高速道路の下の歩道を歩きながら、彼は物陰にそっと足を踏み入れた。

前にも後ろにも車が来ていないことを確かめると、土が崩れないよう、土砂崩れ防止の角型セメントブロックを摑み、手足を使って、三十メートル近い、ほぼ垂直な山肌をよじ登っていく。

山の斜面には、平屋や二階建て、二階建てに建て増しをした三階建てなど、無許可の建物がひしめくように立ち並んでいる。狭隘な路地は曲がりくねっていて、二人が並んで歩くのがやっとだった。

もともとここにいた住人たちは、長い月日の間に、ほとんどが引っ越してしまったようだ。街灯の明かりもない。唯一人が住んでいると思しき、道路沿いの建物の窓から聞こえてくるのは、中国本土のどこかからやってきた、強い訛りの女の声だけであった。

昔、鉄頭教官の旧友がここに住んでいたことを思い出す。彼のつくる餡餅は、世界一うまかった。ほんの少しだけ焦げ目のついた生地に、もっちりした小麦粉の香りがし、羊肉にはフェンネルが混ぜ込んである。少し辛味が強い。だが、これに慣れるとやみつきになる。

鉄頭教官は、この餡餅を肴に一杯やるのが好きだった。いつも一人で二個は食べる。冷めたらまたこれを煎める。大胖は、多いときには十六個も平らげたこともあった。

鉄頭教官の友人が餡餅を売っていた家があった。いまはカフェに改装され、鉄門には三つの大きな鍵が掛けられている。

靴の中に水が染みこんできた。彼は靴と靴下を脱ぎ、近くにあった空き家の低い屋根まで数歩でのぼった。

小雨が降りやむ気配はない。

路地の角にある街灯は、なぜかひとつも灯《つ》いていなかった。


老伍《ご》は、タクシーでその場所に向かった。

頂州《ちゅうしゅう》路に入り、水源市場を横に見て、東南亞電影院の前も通り過ぎると、山の中腹あたりの入り口で車を止めてもらった。

まだ時間が早かったので、山の上まで歩いてみることにする。歩いてもたいした距離ではないし、寶藏巌《ほうぞうげん》は、夜になるとほとんど明かりが灯らない。では、なぜ娃娃《あいあい》はここを待ち合わせの場所に指定したのだろう?

寶藏巌は、もともと人の住んでいない土地であった。十七世紀に、福建省からやってきた移民たちが移り住み、仏陀《ぶつだ》と観音菩薩《ぼさつ》を祀《まつ》る観音寺を虎空《こくう》山に建立したのが始まりである。その後、浮浪者や退役軍人が、觀音寺の中腹に、煉瓦と木材を運んで簡素な家屋を建てはじめると、ここは台北市《たいほくし》で最も有名な無許可建築が立ち並ぶ場所のひとつとなった。市政府は何度もこれらの建物を取り壊そうとしたものの、退役軍人たちの抵抗は激しく、また、文化界からも建物の維持を求める声が強かったこともあって、市議会は、寶藏巖を市有古跡に指定した。

無許可の建造物であるから、不動産許可証はない。それでも市所有の公有地であることに変わりはなく、空き家は文化・創作活動の拠点として文化・歴史関係者に提供され、この十年間で、次第にその規模を大きくしていったのである。

娃娃の友人が、ここで文化創作プロジェクトに取り組んでいるだって？　蛋頭《たんとう》に知らせるつもりだったが、彼女からどんな話を聞き出せるかわからないため、まずは彼女に会うのが先だろう、と老伍は考えた。

寶藏巖は、台北の外れにある。通りをひとつ入っただけで、あたりは暗く、静まり返っている。

かつて旧暦元年は乾季とされていたが、今年は珍しく雨がやむことなく降り続いているため、農民たちも水不足に悩まされることはなかった。

觀音寺の前を通りかかった老伍は、恭しく廟を拝んだ。

彼は富や官職を求めることなく、常に平和を祈っていた。

腰の拳銃に触れる。

小艾は警告していた。チンピラが狙ったのは彼だったと。

ずぶ濡れだった。引退まであと一日しかない。だが一刻も早く、洛紛英に会わなければならなかった。


漆黒の夜であった。

小艾は、銃を手にしたまま身をかがめ、最も強固な、トタン屋根中央の棟の側面にそっと身体を押しつけた。山の中腹にあるコンクリート製の家屋の上までのぼると、屋根を転がり、暗視ゴーグルで周囲を見渡してみる。何かが動く気配はない。静かだった。

ポケットからおもちゃのような携帯を取り出すと、鉄頭教官の声がした。

「早いじゃないか？　なぜわしに会いに来なかった？」

「教官は、周協和《しゆうきようわ》がなぜローマに行ったのか、調べたのでしょうか？」

「ああ。国防部の潜水艦は、予算における最優先事項だ。かりに周協和が取引に成功して、キロの設計図と技術者を手に入れることができれば、台湾は独自の潜水艦を建造できる。素晴らしい成果じゃないか。とにかく小広場で会おう」

「ウクライナのものを買収しても、アメリカは怒らないのでしょうか？」

「急いでるんだ。アメリカの顔色などうかがっている暇はない。ウクライナの経済はうまくいってないが、それでも科学者や技術者をたくさん抱えている。ウクライナは、ロシア製の戦車をアメリカの十分の一の値段で売却するつもりだと聞いているが、いったい戦車で何をするつもりだ？　陸軍の規模を拡大する？　一方の潜水艦は、魅力的ではないか。彼は、戦略顧問だぞ。総統府の官邸にも出入りすることができ、そこでお茶を飲むことだってできるんだ。誰が、彼に反対意見など言うことができるものか」

「それだけのうまい話であれば、どうしてぼくに周協和を殺させる必要があったのです？」

「小艾」

鉄頭教官は焦れったそうな声になって、続けた。

「わしは、政治のことはよくわからん。とにかく、小広場で会おうじゃないか。どうして教官を信用しない？　わしは、小さな蝦釣り場をやっている、いまの生活に満足しているのだ。おまえの首を刑事局に差し出して、金を巻き上げるつもりなどあるわけがない」

「兵器売買の標準的な手数料は一千分の三だそうですね。アメリカからＭＩＡ２を購入すると、三百億台湾ドルです。ＭＩＡ２戦車の手数料は、三百億台湾ドルですから、その〇・三パーセントは九千万になります。周協和とウクライナが取引できたとして、潜水艦の設計図を手に入れて、技術者を派遣するとなると、いったいいくらになるんでしょう？」

「教官であるわしも、もう歳だ。数学は得意じゃない。わしを試すようなことはするな」

「ぼくが言いたいのは、沈観止《ちんかんし》は、米国と戦車の売却について交渉の真っ最中だったはずなのに、その一方で、周協和は、ウクライナから潜水艦の設計図と技術者を手に入れようとしていたということです。かりにこの交渉が成立したとすると、その手数料は、沈観止にはいかなくなる」

「頭がくらくらするな」

「教官、まだわからないことがあるんです」

「言ってみろ」

「周協和の殺害を指示してきたのは、娃娃でした。ぼくはもともと、教官の考えだと思っていたのですが、教官はすでに退役しています。その後、教官がぼくを殺すよう指示できる唯一の人物である大胖《はん》が、ぼくの前に現れた。大胖は、ぼくがどこに住んでいるかも、ブダペストの避難所にいたことも知っていました。これはいったいどういうことなんでしょう？」

　携帯で話を続けながらも、小艾は、ずっと、暗視ゴーグルで周囲の動きに注意を払っていた。屋根の真横から、距離にして百二十メートル先で、人影が揺れている。鉄頭教官だろうか？

「その話は、娃娃に訊いてみろ。彼女は国防部の人間だ。上司の指示に従うに決まっているだろう。小艾、おまえは私の部下ではない。従うべきは、国だ。わしはもう引退したんだ。わしの後継者が、おまえを指揮する権限を持つことになる」

返事はせずに、小艾は、リュックからイルカの浮き具を取り出すと、口から空気を入れて膨らませた。レインコートを着せた浮き具を放ると、屋根の上を二回転して、パラペットまで落ちていく。

「おい、聞いてるのか」

「教官、電波が悪いようです。聞こえています」

「おまえは、教官であるわしに、はめられたとでも思っているのか?」

「いえ。ただ、わからないだけです。周協和への狙撃の時間と場所の指定は正確すぎました。誰が命令したにせよ、どうしてそんな細かいことまでわかったのか、もしかして彼はその場にいたのではないでしょうか? 教官、娃娃の局長は誰ですか?」

「国防部の副部長だ。民間人だよ」

「彼は、ぼくが誰だか知っているのでしょうか?」

「わしは、彼におまえの話はしていない。ただ、おまえのことは機密ファイルに載っている。小艾、おまえが台湾を出てから五年の間、わしが一度でもおまえに連絡をとったことがあったか? 退役して五年以上も経つのに、総統府の戦略顧問を殺すためにおまえに声をかけると思うか? どうかしてるぞ!」

ふいに足音が聞こえ、突然、雨が大降りになった。

小艾はパラペットから壁に向かって反転し、下にある別の家のトタン屋根に転がり込む。トン、という軽い音が響いた。

相手に、自分のいる場所を晒してしまった。すぐさま斜面を転がり、排水管の近くまで辿り着くと、暗視ゴーグルを額に押し当てた。銃を構え、右頬に当てる。スコープ越しに向かいの家屋の屋根を見ようとしたが、雨が激しすぎて、何も見えない。

足音を発していた人影が、三方を囲まれた小広場の旗竿《フラッグポール》の下で止まると、ふいに光が瞬いた。

携帯の画面らしい。小艾は、その背の高い人影が伍刑事であることに気がついていた。いったい、彼がどうしてここに？　傘をさしていない老伍の頭が、その明かりに照らされて、標的のように闇の中に浮かびあがった。

寶藏巖は、激しい雨音しか聞こえない静けさに包まれていた。携帯で話をする老伍の声が、雨の音に混じって聞こえてくる。

「もう首を突っ込むんじゃない。見てみろって……どの新聞だ？　誰を見つけたって？　三人目の狙撃手の身許？　思い出したぞ、そういえばチェコで殺された——」

雨はさらに激しくなってくる。小艾が二歩前に踏み出すと、向こう側の人影が大きく動いた。

「張南生《ちょうなんせい》？　陸軍を退役した軍官だって？　国防部は記者会見でなんて言ったんだ？」

小艾の胸が轟いた。その名前には聞き覚えがある。

「そうだ。蝦釣り場を開業したのは黄華生だ。張南生じゃない。何だって、もっと大きな声で話してくれ。

張南生は、黄華生の教え子だって？　狙撃隊の？　小艾より一つ年下の？　どうしておまえはまたハッキングを——」

もう一つの人影が現れた。右の前方。鉄頭教官のほかに、もう一人いる。

「とにかく戻ったら話そう。おまえは、ネットでニュースをあたってみてくれ」

伍刑事は携帯をしまうと、周囲を見回している。すると、また着信音が鳴り、彼は携帯を取り出した。いけない。赤い閃光が疾った。誰かが、伍刑事を狙っている。小艾は、考えもせず、思わず叫んでいた。

「伏せてくださいッ！　伍刑事、伏せて！」

同時に、小艾は銃口の向きを変え、二つめの黒い人影に向けて引き金を引いた。銃弾が向きを変え、降りしきる雨の中を疾り抜けていく。

赤い光点が消えた。伍刑事には、小艾の警告が聞こえたらしい。すぐにその場へしゃがみ込んだ。パンッという銃声とともに、敵の銃弾が、伍刑事の背後にある旗ポールの土台のコンクリート柱に命中する。

小艾の叫び声を聞いたとき、彼はすぐさまうずくまることができなかった。

背中に激痛を感じてとっさにひざまずくと、携帯を投げ捨てて、拳銃を取り出した。そのすぐ後に、彼はコンクリート柱に撃ち込まれた銃声を聞いた。河濱《かひん》公園の石墩に、小艾が銃弾を撃ち込んだときと同じ音だ。

彼は両手で銃を構えると、通りを挟んだ向こうに建つ、不揃いな高さの家屋の屋根を見回していく。

息子が教えてくれた新たな情報は、老伍の心の中に芽生えた疑惑を裏づけるものだった。孤児たちによって構成された私設軍隊を率いる首領が、認知症になったことにかこつけて、何者かが羽林孤兒の軍隊を掌握したのである。

小艾は、すでに屋根から降り、建物の壁に身体を押しつけるようにして、再び標的を探しはじめていた。

バイクのヘルメットの中に隠していた携帯から、鉄頭教官の声が聞こえてきた。

「小艾、わしよりも警察を信じるのか？　まだ疑問があるというなら、警官のいないところでちゃんと話をしようじゃないか」

答える前に、伍刑事が叫んでいた。

「警察だ、銃を捨てて投降しろ」

位置を入れ替える間も、小艾の両眼は、赤い光点が現れた場所——七十メートル右前方に建つ、建物中央の窓をじっと見つめていた。

彼らの狙いが自分ではなく、伍刑事であることは、明らかだった。

鉄頭教官であれば、簡単に自分の位置を気取《けど》られるようなことはしないはずだ。

少なくとも二人いる。鉄頭教官と、もう一人。

スコープを通して、小艾は、中央の窓を凝視する。サイレンサー銃の銃口が見えた。

伍刑事は身を低くしているとはいえ、大きな標的であることに変わりはない。誰かに命を狙われているのに、どうして携帯で話などしていたのだろう?

伍刑事は、建物の反対側にいるスナイパーに電話をかけた。

「伍刑事だ。いま、あなたはどこにいるんです?」

対面の建物だった。銃口の背後で、携帯の画面が光っている。その光の中に、犯人のシルエットが見えた。

小艾は息を止めて、相手に狙いを定める。どうして——

娃娃の銃口が下方に動き、小艾に照準を定めていく。

百メートルにも満たない距離だ。風や雨を測る必要もない。

小艾は、長年の訓練によって鍛えられた直感に従うまま、引き金を引いた。

彼は心の中で叫んでいだ。

娃娃。

娃娃の絶叫が聞こえた。彼女が手にしていた銃口が下を向く。だが、その前に、彼女のライフルから放たれた銃弾が、壁の下にうずくまっていた小艾を目がけて飛んできた。雨を突き抜け、夜の闇を突き破り、小艾のヘルメットの上部は、凶悪な一撃によって撃ち抜かれていた。

ヘルメットが真っ二つに割れて落下し、携帯が水たまりに落ちる。小艾は転がりながら携帯を拾い上げると、そのまま反転して小広場に飛び込み、伍刑事を地面に押さえつけた。

「伏せてください」

「艾禮《ほう》？　洛紛英を殺したのか？」

銃弾が、小艾の左太腿を貫通する。今度は筋肉の外層に止まらず、小艾は太腿の骨が砕けるのをはっきりと感じていた。彼は力を振り絞って伍刑事を抱きかかえると、再び狭い路地へと転がった。

携帯の画面が明滅している。

「小艾、大したものだな。わしが、おまえに『餌』を教えたのは覚えてるだろう。だが、おまえの餌はいただけなかったぞ。イルカの浮き具とはな。そんなものを使わずとも、娃娃を囮《おとり》に使えばよかったのだ」

娃娃——

小艾は全身を激しく震わせていた。

鉄頭教官が使った餌は、娃娃だった。

「黄華生《こうかせい》か？」

老伍は、携帯を耳に当てている小艾に訊いた。老伍は小艾を押しのけると、小さな段差のある狭い路地を飛び出し、通りの反対側にある建物の屋根に向かって発砲した。壁やトタン屋根に銃弾が命中するが、風雨が銃声をかき消すことはない。

「刑事局だ。黄華生、武器を捨てて投降しろ」

小艾は、伍刑事が自分を庇《かば》おうとしていることに気がついていた。小艾は銃口を伸ばし、眼の前の屋根に狙いを定めた。

雨がトタン屋根を叩いている。小艾はその音に集中した。雨粒が人の身体に当たっても音はしない。

細い、霧のような雨の向こうに、スコープが突き出しているのが見えたが、その狙いは、自分ではなく伍刑事だった。

鋭い閃光が疾り抜けたと同時に、老伍は、右の腹筋に引き裂かれるような痛みを感じた。彼は思わず路の水たまりに倒れ込み、手から離れた銃は、手許から数歩先に弾かれていた。

鉄頭教官が、まず伍刑事を殺そうとしていることを、小艾はすぐに理解した。

伍刑事は、鉄頭教官の死を望んでいるのであろうが、小艾は違う。自分は彼の教え子であり、また政府高官殺しの指名手配犯であった。彼が何を言おうとも、誰も信じてくれないであろう。副部長でさえ、自分の名前を聞いたことすらなかったのだ。

最初から最後まで、すべては鉄頭教官の命令の下に行われたことであった。彼が娃娃に命令を下し、そして娃娃が小艾に周協和の暗殺を命じたのである。

老伍は、地面に倒れたまま、動くことができなかった。

小艾の『餌』になることさえできず、水に浮かび、ただ撃たれるのを待つだけの鴨となり果てていた。

左肩の痛みがひどい。鮮血が顔にもかかっている。

頭がすっかり混乱していた。小艾が洛紛英を殺し、そしていま、黄華生が彼を殺そうとしている。

黄華生こそは、洛紛英を操る黒幕だった。

黄華生は不動産を所有していない。そして彼の戸籍は、くだんの蝦釣り場となってはいないのだ。彼は、いまも洛紛英の住所と同じ、北安《ほくあん》路四〇九号に住んでいることになっていた。真に謎の組織があるとすれば、彼と洛紛英の二人こそが、その「組織」そのものだったということになる。

地面の水が、鼻腔《びこう》にまで迫ってきている。それでも動くことができない。退職まで、まだ二十四時間ある。老伍は銃を手に取ることはできなかったが、力を振り絞ってどうにか携帯を摑んだ。画面が明滅している。いったい、誰だ。こんなときに自分を呼び出すのは？　いまの自分は、小艾を助けることさえできないでいる。

老伍は、心の底から叫ぶような声で、言った。

「黄華生、警察は、事件の全容をすでに把握している。おまえは、情報局との繫がりを利用して、戸籍情報を抹消したのだろう。おまえと沈観止は兄弟だ。そして沈観止は武器商人で、周協和に自分の商売を邪魔されたくなかったのだろう。だから、おまえは洛紛英に、ヨーロッパにいる艾禮を使って、周協和を殺害するよう命じたのだ。だがおまえは、一方で、艾禮を信用していなかった。そこで、おまえは陳立志と張南生に、艾禮を殺害するよう命じたのだろう。すべておまえがしたことは、もうわかっている。銃を捨ててすぐに投降しろ」

向こうから甲高い笑い声が聞こえた。

伍刑事のすぐそばの地面に銃弾が撃ち込まれ、飛沫が跳ね上がる。

「小艾、こいつの言うことなど聞くんじゃない。今夜、わしがおまえとここで落ち合うように約束したのも、おまえにこのことを伝えるためだったのだ。

わしらは、家族なのだ。だからこそ、家族の信念と責任とを全うしなければならない。周協和は、ウクライナから出来の悪い潜水艦を手に入れようとしていたが、小艾、武器売買はわしらのビジネスであり、沈観止こそはその実行者だったのだ。彼はもちろん、戦車や潜水艦を手に入れるルートを持っている。それなのに、あの馬鹿な周協和のやつめ。あいつは、我が国のパイロットにミグとスホーイの試験飛行を許可させることもできると豪語していたが、わしらとて、武器売買を一手に引き受けているウクライナ人のことは知っている。陸軍の邱清池《きゆうせいち》は、周協和の話を聞いて、実際にウクライナにまで対戦車ミサイルを見に行ったという話だが、机上でしか戦争を語ることができない愚か者めが。

おまえが周協和を殺してくれたおかげで、ロシアの潜水艦を購入するという政府のビジネスをきっぱり断ち切ることができた。沈観止はすでにアメリカと交渉を進めていたのだから、周協和の出る幕などなかったのだ。

家裡人として、わしはなすべきことをした、それだけだ。大胖におまえを殺すように命じたことについては、小艾よ、物事は大局を見なければならないのだ。どうか許してほしい」

小艾は命中精度など考えず、屋上に向かってがむしゃらに銃を連射した。

鉄頭教官を制圧しない限り、伍刑事の命の保証はない。

Ｍ1の欠点は明らかだった。セミオートマチックであり、手持ちの弾は九発しかない。あとは最後の一発を残すのみ。

鉄頭教官が声を荒らげた。

「畢祖蔭《ひっそいん》がおまえに残したＭ1か。小艾、弾はすべて撃ってしまったんだろう?」

彼に答えたのは、小艾はなく、老伍だった。

「黄華生。おまえは、老爺子の六番目の養子だ。私たちはみんな知っている。武器を捨て、裁きを受けろ。おまえはもう、逃げられない」

「ほお。老爺子に会っただけで、事件を解決できるとでも思っているのか? 老爺子が、わしは養子だったと話したのか? 彼は、法廷で証言台に立てるのかね? だったら警察は、彼のために点滴とおむつを用意する必要があるのではないか? 伍刑事、あなたの唯一の証人は犯人の艾禮ということになるが、残念ながら、彼が話したことについては、証拠も何もないのだよ」

小艾は、アクションを引いて最後の弾丸を取り出すと、再び弾を装塡するふりをした。これで最後の一発がまだ残されていると鉄頭教官が考えてくれればいいのだが。そうすれば、伍刑事を再び撃とうとしている彼も警戒することだろう。

鉄頭教官に注意を向けさせるよう、小艾が声をあげた。

「教官、言い忘れてました。娃娃の上司である扁平足の副部長に聞いたのですが、彼は、ぼくの名前が新聞に掲載されるまで、ぼくの存在を知らなかったそうです。娃娃が、ぼくに周協和を殺すように指示したのも、大胖にぼくを追い詰めるように命じたのも、すべては、最初から最後まであなたのしたことだったのですね」

「小艾、私たちは家族だ」

「家族だったのは、もう昔のことです」

「わしが見せた肩の刺青を覚えているか？　家だ。おまえにもあるはずだ。左腕を見てみろ。十五歳のときに、畢祖蔭が入れてくれたものだ。彼はおまえに何と話した？　小艾、痛みに耐えろ、この刺青を忘れるな、おまえはもう『家裡人』だ」

「だから、それがどうしたというのです？」

「おまえとわしらは家族だ。これまでも、そして、これからも、ずっとだ」

「大胖にぼくを殺すように命じたのも、家族としての行為なのですか？」

「おまえには、家族のことをしっかりと話しておくべきだったな。畢祖蔭だったら、こうはしなかったろう。人は歳をとると、肝っ玉が小さくなるんだ。おまえをわしの部隊に入れようじゃないか。そして、まずは数年ほどフランスに行ってもらう。小艾、おまえはわしのものだ」

「誰もこの刺青の意味を、ぼくに教えてはくれませんでした」

「畢祖蔭は、一気飲みもできない輩だ。やることがのんびりすぎる。小艾、おまえは大胖や娃娃とは違う。わしは、おまえの勇敢さに期待しているぞ」

老伍は、力を振り絞って、口を挟んだ。

「郭為忠は沈観止の部下だった。沈観止は、彼に周協和を殺させようとしたが、郭為忠はその命令を拒否したのだろう。黄華生、郭為忠を殺害したのはおまえではないのか？ 郭為忠は家裡人だった。おまえは、基隆《きりゅう》の長栄桂冠酒店《エバーグリーンローレルホテル》で会おうと彼に言い、先輩であるおまえに従うまま、食事と酒を用意し、おまえに撃たれたのだ。いったいおまえは、家裡人だとしても、いったいどんな身分なのだ？ 老爺子が、健康上の理由から、すべてをおまえに任せたとでもいうつもりか？」

小艾は雨を拭い、銃口を向けて、標的を探し続けた。

そのとき、サイレンの音が聞こえた。水たまりを駆ける慌ただしい靴音と、スピーカーを通して叫ぶ蛋頭の声がそれに続く。

蛋頭は、どうやってここを知ったのだろう？

老伍は、黄華生の注意をそらすため、唯一手の内にある手掛かりから、話をでっちあげただけであった。だが、いままさにすべての疑惑は明らかとなり、そして、自分が生きていなければならないことに気がついていた。ここで自分が死んでしまえば、小艾の話を誰も信じない。そうすれば、事件は未解決のまま終わってしまう。

息子が蛋頭に知らせたのだろうか？　いや、息子は、自分が寶藏巖に行ったことを知らないはずだ。

まず右手を動かそうとする。動いた。次に左手だ。これも動く。指をまっすぐ前に伸ばす。手探りで舗装路にある亀裂を見つけると、そこに指を食い込ませて、身体を前に引き上げた——いけない、腹部の傷口が広がっている。自分は、精肉店の豚肉のようだ、と思う。

もう一発の銃弾が彼の左足に命中し、老伍は思わず叫び声をあげる。

そして、動かなくなった。

続いて、二発の銃弾が、連続して小艾のすぐそばに着弾した。

小艾は動かなかったが、この角度からも伍刑事の姿がはっきりと見える。

すでに警察が到着しているのだ。鉄頭教官は、口封じのため、伍刑事を殺そうとするだろう。

「どうだ、小艾。また日を改めて話をしようじゃないか。警察が来たとあっては、わしにとっても、おまえにとっても、いい結果にはならん。二頭の虎が相争ったとて、外野が喜ぶだけではないか」

小艾はそれには答えない。口を噤《つぐ》んだままだった。

スナイパーには、常人を超える忍耐力が必要である。イラクで、小艾は一昼夜、草叢《くさむら》に腹這いになったまま身じろぎもせず、小便を我慢し、空腹に耐え、ひたすら眼を閉じることなく、引き金を引くのに最適な瞬間を待ち続けた。

彼は銃を構えた。

鉄頭教官に厳しく鍛えられた鋼鉄の腕で銃を構え、鉄頭教官に鍛えられた眼差しで、瞬きをしないまま、ひたすら耐えた。

警察の慌ただしい足音は、すでに珈琲館に改装された老舗《しにせ》の餡餅屋の前を通り過ぎていった。かなりの人数だ。おまけに重装備である。小艾は、彼らが走りながら銃に弾を込める音に、じっと耳を澄ましていた。

小艾は動かない。鉄頭教官が彼を殺したいのであれば、屋上から姿を見せるしかない。伍刑事が死んだかどうかを確認するには、自分の姿を相手に晒す必要がある。

またここから逃げるのであっても、姿を見せなければならない。

銃弾が何発も忙《せわ》しなく飛んでくる。

鉄頭教官が屋根から飛び降りた。小艾は、彼の頭部に照準を当てる。鉄頭教官は、伍刑事の頭部を狙っている。

小艾が先に発砲した。

パンッ、という音とともに、銃口から弾丸が発射され、雨の中を疾り抜けていく。降りしぶく雨を薙《な》いで飛翔《ひしょう》する銃弾は、さながら白い花のように見える。

銃弾が鉄頭教官の肩に命中する。一方、鉄頭教官の銃弾は、伍刑事に当たらなかった。彼は空に向けて発砲していたのである。

鉄頭教官には、小艾があと何発の弾丸を残しているのか、それに賭ける勇気はなかった。彼は窓を割って、屋根の低い空き家に飛び込んだ。

老伍はそれでも腕を伸ばそうとし、地面に落ちている銃をまさぐった。

警察の靴が水たまりをはねる足音が近づいてくる。力を振り絞って顔をあげると、小艾の銃口が前方の窓に向けられているのが眼に入った。

部屋の後方には、隣家の裏の壁が迫っている。鉄頭教官が、右の窓から外に出れば、武装した警官が待ち構えている。かといって、左の窓から外に出れば、そこは出口のない行き止まりの路地となっている。

老伍は、ふいに、王《おう》教授の言葉を思い出していた。

鉄頭教官は、屋根の下に閉じ込められた豚ではないか！

小艾はひたすら待った。

彼は、勝利の予感を感じはじめている。

ふと、鉄頭教官の手にした銃が視界に飛び込んできた。米軍が使用したマクミランTAC50三脚付き狙撃銃だった。二〇〇二年に、カナダ軍のロブ・ファーロング兵長が、この銃をアフガニスタンで使用し、タリバンの機関銃手を二千四百三十メートルの距離から撃っている。これは世界最長距離射撃として、記録に残されている。

鉄頭教官は常に、重要なのは射撃であって距離ではない、と強調してはいなかったか？映画『アメリカン・スナイパー』の主人公が、この銃を使って虚勢を張っていたのではなかったか？

現在の距離は十二メートル。小艾が手にしているのは、メンテナンスされた古いM1であった。一方の鉄頭教官は、TAC50を手にしている。

小艾にはもう銃弾がない。忍耐力は限界に達していた。鉄頭教官の方が優勢のように見える。しかし、彼は身動きのとれない場所に自らを閉じ込めてしまっていた。

鉄頭教官がついに勝負に出た。

小艾は、窓から突き出されたTAC50の細い銃身と、スコープが小広場を横切って自分に向けられるのを見た。小艾は身を隠すこともなくM1をその場に置くと、鉄頭教官の微笑する両眼を覗き込んだ。

「コミッションのことはどうやって知ったんだ？」

「ネットで調べました」

「小艾、家裡人のことはいつかおまえに話そうと思っていたのだ。おまえは賢すぎるからな。賢い子どもは話を聞かないものだ」

鉄頭教官の眼から笑みが消えた。

小艾は躊躇うことなく叫んだ。

「撃ってください」

銃声とほぼ同時に、小艾の右頰に、鋭利な刃物で切り裂かれたような、鋭い痛みが疾った。それでも、彼はまだ動かない。

彼は、鉄頭教官の頭が後方に傾いていくのを見ていた。血だ。仙女たちが花を散らすように、鮮血が美しい弧を描いてほとばしる。ＴＡＣ50が窓から落下していく。警察のスミス＆ウェッソンのセミオートマチックが、水の中に横になったまま、まだ白い煙を吐いていた。

小艾は、伍刑事に向かって、親指を立てた。

「やりました」

「小艾、元気で」

「がんばってください。伍刑事。あなたはもう大丈夫ですよ」

小艾が、無言のまま、路地の闇に消えていく。

老伍は、手にしていた銃をようやく手放し、走り去っていく小艾の背中を見送った。

まさにこのとき、自分はたしかに引退したのだ、と彼は悟った。刑事としての職務を放《ほう》擲《てき》してしまったものの、周協和を殺害した犯人を逮捕できなかったことに対する後悔は微塵もない。この銃さえあれば、刑事としての生涯を慰めるのに十分であろう。

「老伍、老伍、大丈夫か？」

大勢の武装した警官がやってくる。

蛋頭は、防弾シールドを手にして老伍に駆け寄った。

懐中電灯と大きな照明弾が、寶藏巖を覆っていた闇をいっせいに照らし出す。四挺のライフルが、二人の眼の前の家の中に突入し、そのうちの一挺がうなりをあげた。

「屋内に一名。額を撃たれて、死亡を確認」

ははっ、と老伍は腹の底ならぬ傷口から、声にならない笑い声を洩らしていた。

誰が何と言おうとも、最後の日に、五件の殺人事件をいっぺんに解決したのだ。偉大なる功績と誇るべきであろう。

蛋頭が彼を担架に乗せ、耳許に口を寄せて、訊いた。

「小艾はどこにいる？」

老伍は、その問いをはぐらかすように訊き返した。

「蛋頭、どうしてここがわかったんだ？」

「おまえは、洛紛英と十二時にここで待ち合わせをしていたんだろ？」

「最近学習したんだ。スナイパーっていうのは、準備を怠らないらしくてね、現場に早めに到着しているものらしい」

「はっ、またずいぶん新しい分野について学んだな」

「私たちの携帯を盗聴して、うちのネットに侵入していたのは、おまえだろ？　手柄を私に横取りされるのが怖かったのか？　どうせ私は明日、退職するんだぞ」

「小艾と会っていたことを話すなと誰が言った？　おまえの受信箱を調べたんだよ。くそっ、ともあれ終わりよければすべてよし、さ」

「私の仕事は、事件を解決することだ。小艾は、事件の鍵を握る手掛かりだったからな」

「おれに必要なのは、犯人なんだよ。もし小艾を逮捕できなかったら、局長にどう説明すりゃいいんだ？　まずいぜ、これは。うるさいマスコミに対して、総統府がお役所言葉を並べて、さあ事件は解決しました、と。そういうことにするってか」

老伍が担架で運ばれていく。頭上には、ヘリコプターがホバリングしていた。

蛋頭の叫び声が聞こえる。

「老伍の野郎ッ、おまえは引退できるが、おれはできないんだよ。老伍、おまえは知らないだろうが、おれは――」

老伍は、蛋頭が続けようとした話の先を、口にした。

「わかってるって。おまえは、役人仕事が好きでたまらないんだろ」

3

腹を撃たれるのは、最も苦しい死に方だ。それだけで心臓は止まってくれない。大量の血が吹き出し、その血が乾くのを待っている間にも、心臓は力を失い、意識は次第に遠退《とおの》いていき——そして、死ぬ。

弾痕が大きければ、肺や肝臓に命中し、より早く死に至ることができる。だが、黄華生《こうかせい》の撃った銃弾は、見事に右腹部を撃ち抜いていた。大腸や小腸に銃弾が当たれば、血の流れは遅くなり、死に至るまで、おおよそ三十分を要することになる。

老伍《ご》の場合、撃たれてからすでに二十五分が経過していた。

だが彼は運が良かったのだろうか、辛くも一命を取り留めたのである。

刑事局は、周協和ら六人の殺人事件が解決したと発表したが、「家裡人」について、最後まで触れることはなかった。軍の購入局や情報局が、三百年以上も昔から、ある幇《ほう》派の手中にあったのである。軍のみならず、あるいは政府内部にさえ、「家裡人」はいるのかもしれない。そして刑事局でさえ、その下部組織に過ぎないのだとしたら——

数十台のカメラのレンズがいっせいに向けられ、数百人の記者の眼の前で、局長は、遠回しに事件の説明を行い、自分の見解こそが正しいと最後まで押し通した。

郭為忠《かくいちゅう》が沈観止《ちんかんし》の部下の一人であったことも、また郭為忠が邱清池《きゅうせいち》の殺害を拒否したことも話さぬまま、黄華生が郭為忠を殺害したとし、その動機は、事件の内情を知った郭為忠が、この件を、上層部に報告しようとしたからだと説明した。

ともあれ、これはハッピーエンドなのであろう。

郭為忠は殉職しなければならなかったのだ。さもなければ、老伍が事件の真相を暴露したであろう。そうなれば、目も当てられない。

郭一家も、事件の悲劇からようやく立ち直りつつある。年金や保険金を受け取ることができたものの、とはいえ、まだ事件の真相は、よくわかっていない。とにかく夫の死がもたらした苦しみは脇に置き、郭夫人は、これから家族を養っていかなければならないのだ。

洛紛英《らくふんえい》を養子としたのは黄華生である。これについて、黄華生は、大胖《はん》や張南生《ちようなんせい》、洛紛英に対してどのような甘言を用いたのであろう。お国のため、か。漢武《ぶ》帝の時代における「羽林孤児」のようなものなのかもしれない。真実を選び取り、それにいっさいの疑いを抱くことなく完全に信じ切ることは、頼るべき真実を持たぬ人々に比べて幸せなことなのだ——さしずめ、このように言い含めたのではあるまいか。

新竹《しんちく》のこぢんまりとした部屋で、冷蔵庫の韮餃子を味わっている老人のことを、ふと、思い出す。彼は、身寄りのない子どもたちを育てることに、生涯を捧げてきた。果たして、彼が養子とした黄華生が、影の老爺子として、彼の代わりに命令を下していたのであろうか?

もし退職の延長を申請したら、どうなるだろう? 事件が未解決であれば、まだ望みはある。とはいえ、悪ふざけが過ぎる部下の慰留を、局長が求めるはずもない。

蛋頭《たんとう》の言うとおりだ。公務員たるもの、人より早く走るべからず。最後の一人となるべからず。じっくり職歴を積み重ねていくべし。運良く昇進すればそれでよし。運が悪ければ、せいぜい他人が昇進していくのを横で見ていることだ。退職年金は一銭も損しないようにすべし。

二カ月の間、ずっと寝たきりだった老伍も、ようやく歩けるようになった。

彼の腹部には、五十元ほどの大きさの傷跡が残っている。刺青ではない。それは、引退するときに、スナイパーからもらった勲章であった。

松葉杖《まつばづえ》をつきながらキッチンに行くと、息子が蛋炒飯をつくろうとしている。そのレシピとつくり方が、知らない番号からスマホに届いていたのだという。息子は興味津々で、そのレシピどおりにつくってみよう、と考えたらしい。

「父さん、ある日、神様がダンテに『世界で一番美味しいものは何か』と尋ねたんだって。

その問いに、ダンテは、卵だと答えた。神様がさらに、卵はどうやって食べるのが一番いいかと尋ねると、ダンテは塩をつけて食べるといい、と答えたんだ。友達に、レシピを送ってくるなんて、なかなかユーモアがあると思わない？」

卵は塩で、饅頭は砂糖をまぶして味わうものだ。

「卵と飯を炒めて炒飯がつくれれば、一人前じゃないか」

そう言って、老伍は、息子の肩を叩いた。

孫がキッチンを占領しているのを見たら、料理を持ってきた親父は怒るだろうか。

孫が自分で炒飯つくれるのだから、もう料理をつくるために来なくてもいい——勇気を振り絞って、親父に告げるべきだろうか。

毎日、親父が来る代わりに、週に一度は、こちらから親父の家に夕飯を食べに行く方がいいのかもしれない。

義父と夫の間で板挟みになると、大変なのは嫁の方だ。

とはいえ、親父と嫁との間に板挟みのままでは、いい歳をした息子としてもいただけない。

老伍はベランダに出て煙草を吸おうと思った。

煙草はどうだ？　妻は、彼から何箱の煙草を取り上げたろう？　百箱と言わないまでも、五十箱はあったのではないか。数十年間吸い続けてきた自分も、煙草と家族の間で板挟みになって、いくらか謙虚になった。煙草を吸うのを躊躇っているのだから。

茉麗《ジュリー》の店に行って、アフリカでもアメリカでも何でもいい、珈琲が飲みたかった。茉麗の親父さんと、数十分でいいから一緒に日光浴を愉しみたかった。そして「家裡人」は黒道の幫派ではない、と彼に話したかった。茉麗の親父さんも、遅かれ早かれ黒道の兄貴を引退しなければならないのだ。車椅子に乗るまで待っていては遅すぎる、と伝えなければならない。

老伍は、自分の身体の恢復《かいふく》具合については、かなり楽観的だった。来月には興信所で働きはじめることができると思う。毎日が新しい始まりとなる。

明日の夜は、蛋頭が主催する退職記念の晩餐会が開かれる予定だ。役所仕事をこよなく愛するのも悪いことではない。彼の肝臓が、いつまでも健康であって欲しい——生のままスライスして刺身にできるくらいに。

ふいに、携帯が鳴った。

「もしもし」

「伍刑事、調子はいかがですか」

「二カ月前に比べれば良くなってるよ。君はどうなんだい？」

「リハビリ中ですよ」

「どこにいるのかね？」

「下の公園の左側にあるあずまやを見てください。そこから眼を離さないように」

「眼を離さないよ」

「そこから花が見えますか?」

「ああ」

「もうすぐ春ですね」

「そんなことはないさ」

「下の右側に橋が見えますよね。眼を離さないように」

「見てるよ。犬がいる」

「ちょうどウンチの最中だ。そして、この子のママは見て見ぬふり」

「違反切符を切らないとな」

「公園の真ん中にあるベンチをもう一度見ててください。そして眼を——」

「眼を離すな、だろ」

老伍は、携帯を手にしてベンチの前に佇んでいる小艾を、じっと見つめていた。

小艾は帽子を脱ぐと、眼鏡を外し、深々と頭を下げた。

「堤防の向こう側からいま飛び立ったばかりの飛行機を、じっと見ていてください」

老伍は、一分、二分と見続けていたが、妻の声が聞こえた。

「ご飯よ。あなたの息子が、キッチンでもう大変なんだから。あちこちに野菜くずを散らかして、水浸し。もう、まったく。あなたたち親子は、いったいどこまで私を困らせるつもり?」

さあ、食事だ。

「息子さんは何をつくったんです?」

「蛋炒飯さ。それに蝦を加えてね」

息子が誇らしげに、炒飯を老伍の前に置いた。

淡い紅色をした蝦に、黄金色の卵と葱が入っている。

老伍は、眼が離せなかった。

訳者あとがき

本作は、二〇一九年に台湾の馬可孛羅文化《マルコ・ポーロ・プレス》より刊行された『炒飯狙撃手』の邦訳となる。作者である張國立の長編作品が日本で紹介されるのは本作が初となるが、これに先駆けて、作者の『海龍改改《かいりゆうかいかい》』を原作とした漫画『海龍改改　消えたサルタヒコノ目』が、二〇二三年の夏に刊行されている。『海龍改改』は、本作にも登場する新北《しんほく》市・金山《きんざん》区のさらに北にある老梅《ろうばい》区の漁村を舞台に、曰くのある地図を辿って宝探しに挑む若者たちを、瑞々《みずみず》しい筆致で描き出した物語だが、本作は打って変わって、台湾の高官をイタリアで暗殺した凄腕《すごうで》のスナイパー小艾《がい》と、引退間近の刑事・老伍《ご》の二人を主人公に据えたサスペンスフルなミステリとなっている。

小艾は、イタリア・マナローラの漁村で、持ち帰りの炒飯屋をひとりで営んでいる。彼がいかなる背景を持ち、またどのようないきさつで、イタリアでの高官暗殺という任務を遂行するに至ったのか——物語が進むにつれ、そのことが次第に明らかにされていく。イタリアのローマに到着した主人公・小艾が、雹《ひよう》の降るトレヴィの泉で暗殺を遂行するまでのシーンをじっくり描き出した冒頭から一転して、物語におけるもう一人の主人公といえる台湾警察・反黒科に所属する刑事・老伍が登場する台湾編では、二人の軍人の不審死を巡る事件が描かれていく。台湾における二つの殺人事件の真相を追う老伍と、海外での高官暗殺事件の真相究明のため単身イタリアに飛んだ老伍の上司・蛋頭《たんとう》の二人による捜査が進められていくうち、何者かに追われてヨーロッパを逃亡する小艾と、台湾での老伍のシーンが繋がっていく構成が見事である。舞台が完全に台湾へと移った第三部からは、事件の背後の黒幕を探る謎解きが、小艾と老伍の視点から展開される。そしていよいよ真の黒幕と対峙《たいじ》した大団円こそは、この物語の白眉であろう。

本作は、実際の疑獄事件『ラファイエット事件』をもとに構想された作品だが、この疑獄事件の内実を知らずとも十分に愉しめる作品となっている。

ラファイアット事件は、台湾海軍によるフリゲート艦導入計画に端を発し、この取引に深く関わっていた軍部の高官が殺害されたことから、疑獄事件へと発展していくのだが、この経緯は本作にも踏襲されている。ラファイエット事件においては、フランスのほか、中国共産党はもとより、竹聯幇《ちくれんほう》といった黒社会の暴力団の関与までもが疑われているが、こうした現実世界における汚穢《おあい》を、作者は一流のロマンティシズムによって、エンタメ性溢れる物語へと昇華させている。

特に物語における両翼のひとつを担う小艾の人物造詣は魅力的だ。凄腕のスナイパーにして、炒飯が得意というミスマッチもさることながら、生まれたときから亡命者であったという彼は、木訥《ぼくとつ》とした不器用な青年に見えるものの、自分を陥れた黒幕に対する憎悪が昂《こう》じて、ときに恐るべき残虐さをも見せる。一方、引退直前の十二日間のうちにすべての事件を解決しなければならない老伍は、実直な男だが、プライベートでは、父親と妻、息子との間にささやかな、それでも厄介な問題を抱えている。国際的な暗殺事件の解明を縦軸とする一方で、複雑な出自を持つ小艾と、実親と妻、息子との面倒な家庭問題を抱えた老伍とを対蹠《たいせき》させ、事件の捜査に関心を寄せる息子との関係が優しく変化していく横軸の物語にも注目であろう。凄腕のスナイパーでありつつも、いや、それゆえに、一人の人間としては不器用な小艾が、この悲劇的な事件によって失ったもの、そして得たものは何なのか。そして老伍と秘めやかに心を通わせるラストシーンには、登場人物に対する作者の優しい眼差しが感じられる。

作者である張國立は、一九五五年生まれ。本作を始め、『乩童警探《タンキー》』シリーズなど、多くの著作があり、歴史、ミステリなどそのジャンルは多岐に及ぶ。作者は日本にも造詣が深く、訳者が本作の翻訳にとりかかっていた二〇二三年の秋には、知多半島に長期滞在しており、その体験がユーモアも交えてSNSに綴《つづ》られていた。

訳者は、台湾で開催されていた本格ミステリ小説賞の選考委員の一人として、台湾側の選考委員であった作者から、ミステリに関する豊富な知見をうかがう機会に恵まれた。張氏の選考眼ははっきりしていて、本格ミステリの構造と仕掛けに重きを置きすぎるきらいのある訳者とは異なり、ミステリとしての出来映えとともに、小説としての面白さを希求する姿勢が印象的であった。本作『炒飯狙撃手』にも、そうした作者のスタンスは貫かれている。

さて、二〇一九年に台湾で刊行された本作の物語は、事件の解決と老伍の引退で終わっているが、台湾でも二四年には、本作の続編が刊行されると聞いている。実は台湾に先駆けて、フランスではすでに続編の刊行がされているのだが、アメリカ、ドイツ、フランス、ロシアといったヨーロッパ各国で翻訳刊行された本作の人気のほどがうかがえる逸話かと思う。

続編では、引退した老伍は登場するのか。そして小艾の運命はいかに――台湾での刊行が待ち遠しい。

二〇二四年二月

玉田　誠

訳者紹介　玉田 誠

神奈川県生まれ。青山学院大学法学部卒。台湾において日本ミステリの紹介や台湾ミステリの評論を行っている。主な訳書に王元『君のために鐘は鳴る』、陳浩基『網内人』、唐嘉邦『台北野球倶楽部の殺人』(以上、文藝春秋)などがある。

ハーパーBOOKS

炒飯狙撃手《ちゃーはんそげきしゅ》

2024年3月20日発行　第1刷

著　者　張《ちょう》 國立《こくりつ》

訳　者　玉田《たまだ》 誠《まこと》

発行人　鈴木幸辰

発行所　株式会社ハーパーコリンズ・ジャパン
東京都千代田区大手町1-5-1
04-2951-2000(注文)
0570-008091(読者サービス係)

印刷・製本　中央精版印刷株式会社

定価はカバーに表示してあります。

造本には十分注意しておりますが、乱丁(ページ順序の間違い)・落丁(本文の一部抜け落ち)がありました場合は、お取り替えいたします。ご面倒ですが、購入された書店名を明記の上、小社読者サービス係宛ご送付ください。送料小社負担にてお取り替えいたします。ただし、古書店で購入されたものはお取り替えできません。文章ばかりでなくデザインなども含めた本書のすべてにおいて、一部あるいは全部を無断で複写、複製することを禁じます。

この書籍の本文は環境対応型の植物油インクを使用して印刷しています。

© 2024 Makoto Tamada

Printed in Japan
ISBN978-4-596-53907-6